馒头说历史

历史的温度7

那些退隐、告别和离席

张玮 著

中信出版集团 | 北京

图书在版编目（CIP）数据

历史的温度．7，那些退隐、告别和离席 / 张玮著
．-- 北京：中信出版社，2023.3（2025.11重印）
ISBN 978-7-5217-5179-6

Ⅰ．①历… Ⅱ．①张… Ⅲ．①随笔—作品集—中国—当代 Ⅳ．① I267.1

中国国家版本馆 CIP 数据核字（2023）第 004104 号

历史的温度 7——那些退隐、告别和离席
著者：张玮
出版发行：中信出版集团股份有限公司
（北京市朝阳区东三环北路 27 号嘉铭中心　邮编　100020）
承印者：北京通州皇家印刷厂

开本：880mm × 1230mm　1/32　　印张：17　　字数：457 千字
版次：2023 年 3 月第 1 版　　印次：2025 年11月第13次印刷
书号：ISBN 978-7-5217-5179-6
定价：68.00 元

目　录

时代之变

逝水年华

浩劫之下

身后之名

自　序

1

1985 年，30 岁的鸟山明陷入了一个困境。

那时的他已经凭借《阿拉蕾》漫画的连载，成为全日本最受欢迎的漫画家，但新推出的《龙珠》却似乎不太受欢迎，甚至一度跌出日本漫画排行前十名——大家对小悟空和小伙伴们一起漫游世界寻找龙珠的故事，并不是非常感兴趣。

这时候，鸟山明的编辑鸟岛和彦给他提了一个建议：加入“追求力量”的元素。

于是，“天下第一武道会”这个概念出现了，鸟山明笔下的小悟空以及他的小伙伴们开始顽强战斗，战胜一个个强大的对手，从地球到宇宙，从过去到未来。

而如果仔细观察悟空与小伙伴们的终极对手，你会发现他们其实几乎都有一个共同的诉求：追求永恒和完美。

希望永葆青春的短笛大魔王、希望成为不死之身的贝吉塔、希望达到永生的弗利萨、希望形成完美形态的沙鲁……

但事实上，即便是在漫画中，永恒和完美也很难做到，又何况在现实中？

2

从第一本《历史的温度》问世算起的话，这个系列已经进入第七个年头了。

最早听到有读者对我说“馒头大师，我是看着你的书长大的！”，总觉得对方是在和我开玩笑，但这两年，掐指一算，或许人家是认真的：

如果从初一开始读第一本《历史的温度》，那他 / 她今年就要成为一名大学生了；如果从高一开始读，那他 / 她现在应该已经在公司实习了；如果从大一开始读，他 / 她现在早就是一名职场人，或者快硕士毕业了……

在我的签售会现场，我已经为好几位男性读者主持过对女友的求婚仪式，其中有一对还在第二年的签售会上抱来了他们爱情的结晶；我也曾为好几位每年都到现场的读者在同一本书的同一张扉页上签下不同的时间和地点，从 2017 年，一直写到 2022 年；我印象中有好几位小读者，第一次来要签名时下巴刚好可以搁在签名桌上，但过了几年，我坐着的话要仰视他们了……

每年总有读者问：“馒头大师，下一本要快点出来啊！”

我总是笑着回答：“好的好的，我抓紧写！”

如今，第七年，第七本《历史的温度》如约来了。

只不过，这一次，我应该可以不用再抓紧写了。

这一本的主题，叫作：

那些退隐、告别和离席。

3

先来说说这本书吧。

这本书，一共分为六个部分，共35篇文章。

把这六个部分的名字列出来，你就会发现，它们应该还是紧密围绕主题的："告别舞台"、"大厦将倾"、"时代之变"、"逝水年华"、"浩劫之下"和"身后之名"。

在这六个部分里，你们将穿越历史：看到有人告别职业的舞台，也有人告别人生的舞台；看到一个集团乃至一个朝代倾塌前的细微征兆，也看到一个时代巨变之际给各种人带来的改变；观察到灾难之下各种人性的凸显，也感受到时光流逝中那些珍贵的回忆……

我曾经在一次签售会上说过，有六个字，可以时刻拿来提醒自己：

"一切都会过去。"

当你失意时，你可以用这六个字提醒自己，而当你得意时，亦然。

读历史越多，可能对这句话感触越深。

但这并不是一种消极的态度，正如这本书收录的35个故事，固然结局都是告别或终结，但如果把时间轴拉长来看，幕落幕起，每一场结束又何尝不是在孕育一场新的开始？

所以在第五部分"逝水年华"的篇首语里，我写道：

"不要害怕时光终会流逝，记住它，怀念它，拥抱它。"

4

而这第七本《历史的温度》，就是我对这一段珍贵时光的终结了。

感谢我的编辑和出版社对我的理解和支持。事实上，在筛选第七本书的文章时，光因为主题不符而被筛掉的文章，就足以出一本《历史的温度8》了，但他们还是尊重我个人的意见。

其实结束这个系列的念头，从出第五本的时候就萌发了，我也在私下里透露过。有不少朋友觉得不解："馒头说"这个微信公众号一直在定期更新，就产出的文章数量来看，一年精选出一本，问题应该是不大的——"你躺着等出版不就行了？"

而我给出的解释，只有两个字。

这两个字，曾出现在一件用珂罗版技术还原的书法作品上。去年我作为嘉宾受邀为上海博物馆做文创产品的直播，当拿着这件高度还原的作品进行讲解时，我再一次深有感触。

那是李叔同大师写的两个字：

"知止。"

我当然远没有达到古人所说的要"知止"的高度。只是我一直觉得，《历史的温度》系列这些年来固然得到了不少人的厚爱，但这里面有很多运气成分以及大家的支持和鼓励，这些回报已远远超出了我的实际能力——这是真心话，绝不是谦虚之词。

所以，及时踩一脚刹车，我自认为是必要的。

我曾在《历史的温度 2》的"自序"中写过：

"我绝不敢说为读者打开一道门，或者是一扇窗，我觉得，如果能稍微给大家拨动一下历史的窗帘，透出一道光，那就是一件很开心的事了。"

七年过去了，我脸皮厚一点地自认为，这件事我多少还是做到了一些，因为确实有不少读者和我说：历史和他们原来想的不一样，并不是冷冰冰且枯燥乏味的。

而我自己其实和你们一样，也一直流连于历史的迷人光影下。这七年来，我也在感受历史的温度，更在感受读者带来的温度。我永远不会忘记，公众号后台里那一句句鼓励的话语、签售会上那一张张满怀热忱的脸庞、和你们的合影、你们给我的礼物……

那是一种怎样的幸运啊：能通过这套书，和你们共同相伴七年！

5

其实我一直觉得,《龙珠》漫画最初的那一段,是最吸引我的。

小悟空、布尔玛,和一群小伙伴满世界寻找龙珠——目标是集齐七颗龙珠,召唤神龙,完成一个心愿。

这其实也是我选择在第七本终结的一个重要原因吧:

“七”这个数字,代表一个任务的完成,也代表着一种终结——如果你了解某部经典国产动画片,或许还能猜到我建议这本书的封面用紫色的玄机。

其实之前就有知情的读者笑着问我:

“馒头大师,如果集齐了七本《历史的温度》,能把你召唤出来吗?”

我自然没有法力腾云驾雾赶到,应该也没有能力完成你的愿望,但我很想表达我的感谢,并且很愿意为你的愿望祝福。

如果可以的话,也请你们祝福我的愿望:

熟悉《龙珠》的都知道,集齐七颗龙珠召唤神龙后,龙珠将散向世界各地,开始一个新的轮回,等待重新被集齐的那一天。

这套书终结后,我也将踏上新的征程,去尝试新的方向,迎接新的挑战,寻找新的“龙珠”。

再次感谢大家七年来的支持和陪伴!

也希望,大家依旧能借我一点元气。

等我回来!

2023 年 2 月 11 日凌晨

于上海书房

告别舞台

“舞台”，其实是一个定义很宽泛的词。

它可以是演员表演的舞台，也可以是运动员拼搏的赛场；它可以是实现野心的政治博弈场，也可以是展现抱负与权力的名利场。

中国最后一个皇太后

看题目，很多人脑海中可能会出现“慈禧”两个字。不错，慈禧应该是中国历史上最著名的太后之一，但她并不是最后一个。

1

1868年2月3日，19岁的叶赫那拉·桂祥迎来了自己的第二个女儿。

桂祥把这个女儿取名为“静芬”，希望她娴静芬馥。事实上，静芬也是按照父母的期待慢慢长大的：学女红，守女德，读诗书，懂礼仪。在很小的时候，静芬的文静、厚道和守礼就已经远近闻名。

只是，一转眼静芬就满20岁了，却还没有嫁人。

以当时的传统眼光来看，一个姑娘家如果20岁还没有嫁人，那肯定是有什么问题了。静芬真的有问题吗？尽管她在同龄人中长得不算好看，但也是官宦人家的女儿，肯定是不愁嫁的。

那问题出在哪里呢？问题出在她的姑姑，也就是父亲桂祥的胞姐。

这位姑姑早就关照了静芬的父亲桂祥：

慈禧太后

"喜子（静芬的小名）不要嫁给别人！"

那一年，桂祥已是御前侍卫、镶白旗副都统、工部侍郎。哪个姑姑说话那么管用，敢让堂堂正二品大员连自己的女儿都不敢嫁？

这个姑姑说话还真管用——她是慈禧太后。

2

1888 年，一场"选妃"在紫禁城里的体和殿秘密举行。

那个场面感极强的故事，后来被现场的太监绘声绘色地传出宫来。

站在 17 岁的光绪皇帝面前的，是五名被选送上来的女子。其中有两名是江西巡抚德馨的女儿，另两名是原户部右侍郎长叙的女儿，还有一名，就是副都统桂祥的女儿静芬。

光绪面前是一张小长桌，上面放着一把如意和一对绣花荷包——皇帝把如意赠给谁，谁就是皇后，把荷包赠给谁，谁就是妃嫔。

坐在光绪身后的慈禧声音慈祥：

"皇上，谁当皇后，你自己定。你合意的话，就把如意送给她。"

光绪犹豫了一下，在确认真的可以自己选择之后，便拿着如意走到了巡抚德馨的其中一个女儿面前——这名女子最漂亮，光绪第一眼就喜欢上了。

但正当光绪要把如意递出的时候，身后慈祥的声音再次响起：

"皇上，再想一想！"

光绪有些不知所措，转身看向慈禧，老佛爷的嘴角向静芬那里努了一努。

光绪再度犹豫了一下，最终决定放弃抵抗，将如意送到了静芬手里。

几日后，两道懿旨同时发下：

“兹选得副都统桂祥之女叶赫那拉氏，端庄贤淑，着立为皇后。特谕。”

“原任侍郎长叙之十五岁女他他拉氏，着封为瑾嫔；原任侍郎长叙之十三岁女他他拉氏，着封为珍嫔。”

1889 年 2 月 26 日，大清国的新皇后静芬和她的两百抬嫁妆，经午门、太和门被抬入皇宫。那是叶赫那拉家的女人第一次享受这样的待遇，连慈禧之前都无法体会到。

光绪皇帝大婚图

那一年，光绪 18 岁，静芬 21 岁。

3

皇帝一点都不喜欢自己的皇后。

从年龄上说，静芬比光绪大 3 岁，光绪从小就对这个看上去木讷的表姐（慈禧也算是光绪的姨妈）没什么好印象。从相貌上说，静芬确实貌不出众，甚至可以说长得有些难看，这也是光绪所不喜欢的。

静芬

最重要的是，光绪一直觉得这个皇后是慈禧派来的“卧底”，是来监视他的，所以相敬如宾可以，琴瑟和鸣就免了，更别说同床共枕了。

那么光绪爱谁呢？自然是爱当时被一起选入宫的长叙之女珍嫔，也就是后来的珍妃（参看《历史的温度》收录的《珍妃为什么必须死》）。而在那一个个被津津乐道的光绪和珍妃的凄婉爱情故事背后，是独守空房的皇后静芬。

静芬难道没有想法吗？当然有想法。但她又能做些什么呢？当然，在一个弱势皇帝的后宫之中，不太可能出现让看官大声叫好的刺激“宫斗戏”，后来仅有的几个说静芬向慈禧太后密告珍妃“不知天高地厚”的故事，也都因为叙述者是珍妃那里的人，多少显得有些倾向性——况且，珍妃在有些事上确实做得过了火。

美国人赫德兰在《一个美国人眼中的晚清宫廷》中，曾这样描述光绪的皇后：

“她十分和善，毫无傲慢之举。我们觐见时向她问候致意，她总是以礼相待，却从不多说一句话。太后、皇上接见外国使节夫人时，皇后总是在场，但她坐的位置却与太后、皇上有一点距离。

“有时候她从外面走进太后、皇上所在的大殿，便站在后面一个不显眼的地方，侍女站在她左右。在别人不注意的时候，她就会退出大殿或者到其他房中。

“每到夏天，我们会看见皇后在侍女的陪伴下在宫中漫无目的地散步。她脸上常常带着和蔼安详的表情，她总是怕打扰别人，也从不插手任何事情。”

当然，赫德兰的这本书本来就对晚清宫廷、慈禧有颇多赞誉，也有一定的倾向性，但从他的一些描述来看，光绪的皇后总是以一种谦恭礼让的形象出现在公众面前。这符合她从小到大受到的教育，符合所谓传统美德对一个女子的要求，也符合大清国皇后的“人设”。

只是，有多少人想过，这符合皇后自己的人生需求吗？

4

不管皇后自己怎么想，作为婆婆（姑姑）的慈禧其实不太满意。

慈禧原先对静芬还是抱有不小希望的——当然，如果她以自己的标准来要求别人，那么这些希望又显得有些脱离实际。

一方面，慈禧希望自己的这个侄女能够温良贤淑、三从四德，好好尽一个做妻子的本分，成为皇帝的贤内助。而另一方面，她又希望侄女能够有一定的心机、手段乃至魄力，能够将皇帝驯得服服帖帖，成为自己的一个得力帮手 。

但是，在这两方面，慈禧都失望了。

在为妻方面，光绪并不爱自己的皇后，甚至平时连话都懒得和她说，更别说有正常的夫妻生活了——无论是在精神上还是在生理上。而在为政方面，静芬本就是一个生性懦弱的女子，手段不及慈禧之万一——事实上又有几个人比得过慈禧呢?

一个例子是，珍妃因为卖官触怒慈禧，被罚“袒而杖之”，而在公开杖责珍妃的过程中，静芬竟然吓得当场晕倒（这也侧面证明她对珍妃未必有多大恨意）。这一幕被慈禧看在眼里，大为不满：你连责罚一个妃子的魄力都没有，还当什么皇后?

而另一个例子是，1901 年皇后生日之时，静芬出于好心，向光绪提出停止庆祝活动，一切从简。光绪倒是表示很好，但慈禧认为这个侄女自作主张，破坏了皇家的规矩，让皇家失去了威严。之后慈禧找了个借口，称皇后主持自己的生日典礼疏忽，罚俸 3 个月——大清皇后的薪俸是一年 1000 两，但除去自己的开销和打点下人的花费，其实根本不够用，有时甚至要拿自己的东西去典当行换钱。

就这样，大清国的皇后在与丈夫的沟通中屡屡碰壁，在婆媳关系的处理中更是战战兢兢，唯恐哪个细节处理不当就引来意想不到的糟糕结果。

而这种两难境地，从“戊戌变法”开始到“庚子事变”，更是越来越明显。

一场维新的失败，让皇帝与太后两派彻底决裂，而八国联军进攻北京，更是把皇后推到了一个完全无法抉择的两难境地：

如果皇帝失败，她这个皇后算什么？如何安置？

如果太后失败，那她这个太后的侄女、皇帝眼中的“眼线”，又该如何生活下去？

好在，太后没被洋人抛弃，皇帝也没被太后除去。庚子事变之后，慈禧继续大权独揽，皇帝继续被幽禁，对于皇后静芬而言，生活倒也没起太大变化。

只是，她去看丈夫需要打申请报告了。

不过这也没什么，反正她的丈夫也不太想看到她。

5

真正的变化，发生在 1908 年。

1908 年 11 月 14 日，37 岁的光绪在囚禁他的瀛台驾崩。

仅仅 22 个小时之后，成为笼罩他一生阴影的慈禧太后也撒手西去。

大清帝国一瞬间就少了一个被孤独幽禁的皇帝和一个垂帘听政的太后。

而就在光绪去世而慈禧弥留之际，一系列懿旨被发布出来——这也是慈禧死在光绪后面的最大好处，不然太后的懿旨将成为一堆废纸。

在这一系列懿旨中，最重要的当然是指定光绪皇帝的接班人：

“摄政王载沣之子溥仪，着入承大统，为嗣皇帝。”

当然，这个结果是大家意料之中的，小溥仪早就被抱到宫中抚养了。

而对静芬皇后最重要，乃至决定其人生的是另一道懿旨：

“溥仪承继毅皇帝为嗣，并兼承大行皇帝祧。”

慈禧太后和隆裕（右一）

从光绪皇帝开始，慈禧变清朝“父死子继”的传统为“兄终弟及”。为了避免改变祖宗家法引来不满，慈禧当初承诺光绪的儿子会继承同治帝，兼祧光绪。但是，光绪一直没有儿子，所以才会选中侄子溥仪继承。如果慈禧不承认溥仪兼祧那个让她最终大失所望的光绪，也就意味着光绪不是溥仪的父皇，这也就意味着作为皇后的静芬是没有资格成为太后的。

慈禧在临终之际，终于还是松了口，同意溥仪“兼祧”，也等于坐实了静芬的“太后”之位。当然，一生善于权术的慈禧，最终还是留下了一个相互制衡的伏笔：

“嗣皇帝尚在冲龄，正宜专心典学，着摄政王载沣为监国，所有军国政事，悉秉予之训示，裁度施行。”

而在扶植摄政王的同时，慈禧又给了静芬权力：

“遇有重大事件，必须请皇太后懿旨者，由摄政王随时面请施行。”

自此之后，静芬皇后有了自己的徽号“隆裕”，而“隆裕太后”这个名字，也将伴随她接下来的一生。

6

如果用史家笔法描述的话，这句话可能应该是这样的：

“1908 年的冬天，40 岁的隆裕太后在隐忍了 19 年之后，终于走上了历史舞台的正中央。”

但是，同样“垂帘听政”的隆裕，真的能站到历史舞台的正中央吗？

难，很难，实在难。

一方面，是隆裕自己的能力问题。从小生在闺中，嫁入皇室后又身处后宫，隆裕几乎没有任何机会得到锻炼和成长，她完全没有她姑姑慈禧那样长年与皇室和谋臣短兵相接、钩心斗角的机会和历练，也就注定不可能拥有她姑姑那种翻手云覆手雨的权术能力。更何况，一直谨慎唯诺的她在朝中连朋友都没几个，如何培育自己的势力？

但隆裕也不是没做过尝试。

为了制衡比自己小 15 岁的小叔子摄政王载沣，隆裕扶植的是庆亲王奕劻。奕劻在劝说慈禧让溥仪兼祧光绪这一事上出力甚多，可以说对隆裕太后有恩，所以隆裕也乐意投桃报李，顺带制衡摄政王载沣的势力。

但是，关键就在于隆裕的根基实在太浅，没有一兵一卒，也没有自己的亲信死党，所以在与载沣较量的过程中，她基本没有任何话语权。

有一次，载沣拟任命自己的亲信那桐为军机大臣，但隆裕却提名和奕劻属同一阵营的徐世昌。载沣答应两人轮值军机大臣，但也甩给了隆裕一句话：“老佛爷说过，朝中大事，才需要太后出面商议。”意思就是，这么“小”的事情，你就别管了。

如果换作慈禧，这话简直就是一针鸡血，可以让她立刻斗志昂扬地开始布局以挫败轻视她的力量，但隆裕立刻选择了退缩，此后基本不再反驳载沣的意见。

摄政王载沣

而从另一方面来说，更关键的是，

大环境变了。

慈禧掌权时，大清国虽然危机四伏，但好歹还能勉强维持一个王朝的框架。但轮到隆裕登台，整个帝国已经千疮百孔、摇摇欲坠，清朝皇室的威信和震慑力，早已一落千丈。

更何况，隆裕实际上要面对的对手，还不是能力其实非常平庸的载沣，而是一个真正的乱世枭雄。

7

按照袁世凯自己的说法，他是不忍心欺负大清帝国最后这对“孤儿寡母”的。

虽然这话说得有点“得了便宜又卖乖”的味道，但以当时的情况，实力在后，运气在前，整个时代的洪流都推着袁世凯往前拱，隆裕确实只是不巧正好挡在他前面而已。

武昌起义一声枪响，整个大清帝国摇摇欲坠。朝廷欲派兵征讨，但放眼全国，除了袁世凯训练出来的北洋六镇，居然没有可用之兵。

到了这个境地，无论是摄政王载沣，还是太后隆裕，都只能选择一个办法：重新起用之前已被赶出帝国权力中枢的袁世凯。为此，载沣付出了辞去摄政王之位的代价，哭哭啼啼回家抱孩子去了。

大清帝国最后的命脉，其实就捏在隆裕太后手里了。

此时的隆裕太后，并非没有意识到袁世凯的野心，她也开出了自己能开的最高价码——封袁世凯为一等公和内阁总理大臣，希望能换取他对清王朝的忠心。但这在手里捏着“王炸”和“四个2”的袁世凯眼里，简直不值一哂——他的心思，早已经放到将来要成立的共和国的总统宝座上了。

反攻武昌一役，袁世凯指令麾下的冯国璋打打停停，收复失地是假，讨价还价是真。而所有的讨价还价只有一个终极目的：逼清廷退位。

1912 年 1 月 16 日，袁世凯亲自面见隆裕太后。

早在四天之前，袁世凯已经通过奕劻向隆裕提出了清皇室退位的优待条件。如今他更是亲自向隆裕发出了最后通牒，甚至搬出了法国路易十六上断头台的例子：

“自古无不亡之国。亡国之君，身受杀戮，古今中外，班班可考。”

据溥仪后来回忆，在袁世凯退朝之后，隆裕搂着溥仪，不断啜泣。

十天之后，清廷最后一个强硬主战派爱新觉罗·良弼被“同盟会”革命党人彭家珍用炸弹进行自杀式袭击身亡。

隆裕失去了最后一根支撑她信念的柱子。

8

1912 年 2 月 12 日，乾清宫。

十名内阁大臣（其实都已经是袁世凯的亲信或附庸）向隆裕太后和小皇帝溥仪鞠躬行礼——此时的他们，已经不再行磕头跪拜的大礼。

随后，隆裕拿出了袁世凯早就帮她拟定好的退位诏书，才看几句，就已经泪如雨下。

“奉旨朕钦奉隆裕皇太后懿旨：

“前因民军起事，各省响应，九夏沸腾，生灵涂炭，特命袁世凯遣员与民军代表讨论大局，议开国会，公决政体。两月以来，尚无确当办法……”

待看到诏书末尾，隆裕太后更是号啕大哭：

“……袁世凯前经资政院选举为总理大臣，当兹新旧代谢之际，宜有南北统一之方，即由袁世凯以全权组织临时共和政府，与民军协商统一办法，总期人民安堵，海宇乂安，仍合满、汉、蒙、回、藏五族完全领土，为一大中华民国。予与皇帝得以退处宽闲，优游岁月，长受国民之优礼，亲见郅治之告成，岂不懿欤？钦此。”

清帝退位诏书

太后大哭，廷下的群臣也难免要陪几滴眼泪。代表袁世凯出面的外交大臣胡惟德在干号几声后，很快又把议程拉回了正题。他摸出一份电报向隆裕太后报告：

“南方革命党人急电，说本朝若不在今日下午之前退位，将立刻取消所有皇室优待条件。”

这一套手法袁世凯已经驾轻就熟，他甚至做了一件后来堪称因果报应的事——伪造了一份报纸，每天向隆裕传递一些让她心惊肉跳的消息：孙中山又从国外带回来三艘军舰，革命党的舰队已经陈兵威海卫……

隆裕太后随即止住眼泪，下令在退位诏书上盖印。

一代大清王朝，随着印章的落下，正式宣告寿终正寝。

9

自此，隆裕就背上了沉重的心理包袱。

尽管谁都知道，大清国的灭亡，抓100个罪魁祸首都抓不到隆裕太后，但她自觉是自己最后盖了章，一手葬送了祖宗留下的基业。

隆裕心中积怨难平，最终积劳成疾。退位才一年，她就染上了重病，转眼到了弥留之际。

1913 年 2 月 21 日，已经进入最后时刻的隆裕召来了小溥仪，对他说了这样一段话：

“汝生帝王家，一事未喻而国亡，而母故茫然不知也。奈何奈何？”

随后，她又对身边人说：

“孤儿寡母，千古伤心，睹宫宇之荒凉，不知魂归何所。”

1913 年 2 月 22 日凌晨，隆裕望着溥仪，眼中含泪，停止了呼吸，终年 45 岁。

临死前念叨自己“不知魂归何所”的隆裕，却不知自己死后迎来了一生中最大的荣光。

隆裕的死讯传出后，时任中华民国大总统的袁世凯立刻下令全国下半旗志哀三天，当时的外国使馆也统统下半旗志哀。按规定，文武官员全部穿孝 5 天至 2 月 27 日。整个参议院除降半旗外，还休会一天。2 月 28 日，袁世凯亲自臂戴黑纱志哀，并奉上 3 万元赙仪。财政本就不宽裕的民国政府宣布负责支出隆裕太后葬礼的全部费用，据称有百万元之巨。

不只是京城，在清王朝的“龙兴之地”东北，长春、辽阳、凤凰、铁岭、营口等地都开会追悼隆裕太后，并各派代表入京参加追悼会。3 月 19 日，隆裕太后的葬礼在太和殿正式举行。同时，太和门前的广场上隆重召开了全国国民哀悼会，到席者达 5 万人之多。

隆裕太后葬礼

4 月 3 日，由民国政府的仪仗队、军乐队引路，隆裕太后的棺木被隆重抬到前门火车站，用慈禧太后曾经使用的专列送到河北易县清西陵的梁各庄行宫内暂安。同年11月，光绪的陵寝崇陵地宫先期建成，隆裕与光绪一起入陵。

这对“生不同衾”的夫妇，最终“死后同穴”。

而孙中山、黄兴、黎元洪等当时身处中国历史舞台中央不同派别的人，不约而同给了隆裕太后相同的四字评价——这四个字隆裕生前简直连做梦都不敢想：

“女中尧舜。”

隆裕太后葬礼上有“女中尧舜”字样

馒头说

现在回看隆裕太后当年去世后的一些社会评价，有些实在是夸张了：

“让德高怀，召亿兆人之讴恩”“远追尧舜揖让之盛心”“贤明淑慎，洞达时机，垂悯苍生”“顺天应人，超今迈古”……

隆裕之所以被这样赞誉，其实无非因为一点：顺应时代潮流，代表清廷做出了退位选择

但回过头来仔细想想，隆裕固然是顺势而为，但她自己还有选择吗？

正如文中分析的，以当时隆裕的实力，手里最多还有一支由八旗子弟组成的毫无斗志的禁卫军，根本无法和袁世凯抗衡　她在那个时候所能做的，无非也就是为皇室退位多要一些经济上的优待条件　当然，她觉得首要诉求是保得母子二人的性命——二人性命堪忧这件事情本来就是袁世凯恐吓她的，只是她不知道而已

所以，与其说隆裕太后“识大体”，还不如说她没的选，或者说她

是拜袁世凯成全——若不是袁世凯不想背一个“逼宫”的千古骂名，而想展示胸怀，他有一百种手段让隆裕连同清朝皇室死无葬身之地。

所以，隆裕虽然被夸，但其实大家夸的不是她，而是共和制度，是中国能以一种不流血的方式走向共和。越是夸隆裕，就越是能显出时代的潮流指向，共和的来之不易。

在这里，隆裕只是以末代太后之尊，充当了一个道具而已。

而令人遗憾的是，隆裕从出生起，恐怕就已经是一个道具了。因为她已经被标定了一生的方向，根本没有什么自主选择的空间：丈夫是指定的，使命是指定的，生活是指定的，垂帘是指定的，最后，退位也是指定的。

在短短的 45 年人生里，她知道爱情是什么吗？知道快乐是什么吗？知道自由是什么吗？还有，她知道“共和”是什么吗？

如果让她来世重新选择：是做一个生前的平凡女子，还是做一个死后的“女中尧舜”？

她会做出怎样的选择？

本文主要参考来源：

1.《隆裕太后与清帝退位》（陈自新，《文史精华》，2012 年 02 期）
2.《为清朝画上句号的隆裕皇太后》（黄华平，《文史天地》，2014 年 03 期）
3.《论宣统朝载沣与隆裕太后的交替持权》（孙昉、刘平，《近代中国》，2021 年 02 期）
4.《清末皇族内争与袁世凯复出》（朱文亮，《历史研究》，2017 年 05 期）
5.《“国”与“君”，政治文化视角下的隆裕太后葬礼》［冯佳，《中国农业大学学报》（社会科学版），2009 年 03 期］
6.《隆裕太后逝世的社会反应述略》（刘潇敏、李嘉，《绵阳师范学院学报》，2009 年 09 期）

亨利·卢斯：曾经“美国最有权力的七个人之一”

说起“权力”，很多人都会联想到皇帝、总统或者军阀。但事实上，有时候展现权力，未必要通过王座。

当然，和坐在王座上一样，这样的权力，也会有失去的时候。

1

如果中国也奉行“在本国出生即拥有国籍”的政策，那么亨利·卢斯就可以算是一个中国人了。

1897年，亨利·卢斯的父母亨利·温斯特·卢斯和伊丽莎白作为北美长老会的传教士来到了中国，第二年在山东的蓬莱生下了亨利·卢斯。

1898年，正是中国开始进行“戊戌变法”的一年。

亨利·卢斯是家中的长子。他14岁之前的岁月，都是在中国度过的——在中国成长，在中国读书。14岁的亨利·卢斯离开中国的那一年，恰好是1912年——又是一个值得纪念的年份：“中华民国”正式

亨利·温斯特·卢斯，中文名为路思义。他在中国传教 15 年，参与筹建燕京大学和齐鲁大学。自 1912 年返回美国到 1930 年前后，他一直担任（美国）中国教会大学基金会负责人，不停地四处募集捐款，以便向中国北平的燕京大学、山东的齐鲁大学（也是美国教会学校）等邮寄办学经费

成立的一年。

亨利·卢斯在离开中国前写信给自己的美国朋友：

“这场革命（辛亥革命）给中国日益广阔的未来送来了一缕希望之光……它有可能被证明是整个人类历史上最伟大的、最了不起的改良运动。”

离开中国后，亨利·卢斯先去欧洲读了一年书，15 岁才第一次回到自己的家乡美国，随后进入康涅狄格州的霍奇基斯中学读书。在那里，亨利·卢斯第一次发现了自己的一个兴趣和特长所在，开始担任学校的文学月刊主编。

从霍奇基斯中学毕业后，亨利·卢斯顺利考入了耶鲁大学。在这所名校里，亨利·卢斯做了两件重要的事。第一件是加入了“骷髅会”。这个每年只在耶鲁大学三年级学生中挑选 15 名精英学生入会的秘密社团，将为他今后的人生道路带来很多帮助。第二件是成为同学布里顿·哈登（Briton Hadden）的助理，哈登是当时耶鲁大学校报的总编辑。

学生时代的亨利·卢斯继承了父亲作为传教士的执着和坚韧性格，但父子两人追求的目标似乎不太一样。如果说老卢斯把一生都献给了在中国的传教和教育事业，那么小卢斯的执着目标是财富、权力和地位。他曾说过这样一句话：

“若不成名，我誓不罢休！我要让脚下的土地将我仰望，在我死去之前把我赞扬。”

在这条道路上前行的过程中，亨利·卢斯确实表现出了胜人一筹

的天赋和嗅觉。

亨利·卢斯读书期间正值一战爆发，卢斯在校报上宣传“爱国主义”，呼吁所有学生要身着军装，随时听候政府召唤上战场。但另一方面，他成了附近一家裁缝店的“中介”，负责学生们做军装的订单，发了笔小财。

1920年，亨利·卢斯从耶鲁大学毕业，又去牛津大学深造了一年，然后决定踏入社会。

毕业前，他留下了自己的毕业豪言：

“我要赚很多很多钱，多到没有意义。”

“骷髅会”的标志。上面有阿拉伯数字“322”字样是因为这个组织信奉着一个传说：公元前322年，当希腊雄辩家德摩斯梯尼逝世时，雄辩女神也随之升天。这个社团因此自称为“雄辩俱乐部”，他们相信，1832年雄辩女神已经重返人间。“322”因此成为这个组织的代码。多年来，这个组织里走出过三个美国总统和两个大法官，以及无数美国议员和内阁高官，被有些人认为是一个势力庞大的控制美国的地下社团。但也有不少记者调查后表示，它只是普通的大学精英社团

2

但是，踏上社会的亨利·卢斯很快就和很多毕业生一样，在现实面前垂下了头——哪怕他毕业于耶鲁。

亨利·卢斯一开始往国际联合收割机公司投了简历，遭到了无情的拒绝。然后他想去干他热爱的新闻事业，于是进了《芝加哥每日新闻报》，但没多久却因为报社经济情况欠佳，他被列入了裁员名单。

才刚毕业三年就品尝到了失业的滋味，亨利·卢斯觉得心灰意冷。就在此时，他当年在耶鲁大学的校报总编朋友哈登找到了他，邀请他

布里顿·哈登。亨利·卢斯认为哈登的写作才华其实超过自己

到《巴尔的摩新闻报》工作。

兜兜转转又回到新闻行业，亨利·卢斯此时终于坚定了自己的人生方向：就是要做传媒。但他的人生梦想其实和《巴尔的摩新闻报》并没有什么关系，而是决定和哈登一起做一件事：

办一份这个世界上最伟大的报纸。

是亨利·卢斯异想天开吗？可以说是，也可以说不是。

说是，是因为两个刚毕业没多久的毛头小伙子，连从业经历都没多少，就放豪言说要办一份“世界上最伟大的报纸”，怎么看都是在开嘴炮。

但说不是，是因为亨利·卢斯有自己的观察。

他的观察，就是当时的美国已经完成了一个里程碑式的转型：1920年，美国的城市人口达到了总人口的51%，正式进入城市化时代。

城市人口大规模提升带来的一大结果，就是涌现出一个新阶层：新兴中产阶层。这个阶层人数庞大，他们并不是出身于名门或贵族，

20世纪20年代，美国明尼阿波利斯街景

可能父母还在农村或身处城市里原本比较贫苦的阶层，而他们这一代通过读书和自身的努力，开始拥有了一定的财富和社会地位。

而这个阶层的人们很容易产生各种焦虑：他们一方面为摆脱了父辈的贫苦和落伍而有些沾沾自喜，但另一方面又对进一步拥有财富和地位表现

出一种迫切的渴望，同时还有一种对失去现在地位或被同龄人远远甩在身后的恐惧。

在这样的背景下，针对这个阶层的阅读市场就出现了一片巨大的真空。

当时的美国市场上，新闻刊物呈现出一种“两极分化”的局面：

一头，是以“黄色小报”为代表，报道“低俗新闻”。其中以两大报业巨头普利策的《世界报》和赫斯特的《纽约新闻报》之间的“黄色新闻”大战最为著名。这些报纸以色情、自杀、灾祸、暴力、犯罪等刺激性内容为主打，辅以夸张的标题和排版，专门满足低层次读者的猎奇心理，基本上没有什么营养。

另一头，是以美联社为代表，报道“高冷新闻”。这类新闻严守“新闻专业主义”态度，只给事实和数据，力争避免出现任何主观倾向和观点，一切交给读者自己分析和判断。而这类新闻，一般人是读不懂或读不下去的。

863,956 The World. 863,956

MAINE EXPLOSION CAUSED BY BOMB OR TORPEDO

Capt. Sigsbee and Consul-General Lee Are in Doubt--The World Has Sent a Special Tug, With Submarine Divers, to Havana to Find Out--Lee Asks for an Immediate Court of Inquiry--260 Men Dead.

IN A SUPPRESSED DESPATCH TO THE STATE DEPARTMENT THE CAPTAIN SAYS THE ACCIDENT WAS MADE POSSIBLE BY AN ENEMY

Dr. E. C. Pendleton, Just Arrived from Havana, Says He Overheard Talk There of a Plot to Blow Up the Ship--Capt. Zalinski, the Dynamite Expert, and Other Experts Report to The World that the Wreck Was Not Accidental--Washington Officials Ready for Vigorous Action if Spanish Responsibility Can Be Shown--Divers to Be Sent Down to Make Careful Examinations.

《世界报》报道当初美国“缅因号”战舰爆炸的新闻。19世纪末的美西战争成了普利策和赫斯特提高报纸销量的战场。普利策的《世界报》不遗余力地宣扬战争即将到来，而赫斯特直接告诉他们驻古巴的记者——后者认为不可能爆发战争——“你提供图片，我提供战争”

亨利·卢斯认为，这两类刊物都不符合他当时分析的“新兴中产阶层”的需求：他们想有追求，图上进，至少希望自己谈吐有干货，所以不想读低俗无聊的“黄色小报”；但同时，他们又觉得美联社那些东西实在太枯燥，有些还读不懂。

所以亨利·卢斯认为，如果有一份刊物能够既提供精英阶层需要的资讯，同时又能帮他们解读，甚至连观点也整理好，便于他们在茶

《时代》周刊的创刊号，封面人物是当时的美国国会议员卡农，由此也形成了新闻人物出现在《时代》封面的传统

余饭后拿出来当谈资，那么这份刊物肯定受欢迎。

想到就做。亨利·卢斯虽然才毕业没几年，但他的“骷髅会”会员身份此时发挥了作用，他和哈登开始四处游说别人投资他们的报纸，在半年内筹集到了9万美元的启动资金。

1923年3月3日，亨利·卢斯和布里顿·哈登一起创办的刊物终于面世。

这是一本周刊，名字叫作《时代》(*Time*)。

3

《时代》杂志一面世就一炮而红，因为亨利·卢斯确实找准了定位。

《时代》的创刊号只有28页，但归纳了一周以来发生的大大小小新闻，并整理成了22个方面，呈现给读者。这也符合这本杂志当时宣称的定位：为忙人服务，让他们充分了解美国以及整个世界。

虽然《时代》是一本周刊，在时效性上远远落后于报纸，但亨利·卢斯和他的搭档充分发挥了资料收集和归纳整理的能力，用图表、类比、标音等各种方式帮助读者加深了解、克服阅读障碍，再加上出色的文笔，所以当时的社会精英们更爱读这本杂志上经过沉淀的文章，然后再将这本杂志上呈现的观点化为自己的谈资，进一步传播。

《时代》杂志很快就成为当时美国媒体界的一股清流，进而开始影响美国上层人物乃至白宫的决策。1929 年，布里顿·哈登因病去世，亨利·卢斯备受打击，但很快又振作起来，从哈登的继承人手里购买了《时代》的股权，开始全力扩张他的传媒版图。

亨利·卢斯布下的第二颗棋子，是一本纯经济杂志，名叫《财富》（*Fortune*）。

亨利·卢斯不顾身边人以“世界经济大萧条背景”为由对他进行的劝阻，在 1929 年秋天推出了《财富》杂志。第一期 184 页，全部用重磅铜版纸印刷，并配有精美的图片，售价 1 美元。亨利·卢斯称这本杂志必须“外观极尽豪华，插图极其珍贵，文章怀有一种适合其商业在公众心目中获得应有地位的目的”。

受益于《时代》创下的品牌效应，《财富》杂志创刊时就拥有了 3 万精英订户，随后销量一路走高，再度获得成功。在杂志之外，它的两个品牌“财富论坛”和“世界 500 强企业排行榜”影响至今。

1936 年的 11 月 23 日，亨利·卢斯又布下了自己传媒帝国的第三颗棋子：《生活》（*Life*）杂志。

《生活》杂志的创刊号，封面故事是当时最大的水坝：密苏里河畔的佩克堡大坝。卢斯曾在《生活》杂志上亲自撰文，表示美国一定要积极参加全球事务，并提出了“20 世纪是美国的世纪”这一观点

关于这本杂志，亨利·卢斯的设想更加大胆：做一本图片新闻杂志。而在此之前，图片向来只是为文字新闻服务的附属品。这本杂志再度获得成功，创刊号就吸引了 23.5 万订户。

它的创刊卷首语写得就让人似乎很难拒绝：

> 去看生活，去看世界，去目击伟大事件；

去看穷人的面孔与骄傲的人的姿态；

去看奇异的东西——机器人，军队，大众，丛林和月球上的阴影；

去看人的作品——他的画、高塔和新发现；

去看数千里外的世界，藏在墙与房间里的人和事物，难以接近的危险场景；去看男人所爱的女人和许多小孩；

去看并享受看的乐趣；

去看并且感动；

去看并且接受教导……

功成名就后的亨利·卢斯虽然实现了"赚很多很多钱，多到没有意义"的梦想，但却非常鄙视没有知识的暴发户，他的生活也很朴素，甚至从不参加高尔夫、网球等富人活动

此时的亨利·卢斯，已经完成了当初毕业时梦想：金钱、地位、影响力，他哪一个都不缺。到了20世纪60年代，卢斯旗下的时代集团已经是全世界最成功、影响力最大的杂志出版商，美国的1950年到1960年甚至被称为"卢斯的十年"。而丘吉尔还把他称为"美国最有权力的七个人之一"。

无论是《时代》《财富》，还是《生活》（包括后来的《体育画报》等），亨利·卢斯旗下的杂志始终把目光投向全世界各国。

而在各个国家中，有一个国家始终被他牵挂，让他犹豫，使他怀疑，乃至影响他一生的不少决策。

这个国家就是他出生的地方：中国。

4

应该说，亨利·卢斯的一家都对中国充满感情。

亨利·卢斯的父亲老卢斯就对中国难以割舍，这一点完全影响到了卢斯。这不仅仅体现在《时代》的封面人物总不会忘记刊登中国人的形象，也体现在1937年7月7日中国抗日战争全面爆发后，卢斯可能是唯一一个不断利用自己的影响力旗帜鲜明地支持中国抗战的美国人。

1924年，吴佩孚成为第一个登上《时代》周刊封面的中国人，其评语是“中国最强者”。

当时的美国政府出于各方面的考虑，对日本侵略中国的谴责只体现在口头上，而向日本政府提供的贷款和援助也根本没有暂停，日军在侵华战场上机枪射出的子弹、大炮射出的炮弹、坦克油箱里装的汽油，很多都是美国变相提供的。

在这样的情况下，亨利·卢斯大胆地站了出来，不断公开批评美国政府不作为，要求政府立刻停止对日本的援助，转而支援中国人。为了声援中国，卢斯开始在自己控制的《时代》和《生活》杂志上刊登大量支持中国抗战的文章和照片。不仅如此，他还在美国组建了“救济中国联合会”，并亲自写信给《时代》的所有订户请求捐款，成功募得24万美元，全部捐给了中国抗战。

1938年1月3日的《时代》周刊封面是蒋介石和宋美龄——彼时抗日战争已经全面爆发。（蒋介石一共10次登上《时代》封面。）

1941年12月7日，亨利·卢斯和家人在自己的纽约寓所吃午饭，这时传来了日本偷袭珍珠港的消息。卢斯立刻就赶往杂志社，要求撤换《时代》和《生活》的全部稿件，并且给自己的父亲打了电话。

当时在波士顿居住的老卢斯已经73岁了，重病在身，但他在电话那头却依旧激动不已：

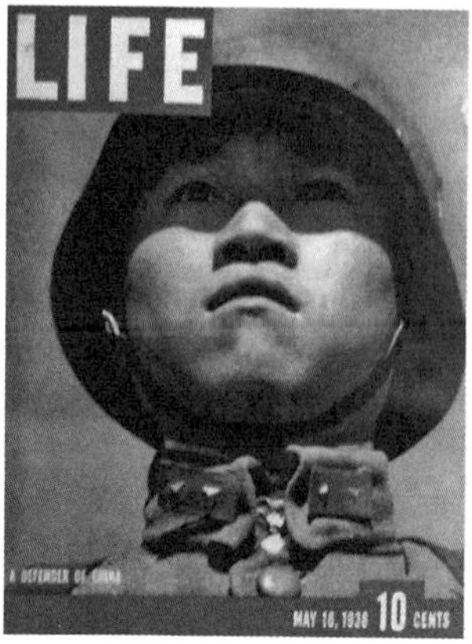

这张抗战时期的著名照片，也成为过《生活》的封面

“现在，所有的美国人都应该明白我们对中国的意义，以及中国（独自抗击日本）对于我们的意义了。”

当天深夜，老卢斯与世长辞了。

父亲去世后，卢斯依旧为中国的抗战来回奔走，先后会见美国的总统助理柯里（负责对华援助）、复兴金融公司总裁琼斯、国务卿赫尔、海军参谋长诺克思、财政部长摩根索、战争部长斯蒂姆逊等重要人物，希望能为抗战中的中国争取到更多援助。

而自从 1932 年访问中国之后，卢斯就与蒋介石夫妇建立起了不同寻常的友谊。在卢斯的眼里，蒋介石坚忍、律己，具有领袖风范，同时又是一个虔诚的基督徒，这完全符合他的观念，所以他不惜动用自己旗下的杂志大篇幅报道蒋介石夫妇以及他们领导下的抗战。1944 年宋美龄访美获得巨大成功，背后也有卢斯和他的媒体很大的功劳。在卢斯的宣传下，1948 年的美国民意调查显示，宋美龄在“美国人最尊敬的女性”排名中仅次于罗斯福夫人排在第二位。

但是，由于对蒋介石个人的欣赏以及对共产主义的恐惧，卢斯在 1945 年之后对中国陷入了迷茫。

5

1945 年之后，卢斯眼中蒋介石的“中国华盛顿”或“宁波拿破仑”形象其实已经严重贬值。

当时《时代》周刊驻中国的记者白修德（Theodore Harold White）与卢斯的观点发生了严重冲突。白修德认为中国的内战肯定会爆发，而蒋介石必然一败涂地。他为此专门给编辑部写了一篇反映真实情况的稿件，并附加了一封电报：

“如果《时代》有限公司执行的是绝对的、无条件支持蒋的政策，我们就极端地损害了美国千百万读者的利益，并对中国人民犯下了罪行。

“……

“我们希望看到您能以公正的态度，毫不偏颇地搜集事实。这一悲剧足使您采取这个态度，雅各比和我视此报道为一个试金石。”

但是，并非完全不了解情况的卢斯，却在此时出于个人情感倾向，选择忽略新闻报道的客观真实性，不允许记者报道蒋介石和国民党政府的任何腐败或无能行为，删改甚至“枪毙”白修德等驻中国记者发来的真实情况报道，转而拼凑出一些宣扬蒋介石的文章，以便能让美国继续对蒋介石政府进行援助。

卢斯（左）与自己的员工白修德

亨利·卢斯在解释国民党失败的原因时简单又粗暴，概括起来就是一句话：那是共产主义的阴谋。

结果，白修德在采访完东京的投降仪式后回到美国，直接向《时代》编辑部提出辞职，并且与同事将自己在中国的真实所见所闻写成了《中国的惊雷》一书。他在序言中说：

“在亚洲，有十亿人厌烦了这个世界的现状；他们生活在如此可怕的奴役中，以至于他们除了锁链之外没有东西可以失去……不到一千年前，欧洲人也是这样生活；后来欧洲人起来反抗……亚洲的人民将要经过同样的历程。”

《中国的惊雷》被美国“当月读物”读书俱乐部看中并购买版权，

书一问世就引起巨大轰动，普通版卖了 43 万册，“当月书”版本卖了 40 万册，成为当时这个俱乐部的第三大畅销书。

而这一纪录无疑打了《时代》周刊和卢斯的脸。

在朝鲜战争之后，卢斯尽管依旧不承认共产党领导的中国，但还是试图为自己对中国的态度做出一些修正：他建议美国政府向中国提供“有史以来最强大的经济援助”——提供为期十年的共 200 亿美元的经济援助，从而改善中国人民的生活水平。

但这个提议没有得到什么回应，因为当时冷战大幕已经拉开，而美国自己也正在“麦卡锡主义”的阴影笼罩之下。

6

亨利 · 卢斯毕竟对中国是有感情的。

1965 年，思“乡”心切的卢斯通过在伦敦的中国驻英国大使馆，表达了他本人希望访华的愿望并递交了申请。但由于当时的冷战背景以及他一贯的立场，他始终没有等到中国的回音。

亨利 · 卢斯去世时，《时代》周刊的封面

1967 年，亨利 · 卢斯因心脏病突发而去世，享年 69 岁。

之后的《时代》周刊还多次以中国人作为年度人物展示在封面，继续记录中国之后几十年风风雨雨的变化和改革之路。

但亨利 · 卢斯已经看不到了。

馒头说

2018年9月，美国的云计算公司Salesforce联合创始人马克·贝尼奥夫（Marc Benioff）宣布以1.9亿美元收购《时代》周刊。

再往前8个月，有另一个收购新闻：旗下有《时代》、《生活》（2017年已取消纸质版，改为网络版）、《体育画报》、《财富》、《财经》这一系列杂志的“时代公司”，被美国媒体公司梅雷迪斯（Meredith）整体收购，收购价是18.5亿美元。没错，才被买进8个月，《时代》周刊就又被出售了。

8个月内，《时代》周刊就遭遇了两次出售。而在亨利·卢斯去世的1967年，时代公司的市值是10亿美元——那可是50余年前的10亿美元。

毫无疑问，至少从资本价值上看，《时代》周刊和由它领头的整个杂志矩阵一直在走下坡路。

但这也是一件令人无可奈何的事：在信息爆炸的今天，连每日出版的报纸都已经被逼到了山穷水尽的地步，又何况一周一出的杂志？互联网的便捷和四通八达，已经保证全球各个角落一有什么事就能被公众迅速了解，谁还需要一本杂志来“带你了解这个世界”呢？

当然，我个人始终认为，从“信息稀缺”到“信息爆炸”，越来越多人对这样一种服务的需求还是在逐步加强：帮我梳理好一件事的来龙去脉，为我过滤掉那些毫无意义的垃圾信息。

所以，从这个意义上说，亨利·卢斯创办《时代》等一系列杂志的初衷，至少有一部分到现在也是合理的。

在传播渠道垄断被迅速打破、各种传播手段日新月异的今天，“纸”是肯定会衰落的，但“媒”是永远的刚需，尤其是有用的“媒”。

问题是，谁会率先浮出水面呢？

本文主要参考来源：

1.《亨利·卢斯、〈时代〉周刊与四十年代中美关系》（许静，《美国研究》，1993 年 01 期）

2.《亨利·卢斯：支持中国抗日“美国第一人”》（李辉，凤凰网，2007 年 10 月 24 日）

3.《亨利·卢斯与抗战时期的中国》（杨静，延安大学硕士论文，2015 年）

4.《亨利·卢斯：为“无知”的聪明人做几本杂志》（孙今泾，“好奇心日报”，2015 年 12 月 6 日）

5.《亨利·卢斯：他孤独地死于心脏病》（朱桂英，《新京报·书评周刊》，转引自《第一财经日报》，2012 年 1 月 18 日）

6.《组图：〈时代〉封面老照片说中国》（人民网，2010 年 03 月 18 日）

7.《蒋介石 10 次登上〈时代〉封面》（凤凰网，2012 年 1 月 24 日）

李小龙：戏刚开场，斯人已逝

如果说一名电影演员能成为所有西方人眼中的“中国符号”，这样的人肯定是不多的。

而李小龙是最无可争议的一个。

他给我们这个世界带来了太多值得回味的东西，包括他的电影、他的哲学、他的双节棍、他的嘯叫，也包括他的突然告别。

1

1973 年 7 月 20 日下午 2 点，香港嘉禾电影公司的老总邹文怀来到了李振藩的家中。

两个人针对要拍摄的电影《死亡游戏》剧本大纲做了意见交流。

下午 4 点 30 分，两人一起来到剧中另一名女演员丁佩的家中，三人针对剧本大纲又做了两个多小时的交流和沟通。

晚上 7 点，三人准备去凯悦酒店楼下的日本酒家用餐。临走前，李振藩突然说：

“我不舒服，头疼起来了。”

由于李振藩近期经常会莫名其妙地头疼，所以丁佩拿出了一片阿司匹林让他服下，并要他去卧室休息。

晚上 8 点 30 分左右，丁佩进卧室去看李振藩，发现他正在熟睡。因为不忍叫醒他，丁佩就打电话给先前因为要接人离去的邹文怀，说索性就别去酒楼吃饭了。

到了晚上 9 点 45 分，邹文怀回来了，走进卧室，发现李振藩还没有醒。邹文怀试着叫他，却叫不醒。

邹文怀和丁佩意识到可能事情不太妙。

晚上 10 点，一个叫朱博怀的私人医生被叫了过来，他做了检查后发现，李振藩已经陷入昏迷，而且心跳、脉搏和呼吸都没有了。

另一名叫邓宝志的医生随后赶到。他做检查的时候，直接宣布：

李振藩已经死亡。

这实在是一个惊天动地的意外消息。

因为李振藩是死者的本名，他还有一个全世界都如雷贯耳的名字：

李小龙。

他死的时候，只有 33 岁。

李小龙

2

1939年，香港的粤剧名角李海泉带着妻子和三个儿女，去旧金山唐人街演出。

襁褓中的李小龙和他的父母

李海泉在那里一直待到了1940年，在这段时间，妻子又为他生了一个儿子。因为旧金山市又被华人称为“三藩市”，所以李海泉决定把儿子起名为“李振藩”。

10年后，被称为“小李海泉”的李振藩在出演电影《细路祥》中的角色时，因为他出生的1940年是庚辰年，按中国的生肖传统是龙年，又因为出生的时辰是辰时（“龙”时），所以他被起了个艺名：李小龙。

李小龙在1岁的时候，被父母带回了香港，开始了在香港18年的生活。

中学时期的李小龙

学生时代的李小龙，做什么事情都很有劲头，除了一样——学习。在他的学习成绩中，历史和社会学还算可以，但数理化简直是一塌糊涂。李小龙的妈妈曾开玩笑说：“小龙10岁的时候，只能数出来10以内的数字。”

李小龙12岁的时候进入了一家叫喇沙书院的天主教学校读初中，学校授课对英语要求较高，而李小龙的英语听说基础较差。在这样一个环境中，李小龙对学习完全丧失了兴趣。

孩子们的激情在课堂上得不到释放，就很容易发泄在其他地方。李小龙很快找到了自己的发泄渠道——打架。

20 世纪 40 年代到 50 年代的香港，除了被日本占领了三年之外，都处于英国殖民统治之下。在广大百姓所处的街区，尤其是年轻人群体，大多只信奉一个法则：拳头。

李小龙进入喇沙书院后不久，有一天忽然跑回家，对妈妈说自己想练武术。于是，父亲李海泉开始教他太极拳。在跟爸爸练了一两次太极拳之后，李小龙实在无法忍受这种慢节奏的拳术而选择了放弃。在这一点上，妈妈倒还是继续支持李小龙，她为儿子支付了学费，让他去拜了一位师父。

那位师父的名字，叫叶问。

叶问和李小龙

叶问精炼凶悍的“咏春拳”很快吸引了李小龙。一旦确定了自己喜欢的事，李小龙就开始爆发出了巨大的能量，将自己的全部精力都投入学习武术这件事上：在咏春拳的道场，李小龙是从来不会逃课的孩子；走在路上，他会突然挥拳或用脚去踢路旁的树木，吓路人一大跳；全家人一起吃饭的时候，他会双掌轮番猛击身边的小凳子，说这样可以加强掌部力量并让肌肉更强健有力。

混乱无序、强者为王的香港街区为李小龙提供了理想的土壤。训练有素的他很快就以强悍的体魄和勇猛的斗志，成为一帮少年中的首领。

李小龙的家人曾回忆，这个孩子会将自己的利器都藏在一个秘密地点，并且经常将一条铁链缠在腰间，再到街上逛来逛去。而李小龙的兄弟也回忆：“如果小龙不喜欢谁，会直接告诉他。”

1967年10月号的《黑带》杂志也登出过李小龙自己的回忆：

“那时候我是一个小混混，年轻无知，随时都在寻衅滋事，大打出手。我们的身上暗藏着链锁和尖刀。”

值得一提的是，李小龙年轻时还拿过全港恰恰舞冠军。他后来在格斗中那如同舞步般的步点，有人认为就是受到了舞蹈的启发

当时李小龙的目标只有一个：打架就要打赢。所以，除了咏春，他还练过洪拳、白鹤拳、功力拳、少林拳、戳脚、节拳等各种拳种，还在1957年夺得过香港校级拳击比赛少年组的冠军。

可能李小龙自己也没有意识到的是，那些年在街头的打架经验和学习的各家拳法，对他后来武术观念和自成一派打法的形成有重要影响——一切从实战出发。

当然，幸好李小龙后来没有继续沉迷于街头打架，不然可能他的名字只有某个监狱的典狱长和狱友会知道，或者，干脆就此消失了。

3

改变李小龙人生轨迹的，首先是电影。

其实在1941年，李小龙只有3个月大的时候，他就客串过电影《金门女》，在里面扮演一个婴儿。因为父亲李海泉和演艺界的关系，李小龙在孩童时代客串过很多部电影。

直到1950年，10岁的李小龙作为主演之一，出演了电影《细路祥》。他在里面扮演一个父母早亡，不甘于贫穷，又良心未泯的不良少年。也是从这部电影开始，他正式以“李小龙”的艺名出道。

在1953年到1959年期间，李小龙拍了十几部电影，各种类型都

《细路祥》的电影介绍里，“李小龙”的名字已经赫然在列

有，还拍过《雷雨》。李小龙似乎从小就有演电影的天赋，他能把握住角色的内心，而在眉宇之间，就能将自己扮演角色的神韵传递出来。当时的影评人向宸曾在《文汇报》撰文，提醒：

“（李小龙）配称粤语片‘天才童星’，粤片工作者应该好好重视他。”

应该说，如果不是拍电影让李小龙花费了不少的精力，他可能还会沉浸在无休止的街头打架斗殴之中。而他在那么多部电影中获得的经验和成长，也为他今后的事业奠定了扎实的基础。

1959 年，那个骁勇好斗却同时能演十多部电影并获得好评的李小龙，已满 18 岁了。

他需要换个地方施展才能了。

4

1959 年，由于李小龙学习成绩糟糕和经常与人争斗，家人还是决定送他去美国念书。

李小龙出生在旧金山，按照美国的法律，他已经拥有美国国籍，所以他去美国读书倒不是什么问题。不过他和家人在那时肯定不会意识到，李小龙的美国之行对今后的华人电影乃至世界电影意味着什么。

李小龙于 1961 年考入西雅图的华盛顿大学，主修戏剧，并辅修了哲学、心理学及其他学科。在就读的同时，他也结识了后来的妻子琳达。

琳达有英国和瑞典血统，后来为李小龙放弃了自己的学业

当然，李小龙在大学期间的收获不仅仅是自己未来的妻子。在大学，他自己组织了一支“中国功夫队”，经常在学校里表演各种武术。在大学二年级时，他在学校停车场的一个角落租了一小块地，开了一个叫“振藩国术馆”的武馆。而他自己在练拳之外，也开始接触各种兵器，包括长棍、短棍，尤其是双节棍。

李小龙确实已经不再是那个只会在街头打架的小混混了，他依旧痴迷于中国武术，却学会了将自己学到的其他击技技术融入武术，融会贯通，最后创造出一套完全属于自己的击技体系——截拳道。

在李小龙看来，主动以攻为守的“拦截”可运用多种方法实现。“截”不是阻挡的意思，但它可作为一种积极的防御方法来化解迎面而来的打击。学哲学的李小龙甚至给“截拳道”定下了这样一个纲领和要义：以无法为有法，以无限为有限。

当然，作为一种击技，名字和道理讲得再好听也没用，最关键的，还是一个字：打。

1964 年，李小龙应邀出席美国加州长堤国际空手道锦标赛。他表演了双指俯卧撑（即用同一只手的拇指和食指，双脚分开大约一肩宽，作为支撑）。

李小龙在加州长堤国际空手道锦标赛上

此外，他还表演了“寸拳”。李小龙站直，右脚靠前，右膝微微弯曲，面前站着志愿者鲍勃·贝克。李小龙右臂部分伸展，右拳距离对方胸部约一英寸。在没有收回右臂的情况下，李用力打出一

拳，同时保持姿势基本不变，将对方击退，摔倒在后面的椅子上。这把椅子放在对方身后以防止他摔伤，但强大的冲击力还是让对方摔倒在地。

贝克后来回忆：

“我告诉李小龙不要再做这种示范。在他击打我后，我的胸部疼痛得难以忍受，不得不在家休假。”

此外，在旧金山开设武馆的李小龙，还要接受各个武师的挑战。

1964 年，李小龙在加州奥克兰唐人街与华人武师黄泽民进行了一场轰动一时的比武。黄泽民与李小龙同龄，是形意拳、北少林拳以及太极拳的好手。据李小龙称，一些华人向他下达了最后通牒，命他停止向非华裔教授武术，但李小龙拒绝了。于是，黄泽民就带着六个人上门挑战。

据李小龙的妻子琳达回忆，这场比武只持续了三分钟就结束了——李小龙将黄泽民打倒在地，问：“认输吗？”对方回答：“认输了。”

随着李小龙的声名鹊起，到他武馆来学艺的人越来越多，这里面有华人，也有美国人和欧洲人。

但是，如果一直这样发展下去，李小龙可能也就是一个在美国华人界比较有名的武师而已。

真正让他成为一个文化象征符号的，还是他在 3 个月大时就开始接触的行业——电影。

只不过，这次拍电影的地方，换成了美国好莱坞。

5

1965 年，25 岁的李小龙前往福克斯电影公司试镜。

那段试镜的视频至今仍在全世界的各类社交媒体平台上流传。从视频中可以看出，年轻的李小龙自信、沉稳，对武术有自己的理解，当时他的身段和武术非常赏心悦目。

李小龙（右）在《青蜂侠》中的剧照

李小龙的谈吐、外表，以及当时让西方人耳目一新的击技方式，很快让好莱坞另眼相看。1966年，李小龙得到了参演30集美剧《青蜂侠》的机会，饰演配角加藤。1967年，他又参演了《蝙蝠侠》。

在1969年1月，马上要步入而立之年的李小龙非常直白地写下了自己的“人生总目标”：

“我的明确目标是，成为全美国最高薪酬的超级东方巨星。从1970年开始，我将会赢得世界性声誉。到1980年，我将会拥有1500万美元的财富，那时候我和我的家人将过上幸福的生活。”

那个时候的李小龙，虽然以“截拳道”在美国华人武术界较有名气，但在好莱坞，他毕竟刚刚崭露头角，还只能演一些配角和进行客串——他真的能实现自己的目标吗？

但有时候，你不得不感叹命运的安排。1971年，李小龙真的就开始步入国际巨星的行列了——但不是在好莱坞，而是在自己的家乡香港。

李小龙和琳达育有一子一女，儿子李国豪，女儿李香凝

其实从1970年开始，邵氏兄弟电影公司就邀请李小龙回香港拍片，但当时李小龙提出了自己

李小龙对儿子李国豪寄予厚望，希望他能继承自己的事业

的条件：电影制作成本不能低于 60 万港元，自己要担任影片的武术指导，有权修改剧本，自己邀请的外国演员片酬要以美元支付，等等。这些要求令邵氏公司无法接受。

此后没多久，邵氏公司的首席执行官邹文怀离职，自己组建了嘉禾电影公司，开出 1.5 万美元的片酬邀请李小龙回香港拍片，并答应他的一切要求。

李小龙随即答应回国，在 1971 年回到香港后拍了第一部电影。

那部电影的片名，叫《唐山大兄》。

《唐山大兄》的制作成本虽然达到李小龙要求的 60 万港元，但其实拍得非常仓促，连剧本都是边拍边写的。但是，李小龙在片中的三脚回旋连环踢、凌空飞脚以及独创性的啸叫，让所有观众都耳目一新。

《唐山大兄》讲述了在曼谷一家制冰厂工作的华人青年郑潮安（李小龙饰），经历过多年的冤冤相报之后，领悟了人生，誓言不再与人打斗，对别人的多次羞辱都忍耐下来，但他发现这个制冰厂实质上是掩护坏人进行非法勾当的场所，且他人的逼迫到了无可忍受的地步，于是重施拳脚，与坏人展开大战的故事

这部电影在香港的票房达到了 300 万港元，震动业界。

嘉禾公司趁热打铁，在 1972 年与李小龙合作推出了第二部电影：《精武门》。

《精武门》打破了传统武打片狭隘的复仇主题，而是上升到了宣传民族大义的高度。而扮演陈真的李小龙在片中更是上演了一口气踢倒八人的“李八脚”，以及第一次将双节棍展现得出神入化，一改观众以往对花拳绣腿的香港武打片的认识。

《精武门》的投入比《唐山大兄》提高了一倍，带来的回报更是惊人：当年票房打破了亚洲纪录，达到了 440 多万港元。

凭借两部电影奠定地位的李小龙，终于拿到了自己梦寐以求的对电影的掌控权。于是，同样在 1972 年，李小龙自编、自导、自演了他一生的巅峰之作——《猛龙过江》。

《猛龙过江》公映的时候，有些电影院因为观众实在太多，不得不请警察出马控制人流，其中一些影院最终只能停止放映。这部电影是香港电影史上第一部去欧洲取景的电影，而高潮部分是李小龙在古罗马竞技场对决两个国际空手道冠军（罗礼士和罗华尔），李小龙对这一部分没有采用任何镜头剪辑，一镜到底，成为经典。

坊间的一个传闻是，在影片中出演的两名空手道世界冠军听说自己扮演的角色要输给李小龙，并不服气，约李小龙各自带着助手，在拍摄前去郊外指定地点“切磋”一下。后来李小龙取胜，两人才心服口服答应拍戏。

相比之下，李小龙在 1973 年拍的《龙争虎斗》虽然是他第一部正式进军好莱坞的电影（由嘉禾公司和时代华纳公司联合摄制），但受到的约束比较多。好莱坞因为不太相信华人演员，还给他配了两个白人主演。

但是，影片的票房让时代华纳公司目瞪口呆——投资才 80 万美元的《龙争虎斗》，击败当时很多好莱坞大制作，在北美就拿下了 2500

万美元的票房——那可是 1973 年的 2500 万美元，全球票房更是惊人（有一个未经证明的数据是超过 2 亿美元）。

拍完《龙争虎斗》之后，李小龙已经彻彻底底成了美国好莱坞乃至世界影坛的巨星。因为他创立的“中国功夫片”，一个完全因他而生的英文单词“kung fu”由此诞生，被收入词典。很多美国人甚至觉得，每个中国人都和李小龙一样，会“中国功夫”。

这个时候，李小龙才 33 岁。

从《唐山大兄》算起，他正式主演的功夫电影不过也就四部（不算还没拍完的《死亡游戏》)，大好的前途正在等待着他。

但是，也就是在这一年，发生了本文开头的那一幕。

李小龙的生命，戛然而止。

6

李小龙的猝然而死，当时引起了巨大轰动。

人们给出了各种猜测。李小龙的影迷们首先寄望于法医。

当时法医叶志鹏的记录显示：

检查李小龙尸体时，发现李小龙的左脚上有一处输血过的痕迹，左胸处也有做心脏内注射急救时留下的针孔，但是身体的其他部分并没有新留下的伤痕和遭受暴力的迹象，而在丁佩寓所也没有发现打斗迹象和有毒物品。

所以，叶志鹏认为李小龙没有遭到谋杀。

不过，叶志鹏说，李小龙曾有在拍片现场突然昏迷的经历，这可能就是李小龙猝死的前兆。

叶志鹏说的“突然昏迷”，是指李小龙在拍摄《猛龙过江》时曾突然晕倒在洗手间门外。幸好工作人员发现并及时将他送往医院治疗，李小龙才躲过一劫。当时医院诊断李小龙为“脑水肿”，李小龙的妻子琳达回忆，李小龙发病时唇颤抖得厉害，像癫痫发作一样。

另据李小龙的友人介绍，李小龙生前为了保持强健的身体，不仅有自己独特的饮食菜谱，而且还经常配制一些特殊的饮料。在拍戏期间，李小龙经常用生鸡蛋的蛋清来制作饮料，当时，这些都没有医学根据。

根据丁佩回忆，李小龙平时用很极端的方法练功，包括用电来刺激自己的肌肉群（所以后来有一种说法甚至是日本人害死了李小龙，因为那套电击系统是日本人推荐的）。平时在家，李小龙为了增强格斗能力，每天都进行密集的训练，如骑单车、跑步、跳绳，仰卧起坐，举重等力量练习，他希望通过训练来维持超人的力量和精准的敏捷度

法医的裁定当然不能成为最后结论，李小龙的影迷们等待着第二步：尸检。

李小龙的尸体被解剖后，验尸报告中最引人注目的是在他的体内发现微量大麻——不过专家指出，这点大麻不可能诱发猝死。

尸检报告指出：

法医在李小龙头部没有发现外伤，既没有出现脑出血，其脑血管也无梗死之处，身体的其他器官也都很正常。唯独脑部有中度水肿，很可能发生在死亡前半分钟，而且来势很快。但脑水肿并不一定能致使人死亡，李小龙的死因很有可能与止痛药过敏反应有关。

所以，尸检报告给出的结果，倾向于李小龙的死因是急性脑水肿，原因是对止痛药中的某些成分产生了过敏反应。

但这个答案似乎还是不能让人满意。所有关心李小龙的人，等来了第三步：法院宣判。

1973 年 9 月 24 日上午，在经过两个多月的论证后，香港法庭的董梓光法官对李小龙的死因做出了 7 种可能的解释，在排除了“谋

李小龙在香港的葬礼，马路上人山人海

这是一张让人伤心的照片。李小龙唯一的儿子李国豪，在父亲去世后子承父业，同样投身好莱坞的功夫电影。1993 年 4 月 1 日凌晨 0 点 30 分，在拍摄电影《乌鸦》中的一场枪战戏时，道具枪竟意外射出真子弹，李国豪腹部中弹，失血过多身亡，终年 28 岁。他最终被葬在了父亲墓地的旁边

杀”“误杀”“自杀”“自然死亡”等可能之后，最终裁定李小龙是因为服用止痛药过敏而“意外死亡”。

结论一出，很多李小龙的影迷都表示不能接受，认为这里面肯定存在“阴谋”。

但此时，李小龙的葬礼已经举行了——在香港出殡一次，在美国出殡一次，最后落葬在西雅图。

时至今日，还有不少李小龙的影迷坚信自己的偶像是死于阴谋，但毕竟人死不能复生，且没有任何实质性证据。

还记得李小龙在 1969 年立下的那份誓言吗？

从 1970 年开始赢得世界性的声誉——他真的做到了。

而到 1980 年积累 1500 万美元的财富——其实他应该也可以轻松做到。

如果，他还活着的话。

馒头说

其实从严格意义上来说，我不是看李小龙的那一代。

对我这一代影响更深的功夫片或武侠片，属于成龙或李连杰，而

用现在的眼光看，无论是当年的《唐山大兄》还是《猛龙过江》，从武打设计到剧情逻辑，都似乎与时代有点脱节。

但是，我个人觉得，李小龙的成就，并不是这样来评价的。

抛开格斗技术本身不谈，单说电影。就像第一列火车、第一架飞机、第一辆汽车，论速度，论性能，肯定远远比不过现在的产品，但是这些都是开创一个全新时代的产物。

换句话说，李小龙就是凭一己之力，开创了整个中国功夫片的全新时代。

不仅如此，在李小龙的身上，我们看到了东西文化的融合：他作为黄种人娶白人姑娘，二人共同经营也教外国人武术的武馆；将中国武术加入西方格斗技巧，成为综合格斗的先驱；将功夫电影推向欧美，又将欧美电影制作理念带回香港……

也正是因此，李小龙在2018年美国《时代》周刊评选出来的“百年地球十大文化偶像”中，名列第五。

他确实已经成了一个文化标志和象征，并且在未来依旧会是。

我一直记得这样一幕细节。

2011年，我去韩国大邱采访世界田径锦标赛，晚上和几个中国记者在一家路边烤肉馆吃烤肉。

邻桌四个下班的韩国警察大叔听老板娘说我们是从中国来的记者，非常兴奋，围到我们桌前。但他们不会说英语，叽里呱啦说着韩语，我们只能保持尴尬但不失礼貌的微笑。

其中的一个大叔忽然一拍脑袋，掏出了皮夹，拿出了里面的一张照片——一张李小龙拿着双节棍的照片。

他说了一声“Bruce Lee”（李小龙的英文名字），随后拉开架势，发出那招牌式的啸叫声。

我们恍然大悟，而整个小烤肉馆的其他客人都鼓起了掌。

这就是李小龙的魅力。

2009年，美国人拍了一部纪录片《李小龙如何改变了世界》。影片的最后一句话是：

“他用人类最强有力的右拳，击中了整个流行文化，我们至今在他的重拳中晕眩。”

而这种晕眩持续至今的原因，恐怕还包括他的英年早逝。

如果他能够继续走下去，还会获得怎样的成就？

这个问题，我们如今已无法得到答案了。

本文主要参考来源：

1.《我夫李小龙》（琳达，时报文化出版事业有限公司，1975年）
2. Hongkong Cinemagic，“Bruce Lee”专页（http://www.hkcinemagic.com/en/people.asp?id=86）
3.《李小龙死因大白：死于非命 陪审团经七天聆讯一致裁定》（《华侨日报》，1973年9月25日）
4.《李小龙：我的导师和我的朋友》（秦彼得、郑杰，《中华武术》，2021年12期）
5.《“Kung fu”词语的溯源研究》（李平平、周爱光、王雷，《体育学研究》，2021年05期）
6.《以李小龙电影为例分析武术在好莱坞中的形象应用》（张云飞、曹庆华，《武术研究》，2017年06期）
7.《李小龙创立截拳道对中西文化的借鉴研究》（晏骏，《广州体育学院学报》，2016年05期）
8.《当谈论李小龙的时候我们谈论什么？》（何潇，《三联生活周刊》，2013年32期）

朱建华：一个同样被“期待”压垮的天才

说到中国最著名的田径运动员，你会想到谁？很多人肯定会想到刘翔。但其实刘翔还有一个前辈，也是上海人，也打破过世界纪录。

而在某种程度上，刘翔的遭遇，和他很像。

1

这个故事，要先从 1983 年 6 月 11 日说起。

那一天，在北京的工人体育场，正在进行第五届全国运动会的田径预赛。

彼时，中华人民共和国恢复在国际奥委会的合法席位不久。尽管全国上下对体育健儿为国争光的热情很高，但因为离开国际大家庭太久，大批体育项目的竞技水平都需要与国际接轨，其中表现得比较明显的，就是有“运动之母”之称的田径。

由于黄种人的身体素质原本就在田径赛场上占不到优势，再加上训练水平长期落后，中国田径当时在世界舞台上处于一个非常落后的位置。

也正是因此，这场田径比赛虽然是全国性质的，但观众也兴趣不大——更何况是一场预赛。

朱建华

但恰恰在这场观众寥寥无几的比赛上，爆出了一个惊天大新闻：

有一名中国运动员，居然在男子跳高预赛中跃过了 2.37 米的横杆！

当时的世界纪录，是 2.36 米。

打破世界纪录！全国轰动。

而更让国人兴奋的是，这名来自上海的小伙子，当时才 20 岁。

他的名字，叫朱建华。

2

其实，朱建华并不算“横空出世”。

1963 年 4 月 1 日，朱建华出生在上海。在上小学三年级之前，朱建华除了偶尔打打乒乓球，不参加任何体育运动。但就像一匹千里马需要一个伯乐一样，当时的区少体校教练胡鸿飞看中了朱建华，开始带他练跳高。

朱建华从 10 岁开始跟着胡鸿飞练跳高，很快就在这个项目上展现了惊人的天赋：

1979 年，16 岁的朱建华在世界中学生田径比赛中跃过了 2.13 米的横杆，获得了亚军，并打破了全国少年男子跳高纪录；1980 年，才 17 岁的他在全国田径锦标赛上以 2.21 米的成绩获得跳高冠军；同年，他还在墨西哥举行的国际青年田径运动会上以 2.25 米的成绩获得冠军。

1980 年 6 月，在那一年的日本东京亚洲田径锦标赛上，朱建华轻松越过了 2.30 米的横杆，不仅获得了冠军，还打破了被保持 11 年之久的亚洲男子跳高纪录，轰动日本。

到了 1982 年的印度新德里亚运会，朱建华又一次轻松越过了 2.33 米的高度，不仅打破了自己创造的亚洲纪录，而且这个成绩在当年名列世界第一。

而那一年，朱建华也就 19 岁。

当时中国媒体用得最多的一句话是：“中国跳高后继有人。”

朱建华身高 1.93 米，体重只有 68 公斤，在身材上非常适合跳高。事实上，他能成为世界级运动员，出乎很多人意料，因为他年轻时甚至有些贫血

其实在当时相对孱弱的中国田径界，跳高一直是还算拿得出手的一个项目。

1957 年，中国女运动员郑凤荣用“剪式”跳高的姿势跃过了 1.77 米的横杆，打破了世界纪录，也成为新中国田径历史上第一个创造世界纪录的运动员。

1970 年，中国男运动员倪志钦以“俯卧式”跳高的姿势跃过了 2.29 米的横杆，创造了新的世界纪录。而朱建华在 1980 年打破的被保持了 11 年的亚洲纪录，就是倪志钦创造的。

一代又一代，跳高接力棒终于被传到了朱建华手里。

3

朱建华第一次感受到“期待”的压力，是在第一届世界田径锦标赛上。

1983 年，国际田联举办的第一届世界田径锦标赛在芬兰的赫尔辛基拉开帷幕，朱建华肩负着国人众望，出征跳高比赛。

作为新科世界纪录创造者，朱建华无疑是冠军的最有力争夺者。

但是，比赛那天天公不作美，临场下起了暴雨。在雨停后的湿滑场地上，朱建华最终只获得了铜牌，成绩是 2.29 米，远低于自己的世界纪录（冠军的成绩是 2.32 米）——当然，天气因素对每个运动员的影响其实是一样的。当年全世界跃过 2.30 米高度的选手多达 14 名，当天或多或少都受到了天气的影响。

其实，这枚铜牌背后的意义是非凡的：

这是中国田径队在世界田径锦标赛上的第一枚奖牌，也是那届世锦赛上，整个亚洲所获得的唯一一枚奖牌。

但当时有些国内媒体用了四个字来形容朱建华：发挥失常。

一次小小的波折，并没有让国内对朱建华的期待有所降温，因为朱建华很快用自己更惊人的成绩，引起了全国乃至全世界的关注。

第五届上海全运会，朱建华创造新的世界纪录的瞬间

就在这一年的 9 月 22 日，在上海举行的第五届全国运动会上，主场作战的朱建华在上海数万名家乡父老的注视下，在第二跳跃过了 2.38 米的高度。

一个新的世界纪录诞生了！

而且，离朱建华上次打破世界纪录，也就过了 3 个多月。

这一年，朱建华不仅获得了中国的年度“十佳运动员”称号，更是被美联社评为 1983 年度“十佳运动员”。

当然，也有一种声音在坊间流传：朱建华是“内战内行，外战外行”，一到国外比赛就不行了。

真的是这样吗？

1984 年 6 月 10 日，朱建华受邀参加德国埃伯施塔特的世界跳高精英赛，在那场云集了全世界跳高顶尖高手的著名跳高专项赛中，朱建华居然一举跃过了 2.39 米的高度。

又一项新的世界纪录诞生了！

短短一年之内，一个黄种人，三破世界纪录！

所有质疑的声音全都消失了。

在当时的世界跳高舞台，朱建华成了绝对的王者。

在德国创造 2.39 米的世界纪录之后，朱建华自己也兴奋得跳了起来

4

按照《中国体育报》记者黄伟的回忆，当时的朱建华，其实是感到了一些隐忧的。

在朱建华以 2.39 米创造新的世界纪录之后，黄伟曾把自己撰写的一篇报道给朱建华和胡鸿飞看。黄伟回忆，当时朱建华说了一句话：

“你把我们写得太好了。”

黄伟说，他当时没明白朱建华说这句话的意思。

其实那个时候，何止黄伟，全国的媒体都是把朱建华当作一个战无不胜的英雄来报道的。在大批报道朱建华成长过程、技术特点分析的文章中，也出现了类似《试对朱建华三创跳高世界纪录的哲学分析》这样的文章。

可以说朱建华是当时中国知名度最高的世界级运动员，他在国内受到的英雄般的待遇，也是很多人难以想象的：各种待遇和称号都给了他；他上街就会造成拥堵，请求签名合影的人络绎不绝；全国各地的姑娘给他写的求爱信，堆满了他的寝室……

不过，公众对朱建华最大的期待，还是1984年的洛杉矶奥运会。

由于苏联及一批社会主义国家已经明确宣布抵制洛杉矶奥运会，一些原本苏联选手占优势的奥运项目的竞争激烈程度有所减弱，其中就包括男子跳高项目——1983年赫尔辛基世锦赛男子跳高冠军根纳季·阿夫杰延科就不会出现在奥运赛场上。

而1984年的洛杉矶奥运会，也是新中国恢复国际奥委会合法席位后第一次正式派代表团参加的奥运会，举世关注。在出征前，中国奥运代表团自己排摸了一下“夺金点”，朱建华的男子跳高无疑是最有希望夺金的项目之一。

其实也不是光中国人自己信心十足。那一年，美国的《田径》杂志邀请了17名美国的一流田径教练，请他们预测一下洛杉矶奥运会田径项目的夺冠形势。在预测男子跳高冠军时，17名教练中的15名给出了一致的答案：朱建华。

考虑到要确保朱建华拿到奥运金牌，国家体委甚至破例批准朱建华提前近一个月就去美国训练，以更好地适应当地的环境和时差。

然而，这个看似“好心”的举动，也给朱建华带来了意想不到的负担。在那个刚刚打开国门的年代，除了饮食不习惯、训练气氛不习惯，朱建华的心理压力也无从释放。

洛杉矶奥运会开幕前五天，作为美国耐克公司赞助的第一名中国运动员，朱建华在尤金田径邀请赛上跳出了2.33米，虽然这个成绩离他的世界纪录还有一点距离，但一切似乎显示他状态平稳。

只是，很少有人知道当时朱建华的真实心理状态：

“当时的压力太大了，所有的人都已经提前把奥运金牌颁给了我。开始的时候是兴奋，到后来是紧张，再后来就是睡不着觉了。后来吃安眠药也不管用了，每天都是眼睁睁地看到天亮。”

但那个时候，用上海话说，朱建华和他的教练也被“顶到了杠头上”，没有了退路。

美国记者采访朱建华，问他能否在奥运会上夺得金牌，朱建华的回答是：“能！”

一旁有人补充了一句：“最好是又夺金牌，又破纪录。”

5

1984 年 7 月 28 日，洛杉矶奥运会正式拉开帷幕。

就在奥运会开赛后的第二天，中国射击运动员许海峰在男子手枪 60 发慢射的比赛中一举夺金，开创了中国代表团在奥运会上的夺金历史。

随着赛程的进行，中国运动员在各个赛场上都有上佳的表现（不可否认，也有苏联等一批国家缺席的因素），五星红旗频频升起，国人的热情也越来越高涨。

就在男子跳高决赛的前一天，代表团的一位领导找到了朱建华，随便和他聊了几句：

“小朱啊，大家都对你寄予厚望啊。不过你也别有心理负担，你看，连那些计划外的人都拿了金牌，你就更加不成问题了。”

领导说这番话或许也是出于好心，但产生了什么效果，只有朱建华自己明白。

1984年8月11日，洛杉矶奥运会男子跳高决赛的那一天终于到来。

朱建华无疑是全场最受关注的一名选手，美国方面甚至还专门为他制作了一个专题片来介绍，称他是一个“具有不可思议力量的 21 岁年轻选手”。

然而，这一次，朱建华却真的发挥失常了。

包括朱建华在内的当时在场的很多人回忆，赛场上确实发生了一个插曲：

在成功跃过了 2.31 米的横杆后，朱建华要了 2.33 米的高度，第一

朱建华在洛杉矶奥运会比赛中。之前他要的 4 个高度都一次性成功

次试跳失败。但就在他准备第二次试跳时，英国中长跑选手塞巴斯蒂安·科在比赛进行中恰好倒在了跳高场地旁的跑道上，裁判宣布比赛暂时中断。已经做好一切准备的朱建华只能等待，节奏也被打乱。在德国选手默根堡已经一次试跳就跳过 2.33 米的情况下，朱建华只能直接要到 2.35 米（根据跳高规则，朱建华第二次试跳 2.33 米即便成功，也要排在第一次试跳就成功的默根堡后面）。

最终，面对 2.35 米的高度，朱建华两次试跳失败，成绩定格在了 2.31 米。

2.31 米这个成绩，让朱建华获得了洛杉矶奥运会男子跳高比赛的铜牌。冠军成绩是 2.35 米，获得者正是德国选手默根堡——在德国埃施塔伯特跳高精英赛上输给朱建华的人。

无论是 2.31 米，还是 2.35 米，都离朱建华自己保持的世界纪录 2.39 米有不小的距离。

事实上，朱建华获得的这枚铜牌，也是中国田径奥运史上的第一枚铜牌。

但公众的关注点，已经不在这上面了。

6

就在朱建华获得铜牌之后，他家的玻璃窗被人砸了。

那一届洛杉矶奥运会，中国代表团一共获得 15 枚金牌、8 枚银牌、

9 枚铜牌。这个成绩振奋了很多中国人，但他们中的不少人，却并不认为朱建华和这份荣誉有关。

其实当时的上海市有关领导是专门去车站接了朱建华这批上海籍运动员的，市体委还授予他“特级体育运动奖章”，团市委也授予他“新长征突击手”的称号。

但朱建华还是发现，有不少人在一夜之间变了。

他家的玻璃窗被人砸了，他的家人被人辱骂，激动的人甚至会堵在他家门口，要求“给个说法”。还有人传话过来：

“国家给你补了那么多营养品，都白补了？给我们都吐出来！”

有人给朱建华寄来了鼓励的信，但更多人来信的内容是责问、训斥乃至辱骂，还有人在信里附上了刀片，希望他割喉自杀。

在这样的压力下，朱建华和自己的教练胡鸿飞还想坚持一下自己的目标——冲击 2.40 米。

1985 年 3 月 24 日，在广州二沙头体育场举行的全国田径邀请赛上，朱建华在全场数万观众的注视下，要求把横杆升到了 2.40 米的高度。

助跑，起跳，朱建华跃过了横杆。而正当观众准备欢呼鼓掌的时候，横杆晃晃悠悠地掉了下来。

这是朱建华在职业生涯中最接近 2.40 米的一次，也是他职业生涯的最后一次巅峰。

从此以后，朱建华似乎就失去了前进的动力。

在 1986 年的亚运会上，朱建华代表中国拿到了男子跳高金牌，但夺冠成绩是 2.24 米。

随着朱建华陨落的，还有整个中国男子跳高运动。

1988 年汉城奥运会，中国代表团只派出了一名选手（洛杉矶奥运会派出了 3 名）出征男子跳高，这个人就是朱建华。

在那届奥运会上，已经从巅峰滑落的朱建华只跳出了 2.19 米的成绩，列预赛第 20 位，连决赛也没能进入。

汉城奥运会，成了压垮朱建华的最后一根稻草。

自那以后，朱建华渐渐淡出了体坛。

那一年，他也就 25 岁。

7

朱建华的淡出，当时成了很多人茶余饭后的话题。

“年纪轻轻的，怎么就不再拼一下了呢？”

“还是心理素质太差，因为那么点压力就垮掉了。”

“可惜啊，怎么说也是一个天才。”

而朱建华自己的回应，却有些不同。

1989 年，《当代体育》杂志采访了朱建华，在那个专访里，朱建华有这样一句话：

“观众眼中看到的只有横杆，你跳过去他开心，跳不过去，他扔汽水瓶子，给你寄刀片，让你割喉管。”

1989 年，朱建华赴美留学。一年后，27 岁的朱建华正式宣布退役。

由朱建华创造的亚洲男子跳高纪录，直到 2013 年才被卡塔尔的天才跳高运动员巴尔希姆以 2.40 米打破。

在 1984 年之后，至 2016 年里约热内卢奥运会，每一届奥运会男子跳高的冠军成绩，都没有超过 2.39 米。

中国男子跳高纪录，至今仍是 2.39 米。

馒头说

在 2008 年的年初，我参与策划了一次活动。

当时有8名即将参加北京奥运会的上海籍运动员，我们请了8名上海体育界的老前辈，一对一为年轻运动员壮个行，说两句话。

当时邀请的老体育人里，有一位是著名的足球教练徐根宝。徐指导对我说，他想对刘翔说几句话，因为他很喜欢刘翔。

我抱歉地告诉他，给刘翔壮行的老运动员已经选好了。

那个人，就是朱建华。

我到现在都还记得朱建华当时对刘翔的寄语，大意是：

“放轻松，不要给自己太大压力，也希望我们的观众，不要给他太大压力。”

后来的故事，我们都知道了——朱建华最不希望发生的事，还是发生在了刘翔的身上。

曾有一段时间，有几句话忽然在社交媒体上疯传，原话是这样的：

“刘翔是唯一一个在直线跑道上真正打败黑人的运动员，甚至创造了连白人都没做到的纪录。

“刘翔参加了48次世界大赛，获得36次冠军、6次亚军、3次季军，然而有些人只记得他退赛2次。”

这些话，可能朱建华看到，也感同身受。

他一年内三次打破世界纪录，战胜了所有的白人优秀运动员，但人们仅仅记得他在奥运会上，“只”拿到了一枚铜牌。

如今，刘翔早已退役，过上了自己想过的轻松日子。

而朱建华，也早已成家立业，过上了自己选择的生活。曾经想远离跳高的他，最终还是难以割舍，回国后还在上海的蓬莱二小创立了跳高俱乐部。

无论是刘翔还是朱建华，回忆起当初的故事，都已经可以在嘴角带着微笑。

时间终会改变一切。

改变他们，也希望，能改变我们。

本文主要参考来源：

1.《朱建华在五运会打破跳高世界纪录追记》(张平国,《田径》, 2002 年 03 期)

2.《向世界纪录挑战——记跳高新星朱建华》(冯贵家,《北京体育》, 1982 年 06 期)

3.《朱建华跳高科研小组工作情况汇报》(张德珺,《体育科研》, 1984 年 08 期)

4.《七运会跳高赛的憾事——记复出未果的跳高名将朱建华》(铁宁,《辽宁体育》, 1993 年 04 期)

5.《朱建华印象：从三破跳高世界纪录到与 2 米 40 擦肩而过》(黄伟,《中国体育报》, 2014 年 12 月 10 日)

6.《田径英雄朱建华：世锦赛夺铜牌　三破世界纪录》(网易体育, 2015 年 8 月 20 日)

7.《朱建华：三破世界纪录感受惊喜　唯有奥运遗憾》(李刚,《中国体育报》, 2011 年 6 月 11 日)

8.《屈居铜牌青山在——访跳高名将朱建华》(新民,《当代体育》, 1984 年 10 期)

9.《朱建华：体育给了我一切　呼吁全社会为刘翔减压》(搜狐网, 2008 年 8 月 22 日)

黄金荣：大佬的末日迷途

《历史的温度》中收录了关于杜月笙的文章。杜月笙名气最大，但在他之前，其实还是有老大的。当年所谓的“上海滩三巨头”中，黄金荣才是成名最早的那一个。

1

黄金荣出生在 1868 年。

那一年，清朝的直隶总督还是曾国藩，左宗棠刚刚开始挥师收复新疆，而日本也才刚刚开始“明治维新”。

黄金荣的祖籍是浙江余姚，父亲黄炳泉曾做过余姚衙门的捕快。黄金荣 6 岁的时候，父亲把全家带到了上海，住在南市的张家弄。

张家弄里住着不少当时朝廷的捕快和武官，黄金荣从小生长在这个环境，也耳闻目染了不少“六扇门”里的规矩和套路——从某种角度说，黄金荣算是出身于“捕快世家”了。

黄金荣 14 岁的时候，父亲因病去世。靠给人洗衣服为生的母亲邹氏实在无力拉扯他们姐妹兄弟四个，就把他送到附近的一个小庙里帮杂，顺便能得到些吃的。所以黄金荣的第一个绰号是“和尚”。而他的第二个绰号是“麻皮金荣”，因为他当时得了一种传染病（可能是天花），虽然侥幸不死，但留下了一脸麻子。

黄金荣后来还在书画店帮人做过裱画匠，长期颠沛流离的境遇和鱼龙混杂的环境，也让他小小年纪就学会了察言观色讨人喜，不择手段求生存。

所以黄金荣和其他不少所谓的“流氓大亨”一样，并没有什么显赫的家世，这背后也有一个很简单的逻辑：如果家学渊源或家世显赫，谁会去做流氓？但再进一层的逻辑是：一个平凡乃至穷苦人家的孩子之后能扶摇直上——先不论是走正道还是走歪道——必然有原因，比如除了本人的主观因素外，肯定还有机遇。

1890 年，上海法租界发布告示：招聘 120 名华人巡捕。

黄金荣此时穷困潦倒，正走投无路，就去报名碰碰运气。巡捕房看他人高马大，且颇会看眼色行事，当即就录用了他。

那一年，黄金荣 22 岁，也算是“子承父业”了。

而属于他的机遇，也来了。

2

不得不承认，法租界巡捕这个职位，像是给黄金荣量身定做的一般。

一开始，从底层做起的黄金荣只能跟在法国巡捕后面跑跑外勤，但他察言观色的能力强，干起活来也勤快，所以很快就升成了租界巡捕房的“便衣警察”——没错，就是传说中的“包打听”。

一旦有了执法权，黄金荣就开始玩起了自己擅长的套路，简单来说，就是“以毒攻毒”。

黄金荣脑筋活络，网罗了一批社会最底层的“阿飞”（与“流氓”

意思相近）和惯偷惯犯，恩威并施，平时给他们弄点小甜头，让他们吃点小苦头，在上海法租界织起了一张“暗网”。凭借这张“暗网”提供的情报和多层关系，他确实破了不少案子。

比如，当年法国总领事的书记官与夫人同游太湖被土匪绑架，总领事馆束手无策，是黄金荣找到绑匪头领“太湖阿四”等人，凭情面和利益交换，很快就把这对法国夫妇保了出来；又比如，当年福建省督理周荫人的参谋长杨知候在十六铺码头丢了六箱古玩字画，也是黄金荣出手，半天就物归原主。

在掌握了“暗网”且有了一定威信之后，黄金荣的胆子更大了，有时甚至玩起了“贼喊捉贼”的游戏。

有一次，法租界里一家货行的金字招牌被人偷了，老板急得没有方向，忽然得人“指点”，说这种案子“黄金荣肯定能破”，于是老板赶紧去巡捕房点名要黄金荣破案。结果没等黄金荣跨出巡捕房，一帮法租界的小流氓就敲锣打鼓地把匾额送了回来。老板自然感恩戴德，而黄金荣的上司也啧啧称奇——殊不知，这块匾额就是黄金荣让人去偷的。

平日里，黄金荣会暗地里先指示小流氓去一些富商那里骚扰寻衅，然后自己出场当面呵斥，小流氓们做拜服状立刻散去。几来几往，“只有黄金荣搞得定”的名声就传了出去。

不过，真正让黄金荣名声大噪的，还是1923年的“临城大劫案”。

当时山东土匪孙美瑶劫了一列车的洋人和中国人，坐地起价，和政府反复交涉，双方陷入胶着（详见《历史的温度2》收录的《一场轰动中外的大劫案》）。其中有一个

黄金荣

法国籍的天主教主教，中文名叫裴雨松，曾受土匪之命下山谈条件，但回去时因为发病（也可能是不想回去了），在一间小庙中暂避。

黄金荣在上海机缘巧合打听到了消息，一路跟踪，终于确定了裴雨松的准确位置，于是率一干便衣奔赴山东，在当地军警的配合下救出了裴雨松并护送他回上海，一时轰动法国领事馆。此时的黄金荣，已经是法租界唯一的华人督察长，配 8 名安南保镖（即越南保镖）——这个职位以前只有法国人才有资格担任。

而他也早已凭借自己多年在法租界当警探的便利，在上海滩织起了一张巨大的黑社会“暗网”，黄赌毒无事不做，烟酒色利益均沾，已成了上海滩排名第一的流氓大亨。

但黄金荣自己也知道，在飞黄腾达的路上，绝不能忽略两个人。

确切地说，这两个人都是他的门徒。

3

第一个门徒究竟何时拜黄金荣为师，学术界一直有很大的争论。

因为第一个门徒后来的地位实在太高，高到知道这段历史的人都或多或少会含糊其词——这个门徒拜师的时候，名帖上写的是“蒋志清”，也就是蒋介石。

蒋介石拜黄金荣为师，最早的版本可以追溯到 1913 年。而根据黄金荣的管家程文锡以及老一辈新闻工作者恽逸群的回忆，蒋介石拜入黄金荣的门下，是在 1921 年前后。

当时的蒋介石因为受到排挤而失意，在上海跟着戴季陶等人开办证券物品交易所“恒泰号”，试图靠投机倒把挣些意外之财。不料 1921 年的一场金融风暴，让蒋介石等人赔得连裤衩都不剩，面对债主们的围逼，甚至只有跳黄浦江一条路可走。

无奈之下，蒋介石找到虞洽卿想办法。虞洽卿是当时全国工商协会会长，在上海商界很有威望，他提出让蒋介石去拜黄金荣为“老头子”。

图中左二为黄金荣。青帮中的辈分按“大通悟学”来排。严格来说，黄金荣不算青帮中人，只是勉强拜过青帮中“大”字辈的张静湖，按辈分应该是“通”字辈。但黄金荣得意时自封“天”字辈，比“大”字还要多一横

蒋介石本来就和黄金荣有交往，当即答应。而虞洽卿又找到黄金荣，说蒋介石此人日后前途无量。黄金荣本来就不想驳虞洽卿的面子，也比较认可蒋介石，随即点头。

当时，青帮的拜师认祖都是要交费的，普通的拜师要交几块至几百块大洋不等，而像黄金荣这种“天”字级别的大佬，收上千元并不奇怪。

一个在 1928 年拜黄金荣为师的青帮成员回忆，当时压帖费、捐赠费以及各种门房、茶房打点，总共交了超过 1000 元。而据他所知，蒋介石拜师根本就没交费，只是投递了一张名帖，帖上写的是：

“黄老夫子台前，受业门生蒋志清。”

蒋介石不仅没交费，黄金荣还给了他一笔差旅费，让他渡过难关，去广东找孙中山。而蒋介石的债主们后来都知道他拜了黄金荣为师，自然也没人胆子大到去要债了。

黄金荣看人的眼光，还是有的。

1927 年，蒋介石途经上海。黄金荣托蒋介石的亲信王柏龄带话，希望登门拜会——短短几年，弟子拜师变成了师谒弟子，因为当时蒋介石已经是北伐军总司令，声名显赫。

而黄金荣拜会蒋介石的目的只有一个：送回当年蒋介石拜师的名帖。黄金荣说当年是虞洽卿自说自话，说什么收徒之类的，自己和蒋

介石从来就没有过师徒关系，大家能做朋友就已经很好了。

黄金荣之所以有这番举动，也是因为之前王柏龄专门去点醒他：堂堂北伐军总司令，曾拜一个大流氓为师，说出去恐怕太不好听了。

对于黄金荣的表态，蒋介石自然表示很感激，依旧称他为“黄老先生”，并留他吃便饭。至于这件事是王柏龄出于好心去“点”黄金荣，还是本身便是蒋介石授意的，就没人知道了。

尽管没了所谓的“师徒名分”，但黄金荣知道自己还是从此“靠”上了蒋介石这棵大树，所以自然也感激涕零，唯蒋介石马首是瞻——在 1927 年的“四一二反革命政变”中，黄金荣率领手下的流氓帮派大肆捕杀共产党员，实实在在为蒋介石扮演了“打手”的角色。

不过，蒋介石毕竟是政坛上的“白道”大人物，虽然逢年过寿都会给黄金荣送来拜帖——这也是让黄金荣备感有面子的事——但终不可能在明面上给予太多支持。

黄金荣的“流氓帝国”能迅速膨胀进入快车道，离不开他的另一个门徒。

4

事实上，杜月笙具体是什么时候跟的黄金荣，也不可考。

按照现在大家比较认同的说法，杜月笙先是在 14 岁左右的时候拜在上海十六铺码头的青帮“通”字辈大佬陈世昌门下，然后大约在 1918 年，经陈世昌介绍，去黄金荣的家里帮忙做杂务。

同样善于察言观色的杜月笙很快就发现，黄金荣家真正的“话事人”是他的妻子林桂生——她虽然相貌平平，却精明能干，掌握黄家的财政大权，并且黄金荣对她言听计从。

所以，杜月笙开始处处讨林桂生欢心，把她伺候得舒舒服服，而林桂生也开始频频在黄金荣耳边夸杜月笙能干。其实黄金荣本来也发现杜月笙明显要胜于常人，有意重用他。

杜月笙真正引起黄金荣重视，是他鼓动林桂生吹枕边风，让黄金荣入股了一家包运贩卖鸦片的公司。这家公司由当时的淞沪护军都督何丰林牵头私下集资开办，杜月笙认为这个公司的后台是军阀，有赚无赔。

黄金荣听从建议后入股，不到两年就赚到 200 万元。大喜之下，黄金荣一举赏了杜月笙 5 万元，不仅让他接手了法租界内三大赌场之一“公兴俱乐部”，还把法租界内运销鸦片的任务交给了他。

有了施展舞台的杜月笙开始迅速崛起，冲锋在前，几番明争暗斗之后，帮助黄金荣拿下了上海滩鸦片贩卖的最大控制权，并在 1925 年成立了著名的“三鑫公司”，自己担任总经理（黄金荣当时是督察长，不宜公开出面）。该公司还有一个股东就是上海滩另一个流氓大亨张啸林。

三鑫公司其实做的是鸦片的运销保险，外加在各个环节抽头，实际上就是一家毒品公司。由于背后有黄金荣和法租界的支持和保护，三鑫公司可谓日进斗金，一年利润可达5000万至6000万元——当时中华民国一年的财政总收入不过 3 亿元左右。

当年所谓的“上海滩三巨头”，左起：杜月笙，张啸林，黄金荣。当时人言：黄金荣贪财，张啸林能打，杜月笙会做人

黄金荣虽然倚仗杜月笙的头脑和手段赚得盆满钵满，但通过三鑫公司的创立，杜月笙的实力和地位也开始与黄金荣平起平坐，已经可以自立门户了。

事实上，讲究“情面、场面、体面”的杜月笙无论是在国民党要员中的人脉关系，还是在工商金融方面的投资眼光，都远胜于黄金荣。而且杜月笙还懂得打造公共形象和利用公共舆论，在赈灾、募捐等活动方面一直都站在最前头。

而黄金荣在政治上相对保守，也没有能力去结识更多的官场中人。在理财投资上，黄金荣一般只愿意投资地产收租，不太敢涉足工商金融领域，更很少愿意和人合股开公司，生怕自己亏本。

图为 1948 年蒋经国在上海“打虎”时号召青年上街宣传游行。当时他接到举报说有人控制物价囤积物资，于是抓了杜月笙的儿子杜维屏，据说也是因为黄金荣手下人“告密”和挑唆

所以到了 20 世纪 30 年代之后，杜月笙在上海滩的势力已经完全压倒黄金荣了，新旧“大亨”之间的摩擦和冲突，也在所难免。两派势力对于政府关键岗位的亲信安排设置、一些生意场上的利益分配，一直钩心斗角。黄金荣还专门成立了所谓的“忠信社”，和杜月笙的“恒社”抗衡——虽然前者无论章程、规模还是势力都逊色不少。

但无论如何，黄金荣和杜月笙在明面上从来不曾撕破脸，两派势力在公开场合见面时也还是都客客气气的。

真正让黄金荣走下坡路的，还是他自己逃不过“美人关”。

5

第一个让黄金荣感到“颜面无光”的女人，叫露兰春。

1919 年，黄金荣把自己名下的“共舞台”修缮一新，请来了当时年仅 21 岁的京剧名角露兰春当台柱子。黄金荣原本就对露兰春颇有好感，所以除了为她安排演主角、灌唱片、在各大媒体曝光外，还亲自下场，每场都在戏园四周布好门徒弟子，自己坐在场中间——只要黄金荣一鼓掌喝彩，四周的门徒都震天响地叫好。

后来的故事经过各种电影、电视剧和传闻段子的演绎叙述，大家都已耳熟能详。

浙江督军卢永祥的儿子卢小嘉追求露兰春不成反生恨意，某天在剧场因露兰春唱错一句而喝了倒彩，结果被并不认识他的黄金荣及手下痛打一顿。恼羞成怒的卢小嘉指示军队直接绑了黄金荣关进地牢，扬言要取他性命。

事后亏得黄金荣的妻子林桂生和杜月笙四处奔走，又请青帮大佬出面说和，花费了巨资才把黄金荣保出来。性命虽得保全，但黄金荣经此一事，在上海滩名望大损，成了不少人茶余饭后悄悄讲的笑话。

但黄金荣似乎还是没有吸取教训，对露兰春痴心不改，甚至提出要娶她进门。露兰春提出苛刻条件：嫁可以，但必须做正室而非妾。

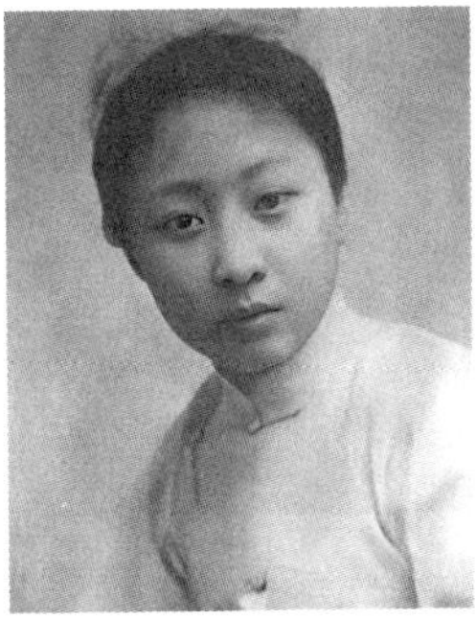

露兰春

黄金荣居然为此专门去找发妻林桂生商量，林桂生出人意料地干脆答应，只要了黄金荣 5 万大洋，就住进了黄金荣为她安排的公寓，两人就此分手。

终于迎娶露兰春进门的黄金荣之后将家中的财政大权也交给了她，却并没有换得露兰春的真正爱情：她不久后就爱上了当时上海颜料业富商薛宝润的二公子薛恒，结婚不满三年就坚决和黄金荣离婚分手了。

虽然露兰春后来的婚姻生活也不幸福，薛恒被证明不过是一个到处留情的纨绔子弟，但黄金荣所遭受的打击也是可想而知的。

第二个女人给黄金荣的打击更重，她的名字叫李志清——黄金荣似乎总和叫“志清”的人有渊源，无论男女。

李志清原来是黄金荣妻子林桂生收养的一个丫鬟，容貌不错，情商也很高，待人接物更是得体，深得黄金荣夫妇喜欢。林桂生无法生育，所以夫妇两人领养了一个儿子，李志清后来就被许配给了这个儿子，成了黄金荣的儿媳妇。

无奈这个养子早亡，李志清年纪轻轻就守了寡。在林桂生和露兰春两个黄宅女主人先后离开之后，黄金荣把所有的依靠和寄托都放在了李志清身上。坊间一直有传闻说“儿媳变成了媳妇”，但无论传言真假，李志清掌管了黄家的财政大权。

然而李志清同样给了黄金荣一记响亮的“耳光”：她最终带着黄金荣保险柜里几乎所有的银票和家财不辞而别，去了香港。

尽管坊间也有传闻说，其实李志清是受黄金荣之命，以“叛逃”的方式先为黄金荣把一部分财产带到香港去，但这只是一个没有证据的猜测，并且黄金荣自己的抉择证明这样的猜测可信度不高。

而之所以大家总是猜测像黄金荣这样的人要去香港，是因为时代变了。

抗日战争结束后，上海的租界消失，原本依附其存在的黑社会就失去了最滋润的一块土壤。

而随着国民党军队在解放战争中兵败如山倒，上海滩但凡有点嗅觉的流氓黑社会都早已知道：

那种可以警匪一家、黑白通吃的好日子，马上要到头了。

6

1949 年 4 月前后，杜月笙专门去拜访过一次黄金荣。

虽还未进入初夏，但曾经叱咤上海滩的两个“大亨”已感到了瑟瑟冬意——百万解放军兵陈长江一线，上海解放是早晚的事。

已经做好一切准备的杜月笙，是专门来劝黄金荣一起去香港的，但黄金荣拒绝了。

黄金荣不是没想过自己的好日子到头了，但他权衡再三，觉得至少有五个理由让他还是不走为妙。

第一个理由是他的性格。黄金荣虽然也是流氓出身，各种手段都见过用过，但从本性而言相对保守，不如杜月笙和张啸林激进，喜欢“以不变应万变”。日本人占领上海时，杜月笙抛弃一切财产去了重庆，张啸林抛弃一切尊严做了汉奸，但黄金荣既不离开上海，对日本人也阳奉阴违，不出来做事，一直努力保持一种“不偏不倚”的状态，结果也基本太平地度过八年，他认为自己当初的选择是对的。

第二个理由是他的盘算。他算来算去，杜月笙在结交国民党要人方面要比自己深得多，而包括当初活埋共产党工人领袖汪寿华在内，杜月笙帮国民党杀的共产党人也要比自己多得多。黄金荣自思为了蒋介石，手里也沾了不少共产党人的血，但罪孽比杜月笙还是轻多了。

第三个理由是他的资产。虽然李志清带走了他的票面资产，但他最主要的资产是历年来在上海投资的不动产，尤其是他花巨资打造的上海游乐中心“大世界”，他是完全不舍得放弃的。

第四个理由是他的年龄和习惯。黄金荣当时已经80岁了，平时又有每天泡澡堂和抽大烟的习惯，他怕到了香港，不仅这些习惯爱好无法满足，万一有个什么意外情况，命都会丢在路上。再加上他觉得自己已经时日无多，在上海待了一辈子，也不想离开。

当然，前四个理由加在一起，都没有第五个理由有说服力：共产党的承诺。

在上海解放前夕，针对像杜月笙、黄金荣这样的上海流氓头子，党中央其实已经有过明确方针：只要他们不捣乱，不干扰上海解放后的社会治安，老实接受改造，就不动他们。

对于这个方针，新中国成立之后，上海的第一任市长陈毅和副市长潘汉年都坚决积极执行，也专门派人给黄金荣带过话，所以黄金荣服下了一颗定心丸，传出一句话：

“与其死在海上，不如死在上海。”

7

新中国成立之初，黄金荣的日子其实过得算滋润。

当时黄金荣住在上海龙门路的均培里1号。那是一座三层楼的洋房，里面除了黄金荣的一些儿子孙子辈家人外，还有门卫、女佣、司机、厨师等共20多人，周围的房子也基本由黄金荣的徒子徒孙租住。

虽然和当年巅峰时期不能比，但这个阵仗也是不小的了。黄金荣的三大爱好——抽大烟、泡澡堂、打麻将，都可以在这个小圈子里得到满足，这也是他当初不想去香港的一个重要原因。

要维持这些开销，自然还要有不菲收入。黄金荣的收入虽然不能和开三鑫公司的时候比，但还是足以让当时的一般老百姓咋舌，因为共产党政府还允许他保留大世界、黄金大戏院、荣金大戏院等产业。光华东文化部下属的大众剧团租赁黄金大戏院，每月就要付给黄金荣数百万元（旧币），此外黄金荣还有多处房产依旧有租金收入，所以可以说他是衣食无忧的。

但到了1951年镇压反革命运动兴起的时候，黄金荣的日子就开始不好过了，因为群众针对他的各种举报信和控诉书多了起来，有些群众甚至自发到黄宅门前抗议：这样一个当年作恶多端的流氓头子，为什么现在能够如此安享晚年？

位于延安东路的上海“大世界”现在依旧对民众开放，但早已不是黄家的私人产业

偏偏这时候上海市公安局又接到举报，在黄金荣家里搜出了十支长短枪（两支已生锈）和数百发

子弹，还有几把日本军刀。

面对这个情况，黄金荣心里其实是慌的，生怕共产党取他的项上人头向人民交代。

但共产党最终的态度还是让他放了心：我们会遵守承诺，但你自己也需要做出一些表态。

于是，一张黄金荣在清晨于“大世界”门口扫大街的照片出现在了报纸上。虽然照片里的垃圾车还是空的，黄金荣更像是拄着扫帚在休憩而非扫地，但这样一张照片已足以说明很多问题。

而在 1951 年 5 月 20 日的上海《新闻报》和《文汇报》上，更是出现了一封黄金荣亲笔签名的自白书。

黄金荣扫地照

在自白书中，黄金荣回顾了自己的一生，坦承了自己犯的一些错误，在结尾处，他写道：

“最后，我谨向上海市人民政府和上海人民立誓，我因为年纪大了（今年八十四岁），有许多事已经记忆不清，话也许说得不适当，但是我的懊悔惭愧与感激的心，是真诚的！是绝不虚假的。”

事实上，这封自白书黄金荣只是签了一个名字，其他都是他让人代写的。而且他最初的版本交上去被退了回来，改了几遍后才成了见报的样子。之前那个原始版本，现藏于上海市档案馆。原文和见报文对照，有多处不同，有些细节颇值得品味。

比如在原文中，黄金荣不断夸大和罗列自己对革命的贡献，而对自己所犯下的罪行基本一笔带过，这很可能是当初被退回的一个主要原因。

又比如原文中有一句提及参加“四一二反革命政变”：

“后来北伐军到上海后，他在做事的时候，有一天与张啸林、杜月笙、虞洽卿来看我，因为他们发起组织共进会……”

但到见报时，杜月笙和虞洽卿这两个名字都没有了。据说当时在香港的杜月笙读报时体会到了共产党的用意：还是希望他们回去，可以既往不咎。

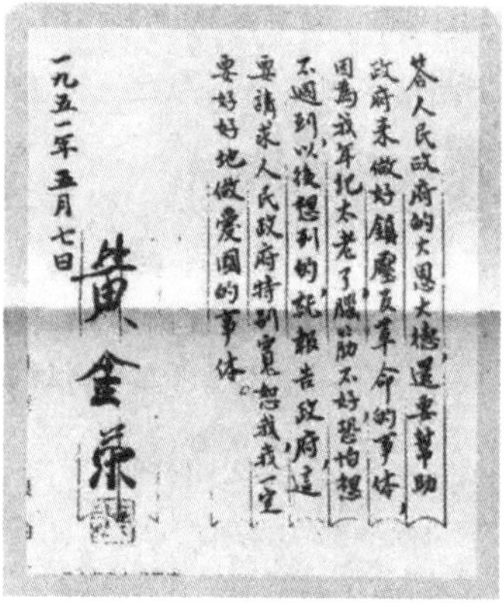
答人民政府的大恩大德，還要幫助
政府来做好鎮壓反革命的事体
因為我年纪太老了，腿脚不好，恐怕想
不週到，以後想到的就報告政府，這
要請求人民政府特别寬恕我，我一定
要好好地做愛國的事体。
一九五一年五月七日 黃金荣

黄金荣的自白书原始版本局部

黄金荣的自白书刊出后，却没有收到他希望收到的效果：人民群众看到这封自白书后，更是被勾起了回忆，更多的举报信和控诉信如雪花一般飞进了政府部门，纷纷表示“黄金荣可杀不可留”。

但政府还是信守承诺，并没有动黄金荣。

其实留给黄金荣的日子，本来就不多了。

8

1953 年 6 月 20 日，黄金荣到了弥留之际。

击倒他的，只是一次普通的发烧而已，但他长期吸食鸦片，再加上年事已高，已无力再抵御病魔了。

医生为黄金荣注射了强心剂之后发现依然没有效果，只能无奈放弃。

黄金荣于当天下午停止呼吸，时年 85 岁。

黄金荣去世后，葬礼非常简单，酒席只摆了 9 桌。他昔日那些遍布上海滩的徒子徒孙，一共来了 17 个人。

而在他去世前两年，小他 20 岁的杜月笙已在香港病逝。

馒头说

关于上海滩当年所谓的“大亨”，我曾写过杜月笙。（见《历史的温度》收录的《“上海皇帝”的正面与反面》）

因为文章传播于各大网络平台，我有时候也会去看一些评论。大多数评论我觉得是中肯的，但有少数评论还是颇出乎我的意料。

比如我曾在某大平台看到文章后有一条留言，大意是说：“杜先生忠义两全，是条好汉！”

我怕是自己把人误导了，赶紧重读了一下文章。看到自己一上来就专门说明杜月笙的那些“慷慨”的钱是从哪儿来的，是从“黄赌毒”中来的，尤其是靠三鑫公司贩毒而来的，后面也专门说了杜月笙心狠手辣，在“四一二反革命政变”中活埋了汪寿华，更是在“馒头说”里再强调了这些，于是心里稍微有了点底：少数人只看自己愿意看的，那我也没办法。

诚然，我一直不主张下“非黑即白”的结论，也一直努力展现一些历史人物的多面性，但原则性的东西是不能变的，有些人、有些事也是洗不白的，比如贩毒就是贩毒，汉奸就是汉奸。

杜月笙确实在抗日战争期间做过不少维护民族大义的事。黄金荣虽然明哲保身，但在日本人叫他出来做事时也找借口推脱，私下里说过“我读书不多，但我知道岳飞”这种话。这些都得到了公正的记录和评价，并没有被刻意埋没——上海滩曾经的“三巨头”里，如果张啸林没死的话，看看他能不能得到杜黄两人的待遇。

所以回过头来说，黄金荣年过80岁，说他想开了，也算是想开了，说他没想开，他也有些东西没想开。他喜欢的女子，个个都弃他而去；他想保留的产业，最后桩桩都不再属于他；他总想遮掩些什么，但其实人民群众都帮他记着。

最终，赤贫而来的黄金荣潦草而去，什么也带不走，什么也留不下。他曾经在上海一手遮天、一呼百应，但后人并不会因为他曾经是所谓的“大亨”而对他的一生有过誉的评价，该记下的，也全都被记下了，客观公正——比黄金荣做得更多甚至更好的杜月笙，其结局也是一样的。

所以为人一生，只要不是把事情做得天知地知自己知，就终会得到历史公正的评价。

有时候的区别，只是在于时间长短而已。

本文主要参考来源：
1.《黄金荣与杜月笙发迹之谜》(张岩、张晨怡,《文史博览》,2007年02期)
2.《近代中国社会转型期的贩毒巨擘——旧上海三鑫公司研究》[苏智良、姚霏,《上海师范大学学报》(哲学社会科学版),2005年01期]
3.《四一二反革命政变前上海帮会的动向》(苏智良,《百年潮》,2010年12期)
4.《“青帮大亨”黄金荣和他的得意门生蒋介石》(王恩收,《党史纵横》,2011年04期)
5.《黄金荣：与其死在海上不如死在上海》(王祖远,《文史博览》,2010年05期)
6.《黄金荣扫大街》[景智宇,《档案时空》(史料版),2005年05期]
7.《黄金荣写悔过书前因后果》(刑建榕,《世纪》,1998年05期)
8.《黄金荣〈自述悔过书〉》(《档案与史学》,1994年03期)
9.《杜月笙与黄金荣的分分合合》(郭绪印,《民国春秋》,1994年03期)

天才与疯子之间，隔着一道“美丽心灵”

我们常说：有些天才和疯子，就在一念之间。这样的例子，在历史上不是少数，比如本文这个故事中的人。

1

1971 年，约翰·丹佛在《乡村路带我回家》(Take Me Home Country Road)这首歌的第一句，就把对美国西弗吉尼亚州的夸赞推到了顶峰：

“几乎是天堂了，西弗吉尼亚。”(Almost heaven，West Virginia.)

而就在约翰·丹佛创作这首歌的 43 年前，在这个美国东部著名的“山川之州”，一名同样叫“约翰”的电气工程师迎来了自己的第一个孩子，是个儿子。

工程师给儿子起名叫约翰·福布斯·纳什。

纳什似乎从小就不太喜欢和孩子们一起玩耍，他更愿意把自己关在房间，闷头看书。纳什的父亲很乐意带儿子了解一些自然科学和技术方面的知识，而他母亲原本的职业是英语教师，所以也给了他无微

童年的纳什和他的母亲

不至的关怀和教导。

孩童时代的纳什并没有表现出什么“神童”的迹象，虽然他对电气和化学很感兴趣，但成绩其实很一般，数学成绩甚至被认为低于平均水平——他总是给出一些非常规的解题方法，这让他的老师感到非常恼火。

但后来的事实证明，这恰恰就是纳什数学天分的体现。

到了小学高年级，纳什的数学天赋开始展露出来，进入中学阶段后，已经有人开始称他为“天才”了。有时候，数学老师写了一黑板的解题步骤，纳什只需要简单几步就能得到同样的答案。

而和数学天赋一样让人印象深刻的，是纳什的孤僻与古怪。他似乎有社交障碍，不喜欢与人打交道，所以有人认为他是天才，但也有不少人称他为“bug brains”，暗示他“脑子可能有病”。

但无论如何，纳什的学习成绩是没什么问题的，他不仅跳了一级，而且在高三的时候获得了全额威斯汀豪斯奖学金——全美只有 10 个学生有这个资格。1945 年 6 月，17 岁的纳什考入卡内基技术学院（即后来的卡内基-梅隆大学），主修化学工程。但他很快就发现自己并不喜欢这门学科，他觉得这门学科充斥着各种制度化要求，而不是对思维的启发：“（评价一个学生好坏）不是看他的思维能力有多强，而是看他在实验室里能不能处理好吸管和进行滴定。”

那什么学科能给纳什带来思维突破的快感呢？

他认为还是数学。

其实在高三的时候，纳什就在父母的安排下去辅修了一些大学的数学课程。进入大学之后，他越发发现，数学才是自己的真爱。于是，他做出了自己的选择：改专业，选数学。

纳什很快证明自己的选择是对的，因为他的数学天赋得到了充分的展现和发挥。到了大三的时候，纳什已经收到了四所美国大学发来的邀请：哈佛大学、普林斯顿大学、芝加哥大学和密歇根大学。

纳什本来想去各方面声誉都最好的哈佛大学，但他在之前的一次数学竞赛中发挥一般，所以哈佛大学并没有给他开出最高的奖学金，而普林斯顿大学开出的奖学金要比哈佛大学高——1150 美元。

考虑到自己家也离普林斯顿更近，所以纳什放弃了哈佛大学，最终选择去普林斯顿大学进一步深造。

值得一提的是，他从卡内基技术学院本科毕业的时候，顺带连数学专业的硕士学位也拿到了。

纳什的论文导师理查德·达芬专门为他给普林斯顿大学写了一封推荐信，其中对这名学生的描述，只有一句话：

“He is a mathematical genius.”（他是一个数学天才。）

2

纳什在普林斯顿大学攻读的是博士学位。

在当时的普林斯顿大学数学系，下围棋是一种流行运动，因为这项运动能让这个系里诸多天才的大脑感受到一种计算极限的挑战。纳什也参与下围棋，但他很快自己发明了一种棋——Hex。

这是一种由 100 多个六角形棋子和一个菱形棋盘构成的棋，双方轮流用黑子、白子下，直到一方用棋子从一边连通到另一边。

纳什发明这种棋的一大乐趣在于，他用数学的方法证明：这种棋绝对不可能存在和棋，以及先走的人必然获胜（当然你要走对路）。

在那个年代，“博弈论”是一个非常前沿且时髦的学科，纳什也非

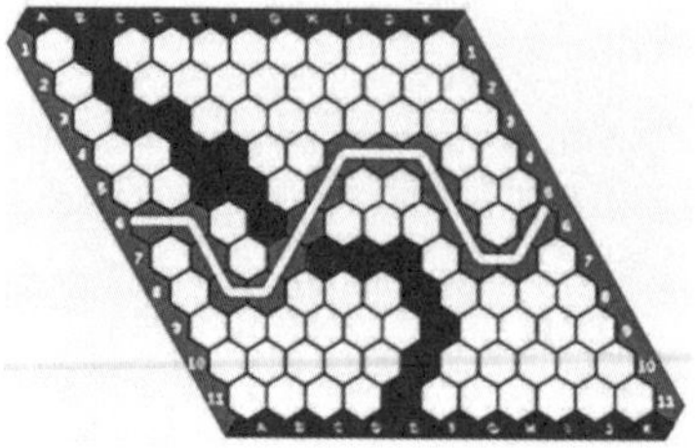

Hex 棋

常喜欢，他尤其喜欢用严谨的数学方法推导出“如果……那么就肯定……”这样的结论。

1949 年，纳什又研究了一个“议价问题”，他得出的结论是：

参与博弈的双方其实是有一个互利可能性存在的，但其中任何一方如果不和对方沟通就擅自改变策略，那么无论他如何改变，另一方的利益都不可能受损。

这个听上去似乎有点复杂的理论，用“切西瓜”作为案例就很容易让人听明白：

甲和乙分一个西瓜，如何才能尽可能公平？那就是一方负责切，另一方负责选——试想，任何一方所做出的变动利益的努力，都无法损害另一方的利益。

1950 年，纳什顺利获得了博士学位，他的博士毕业论文只有短短 28 页，题目也很简单：《非合作性博弈》(Non-Cooperative Game)。

学生时代的纳什

在这篇论文中，纳什提出的观点和他以前所提出的一脉相承，概括来说就是：

在包含两个或以上参与者的非合作博弈中，每个参与者都会选择一个对自己最优的策略。任何一个参与者在其他参与者不改变策略的情况下单独改变自己的策略，都不可能使自己的收益获得提高。

这是一个看上去似乎有点拗

口的理论，但现实生活中有太多的例子可以证明，最著名的恐怕就是“囚徒困境”。

A 和 B 两个窃贼结伙闯入一家民宅盗窃，结果被抓。两人被分开审讯，被告知将面临这样的结果：

双方如果都坦白，将各被判刑 8 年；双方如果都抵赖，由于警方缺乏证据，只会因“擅闯民宅”各被判 1 年；但如果有一方坦白而另一方抵赖，那么坦白方会被无罪释放，抵赖方被从重处罚，判 10 年。

一场博弈就此开始，毫无疑问，双方都选择抵赖，是最优解。但问题是在没有互相沟通的情况下，从心理学角度和各种其他因素出发，无论是 A 还是 B 都害怕一点：我抵赖了，但对方坦白，那我就惨了。

所以，最终 A 和 B 都会做出一个对个人而言的最优解，进而出现这样一个结果：都坦白，各被判 8 年。

而在这样的情况下，按照纳什的观点，一种“均衡”就产生了。

囚徒困境

A/B	坦白	抵赖
坦白	−8，−8	0，−10
抵赖	−10，0	−1，−1

尽管现代意义上的“博弈论”基础理论体系由冯·诺依曼和奥斯卡·莫根施特恩在 1946 年就奠定了，但从来没有人能用如此简单扼要的 28 页纸就清晰阐述。

那一年，纳什才 22 岁。

当时他和很多人一样，并不知道这样一篇 28 页的论文，将来会对整个人类世界产生怎样的影响。

他也不知道，后人会以他的名字来命名这个理论：纳什均衡。

3

在顺利拿到博士学位后，纳什先是在普林斯顿大学教了一年书，之后选择在麻省理工学院担任助教。

在这所培养出大量世界顶级理科人才的大学里，23 岁就拿到博士学位的纳什被称为“娃娃博士”。但这位“娃娃博士”很快就证明他的“孩子气”不仅仅体现在年龄上。

他在日常生活中不太愿意和别人交往，而这背后的原因渐渐被他的同事们“咀嚼”出来了：他嫌别人太笨，和他不在一个层次上。

这让纳什在麻省理工学院并没有交到什么特别好的朋友，事实上讨厌他的同事挺多的，因为他们认为他很骄傲和自负。

但另一方面，同事们却又很尊敬纳什，因为无论如何，纳什在数学上展现的天赋确实是惊人的：

1950 年 1 月的《美国国家科学院院刊》第 36 页上，出现了纳什的论文《N 人博弈的均衡点》，这篇连一页都不到的论文其实就是他当初那份 28 页论文的浓缩版——“纳什均衡”由此引发大家的关注；

1952 年，纳什发表了《实代数流形》论文，特别着力于那些由实数定义的点组成的流形，这种函数后来被称为“纳什函数”；

1956 年，纳什证明了“任何类型的流形，只要表现出一定程度的平滑性（没有交叉点和奇异点），就可以被嵌入欧几里得空间”——这个定理被称为“纳什定理”，是纳什作为顶级数学家的代表成果；

1958 年，纳什发表了《抛物线和椭圆方程解的连续性》论文，解决了非线性偏微方程的一些问题，他的方法是之前从未有人想到过的，被称为“天才之举”。

纳什在他朋友们眼中的天才程度，从美国数学家唐纳·纽曼后来说的一件事就可以看出来：

当时纽曼受困于一个数学问题，苦思不得其解。有一天晚上，他梦见了纳什，在梦中，他请教纳什答案，并得到了完美解答——纽曼后来把这一研究成果写成了论文，在论文中认真严肃地把功劳归于纳什。

2001 年，由罗素·克劳主演的《美丽心灵》上映。这部根据约翰·纳什生平事迹改编的电影大受好评，摘得四项奥斯卡大奖和四项提名，但也有人质疑：对约翰·纳什与护士那段感情只字不提

1958 年，纳什才 30 岁，已经登上了《财富》杂志的封面，被称为数学界一颗冉冉升起的明星。

与此同时，他也收获了爱情。

纳什的第一段爱情其实并不光彩。他当时因为一个小手术住院，认识了一名叫埃莉诺·斯蒂尔的女护士，大他 5 岁，两人很快坠入爱河。不久，埃莉诺怀孕了，但纳什却并不想承认这段关系，并且拒绝支付分娩费用。埃莉诺后来生下了一个儿子，取名约翰·戴维·斯蒂尔——纳什不允许儿子用他的姓。

在结束这段恋情之后没多久，纳什又爱上了另一名女性：来自萨尔瓦多的移民艾丽西亚。艾丽西亚漂亮、聪明，是麻省理工学院物理系的学生——当年物理系只招了两名女生。

艾丽西亚在遇到教她微积分的纳什老师之前，人生目标是成为第二个居里夫人。遇见纳什之后，她很快被他的聪明和睿智吸引，事实上，纳什长得相当不赖：身高 1.85 米，外形俊朗。

1957 年 2 月，纳什与艾丽西亚正式结婚，一年之后，纳什获得了麻省理工学院的终身教职。

此时的纳什在别人眼中看起来是如此幸福：郎才女貌，家庭幸福，事业有成，未来可期。

但却没有人知道，纳什已经陷入巨大的焦虑之中。

约翰·纳什和艾丽西亚的结婚照

长期以来，纳什一直很希望能获得号称“数学界的诺贝尔奖”的菲尔兹奖，但几次都失之交臂。而他一直认为，一名数学家如果年过30岁，各方面的能力和精力都会下降，思维会慢慢迟钝。

此时，又传来了妻子艾丽西亚怀孕的消息——他要做父亲了。

为人父的喜悦和渴望建功立业的焦虑给纳什造成巨大的压力，再加上性格等各方面的因素，纳什开始渐渐感到自己有些喘不过气来。

最终，压力带来了崩溃。

4

事情刚开始让人觉得不对劲的时候，是1958年。

在那一年的新年之夜聚会上，30岁的纳什把自己打扮成了一个婴儿，含着奶嘴，全程都靠在妻子的大腿边——尽管那确实是一个化装派对，但纳什这样的打扮和举动还是引起了不少人的不安。

更糟糕的事发生在两周之后。

在麻省理工学院，纳什慌慌张张地冲进一间正在上课的教室，信誓旦旦地向所有人宣称：

有神秘的外星文明，正通过将《纽约时报》上各种看似无规律的单词组合起来，向他传递信息。

接下来的事让人慢慢明白，在纳什身上究竟发生了什么：

他会忽然中断自己的课堂，声称最新一期杂志封面上的教皇约翰二十三世是他自己乔装改扮的——证据之一是，“23”是他最喜欢的素数；

他声称所有的共产主义者和反共产主义者其实都是一个阵营的，都在策划一个阴谋，而所有带红领带的，其实都是共产主义者；

他给驻华盛顿的各国领事馆写信，称自己正在组建一个世界性政府，希望能和他们有一个沟通和了解的机会；

他拒绝了芝加哥大学给他提供的一个待遇相当不错的职位，因为他声称自己是南极洲的国王，不能接受这个职位；

他委托普林斯顿大学给中国的毛泽东主席转寄一张明信片，上面用法语写了一个关于“三重平面”的谜语；

……

几乎没有悬念：两个月后，纳什被剥夺了在麻省理工学院的教学资格。

随后不久，纳什就被送进了麦克林医院。这家位于波士顿市郊的私人医院，专门为富豪和名人提供精神方面的治疗。诊断结果很快就出来了：

纳什患有“妄想型精神分裂症”。

这种病的症状主要为：焦虑，幻听，认为自己被人监视、迫害，以及自己肩负重大使命，足以拯救全人类。

有人忍不住好奇问他：

“作为一个理性的数学家，你怎么会相信有外星人呢？”

纳什回答：

“外星人是和数学灵感一起出现在我眼前的，我相信外星人存在，正如我相信数学。”

在麦克林医院待了50天之后，纳什给自己请了一个律师，然后获批出院。

出院后的纳什去麻省理工学院预支了自己的全部退休金，表示要去环游欧洲。在他住院期间，妻子艾丽西亚生下了儿子约翰·查尔斯·马丁·纳什。但因为实在不放心丈夫一个人去欧洲，所以艾丽西亚把孩子托付给了父母，然后陪纳什一起环游欧洲。

在欧洲旅游期间，纳什证实了妻子的担忧：他并没有康复。

在法国的巴黎，纳什目睹了这座城市的多起示威游行，涉及反核、反战等多个主题，感觉情绪被点燃。到了卢森堡后，他公开宣称自己将放弃美国国籍，但遭到了妻子艾丽西亚的阻止。他在欧洲待了 9 个月，最终被法国驱逐出境，他是戴着脚镣离开法国返回美国的。

回到美国后，由于没有生活来源，妻子艾丽西亚作为麻省理工学院物理系的毕业生，在美国无线电公司研究部找到了一份工作养家。普林斯顿大学念及这位天才校友的情谊，给了他一个相对轻松的教职岗位，但很快纳什又搞砸了——他拒绝填写纳税人申报表，认为这是一场阴谋。

不久之后，纳什再次被送入了医院。

与上次住的私立医院不同，各方面都捉襟见肘的纳什被送入了特伦顿州立医院，这是所公立医院，前身是新泽西州精神病院。

特伦顿州立医院最让人恐惧的不是它拥挤的床位和各式各样的精神病人，而是这家医院以激进的“胰岛素昏迷疗法”闻名——当时人们认为很多人有精神疾病是因为血糖失调，所以需要注射大量胰岛素。

这种治疗方法如今早已被淘汰，但在当时却被很多人视为治疗精神分裂症的有效方法。每天早晨，纳什会和其他精神分裂症病人一起被注射大量胰岛素，然后就陷入昏迷，还会间歇性发生抽搐和痉挛，清醒时也昏昏沉沉，形同僵尸。

当纳什的朋友唐纳·纽曼去医院探望他时，他说出了自己深深的忧虑：

“他们告诉我，只有变正常才能出院。但是，我从来就没有正常过啊……”

5

在经过 6 个月的封闭治疗后，纳什的症状有所减轻，于是出院了。

此时的纳什才33岁，别说是天才数学家，就是普通人，其大好人生也才刚刚开始，但他却已经成了一个落魄失业的人，不熟悉他的人都对他敬而远之。

好在他的母校普林斯顿大学还是没有抛弃他——这还是得益于一群欣赏他才华的昔日同学和师长——给了他一份清闲但足以养活自己的研究员工作。

纳什似乎也在努力让自己回归正常的生活轨道，他很快写出了一篇关于流体力学的论文。

但是，在第二年，纳什还是无法回避成天围绕在他耳边那些奇怪的“窃窃私语”乃至“严厉命令”，于是他决定再一次去欧洲旅行。

这一次，他是一个人去的欧洲。他说：

“很多人认为精神病是令人痛苦的，但我认为，其实这也可能是一种逃避的方式。”

在欧洲旅行期间，纳什寄回大量明信片。和别人的明信片不同，纳什发回来的明信片并没有对家人的问候和寒暄，也看不出什么挂念之情，明信片的背面往往都是各种单词和符号的奇怪组合，他会提到“拿破仑主义”“劳工政策”“宪法第十三修正案”“禅”“佛教”……

纳什的独自旅行和奇怪明信片，让妻子艾丽西亚对他的最后一丝希望破灭——艾丽西亚提出了离婚。

但离婚后，艾丽西亚从来就没有放弃过照顾纳什，因为她一直认为是纳什不理她，不需要她的照顾，但她不想抛弃他。

普林斯顿大学的同事们也在努力帮助纳什。他们帮他在波士顿的一个学院找到了一份教职，并帮助他在附近买下了一套公寓。

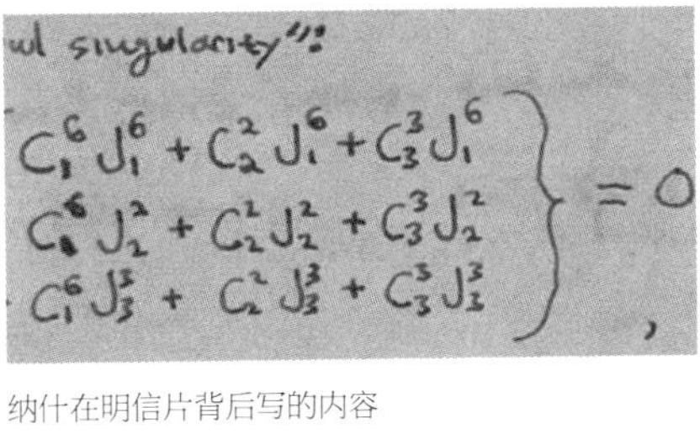

纳什在明信片背后写的内容

尽管纳什在学院表现得

还有些古怪，比如经常会写满整整一黑板的古怪公式或单词，但他开始愿意接受一周一次的心理治疗。

渐渐地，纳什虽然还是无法避免妄想和幻听，但变得温顺起来，也开始愿意和人打交道、研究问题——他试图证明“黎曼猜想”，但有时候又试图用数学公式证明上帝的存在。

1970 年，42 岁的纳什做出一个决定：不再服用任何药物，也不再去任何精神病医院。因为他觉得服药会让人丧失思考和行动能力，这样活着会让人的生活失去乐趣。他希望自己还能保持活跃的思维，他想思考数学问题。

对于一个精神分裂症患者来说，完全不靠药物来保持正常是让人难以置信的。一年后，纳什又出现了幻听，但他却坚持相信自己可以用意志力来战胜各种妄想和幻听：

“我要自己抵抗，不听那些声音。”

也就是在这一年，一直在关心和照顾纳什的艾丽西亚决定把他接回自己家，以便能更好地照料他。

此时的纳什已步入中年，他错过了自己精力最旺盛的黄金十年，也错过了一些他梦寐以求的荣誉——1962 年的菲尔兹奖原本极有可能是颁给他的，但由于他糟糕的精神状态，最终这项大奖还是与他擦肩而过。

但是纳什没想到的是，还有一项更受瞩目的大奖在等待着他。

6

其实从 20 世纪 60 年代起，博弈论就开始体现出了强大的威力。

人们发现，无论是罢工还是谈判，无论是拍卖还是政策制定，方方面面都要用到博弈论。在 70 年代后期，博弈论已经成为现代经济学的重要基石，而其中心要素，就是“纳什均衡”——纳什提出的“非合作博弈”理论，奠定了现代主流博弈理论和经济理论的根本基础。

到了80年代，其实圈内人都已经知道：纳什获得诺贝尔奖只是时间问题了，唯一的障碍是他的精神状态。

事实确实如此。在80年代末，诺贝尔奖委员会几乎已经决定让纳什进入诺贝尔奖获得者的名人堂了，但出于对他精神状态的担忧和顾虑，还是将这个计划暂缓了。

但其实在那个时候，纳什至少在表面上看起来，已经和常人无异。

1994年，众人期待已久的时刻终于来临：

约翰·纳什和其他两位博弈论学家约翰·海萨尼和赖因哈德·泽尔腾一起，共同获得了诺贝尔经济学奖。

当消息传到普林斯顿大学，他的朋友和同事们都兴奋异常，有人直接在电视屏幕前流着泪跳起了舞。

颁奖典礼上，纳什穿着燕尾服，系着白领结，气定神闲地走上领奖台，语气平和地发表了自己的获奖感言。

1994年诺贝尔经济学奖颁奖典礼，前排右二为约翰·纳什

那是一段和数学没有太大关系的话：

“我一直相信数字、方程式和逻辑关系。因为它们总是为我指引

真理。但在追求了一生的真理之后，我问自己：什么是真正的逻辑关系？真理又是由谁来决定的？对于这些问题的思索让我经历了从生理上到精神上再到幻觉上的洗礼。

“最终，我还是回到了现实中，我找到了一生中最重要的发现，在爱的支持下，任何逻辑关系和真理都会被发掘。

“今晚，我能站在这里领奖都是因为你，你不离不弃的陪伴才成就了今天的我。你就是我的真理。”

说完最后一句话，他望向了观众席。

观众席上，深情望着纳什的艾丽西亚，泪流满面。

7

2001 年，在离婚 38 年后，纳什又一次回到了婚姻状态。

这是一场复婚——艾丽西亚在照顾了纳什几十年后，选择再一次和他成为法律意义上的夫妇。

而纳什也基本恢复了正常，他不仅回归了家庭，并且和之前他不想承认的那个儿子也恢复了联系。

此时，世人已不再对纳什敬而远之，全世界各个大学都向他发出了演讲邀请，各种奖项和荣誉也接踵而来。但纳什的心态非常平静，他还是希望自己能在科研上有所建树：

“从统计学来看，没有任何一个已经 66 岁的数学家或科学家能通过持续的研究工作，在他或她以前的成就基础上更进一步。但是，我仍然继续努力尝试。由于出现了长达 25 年部分不真实的思维，相当于提供了某种假期，我的情况可能并不符合常规。因此，我希望能够通过我目前的学习或未来的任何新想法，来实现一些有价值的东西。”

纳什获得诺贝尔奖的时候，已经 66 岁了，但他对未来还是有所憧憬的：

“我不知道未来会发生什么，但我认为未来的路还很长，可能会有奇迹发生，可能会有坏事发生。”

然而，纳什的未来，不幸被他自己一语成谶。

2015 年，纳什因为在偏微方程领域做出的贡献而获得了“阿尔贝奖”。这是挪威专门为全世界数学界设立的一项大奖，以弥补诺贝尔奖没有数学奖的遗憾，奖金数额堪与诺贝尔奖比肩。

BREAKING NEWS: 'Beautiful Mind' mathematician John Nash and his wife killed in New Jersey taxi crash

By ASSOCIATED PRESS

PUBLISHED: 08:52 EST, 24 May 2015 | UPDATED: 08:52 EST, 24 May 2015

Share

View comments

John Nash, the mathematician made famous in the movie a Beautiful Mind has been killed in a taxi crash in New Jersey.

Princeton professor Nash, 86, and his 82-year-old wife Alicia were killed when their taxi crashed while travelling south on the New Jersey Turnpike.

The driver allegedly lost control during an overtaking maneuver and hit the guard rail. He survived with non-life threatening injuries. His two passengers were not wearing seatbelts, according to police.

Nash's work on game theory and his battle with paranoid schizophrenia were featured in the 2001 Hollywood movie in which he was played by Russel Crowe. He won the Nobel Prize for economics in 1994.

纳什发生车祸的新闻报道

5 月 23 日，纳什带着妻子艾丽西亚从挪威领奖后回到自己居住的美国新泽西州。在从纽瓦克机场乘坐出租车回家的途中，他们的司机在试图超车的过程中失去了对汽车的控制，车重重地撞到了高速公路的护栏上。

没有系安全带的纳什和妻子艾丽西亚都被弹射出车外，失去了生命。

那一年，纳什 86 岁，妻子艾丽西亚 82 岁。

他最终还是遭遇了自己预言的“坏事”。

在他留给世间一个奇迹之后。

馒头说

我曾看到过一篇回忆文章，是一名叫沈诞琦的女生写的。

查了资料，她毕业于上海复旦附中（应该是我的学妹），获得过全国女子奥数一等奖，考入了普林斯顿大学，后来成为大学的数学俱乐部主席。在这所大学里，她邂逅过几次当时还在校园出现的约翰·纳什，甚至有过和他直接打交道的机会。

应该是 2009 年的时候，这名女生第一次在普林斯顿校园里遇见了纳什和他的妻子艾丽西亚，她是这样描写当时的感受的：

“……迎面走过来两个老人，男的高大而干枯，女的矮胖而臃肿，他们穿着正装，大约要参加什么仪式。我认出了男人是纳什，很兴奋地推推边上同行的朋友。他说：‘早看到啦。’我又问边上的女人是谁。‘还有谁？当然是他老婆。’我心里又吃了一惊，这形象与詹妮弗·康纳利饰演的美丽妻子实在相差太大。”

我能想象她当时的心情。

《美丽心灵》这部电影打动过很多人，而当时演技和颜值都在巅峰的罗素·克劳让“约翰·纳什”这个形象深入人心。尽管约翰·纳什和他妻子在现实中的形象也不差，但和好莱坞演员以及营造出的电影氛围相比，肯定还是有差距的，更何况经历了岁月的蹉跎，每个人在年老时当然不可能还具有年轻时的神采。

但《美丽心灵》作为一部数学家传记电影，之所以让人印象深刻，肯定不是依靠男女主角的颜值，而是靠那取材于真实生活的故事——心无旁骛地钻研学科，顽强不屈地挑战自己。

从这一点上说，《美丽心灵》中的“约翰·纳什”和真实生活中的约翰·纳什，并没有太大差别。

其实像约翰·纳什一样，很多超一流的科学家一生并没有太多的“追求”——我指的是普通人眼中那些物质指标。他们可以完全无视这些指标，而全力追求他们看重的东西：一条定理的证明，一项研究成果的发现，或许也渴望获得某个权威奖项——这是人之常情，那是对他们能力的肯定，而不是其他什么东西。

事实上，也有不少纳什的同事和朋友认为，正是外界对纳什研究成果的进一步认可，让他渐渐从精神疾病中走了出来，变得更加开朗。

我觉得这非常正常，从没有谁规定，科学家是不需要受到肯定和鼓励的，更何况他们需要的肯定和鼓励并没有超出他们的专业范围。从某种角度说，约翰·纳什们追求的东西并不复杂，且很纯粹。

《美丽心灵》中有一个触动很多人的场景：

年轻时的纳什看到学校咖啡厅里一位老教授接受了其他教授送上自己钢笔的“仪式”，而到了他年老的那一天，还是在那个咖啡厅，很多教授也向他送出了自己的钢笔——这种简单的行为其实对一位学者而言是莫大的荣耀：同行们都认可了他的贡献和努力。

当然，电影中的这个“授笔”仪式完全是虚构的，但在普林斯顿大学就读的沈诞琦，却遇到了一幕类似的场景，而主角恰恰就是约翰·纳什。

那是一次普林斯顿大学数学俱乐部的聚餐，她有幸邀请到了约翰·纳什一家。但在整个聚餐过程中，纳什一家都孤零零地坐一桌，没有人敢上前搭话，他们似乎也无意和别人说话。

直到有一名大一的女生鼓足勇气走了上去，对纳什说：

“我可以和您合一张影吗？我真的觉得……您很伟大！”

纳什先是一愣，然后点点头，站了起来，和女生合了一张影。

顿时，大厅里出现了骚动，几乎所有的学生都拥了过来，大家排起了长队，都想和约翰·纳什合影，都想说一句：

“纳什教授，您很伟大！”

我读到这一幕场景时的感觉，就与当初看到《美丽心灵》中“授笔”仪式那一幕是一样的。

热泪盈眶。

本文主要参考来源：

1. “John F. Nash Jr. Biographical”（诺贝尔官奖方网站，https://www.nobelprize.org/prizes/economic-sciences/1994/nash/biographical/）
2. 纪录片《伟大的疯狂》（*A Brilliant Madness*）（美国公共电视网）
3. “John F. Nash Jr., Math Genius Defined by a ‘Beautiful Mind,’ Dies at 86”（《纽约时报》，2015 年 5 月 24 日）

4.《美丽心灵：纳什传》(西尔维娅·娜萨，上海科技教育出版社，2018年)
5.《我所认识的约翰·纳什》(沈诞琦，《记者观察》，2015年07期)
6.《纳什——获得诺贝尔经济学奖的数学家，彻底改变了数学领域的博弈论》(“老胡说科学”百家号，2021年12月9日)
7.《我心目中的约翰·纳什教授》(高红伟，《科技导报》，2015年12期)

大厦将倾

一幢建筑物最终发生崩塌，无外乎几个原因：要么是年久失修，要么是关键支撑部位断折，要么就是遭到人为损毁或爆破。

无论是哪种原因，事先都是会有迹象或预兆的。

正如一个朝代或一个集团行将崩溃的时候，很多迹象总会提前出现，这些迹象会体现在一个人或一群人身上，也会体现在一件事或一堆事上。

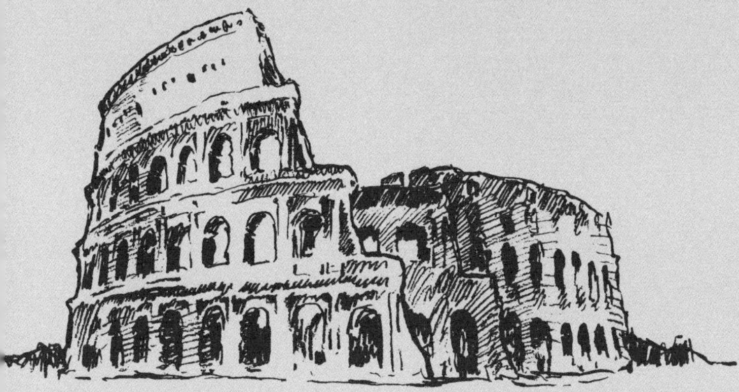

“幼天王”之死

关于“幼主托孤”的故事，中国历史上并不少见：“隐忍成长”“发愤图强”“东山再起”……这些都是说书人喜欢的描述。

但真实历史不是说书，哪有那么多能实现惊天逆转的“幼主”？

1

1864 年 7 月 19 日的清晨，洪天贵福说他自己做了一个梦。

他梦见围城的清军把天京城的城墙轰塌了，随即蜂拥入城。

这个梦，到了中午就被验证是真的：

围困天京长达两年之久的湘军，就在这一天发动了总攻，一举轰塌了城墙，潮水一般地涌进城中。早已饿得面无人色的太平军在各个缺口奋力还击，但无奈敌人实在太多，多个城门均告陷落。

洪天贵福在宫楼上看得清清楚楚，于是决定立刻逃跑。

但是他的四个妻子死死拉住他，不让他走。无奈之下，他只能说：“我就下去看看，然后马上就上来！”

洪天贵福借机脱身后，一路小跑来到了荣光殿，又被守卫在那里的太平军女官们再次阻挡。关键时刻，他最信任的救星——忠王李秀成出现在了他的眼前。

李秀成把洪天贵福带到了忠王府，一直等到天黑，然后带上近千人马，换上了湘军的衣服，开始拼死突围。

混战中，洪天贵福和李秀成被冲散了，好在尊王刘庆汉拼死保护，他们终于杀出了城。

洪天贵福骑在李秀成让给他的那匹好马上，回望天京城，只见城中已多处起火，红色的火焰照亮了夜空。

此情此景，不知是否会让他想起，当年别人形容的从远处看到他所在屋子的景象——当时他才刚出生不久：

“幼主家的屋顶发出一道红色光芒，远看就像屋子烧起来了一样，真是祥瑞啊！”

2

1849 年 11 月 23 日，洪天贵福出生在广东花县的官禄㘵村（今属广州市花都区秀全街大㘵村）。

那一年，他的父亲洪秀全 35 岁。洪天贵福是洪秀全的第一个儿子，但论兄弟排行，他却是家中的“老二”。

因为按照洪秀全的说法，他在天庭上还有一个“天妻”，“天妻”已经为他生下一个儿子，都 12 岁了，只是母子二人都是天上的神仙，不能到地上来团聚。所以，不光洪天贵福要“屈居老二”，他的生母赖莲英作为洪秀全的正妻，也拿不到“正室”头衔，后来被封为“又正月宫”，在洪秀全多如牛毛的后宫佳丽中排行第二。

不过，无论是“天妻”还是“天长子”，都是虚无缥缈的天上人物，尘世间的凡人也不会太在意，大家心里都知道：赖莲英其实就是“正宫”，洪天贵福其实就是嫡长子。

洪天贵福出生的时候，父亲洪秀全已经在广西紫荆山地区酝酿起义了，基本不回家，所有家务都交给了族弟洪仁玕，所以“洪天贵福”这个名字，也是来源于洪仁玕起的名字：他写了很多张纸条放在一个竹筒内，用筷子夹起了一张，上面写着“天贵”二字，所以取名“洪天贵”。

后来洪秀全可能觉得“天”字不能乱用，把儿子改名为“洪贵福”，但可能还是想凸显自己儿子的身份，就又把“天”字加了回去，最终定名“洪天贵福”。

1851年1月11日，洪秀全发动“金田起义”，建国号“太平天国”。

大旗初立，百废待兴，洪秀全在整顿军务、发布纲领的同时，没有忘记一件事：册封洪天贵福为“幼主”。

虽然当时的太平天国未攻下寸土，洪秀全手底下也没有多少将士，但他的这个动作让大家都很清楚：洪天贵福已经是太平天国的“储君”了。

“金田起义”遗址，位于广西桂平市北部金田镇金田村西侧的犀牛岭

此时的洪天贵福还不满2岁，正在牙牙学语，完全不知道自己的身份和地位。但在旁人眼中，这个孩子已经在享受各种特殊的礼遇了，连他的生母赖莲英都要向他磕头——洪秀全宣称，他已经把这个儿子过继给了他的“天兄”耶稣，所以洪天贵福也算是耶稣的儿子。

揭竿而起的太平军势不可挡，攻永安，下九江，占安庆，沿长江顺流而下，一路所向披靡，最终于1853年攻克江宁（今南京），改名“天京”，定为太平天国首都。

懵懵懂懂的洪天贵福也随着父亲一起来到了这座六朝古都。

洪秀全的居所“天王府”模型，规模巨大

洪秀全自从定都天京，就再也没有离开过他的“天王府”，而作为他的儿子，洪天贵福自然也不可能再走出宫门一步。

从童年开始，别说天下，洪天贵福连宫门外是什么样子也不知道。

3

洪天贵福是从 6 岁开始接受启蒙教育的。

他虽然贵为“幼主”，但能享受的教育条件，甚至还不如普通读书人家庭。

首先，能教洪天贵福读书的人屈指可数。

由于洪秀全不允许他的后宫里有除了他和孩子之外的任何男性，所以教洪天贵福读书的，是大他 10 岁的姐姐洪天姣。洪天姣当时只有 16 岁，也一路随军迁徙，究竟有多少知识可以传授给洪天贵福，可想而知。

其次，洪天贵福能学的内容也乏善可陈。

太平天国一度抵制儒学，虽然后来有所松动，但也只允许发行经过删改的四书五经，所以洪秀全绝不可能让自己的孩子去正儿八经地学儒家经典，而是让他从小就读关于太平天国创立的“宗教学说”。

刚认字之后，洪天贵福就被要求读太平天国自己刊行的《十全大吉诗》《幼学诗》《太平救世诰》等书，书中的主要内容就是“上帝万能，天王（洪秀全）救世”。

再次，约束洪天贵福的礼节非常多。

每天吃饭前，洪天贵福都被要求祷告上帝，要念"感谢上帝，祝福有衣有食，无灾无难，魂得以升天"。每周还要做礼拜，念诵"赞美经"。

洪秀全虽然不准洪天贵福去看那些儒家的"妖书"，但对儒家文化的"孝"却非常看重：洪天贵福必须每天在清晨、早饭前、午饭前和晚饭前向洪秀全请安四次，每次都要跪着念别人帮他写好的诸如"跪请爹爹宽心安福食宴"或"万岁万岁万万岁"这些词。

洪天贵福在这样一个奇特的环境中成长，他的性格也展现出了矛盾的一面。

一方面，他被要求唯唯诺诺，顺从听话；但另一方面，他却似乎并不安分，除了偷看一些"禁书"（比如《史记》的部分章节），还非常调皮捣蛋。东王杨秀清与洪秀全不和，曾"以彼之道还施彼身"地假扮被"天父"附体，但在教训洪秀全的时候，居然还有闲心让他好好管束儿子洪天贵福——可见当时这位"幼主"在宫内的顽劣已经颇为有名。

洪天贵福 9 岁的时候，在洪秀全的安排下成了婚，得到了四个同龄的妻子。但自成婚之日起，他就被禁止与自己的母亲和姐妹们相见，因为洪秀全最强调"男女有别"。

在洪天贵福 12 岁的时候，洪秀全似乎有意开始把他当作"接班人"来培养了，其中的一个举措，就是让他以"幼主"的名义发布了 20 多道"诏书"。这些"诏书"大多是一些人事任命。以洪天贵福的年龄和阅历，这些人他根本不可能认识，所以很可能是洪秀全定好，让他抄写一遍而已。

彼时的太平天国，虽然与清军依旧呈胶着之势，但早已过了巅峰时期。

洪秀全虽然久居内宫，但还不至于与世隔绝，所以他开始慢慢把洪天贵福推向前台的时候，很可能已经有了一些考虑和安排。

虽然已经很早，但终究还是迟了。

1864 年 6 月 1 日，已被困绝粮多时的洪秀全，在号召民众吃“甜露”（野草团）之后死亡，把是“病逝”还是“服毒自杀”的疑团留给了后人。

15 岁的洪天贵福“登基继位”，面对的不是大好江山，而是一座已被围困两年之久的孤城。

一个多月之后，城破，梦终结。

4

洪天贵福冲出城门的时候，几乎什么都没有带。

在这个时刻，钱财是无用的，玉玺是无用的，至于那四个与他毫无感情的“幼娘娘”，他自然觉得也是无用的。

混战之中，忠王李秀成失踪，洪天贵福在尊王刘庆汉的拼死守护之下一路突围到了皖南广德。在这座苏浙皖交界处的小城，洪天贵福一行算是暂时稳住了阵脚。

此时，在湖州的干王洪仁玕闻讯赶来“觐见”。看到这位族叔，洪天贵福的心稍微踏实了一些——自他“登基”以来的 40 多天里，武听李秀成，文听洪仁玕，他自己从来就没有做过什么决定。

洪仁玕画像。洪仁玕一度总理太平天国朝政

此时，摆在洪天贵福面前的形势是这样的：

天京已经陷落，但太平天国在各地依旧还有不小的势力，由洪仁玕和堵王黄文金率领的湖州守军还有十二三万之众，在江西还另有大部队。

所以，一条突围路线很快就确定

了下来：

放弃死守湖州孤城，兵分三路，前往江西的抚州和建昌，与侍王李世贤、康王汪海洋的部队会合，然后取道湖北，进军陕西，东山再起。

1864 年 8 月 10 日，大部队开拔，从来没见过外面世界的洪天贵福作为太平天国最后的旗帜，在众人的簇拥下骑马居中，惶惶前行。

然而，并没有什么齐天洪福在保佑这位“贵人”。

大部队开拔不久，就传来噩耗：负责断后的堵王黄文金在战斗中中炮而亡。

黄文金是最早跟随洪秀全起义的一批将领之一，堪称太平天国的一名勇将，虽然只有 33 岁，但屡立战功，在军队中有很高的威望。而他麾下的湖州军，是这支残存太平军的绝对主力。黄文金的身亡，给洪天贵福的突围之路蒙上了一层巨大的阴影。

9 月 28 日，洪天贵福的部队在进入江西湖坊一带后，遭遇清军围堵。这一战，太平军遭遇重创，誉王李瑞生被活捉，宗王谭乾元、谭庆元等投降。

10 月 9 日，精疲力竭的洪天贵福一行且战且走，来到了石城（今江西省赣州市石城县），在一个叫杨家牌的小村宿营。

此时的这支部队，人数已经只剩万余，且士气低落，军心不稳，不知前途在哪里。

按照洪天贵福后来的说法，他要求连夜行军，但洪仁玕等表示清军不会追上，要休息一夜才肯走。事实上，洪仁玕也急于继续前行，但因为找不到向导，怕晚上迷路，所以准备休息到四更天的时候再出发。

而这一迟疑，确实就让他们被清军追上了。

追击洪天贵福的这一股清军，领头的是原江西布政使席宝田。他在先前与太平军的战斗中因救援不力，被弹劾降职，憋了一口气想要凭军功官复原职，所以下令手下清军马不停蹄，连夜追击。

三更时分，清军在杨家牌遭遇了人困马乏、正在休息的这支太平军。

几乎没有什么悬念，太平军瞬间就垮了，洪仁玕在人群中要求大家保护“幼天王”先走，但已经没有人听他号令。慌乱中，洪天贵福掉进一个深坑，却因祸得福，反而逃脱了清军的搜捕。

接下来他的一系列遭遇，颇有些小说故事的味道：

在清军撤离后，惊魂未定的洪天贵福独自一人逃上了山，藏匿了四天。据他自己说，他在饥饿难忍时碰到一个白衣老人，给了他一块饼，他凭着这块饼又挨了两天，但最终找不到吃的，被迫下山。

下山之后，他误打误撞来到了一户唐姓人家，他自称从湖北过来，那家人也没有怀疑，正值农忙时节，还让他留下帮忙割禾。其间正好碰到一个剃头匠，他还剃了个头。

但洪天贵福在那家人那里只待了四天时间，就又一次踏上了流亡之路。一路上，他好几次被清军发现，有时被勒索，有时被抢劫，还被强迫做过苦力，但都成功隐瞒了身份，蒙混了过去。

但这种好莱坞式的剧情并没有通向一个“王子复仇记”式的大结局。10 月 25 日，洪天贵福再一次遭遇了清军，这一次，他的年龄、口音和长相引起了清军的高度怀疑，质问之下，他最终被抓，后被押入席宝田帐中。（也有一种说法是他被人举报，但这里采信他自己最后的笔供。）

从逃出天京城到落入清军手中，洪天贵福一共也就在城外世界待了不到 3 个月的时间。

直到被捕，他都不知道自己未来的命运会怎样。

5

被捕后，洪天贵福的态度是非常配合的。

从父亲洪秀全的死因到日期，从自己的家庭情况到宫廷生活，从自己天京突围到最后被俘的经过，从太平天国诸王的名单到跟随自己突围的将领姓名……洪天贵福知无不言，言无不尽。

从被捕落入席宝田帐中，到被押解至江西首府南昌，洪天贵福一路上留下了很多笔供。

比如他在 11 月 8 日留下一份亲笔供词，上面写道：

“我在南京时，官兵未破城，我先梦见尔们官兵入城。在杨家牌，我亦知尔们官兵夜会来攻。我先对干王他们说官兵今晚会来打仗，他们说官兵不得来。”

这段话颇有些“未卜先知”的神秘主义色彩，但考虑到他从小就受父亲洪秀全的影响，又接受宗教思想的灌输，所以他觉得自己有“仙气”，也是可以理解的。

又比如，他在被江西巡抚沈葆桢提审时表示：

“那打江山的事都是老天王做的，与我无干。就是我登基后，也都是干王、忠王他们做的。广东地方不好，我也不愿回去了。我只愿跟唐老爷到湖南读书，想进秀才的。”

以洪天贵福的年纪和阅历，在被捕后把罪名全推给别人，也是人之常情，且论事实，他也确实没有能力做什么决断。

至于后半段说“我也不愿回去了”，似乎还想自己选择去哪里，就有些让人感叹了。尤其是他在供词中多处提到“唐老爷”，更是让人对这位“幼天王”的天真幼稚感到唏嘘。

“唐老爷”叫唐家桐，湖南人，是个年纪不大的书生，在席宝田帐中做事，被派来押解洪天贵福前往南昌。一路上，唐家桐应该是对洪天贵福说了不少欺骗性的软化语言，甚至曾许诺带他去湖南读书之类，目的只是让洪天贵福如实招供。

洪天贵福并没有见过什么世面，突围时连自己骑的究竟是马还是骡子都分不清楚，所以对唐家桐言听计从，视之为救命稻草，深信他会让自己脱离这场危机。

洪天贵福先是称唐家桐为“老爷”，又拜他为“哥哥”，称：

“我先是幼天王，今是跟老爷的人。我做唐老爷弟弟。我年轻，道理我有些不晓，望大人老爷怜我年幼，莫怪我。今蒙唐老爷待我甚好，我就放心了。”

他还说：

“我今来到大人老爷这里，万望大人老爷带我到老，我感大人老爷恩于世世靡暨。”

为了表明心迹，洪天贵福还写了一首诗送给唐家桐，从诗文质量也可以看出他受教育的水平：

“老爷见识高，世世辅清朝。文臣兼武将，英雄盖世豪。”

对于自己的未来，除了考秀才之外，洪天贵福在组建家庭方面也有自己的打算：

“我有四个老婆。现在我不要妻，二十岁再要。”

但他那时并不知道，“二十岁”对于他而言，已经是一个可望而不可即的年纪。

沈葆桢一直对天京攻陷后没有抓到洪天贵福耿耿于怀，得知他被捕后，心中石头落地。在看了洪天贵福的笔供，又亲自提审之后，他对这位“幼天王”的见识和能力已经了然于胸，知道他并不足虑，但是，有一点他是非常肯定的：

“洪福瑱（清廷一直把洪天贵福的名字误传为洪福瑱）黄口小儿，无足介意，惟洪秀全窃号十有余岁，流毒十有余省，遗孽犹在，则神奸巨憝倚其名号，足以挥召群凶。”

所以洪天贵福并不知道，虽然自己的能力对清廷构不成丝毫威胁，但他的身份，注定了他的命运。

6

1864 年 11 月 17 日凌晨，洪天贵福觉得自己有必要再向唐家桐表明一下心迹。

他要来纸笔，专门写了三首诗，题目是《右送唐家桐哥哥诗三首》。

第一首是：

"跟到长毛心难开，东飞西跑多险危。如今跟哥归家日，回去读书考秀才。"

第二首是：

"如今我不做长毛，一心一德辅清朝。清朝皇帝万万岁，乱臣贼子总难跑。"

第三首是：

"如今跟到唐哥哥，惟有尽弟道恭和。多感哥哥厚恩德，喜谢哥哥在三多。"

就在写完这三首诗的一天之后，洪天贵福被押解赴市曹，当众处死。

是凌迟。

那一天，他其实还不满 15 岁。

馒头说

读完这篇文章，怕是有不少人要叹息一声吧

叹息的，自然是洪天贵福的命运

论能力，洪天贵福确实是没有的　但这并不能怪他，因为他从小就被培育在一个与世隔绝的温室里　在那里，别说外来的风霜雨露，连温室里提供的阳光和温度其实都是不正常的，怎么可能结出一个丰硕健康的果实?

论责任，洪天贵福也确实是被冤枉的　他从小到大，未必就知道

“太平天国”究竟是一个什么组织，自己究竟是怎样一种身份。至于诏书命令，父亲在的时候，他只是一个代发的傀儡，父亲不在的时候，他只是一部听从李秀成和洪仁玕意见的机器，他能承担什么责任？什么责任应该由他来承担呢？

论气节，洪天贵福的言行也是可以理解的。放到现在，他不过就是一个孩子，关键是他的见闻和知识还远不如普通的15岁孩子，要他铁骨铮铮、言辞磊落，根本不可能。至于他把所有希望寄托于那位根本解决不了任何问题的“唐老爷”，也完全可以理解，毕竟他未经世事，对人情世故完全不了解。

令人唏嘘之处在于，尽管他值得同情，但他必须死。

诚如沈葆桢所言，清廷根本不在乎洪天贵福本人是否还有能力兴风作浪——事实证明他是完全不具备这种能力的。关键是他的身份，已经注定他是太平天国残部的一面旗帜。旗帜不倒，风浪不止，精神领袖的力量是绝不能被忽视的。

所以，更让人唏嘘的事情发生了：旁观者都知道洪天贵福肯定难逃一死，但他本人却浑然不知。

而在我看来，还有一件最让人唏嘘的事——那是洪天贵福自己说的一句话。

这句话，不是“我有四个老婆。现在我不要妻，二十岁再要”，而是那句：

“我只愿跟唐老爷到湖南读书，想进秀才的。”

在阶下囚洪天贵福看来，考个功名做秀才，是他表明接下来要“赎罪”和“好好做人”心迹的一个佐证，也是他向往的一条道路。

但他是否知道，他的父亲洪秀全又是为何走上起义之路的呢？

本文主要参考来源：

1.《洪天贵福的启蒙教育与宫廷生活——兼论其登极后的结局》[夏春涛，

《中国社会科学院近代史研究所青年学术论坛》(2001年卷),社会科学文献出版社,2002年]

2.《太平天国幼天王、干王等未刊供词中的新史料及辨证》(王庆成,《历史研究》,2000年05期)

3.《太平天国幼天王洪天贵福石城遇难考》(陈必琳、薛丽丽,《南方文物》,2002年03期)

4.《洪秀全之子的秀才梦》(尹传刚,《文史博览》,2011年10期)

5.《洪家王朝的覆灭——以幼天王洪天贵福为中心》(邵雍,《历史教学问题》,2015年02期)

6.《幼天王被俘质疑》(朱树谦,《求索》,1996年06期)

7.《桂花屋与幼天王蒙难调查》(万幼楠,《南方文物》,2004年04期)

8.《"洪二代"的流亡生活》(庄秋水,《看历史》,2011年08期)

“刺马”：轰动晚清的第一奇案

2007 年有部电影，叫《投名状》，改编自一个真实历史事件，就是 1870 年发生的“刺马案”。

结拜，偷情，反目，复仇……这个案件的背后，真如电影描绘的那般离奇吗？

1

1870 年 8 月 22 日，是两江总督马新贻在校场检阅士兵的日子。

检阅的地方位于他官署西侧，因为很近，所以他检阅完士兵射箭后，在随从的陪同下步行回官署。

就在快接近官署的时候，忽然有一个老百姓模样打扮的人，拦在了他一行人的面前，递上一本状子，说有事禀告。

接下来发生的事，历来官史野记有过多种不同的描述，在细节上有些出入，但大致情况是这样的：

就在马新贻低头看状子的时候，斜刺里忽然冲出一个男子，欺近马新贻身前，抓住他的衣服，举刀就刺——利刃刺入马新贻右胸，他随即痛苦倒地。

措手不及的随从们慌作一团，而刺客却也不逃，把刀一丢，仰天大笑：

“我叫张汶祥！”

遂束手就缚。

伤重的马新贻随即被送医，但因为所受的是致命伤，他挣扎了一晚，给同治皇帝和慈禧太后留下一封“耿耿此心，死不瞑目”的遗书后，含恨去世。

他一闭眼，也意味着一场轰动全国的悬疑大案，就此拉开帷幕。

2

为什么轰动全国？因为这件案子太离奇了。

首先，是马新贻的身份。

“总督”是清朝顶级的封疆大吏，全国一共九个（原本为八个，清末增加了“东三省总督”），其中直隶总督因为负责京畿之地，责任重大，为九大总督之首，而排在第二位的就是两江总督。

两江总督为正二品，但一般挂兵部尚书或都察院右都御史衔，官阶为从一品。放到今天来说，两江总督大致可以理解为江西省、安徽省、江苏省（含上海）的最高行政长官和军区司令，权力远大于现在一省的省委书记。

在清朝时，江苏、安徽一带早已成为全国上缴赋税和涌现一流人才的主要地区，所以两江总督在某种意义上比天子脚下的直隶总督权力更大。

而就是这样一个大权在握的朝廷重臣，光天化日之下，居然在去办公室的路上被一个身份不明的老百姓用刀给捅死了——这种事情，你敢信？

其次，是对犯罪嫌疑人的审问。

马新贻作为两江总督，是大清建朝以来被刺杀的最高级别的官员，所以当时清廷也“不胜骇异”，当即严令必须查一个水落石出。

朝廷如此重视，下面当然不敢怠慢。

由江宁将军魁玉牵头，江宁布政使梅启照、江宁知府孙锦云、上元和江宁两县县令共同参与的会审班子随即搭成。

按理说，行刺行为如此清楚，行刺之人束手就缚，审理班子如此强大，案情应该很快就真相大白了。

魁玉倒是第二天就拿到了张汶祥的口供，但最关键的问题没有解决：

“行刺之由，一味闪烁，毫无确供。”

换句话说就是：人是杀了，犯人我也抓了，但他为什么要杀人，我也不知道。

堂堂两江总督被杀，杀人犯会没有动机？这番鬼话，朝廷自然是不信的。八天后，朝廷发来上谕：

“着魁玉督饬司道各官，设法熬审，务将因何行刺缘由及有无主使之人一一审出，据实奏闻。”

魁玉，满洲镶红旗人，1865 年开始担任江宁将军

但上谕发归发，下面却没有任何进展，给出的案情报告依旧是：

“……据供系河南人，名张汶祥，直认行刺不讳，而讯其行刺之由，尚属支离狡诈。”

“张汶祥”这个名字，人家杀人之后自己就说了，杀人的行为大家都看见了，他自己也没否认——合着你们审了半天，就审出人家是河南人？

朝廷对魁玉他们的审理，显然是不

满意的。

随后，又一道谕旨传来：

“惟以兼圻重臣，督署要地，竟有不法凶徒潜入署中，白昼行刺，断非该犯一人挟仇逞凶，已可概见。现在该犯尚无确供，亟须彻底根究。

“着张之万驰赴江宁，会同魁玉督饬司道各员，将该犯设法熬审，务将其中情节确切研讯，奏明办理，不得稍有含混。”

由此可见，朝廷已经认定“断非该犯一人挟仇逞凶”，他肯定是有后台的。

既然魁玉你们说查不出，那我换个人来查！

3

换来的人叫张之万，当时的官职是漕运总督。

张之万有一个很有名的堂弟，叫张之洞。但张之万的成名要比弟弟早多了：他和马新贻都是道光二十七年（1847）中的进士，但张之万是堂堂金榜题名的状元。后来因为在“辛酉政变”中坚决站在慈禧这一边，张之万平步青云，成为慈禧的铁杆亲信。

慈禧上手就派出自己的亲信去调查此案，一是可见她对此案的重视，二是可见她也知道此案不简单。

饶是如此，慈禧在之后的一道“圣谕”中借同治之口，还是委婉地责怪了张之万：

“……前已明降谕旨，令张之万驰赴江宁会同审办。即着该漕督迅速赴审，弗

张之万同时也是著名书画家，活了 87 岁，历道光、咸丰、同治、光绪四朝

稍迟延。……”

这封圣谕中的关键词在于“弗稍迟延”：张之万在接到谕旨之后，一路拖拖拉拉，三天打鱼两天晒网，说是害怕再遭刺杀，走了许久，都没走到江宁去办案。

在朝廷的一再催促之下，张之万好说歹说到了江宁，并且在11月4日才给出了一份调查报告：

“该犯张汶祥自知身罹重解，凶狡异常，连讯连日，坚不吐实，刑讯则甘求速死，熬审则无一言。”

总结下来就一句话：审不出！

于是问题就来了：张汶祥罪行重大，审了快3个月还是不肯开口，按照清朝的酷刑制度，所谓“三木之下，何求不得”，难道不会上刑逼供吗？

清人薛福成在他的《庸庵笔记》中给出了张之万他们的解释：

“或劝刑讯，星使以汶祥重犯，傥未正典刑而瘐死狱中，谁执其咎？故始终不敢用刑。”

意思就是正因为张汶祥罪大恶极，所以不敢用刑——万一刑讯逼供中他两脚一蹬，谁敢负这个责任？

这个逻辑看似人性化，却无法让朝廷满意。

1871年1月29日到2月7日，短短10天内，朝廷连发三道谕旨，明显发飙了：

“现已五旬之久，尚未据将审出实情具奏，此案关系重大，岂可日久稽延？”

重压之下，张之万只能上报最终调查报告：

张汶祥这个人，参加过太平军，后来又参加过捻军，之后又和海盗有过勾结。马新贻之前担任浙江巡抚的时候，专门剿办过南田海盗，杀了他很多同伙。又因为他的妻子被一个叫吴炳燮的人拐跑了，他曾拦马新贻的队伍告状但未被受理。张汶祥后来还做过放贷的买卖，也被马新贻查封了——综合起来，怀恨在心的张汶祥就找机会杀了马新贻。

为了这些原因，就去杀一个两江总督，且还真就得手了，这是真的吗？

总之张之万的态度就是：不管您信不信，反正我信了。

但不知道是因为心虚还是气短，在上奏结案报告的时候，张之万在末尾又加了四个字：

“尚属可信。”

这四个字一加，就显得他有些底气不足了。

事实上，就在他拖拖拉拉审理这个大案的几个月里，民间舆论早就发酵了。

4

一桩大事件发生后，如果官方声音没有在第一时间出现，那么民间的各种“阴谋论”肯定会纷纷出笼。

关于张汶祥为何要杀马新贻，除了官方后来给出的版本，民间已传出多种说法。

一种是说因为马新贻是回族人，所以他其实私通回族首领，准备里应外合，接应回族首领率兵杀进中原，一统天下。而张汶祥因为知道了马新贻的阴谋，为天下除害，冒死刺杀。

这种说法很难站住脚。虽然同治年间陕甘地区确实发生了回民起义，但回民绝无进攻中原之意。且不说若真如此，张汶祥应该是朝廷大大表彰的忠勇之士，马新贻自己的动机就不足：已经是顶级的封疆大吏，为何要冒杀头之险再引入回族人？难道还能裂土封王？

另一种说法是江苏巡抚丁日昌“买凶杀人”。这个推论来自太常寺少卿王家璧的上奏，说丁日昌的儿子有一次犯事，是马新贻主审，没有给丁日昌面子，所以丁日昌心怀不满，最终决定派人刺杀马新贻报仇。

这种说法更是牵强。儿子犯事后，丁日昌随即以“教子不严”向朝廷禀报并做出检讨，而马新贻在审理时其实颇给丁日昌面子，两人并无仇怨。结果朝廷查下来，这个说法也毫无证据，王家璧的“诬告”后来在朝廷上被传为笑谈。

还有一种说法是马新贻在处理“安庆教案”时过分偏袒洋人传教士，引发慈禧不满，于是慈禧派人去刺杀。但这种说法也完全没有证据支撑，且当时马新贻是完全按照朝廷指示办的。

除了这三个版本，第四个版本流传最广，相信的人也最多。

这个版本是这样的：

马新贻在庐州任内时曾与捻军作战，结果兵败被俘。当时张汶祥正是捻军中的一个头领，但早有投降清廷的想法。在抓到马新贻后，张汶祥向他引荐了自己的兄弟曹二虎和石锦标，四人结拜为生死兄弟。后来张汶祥找机会放了马新贻，并率部投诚，被马新贻编成“山”字营，冲锋陷阵。

四人“共富贵”后，马新贻逐渐变心，又看中了曹二虎妻子的美色，两人通奸后，马新贻更是诱杀了结拜兄弟曹二虎。张汶祥义愤填膺，愤而出走，一直在寻找机会，最终大仇得报。

这个版本的传闻涉及兄弟、女人、通奸、锄奸、忠义等诸多热点传播要素，所以在马新贻被刺后迅速流传，甚至很快就上演了《刺马》戏，之后更是有多个文学、戏曲乃至电影版本据此改编传播。

陈可辛 2007 年导演的《投名状》就是以这个故事版本为基础创作的。而早在 1973 年，张彻导演的《刺马》，也是根据这个版本拍摄的。

但事实上，这个说法也有很多漏洞。

比如，马新贻在庐州任上时对战的其实是陈玉成的太平军部队，而且他当时是正三品的按察使，这样级别的官员如果被对方俘虏又被放回，官方不可能不知情或没有记载。又比如，这种说法对马新贻的人格有极大的贬低，可以说让他斯文扫地，若为真的话，马新贻家人应该很快低调接受“张汶祥因私人原因报复杀人”的结案报告才是，但事实上马家人并不接受官方审定结果，一直在要求揭露事情真相。

但这个说法流传得实在太快太广，甚至马上就有戏曲推出，以至于开始有人怀疑：

热点传播如此之快，是不是有幕后推手？

那么从犯罪动机来推断：

谁最希望马新贻死？马新贻最有可能得罪谁呢？

5

就在“刺马案”发生后不久，59 岁的曾国藩进宫见了慈禧。

曾国藩是在赴任前去听候太后指示的，而他要去赴的任，就是马新贻死后留下的两江总督之位——当然，这个位置本来就是之前他走后才换的马新贻。

马新贻被刺死一案，轰动朝野，曾国藩哪有不知之理？事实上，慈禧让曾国藩加紧去赴任，就是交给他一大任务：赶紧把马新贻被刺这个案件查个水落石出。

曾国藩临行前，自然想探探老佛爷的口风。

曾国藩后来在日记中记下了当时他与慈禧的对话。

慈禧说：

“此事岂不甚奇？”

曾国藩的回答是：

“确实奇怪。”

慈禧又问：

“马新贻办事很好？”

曾国藩回答：

“他办事和平精细。”

此时的曾国藩，其实是有压力的——大清高层官场中的不少人，都在看他接下来的表现。

因为关于“刺马案”，除了民间津津乐道的那个“马新贻渔色负友”版本外，会看点门道的人群内其实流传的是另一个版本：

这件事是湘军集团干的。

这就要先回到马新贻这个人的发达史了。

马新贻是山东菏泽人，回族，26 岁时中的进士。之后他历任安徽建平知县、合肥知县、安徽按察使、安徽布政使、浙江巡抚，最终升任两江总督——当时他才 47 岁。

马新贻不仅当初自己招募团勇对抗太平军，在各地的任上也官声颇佳，兴修水利，为民请命，颇做出了一些政绩。

但这些事并不足以保证他能在 50 岁之前坐上封疆大吏的位置，马新贻最可贵的，是他不属于朝廷中满人和汉人的任何一个派系集团，可以说是绝对中立的，他所听命的只有慈禧。

而慈禧也确实处在用人之际。

太平天国被剿灭后，和太平天国一路血战的湘军已经发展到了 30 万人，成了大清朝最具战斗力和最强大的一支武装——但这支武装是属于汉人的私人武装。

深谙“狡兔死，走狗烹”道理的湘军“总司令”曾国藩，随即主动要求裁撤湘军，慈禧当即同意。但湘军经过十多年的经营，势力早已遍布全国，两江范围更是属于他们的绝对领地，曾国藩在那里门生遍布，针插不进，水泼不进，就连朝廷任命官员，如果得不到湘军集团的默许，都很难进行下去。

1868 年，曾国藩在两江总督任上调任直隶总督。虽然直隶总督是当时的八大总督之首，地位最高，但明眼人都看得出，朝廷也是希望曾国藩离开他的“老巢”两江一带，到自己眼皮底下乖乖待着。

而接任曾国藩两江总督职位的，正是和湘军集团完全没有瓜葛的马新贻——他被认为是慈禧投进湘军集团大本营的一枚重要棋子。

马新贻初到江宁办公，就有一个说法不胫而走：

当年曾国藩的弟弟曾国荃率军攻破太平天国的首都天京，曾放了一把大火，随即宣称太平天国十多年来掳掠和积累的惊人财富“不见踪影”。而之后曾国藩老家不断有吃水很深的大船运送大批“货物”前去，然后曾国荃开始在老家大兴土木，建造豪宅。

老百姓都在猜，马新贻这次到任江宁，肩负一个任务：要查出曾家有没有贪污那笔惊天财富。

尽管查宝藏这件事基本是出于民间猎奇的想象，但马新贻到任后，确实在一些事务和出台法规上，对湘军集团的固有势力范围造成了不小的冲击。综合种种前因后果来看，很多人都认为：湘军集团有足够的动机除掉马新贻。

而这也正是大家都注目曾国藩去赴任的原因所在。

6

1870 年 11 月 7 日，曾国藩终于动身前往江宁赴任。

之所以说“终于”，是因为曾国藩在 8 月 30 日就接旨调任两江总督，但直到 11 月初，他居然还没有动身出发。在此期间，朝廷曾下两道谕旨催促他快点出发，但总被他以各种理由推脱，最终在 11 月 7 日动身，12 月 12 日才抵达江宁——前后拖了快 4 个月。

不过，慈禧倒也不是只派了一个曾国藩，还派出了一个配合调查的钦差大臣——郑敦谨。

郑敦谨当时的官职是刑部尚书，也是从一品的大员。更重要的是，郑敦谨以铁面无私、办案公正而著称，一路走来，名声甚佳，有“郑青天”之称。

与曾国藩不同的是，郑敦谨在接到查案谕旨时已是隆冬时节，他冒雪赶路，在大年夜赶到江宁，第二天就关门审案。

但是，案犯张汶祥还是那套说辞，什么也审不出来。

无奈之下，郑敦谨只能与已到任的两江总督曾国藩私下喝茶商量，想听听这位正一品大员的意见。

曾国藩到任江宁后，整天读书或会客，还为马新贻写过一副挽联，但对于审理案件一事，从不提一字。郑敦谨在审案时，曾国藩也只是坐在一旁，一言不发。

面对郑敦谨的“请教”，曾国藩还是惜字如金，他的表态就一句话：

这案子，恐怕还是要按照魁公和张公审出的口供来。

话说至此，郑敦谨毕竟也混迹官场多年，心中已经了然。

1871 年的 3 月中旬，一份由郑敦谨和曾国藩联合署名的奏折，被摆到了同治皇帝和慈禧太后的案前——内容比之前魁玉和张之万的版本更详细，细节更多，但结论依旧不变：

张汶祥因为各种原因和马新贻结下仇怨，带刀行刺，属于个人行为，背后无人主使。

一开始不断督促要“彻查此案”的慈禧，最终认同了这份报告。

但这份报告中，其实有一个细节。

按理，参与审问的人员都需要在这份报告上“书诺”——签字画押。

但参审的江苏候补道孙衣言、山东候补道袁保庆（袁世凯的养父）拒绝签字。

7

1871 年 4 月 4 日，江宁的老百姓都拥向了刑场。

"刺马案"的唯一案犯张汶祥，被凌迟处死，并被剖腹挖心，以祭奠马新贻。

而张汶祥一死，也意味着这桩轰动全国的"刺马案"落下帷幕——尽管用马新贻弟弟马新祐的话来说，是：

"终觉疑案之莫名，悠悠苍天，抱恨忠骨。"

朝廷对马新贻身后事的料理，可能是对马家人的唯一一丝安慰：

赏加马新贻太子太保衔，照总督阵亡例赐恤，入祀贤良祠，在江宁、安庆、杭州、海塘都为他建祠堂。

这起大案，还有一个尾声。

按理说，刑部尚书郑敦谨作为钦差大臣，办理完案件后应该回京面圣述职。

曾国藩出于官场礼仪，送郑敦谨出江宁，并奉上"程仪"（也就是路费，算是红包），但郑敦谨分文不收，告别离去。

当郑敦谨一行走到清江浦（今属淮安市）的时候，他忽然上奏朝廷，说自己年老多病，就地归隐。

他打发走了随从，就真的就地辞官，直到去世，也再未踏入京城半步。

馒头说

众所周知，晚清曾被人总结出"四大奇案"。

在这四桩奇案中，除了"太原案"太过离奇蹊跷被质疑是捏造外，其他三件大案都是在众目睽睽之下发生，白纸黑字留于史的。

而这三件大案中，"名伶杨月楼案"完全发生于民间，"杨乃武与小白菜案"由民间引至官场，只有"刺马案"一直被认为是官场高层权力博弈的结果。而且，前两个案件最终无论好坏，都有个大家看得到的结果，但"刺马案"至今被认为是一桩悬案，加上那个"渔色负友”的版本流传颇广，所以被称为“晚清第一大奇案”。

时至今日，“刺马案”还是有各种版本的推断，但倾向于此案和湘军集团有关的观点，渐渐多了起来。

太平天国初灭，湘军集团权势滔天，在这样的背景下，此案前后一些看似摸不着头脑的情节似乎也顺乎逻辑了：

魁玉、张之万等一干办案官员都极尽推诿之能事，一直在打马虎眼；曾国藩拖拖拉拉，长久不肯到任；孙衣言和袁保庆拒绝签字；郑敦谨办完案之后就选择辞官隐退；就连精明强干的慈禧，也渐渐品出了味道，从最开始强调“必有人幕后主使”，到最后睁一眼闭一眼……

从“刺马案”的整个过程来看，没有证据显示曾国藩直接参与了此事，但种种细节表明，很可能是湘军集团中的利益相关者甚至是一个小团体策划了此事。而曾国藩对此事的幕后真相知情，最终无论是主动还是被动，都帮忙尽快将此事“翻篇”。

当然，即便如此，这也只是一个推论，没有确凿证据支撑。但历史就是如此，除非今后发明了“时间机器”，我们能逆时间之河而上去探寻究竟，不然不少历史的真相注定会湮没在时间中，只能靠逻辑和动机推断了。

不过，从“刺马案”中我们也可以看到，有些舆情一旦上升到一定层面，背后很可能就会有一些博弈方介入，煽风点火也好，借力打力也好，要安静做个“吃瓜群众”，也不是那么容易的。

慈禧与湘军集团的博弈，在“刺马案”中可以说是慈禧退了一步，而借机扳回一城，要等到几年后的“杨乃武与小白菜案”了。

那又是另一桩“奇案”了。

本文主要参考来源：

1.《清史稿·列传二百十三·马新贻》（赵尔巽，1927 年）

2.《清实录·大清穆宗毅皇帝实录》

3.《清史稿·列传二百八·郑敦谨》(赵尔巽，1927 年)

4.《温故"刺马案"》(李俭，《书屋》，2019 年 11 期)

5.《从"刺马案"到〈投名状〉——由历史到文学的转折》(林保淳，《浙江学刊》，2018 年 04 期)

6.《我所知道的"刺马"案真相》(于曰良，《档案春秋》，2009 年 04 期)

7.《刺马案与清宫秘闻》(马东玉，《紫禁城》，1996 年 03 期)

8.《清末刺马案》(彭长卿，《紫禁城》，1988 年 05 期)

9.《晚清两江总督马新贻被刺案考述》(吴木火，《南开史学》，1985 年 02 期)

“杨乃武与小白菜案”：晚清官场的一场“蝴蝶效应”

“杨乃武与小白菜案”之奇，并非奇在案件本身，而是奇在整个案件的处理过程。

一只小蝴蝶扇动一下翅膀，为何会引起一场巨大的龙卷风？

1

同治十二年（1873）十月初九这天，浙江余杭县死了一个人。

死者名叫葛品连，30岁，本地人，平常在一家豆腐店帮工，经常不回家。十月初七，他因为患了丹毒（一种累及真皮浅层淋巴管的感染）而发起了高烧，不听妻子的劝阻继续上工，结果到了十月初九，病情加重，撑着回家躺到床上，挨到傍晚光景，两腿一蹬，一命呜呼。

葛品连的母亲见儿子刚到而立之年就去世，自然悲痛万分。当天晚上，为儿子遗体换衣服的时候，葛母看到儿子的口鼻处有淡淡的血水流出，心里起了疑心，第二天就请人写了状子投递给了余杭县衙，诉求只有一个：

“死因不明，请求验尸。”

余杭县的知县叫刘锡彤，看了葛母的状子之后，就带着门丁沈彩泉、仵作沈祥等人前去葛家验尸。在葛家，沈祥看了看葛品连尸体的样子，拿出银针探入了死者咽喉，发现银针上有黑色黏液，也没按规定用皂角水洗一下，就判定：

“系服毒身死。”

但是刘锡彤的门丁沈彩泉却有不同的看法，他认为葛品连确实是中毒而死，但却不是自杀，而是被人毒死的——用的是砒霜。

一场看似平常的病故，转眼变成了自杀案，瞬间又升格成了谋杀案。

到底是怎么回事？知县刘锡彤此时想起了自己出门前，当地秀才陈湖专门找上门来对他说的一些当地的传闻，顿时感觉心如明镜，立刻下令：

来人！把死者的妻子毕秀姑抓起来！

2

毕秀姑（一说“毕生姑”），葛品连的妻子，17岁。

因为她人长得水灵，平常又喜欢穿白上衣加一条绿裤子，所以被街坊邻里称呼为“小白菜”。（电视连续剧《杨乃武与小白菜》中，由陶慧敏扮演的“小白菜”曾倾倒大江南北无数观众。）

毕秀姑嫁给葛品连才一年，小夫妻两人没有自己的婚房，就租了当地一杨姓家族院子里的一间房子住了下来。

杨家主人叫杨乃武，32岁，家中从祖父辈开始养蚕种桑，家境颇为殷实。杨乃武20多岁中秀才，32岁高中举人，可谓一路顺风顺水。他经常在乡里帮乡人写诉状、打官司，颇有声名。

毕秀姑在家无事时喜欢念经，碰到一些不懂的字，就会请教杨乃武。而杨乃武一家看葛品连晚上会不回家，有时候也会请毕秀姑一起吃晚饭。两家人一熟络，葛品连和母亲就有了些疑心，怀疑杨乃武与“小白菜”之间有私，但查了几次，都没有抓住证据。

也许是听到了邻里之间的一些闲话，杨乃武在第二年故意提高了屋子的租金，葛品连也顺势搬离了杨家院子。

原以为就此相安无事，却没想到在十月初九，出了这样一桩命案。

至于余杭知县刘锡彤出门去葛家办案之前，当地秀才陈湖来找他说的事儿，其实就是关于杨乃武与毕秀姑之间的流言蜚语——大家都在传“羊吃白菜”。

所以，在看到葛品连的尸体之后，知县刘锡彤虽然不至于摸摸领口的第一颗扣子，脱口而出“真相只有一个”这种话，但已经在心里构建了一个类似的案情框架：

这显然是潘金莲私通西门庆，毒死了老公武大郎。

情况就是这么个情况，剩下的，就只等毕秀姑自己从实招来了。

毕秀姑随即就被带回了县衙门。面对“通奸杀夫”的指控，毕秀姑茫然不知所措，当然一口否认。于是，刘锡彤立刻下令上刑。重刑一夜之后，17 岁的毕秀姑痛不欲生，终于按照刘锡彤的意愿交代了口供：

她与杨乃武一直偷情，杨乃武在十月初五这天给了她一包砒霜，授意他十月初九上午下毒，谋杀亲夫。

取得口供之后，刘锡彤在当天凌晨三点就下令，抓捕杨乃武。

3

杨乃武被捕的时候，完全觉得莫名其妙。

十月初五这一天，他根本就不在余杭县，直到初六才回来，怎么可能把砒霜交给“小白菜”？而且这事儿有很多人可以证明，可以说他有完美的“不在场证明”。

但刘锡彤才不管这些。

不肯招供？来人，大刑伺候……且慢——杨乃武刚刚考取了举人，按大清律例，是不能用刑的。

怎么办？这难不倒刘锡彤：通奸谋杀，这样的人渣怎么配当举人？他连夜上书朝廷，要求剥夺杨乃武的举人资格。同时，他把所有的审讯笔录和卷宗都整理了一下，上报给了他的上级——杭州知府陈鲁。

在上报材料的时候，刘锡彤对卷宗做了一系列的“润色”，其中包括：将验尸报告中的“死者口鼻流血”，改为了“七窍流血”；在验尸报告中特地标注“验尸银针已用皂角水擦洗”；而小白菜口供中杨乃武给她砒霜的那个日子“十月初五”，则没有上报……

杭州知府陈鲁，湘军集团出身，属于武人做文官。他听到杨乃武平时爱替乡民写诉状，属于“刺头”，本来就心中不悦。而他和刘锡彤私交甚好：刘锡彤虽然是举人出身而不属湘军集团，但他恰好是湘军收复杭州那年担任的余杭知县，当时的浙江巡抚是左宗棠，所以他也算半个湘军集团的人。

陈鲁看到递上来的卷宗言之凿凿，心里已然有了计较：还想抵赖？上刑！

而此时，同治帝的圣旨已到：剥夺杨乃武举人功名——这也让给杨乃武上刑有了法理上的许可。

关于杨乃武和“小白菜”毕秀姑当时受到的酷刑，民间有多种版本，有的让人读来心惊肉跳：杨乃武是“跪火练”，跪到双膝烧焦，而毕秀姑是被铅丝穿过乳头，被熔化的滚烫锡水浇脊背。不过按《清史稿·刑法志》记载，对男子一般是“酌用夹棍”（用三根相连的木棍夹挤受刑者足部），对女性是“拶指”（用套着绳子的五根小木棍夹手指）。

无论如何，一顿酷刑下来，养尊处优的杨乃武招架不住，只能按需招供：

他承认是在从余杭到杭州路上的“爱仁药铺”买的砒霜，给了毕秀姑用于下毒，药房老板名叫“钱宝生”。

刘锡彤办案倒也仔细，又差人去找那个“爱仁药铺”的老板“钱宝生”对口供。

“爱仁药铺”有吗？还真有。老板“钱宝生”有吗？并没有。人家老板叫钱坦，不仅在那几天从来没卖药给杨乃武，而且药铺里也从来不进砒霜。

但事已至此，刘锡彤知道已经没有退路了。他让人去威逼利诱钱坦：你卖砒霜，但别人拿去干什么用你是不管的，你只管承认就是；如果你不承认，那日后恐怕有无穷麻烦……

胆小怕事的钱坦只能承认把砒霜卖给了杨乃武。

有了钱坦的口供，陈鲁觉得此案已成“铁案”，于是下了判决：

杨乃武斩立决，毕秀姑凌迟处死。

4

判决虽下，但大清毕竟还是有王法的：这种死刑，得逐级上报。

很快，这桩案子就被摆到了浙江按察使——相当于浙江省的政法委书记——蒯贺荪的案前。

蒯贺荪倒不是湘军集团的，但也是凭军功上的位，与湘军集团的人惺惺相惜，关系一直不错。他一看这案子，其实是有疑点的：杨乃武家境殷实，又是新科举人，前途无可限量，说他看上“小白菜”毕秀姑未必不可信，但两个家庭阶层相差太大，杨乃武愿意亲自参与，毒杀其夫，甘冒杀头之罪，动机确实有些不足。

但考虑到此案已经余杭知县刘锡彤和杭州知府陈鲁两任之手，卷宗已经是白纸黑字，大家一地为官，又不知此案是否有湘军集团在幕后操盘，于是蒯贺荪只是把刘锡彤叫来问了下审理情况，就表示没有异议，然后再往上报——转给了浙江巡抚杨昌濬。

蒯贺荪把皮球踢给杨昌濬，也是有道理的。

杨昌濬，湖南人，论读书只考中秀才，但因为孔武有力，作战勇猛，跟随曾国藩办湘军团练，尤其跟随左宗棠屡立战功，最终被湘军集团保举，坐到了浙江巡抚的位置——蒯贺荪的潜台词是：你们湘军集团的人递上来的案子，你们自己解决。

杨昌濬，他当初的老师是曾国藩的挚友罗泽南

皮球被踢到杨昌濬这里，他已经基本是个"守门员"的角色了。

尽管杨昌濬和杭州知府陈鲁确实是一个"系统"的，但面对这一桩死刑案，他还是谨慎的，至少还是"走了程序"的——他派出一个叫郑锡滜的候补知县前去暗访。

所谓"暗访"，应该避开案件利益相关人，去寻找客观公正的第三方说辞。但郑锡滜倒也省事，一到余杭，直接成了知县刘锡彤的座上宾。

这样"暗访"的结果是可想而知的。郑锡滜最终给杨昌濬的报告是："仍照原结"，"无冤无滥"。至少从杨昌濬后面的举动来看，他是满意这份报告的——他很快就让郑锡滜去补了黄岩县的实缺。

十二月十二日，杨昌濬将"杨乃武与小白菜案"的复审报告递交了上去：

维持原判，秋后问斩。

一桩案件，经知县、知府、按察使、巡抚四级认定，基本已经铁板钉钉了。

但偏偏有人不服。

5

关键时刻站出来的，是杨乃武的妻子詹彩凤，还有姐姐杨菊贞。

詹彩凤抱着杨乃武的孩子，到杭州各处衙门去喊冤。而从小看着杨乃武长大的姐姐杨菊贞更是刚烈，直接去了北京，上演了一出“菊贞打官司”的上访。

可能是两个妇道人家“拼死抗争”引人瞩目，也可能是杨家在杭州本身就颇有名望，这桩案件最终惊动了都察院（大致相当于现在的中纪委）。

都察院发令：重审此案！

虽说是重审，但案子退回的对象是浙江巡抚杨昌濬，而杨昌濬退回的对象是杭州知府陈鲁，这两人怎么肯推翻自己先前的判决？面对依旧坐在堂上的陈鲁，杨乃武与毕秀姑自知翻盘无望，为了避免再受酷刑，只能再次画押认罪。

再审还是原判，怎么办？

杨家还是不服，变卖田产资产，倾囊一战，杨菊贞和詹彩凤再次上京申冤。

关键时刻，四股强大的力量加入了杨家这一边——可总结为“三人一报”。

第一个人，叫胡雪岩。

胡雪岩有个家庭教师，叫吴以同，和杨乃武是同乡，两人又是同一年考中的秀才，所以交情很好。胡雪岩通过吴以同了解到了杨乃武的冤情，当下赠银二百两，资助杨家人去打官司——二百两不是个小数目，但更重要的是“红顶商人”胡雪岩当时的名头和人脉。

第二个人，叫夏同善。

夏同善是浙江余杭人，咸丰六年（1856）的进士，担任过兵部侍郎，但他有个重要身份：光绪帝的老师。他有一次回老家省亲，了解到了“杨乃武与小白菜案”的争议，又因为胡雪岩为他摆宴饯行，了解到了更多内幕，回去以后，就把他的所见所闻在北京传播。

第三个人，叫翁同龢。

翁同龢当时的职务是刑部右侍郎，而他也同样有个重要身份：光绪帝的老师。翁同龢和夏同善私交甚好，从夏同善那里了解到案情之后，他专门去刑部查阅了资料，发现其中有诸多可疑和矛盾之处，他用笔一一勾出，请刑部细查。

而“一报”，指的是《申报》。

1873 年，是《申报》创刊的第二年，恰恰赶上了这件案子。

一开始，《申报》是以对社会花边新闻的态度来报道这件案子的，所以他们的第一篇相关报道题目是《记禹航某生因奸谋命事细情》。“禹航”就是余杭，“某生”指的就是杨乃武，报纸完全是按照官方的结论做出的报道——杨乃武与“小白菜”通奸，合力谋杀了葛品连。

但随着案情疑点的增多，《申报》很快改变了态度，开始报道这起案件的不合理之处，包括杨、毕二人遭受的酷刑（那些酷刑的细节都是《申报》报道的），全程跟踪杨家人进京申冤的进程。

更关键的是，《申报》全文刊登了杨乃武在狱中写的申辩状。杨乃武是举人出身，逻辑清晰，文笔又好，那篇申辩状一时轰动大江南北，让更多的人关注到了此案背后的冤情——胡雪岩、夏同善和翁同龢当时都看了《申报》大量的相关报道。

时间就这样到了 1875 年。

此时，同治帝已经驾崩，年幼的光绪帝登基，两宫太后再度垂帘听政。而“杨乃武与小白菜案”经《申报》的连续报道和多方争论，已经引起了极高的社会关注度，于是被再度发回重审。

再一次审查，浙江巡抚杨昌濬选择了回避，让湖州知府锡光主审。不知道是不是舆论压力太大的缘故，这次的审判没有用刑，而多少已经知道外界风声的杨乃武当庭翻供，表示之前的口供都是严刑逼供而来。

而此时，当年说卖给杨乃武砒霜的药店老板钱坦忽然在狱中去世了。

原本就复杂的案件，又缺了一个关键证人，变得更加扑朔迷离。

但此案此时已经被紫禁城内的两宫太后关注到了，从北京传来的命令是：

为了让案件能够水落石出，必须保证犯人的人身安全，他们绝不能死在狱中。

这一次，北京方面决定再委派一个人来重新审理。

6

一般来说，都已经写到第六个小标题了，案件也应该进入尾声了。

但“杨乃武与小白菜案”能跻身奇案之列，还是有道理的——朝廷委派的人就一定审得清吗？

这个被委派的人，叫胡瑞澜，其官职是礼部侍郎，当时的职责是主持浙江省的科举考试。

接到这个差事后，胡瑞澜其实推辞了好几次。

一方面是因为他从没审理过案件，毫无经验，更重要的是，他不仅和浙江巡抚杨昌濬关系不错，而且他在浙江做学政的一些成绩考核，是要杨昌濬打分的——这叫他如何是好？

所以，胡瑞澜到岗之后，继续对杨乃武和毕秀姑用刑，但结果很令人尴尬：一用刑，他们就招，一不用刑，两人就翻供。

想来想去，胡瑞澜只能从一些细节入手。比如，杨乃武曾在情急之下，说其实余杭县衙役何某调戏过“小白菜”，自己只是被栽赃的，还说余杭知县曾因此事敲诈勒索过杨家。但这两件事被证明都不存在——胡瑞澜试图通过“程序不正义”来驳斥杨乃武申冤的“结果正义”。

尽管胡瑞澜最终还是拿到了两人再次画押的“认罪”笔录，但此时这桩案件，凭他一己之力已经完全压不住了。

太平天国运动被扑灭后，江浙一带的官员任命一直被势大的湘军集团把控，这两地的本地士子原本就有很大怨气，再加上杨乃武一案确实在湘军集团的操盘下隐藏巨大冤情，所以群情激奋。

由地方到京城，在京的 18 名浙江籍官员联名上书都察院，指出“杨乃武与小白菜案”有诸多疑点，必有重大冤情。

都察院将 18 名官员的联合签名递交给了慈禧太后，慈禧太后一看便知，胡瑞澜的“终审”有很大问题。

而此时，一些原本信誓旦旦的“证人”，在刑部的高压之下都已经开始露怯：

爱仁药铺的伙计杨小桥和钱坦的母亲钱姚氏翻供，说杨乃武从来没有在药铺买过砒霜；

葛品连的母亲承认自己的儿子患有丹毒，但不知道是否被毒死；

验尸的仵作沈祥，说自己当初并没说葛品连是被毒死的，死者当时是口角渗出的血水流入耳鼻，而非“七窍流血”，而且当初插入死者喉部的银针拿出后并没有用皂角水洗过——按宋代著名法医宋慈的《洗冤录》所载，不用皂角水擦洗银针，无法判定针上是否有毒。

怎么办？慈禧一拍椅子：

把和此案有关的所有犯人、证人和卷宗，统统押解到北京。

宋代法医宋慈所著的《洗冤录》是全世界第一本法医著作。虽然其中一些判定方法现在看来已不科学，但很多经验性积累在相当长一段时间内指导了古代法医的鉴定工作

老佛爷决定亲自出手了。

7

光绪二年（1876）十二月初九，北京朝阳门外的海会寺前人头攒动。

“杨乃武与小白菜案”的最终大结局，将在这里揭晓——刑部的汉人尚书桑春荣和满人尚书皂保亲自主持，所有犯人、证人全部到场，在这里当场开棺验尸。

在开棺前，刑部尚书桑春荣先请余杭知县刘锡彤检验葛品连棺材上的封条是否完好——棺材一路从杭州运到北京，每过一地，就加贴一张封条，没人敢动手脚。

此时的刘锡彤已经知道大事不好。在此之前，他已经承认仵作沈祥没有用皂角水擦洗银针，至于其他事，他表示一概不知。不过他的门丁沈彩泉出卖了他，已经承认自己受命逼迫药店老板钱坦诬陷杨乃武买砒霜一事。

棺木一开，腐臭扑鼻——这桩案子，毕竟已经拖了三年多。

由于尸体的皮肉已经腐烂，骨头清晰可见，呈黄白色。旁边老练的仵作一看就做出了判断：绝对不是被毒死的，是生病死的。而刘锡彤还不死心，指着其中几块青黑色的骨头说有中毒迹象，但事实证明那是骨头表面发霉，锯开后，里面依旧是黄白色。

刘锡彤当时还绕着棺木来回踱步，刑部的满人尚书皂保一声断喝：

“你还有何话可说？”

刘锡彤闻言，当即下跪，摘下顶戴花翎：

“委系无毒，因病身死。”

一桩审了三年多的冤案，终告昭雪。

消息传到寺外，围观等候的百姓一片欢腾，奔走相告，连一些驻京的外国记者也都在第一时间报道了这个消息。

随后，皂保领衔上奏，再度还原了这桩"杨乃武与小白菜案"：

葛品连因患丹毒病死，余杭知县刘锡彤主观判断其妻"小白菜"毕秀姑谋杀亲夫，用刑逼她妄供出杨乃武，再逼诱药店老板钱坦做伪证，导致杭州知府陈鲁错结此案，浙江巡抚杨昌濬依题照结，钦差大臣胡瑞澜复查迁就，最终一错再错。

而其中有一点被强调的是：杨乃武与刘锡彤并无私仇，刘锡彤也从未敲诈勒索过杨家。

有意思的是，根据杨乃武女儿杨浚后来撰写的回忆录，就在案情水落石出但刑部尚未结案时，已经做到四川总督的丁宝桢大发雷霆，去刑部大闹，表示尸体入棺三年，黑毒褪去是非常正常的事，并指出：如此"铁案"还要翻，以后地方官谁还敢判案？谁还敢为皇上做事？

但这桩轰动全国的冤假错案，必定是要翻案的。

并且，必定是有人要付出代价的。

8

由慈禧最后敲定的处罚结果，很快就出来了。

余杭知县刘锡彤，革职，流放黑龙江。按大清律例，70 岁以上的犯人可以用银钱赎罪，刘锡彤已经年过 70 岁，但不许赎罪。

杭州知府陈鲁、黄岩知县郑锡滜、宁波知府边葆诚、嘉兴知县罗子森、候补知县顾德恒和龚世潼，全部革职（后面几个人都曾被杨昌濬派去"协助"胡瑞澜复审此案）。

浙江按察使蒯贺荪已经去世，免于追究。

仵作沈祥杖八十，判徒刑两年。

门丁沈泉杖一百，流放两千里。

葛品连母亲杖一百，徒刑四年，交银可以赎罪。

当天另有一道谕旨：

杨昌濬和胡瑞澜，同时革职。

那么两个最重要的冤案受害者呢？会不会得到大清的“国家赔偿”？

想得美！

杨乃武与“小白菜”虽然被冤，但也并非没有可责之处，所以也要受到处罚：

杨乃武因不知避嫌，与“小白菜”私相授受，并且曾诬指县衙何某调戏“小白菜”，杖一百，并革去举人身份，终身不能仕官；

“小白菜”毕秀姑曾和杨乃武同桌同食，不守妇道，杖八十。

至此，震动一时的“杨乃武与小白菜案”，全部案结。

馒头说

关于“杨乃武与小白菜案”，其实有很多版本流传。

民国人黄濬（此人学问不错，但后来成了汉奸）在他的《花随人圣庵摭忆》中专门有《杨乃武案野史征存》和《杨乃武案公私资料续辑》两篇，其中征引的文献有《翁同龢日记》《越缦堂日记》，也有《清代野记》《余杭大狱记》《光绪朝东华录》《光绪政要》等。

在各种说法中，有说杨乃武和“小白菜”确实关系暧昧，邻里都有传闻，有说刘锡彤要“搞死”杨乃武是因为刘锡彤的儿子曾奸污“小白菜”，也有说杨乃武曾经检举刘锡彤贪污敛财，二人结下仇怨。但这些版本有些有前后矛盾之处，有些缺乏证据，很难成为定论。

事实上，也有不少人认为，这桩冤案的起因并没有什么特别之处：就是审判官主观臆测，以为自己伸张正义，维护社会风气。结果冤案造成后，为了弥补小漏洞，捅出更多更大的漏洞，最终上升到一个集团之间的层层包庇，乃至中央集权与地方势力的博弈。

而这正是"杨乃武与小白菜案"让人唏嘘之处。

杨昌濬是真的没能力吗？知人识人的左宗棠如此重用他，甚至在他因此案被革职后再次奏保起用他，为收复新疆帮办军务。杨昌濬后来一路做到陕甘总督、兵部尚书，最后官拜太子太保。

胡瑞澜是真的糊涂吗？他被革职后不久又被复用，职位居然是大理寺卿——专门负责复核案件，平反冤狱。如果他真的连"杨乃武与小白菜案"是不是冤案都搞不清楚，朝廷会让他坐这个位置？

丁宝桢是真的昏庸吗？当初他一个区区山东巡抚，就敢斩杀慈禧面前的当红太监安德海，无论是手段还是情商都让人拍案叫绝。他在四川总督任上也做了大量有益于民生的好事，人们对他评价很高。

说到底，四个字：官官相护。

"杨乃武与小白菜案"其实就像是余杭县郊外田野中的一只小蝴蝶，轻轻扇动了几下翅膀，最终从江南到京城，掀起了晚清官场上的一场龙卷风。

在这场风暴中，从知县到知府，到巡抚，到总督，各级官员都被动地卷入了。虽然他们中不少人本来与这件事并无关系，但都自愿或不自愿地成了将冤案做成"铁案"的一分子——因为大家都是在一个系统里的：今天保别人，就是今后保自己。

随之当然也会引发官僚集团内部的一些斗争和博弈：武功受职的空降湘军集团和举人出身的地方文官集团本身就存在各种微妙的关系——大家虽然同朝为官，但一旦超出各自固有"地盘"，就会有摩擦产生（当然，浙籍京官关注此案也很可能出于伸张正义的目的）。

而这也引起了作为皇权代表的慈禧太后的警惕：地方势力拥权自大，中央政府难以调动，从江南到四川，官员集团互保互证，长此以往，国将不国。所以她也正好借"杨乃武与小白菜案"敲打一下在江浙一带已自成体系的湘军集团。

但慈禧能做的也只能是"敲打"，不可能再做更多。别的不说，左宗棠率军收复新疆，除了向外国人借贷外，军费在国内的支撑来源大多是浙江和江苏的税收。这也是杨昌濬这批湘军集团的人之后又被起用的重要原因。

由此可见，“杨乃武与小白菜案”的背后，有官场的互保，有政治的博弈，有利益的交换，但唯独没有案件本身应该有的东西：法治。

根据民间流传版本，此案昭雪后，光绪帝的生父醇亲王奕譞曾说过一句：“大清还是有青天的！”而杨乃武的回应是：“大清真的有青天吗？”

事实上，这种每逢冤案就期待有“青天大人”的心态，本身就是对法治的最大讽刺。一场最底层的民间冤案最后还能引得最高统治阶层借此拉跋整合，恰恰说明晚清的官僚系统已经病入膏肓，有的只是“人治”，所谓的“法治”早已不存在了。

洗冤之后的杨乃武和“小白菜”，日子过得都不算如意。

杨乃武再也无法仕官，虽然还做过一段时间的《申报》主笔，但最终因故只能回家重操祖业养蚕。好在他培育了一种新蚕丝，大受欢迎，晚年家境还算殷实，于 1914 年辞世，终年 73 岁。

“小白菜”万念俱灰，在俗世间也无人肯收留自己，最后出家为尼，法号“慧定”，晚年种菜养鸡，清贫度日，于 1930 年圆寂，终年 74 岁。

两个人原本就阶层相差巨大，后半生也再无交集，但他们还是有一个共同点：

在有生之年，他们都见证了一个腐朽王朝的没落与终结。

本文主要参考来源：

1.《杨乃武与小白菜案揭谜——晚清奇案系列之一》（陆永棣，《中国审判》，2008 年 01 期）
2.《历史档案中的杨乃武与“小白菜”》（余刚，《文史春秋》，2007 年 11 期）

3.《奇案峰回——〈申报〉与杨乃武与小白菜冤案平反》(董少东,《北京日报》, 2022年3月22日)

4.《从杨乃武与小白菜一案透视清代法律制度》(郑香妞,《兰台世界》, 2015年03期)

5.《晚清杨乃武与小白菜案的学术史考察与反思》(韩剑尘、林晓凤,《中西法律传统》, 2013年01期)

6.《正义的分歧——以清代“杨乃武”案为例分析中央与地方的司法博弈》[石泉,《宁波大学学报》(人文科学版), 2018年03期]

7.《媒介舆论与司法公正——以杨乃武与小白菜案为例》(耿成雄,《新闻战线》, 2017年03期)

8.《浅谈杨乃武与小白菜案》(王烽吉、赵欣妍、林志文,《法制博览》, 2014年06期)

1900 年，逃离紫禁城

1900 年，庚子事变。6 月“宣战”，举朝震动。7 月天津沦陷。8 月北京被围。

八国联军在城外耀武扬威，八万清军在城内战和不定。

而在这一刻，当初拍板做出决定的那个女人，她是如何打算的？

1

1900 年 8 月 14 日的中午，崔玉贵听闻太后召见他。

崔玉贵是宫内的太监二总管，原本他在殿外是想等慈禧吃午膳之后漱口吸烟的工夫，进去请“膳牌子”（趁太后或皇上吃饭时，写好请求觐见的人名牌子供挑选），然而却等到了慈禧的一声吩咐：

未正时刻，召见珍妃，让她在颐和轩候驾。

按规矩，召见妃子应该是两个人的差事，崔玉贵有点纳闷。为保险起见，他还是叫上了颐和轩的管事太监王德环，一起到了景祺阁北头一个单独的小院。

这个小院位于紫禁城的东北角，原来是明代宫廷奶妈养老居住的地方，珍妃惹怒慈禧后被勒令住在这里——院子的正门被牢牢关上，打上了内务府的十字封条。珍妃住在北房三间最西头的一间，屋门从外面锁着，吃饭、洗脸等所需物品均由下人从一扇活窗中端进递出。

崔玉贵因演戏时武戏出色而被慈禧看中，自此平步青云，升到二总管太监，授三品衔，亮蓝顶戴

没错，其实珍妃被打入的就是“冷宫”。

在接到崔玉贵的宣旨后，珍妃经过一番打扮出了门，跟着崔玉贵和王德环走向颐和轩。虽说经过了打扮，但珍妃没施粉黛，没戴络子，穿一身淡青色的绸子长旗袍，蹬一双墨绿色的缎鞋（不许她穿花盆底鞋）——完全是一副戴罪妃嫔的装束。

到了颐和轩，慈禧已经端坐在那里了，身边没有一个侍女。

磕头请安道吉祥后，珍妃就跪在那里听候慈禧的训示。房间里没有一点声音，静得连一根针掉在地上都能听清楚。

慈禧忽然发话了：

“洋人就要打进城里来了。外头乱糟糟，谁也保不定怎么样，万一受到了污辱，那就丢尽了皇家的脸，也对不起列祖列宗，你应当明白。”

珍妃愣了一下，说：

“我明白，不会给祖宗丢人。”

慈禧说：

“你年轻，容易惹事！我们要避一避，带你走不方便。”

珍妃的口气似乎硬了起来：

“您可以避一避，可以留皇上坐镇京师，维持大局。”

听到这句话，慈禧的脸色立刻变了：

“你死到临头，还敢胡说。”

珍妃回答：

“我没有应死的罪！”

慈禧说：

“不管你有罪没罪，也得死！”

珍妃声音高了起来：

“我要见皇上一面！皇上没让我死！”

慈禧哼了一声：

“皇上也救不了你。把她扔到井里头去。来人哪！”

站在一旁的崔玉贵和王德环听到慈禧呼喊，不敢不从，一起上前，连揪带推，把珍妃往贞顺门内的那口井边推。

崔玉贵边推边说：

“小主您先下去，我一会儿也要跟您下去的！”

珍妃怒斥：

“你不配！”

珍妃在被推进井里之前，说的最后一句话是：

“皇上，来世再报恩啦！”

2

8 月 15 日的凌晨 3 点多，何荣儿忽然听到了猫叫声。

荣儿是服侍慈禧的宫女，当晚正好轮到她值夜班。紫禁城里野猫很多，夜里听到猫叫并不稀奇，但荣儿却觉得今夜的“猫叫”似乎非常特别。

首先，猫叫的尾音特别长，感觉一般的野猫叫不出那么长的声音。其次，一开始明明听到正东方有猫叫，但没多久东南方也传来了一声，再隔一会儿，东北方的猫叫声也响起了。

四面八方，似乎都是猫叫声。

白天珍妃死在井里的事，已经在宫里私下传开了。何荣儿胆子小，吓得浑身起鸡皮疙瘩，觉得很可能是珍妃冤死，阴魂不散，来找人算账了。

4点多，天色开始蒙蒙亮，慈禧起床了。

这时候，猫叫声不但没有减弱，反而在四面八方都响了起来，像是几十只野猫在不停地乱叫。慈禧也觉得奇怪，就打发人出去看看究竟是什么情况，但出去的人并没有看到猫的踪影。

这时候，李莲英急匆匆地冲了进来，看到慈禧就喊了声：

“鬼子打进城来了！”

慈禧听了也是一惊，让李莲英赶紧仔细说说。李莲英把自己听到的都一五一十地禀报给了老佛爷：

“德国鬼子由朝阳门进来了，日本鬼子由东直门进来了，俄国鬼子由永定门进来，把天坛都围上了，全都冲着紫禁城开枪，枪子儿一溜一溜地在半天空飞。”

这时候大家才知道：一晚上所谓的“猫叫”声，其实是各种子弹划过紫禁城上空的呼啸声。

尽管之前一直有战况不利的消息传来，但包括慈禧在内的宫内诸人还是对战局抱有一定的幻想，幻想在这一天终究破灭了。

听了李莲英的汇报，慈禧脸色铁青，一言不发，只是来回踱步。

老佛爷不发话，众人也不敢作声，大家就屏息站在那里，也不知道如何是好。

李莲英陪慈禧装神佛时留下的照片

转眼就到了要用早膳的时间，大家都想着，老佛爷用完早膳后心情可能会好些。但此时忽然传来了“砰”的一声：

一颗流弹落在了乐寿堂西偏殿的房顶上，子弹头从房顶瓦片上一路滚到地上，声音清晰可闻，屋内众人齐刷刷望向屋顶，没人作声。

李莲英忽然喊了一声：

“老佛爷！快起驾吧！”

如果说那颗流弹是压垮慈禧的最后一根稻草，那么李莲英的这声呼喊，堪称让慈禧下定决心的集结号。

慈禧开始发布一系列命令：

去请皇上，去请皇后，传谕太妃、小主、格格们，统统都到乐寿堂来，另让人去通知原本要被立为皇储的大阿哥溥儁，收拾好行囊。

慈禧终于决定，要跑了。

3

没过多久，光绪帝默不作声地跟着太监赶到了颐和轩。

一看光绪还是一身皇帝打扮，慈禧急了，连忙让李莲英去找几件衣服给皇上换上。李莲英立刻打发手下去办了，随后自己拿出一个红色的大包袱抖了开来——那是一套给慈禧换的衣服：

一套大襟式的深蓝色夏布褂子，一条浅蓝的旧裤子，一对新的绑腿带，一双新白细布袜子和一双新黑布蒙帮的鞋。除了衣服因为慈禧胖而穿着略有些紧外，其他的尺寸都正好合适。

李莲英打开包袱那一刹那，屋内的许多人都明白了一件事：慈禧绝非临时起意，而是早就策划好要跑了——不然李莲英怎么可能临时准备好这么周全的行头？

事实证明确实如此：这些都是李莲英托他住在宫外的姐姐早就准备好的。

光换衣服不行，还得换发型。关键时刻，李莲英亲自出手给慈禧梳头盘发。虽然李莲英人长得比较粗壮，但他伺候慈禧的时候轻巧灵动，各种尺度都把握得恰到好处：

他把慈禧的头发散开，用热毛巾在头发上一熨，拢在一起向后梳通，然后手握头发，牙咬发绳，双手上下翻飞，插簪子，盘发辫，套网兜，片刻工夫，就给慈禧梳了一个汉族中年妇女的发型。

光绪此时也换好了衣服：深蓝色的长衫，一条黑裤子，一顶小草帽，看上去就像个跑买卖的伙计。

打点完毕后，慈禧忽然想起了一件很重要的事，叫了声侍女荣儿：

"荣子，拿剪子来！"

随即，她背过身去，把左手伸到桌子角边，颤声道：

"把指甲剪掉！"

慈禧这些年来一直在精心保养她的指甲，尤其是她的左手无名指和小指指甲，已经有两寸多长——原先她觉得这体现了太后的富贵和权威，如今她知道这将成为逃难的累赘和负担。

指甲一剪，慈禧是铁了心要走的。但大家还在等她一个重大决定：

谁会和她一起走？谁没资格和她一起走？

4

对于随行人员，慈禧其实早就做好了谋划。

光绪皇帝和隆裕皇后肯定是要一起走的，一群小主和格格既然被叫来了，那也是要一起走的。但也有没被叫来换衣服的，比如慈禧的儿媳妇、同治帝的瑜贵妃和瑨贵妃。

慈禧交给这两个贵妃的任务，是在她走后统管紫禁城——大家都知道，这绝非因为慈禧对她们的信任，也绝非什么好差事。按照当时所有人的估计，洋人是铁定要在攻进紫禁城后烧杀淫掠的，届时两个贵妃很可能只有两条路可以走：要么以死殉节，要么苟且偷生后被慈禧定为“有辱皇室”而问罪杀头。

慈禧倒是把贴身的两个宫女荣儿和娟儿都带上了，这让两个侍女跪在地上感激得号啕大哭。但也有不少侍从是无法带上的，比如有个叫张福的老太监，一路从外廊爬进屋内，匍匐在慈禧脚下用力磕头，边哭边说：

“奴才老朽无能了，不能伺候老祖宗外巡，先给老祖宗磕几个响头，祝老祖宗万事如意。”

张福的这个举动，让屋内所有的人都跟着他一起哭了起来。

慈禧的面色也不免有些悲恸，但她稳住表情，环顾四周，还是下了最后一道命令：

“宫里的事听瑜、瑨二位皇贵妃的，张福、陈全福守护着乐寿堂。张福，听清楚，遇到多困难的事，不许心眼窄，等着我回来！”

说完这最后一句交代，慈禧就领着众人绕过颐和轩，直奔贞顺门，路上还经过了把珍妃扔下去的那口井。

按清廷的规矩，宫内的妃嫔是不允许跨出贞顺门一步的。所以到了贞顺门的门槛前，来送行的宫女太监们就只能止步了。

一时之间，哭声四起。一些或走或留的妃子宫女开始互相赠送礼物，荣儿和娟儿两个侍女收到了七八件小姐妹们的赠物——送给她们礼物的人，都像交办遗物一般。

上午8时许，慈禧和光绪的车队经德胜门出城——此门原来的寓意是出城“得胜”。

而留在紫禁城内的那些宫女和太监内心非常忐忑，但他们不知道，其实他们还算是幸运的。

因为在紫禁城外的一些人，已经完全绝望了。

5

早在8月13日，王懿荣就做好了赴死的准备。

王懿荣是光绪六年（1880）的进士，著名的书法家和金石学家。八国联军围困北京的时候，他的头衔是“京城团练大臣”，负责防守东便门。手里只有老弱病残且武器奇缺的王懿荣知道几乎没有取胜机会，但依旧竭力死守，最终城门被攻破。

8月14日，王懿荣只身回到家中，告诉家人：“吾可以死矣！”随后与妻子和儿媳一起吞金自杀，但因为毒性发作慢，改为直接服毒，依旧不成，最终三人投井自尽。

如果不是因为这场事变，王懿荣完全可以为中国的上古文化研究做出更大的贡献——他是第一个发现并保存研究甲骨文的人。

8月16日上午，宝丰也已经做好了告别人世的准备。

宝丰是宗室正蓝旗第八族载字辈，光绪十五年（1889）中的进士，被授翰林院庶吉士。而他之后更引人注目的是被任命为“大阿哥”溥儁的老师之一——等同于太子的老师。

8月15日，听闻溥儁随慈禧车队西逃，而自己未能“入列”，宝丰悲愤之余，萌发死意。第二天，宝丰在留下“忠孝节廉，本乎天性。见利思义，见危授命。呜呼宝丰，不失其正”这24个字后，吞金自杀，时年53岁。

王懿荣，他发现甲骨文的事被称为“一片甲骨惊天下”

和宝丰一样同属宗室的还有寿富，他是光绪二十四年（1898）的进士，也被授了翰林院庶吉士，以诗才闻名。8月17日，就在八国联军攻入北京的第二天，寿富携弟弟寿藩以及两个妹妹一起服毒自杀。当时洋人已杀到附近，寿富怕药效发作太慢，遂决定悬梁自尽。

由于寿富体重较重，直接绷断了绳子，后来是踩在弟弟寿蕃的肩膀上上吊自杀的。弟弟寿蕃在"送走"哥哥后，又帮两个妹妹准备好了绳子上吊，还帮助一个甘愿和他们一起赴死的奴婢隆儿整理好了绳环，等她们全都自杀后，自己也自缢身亡。

寿富自杀前留下了三首绝命诗，其中一首是这么写的：

"衮衮诸王胆气粗，竟将血气丧鸿图。请看国破家亡后，到底书生是丈夫。"

也有不是"书生"的。御前侍卫奕功（乾隆帝第十七子永璘之孙）在北京城破之后，率全家妻妾子女共 10 人在后院堆起柴草自焚，有两个女性自焚未死，爬出火堆后投井而死。

当然，也并非所有贵族大臣都是愿意"殉节"的。

体仁阁大学士徐桐，之前力主慈禧对外宣战，时北京城破，自知无面目再活于世，于是准备在家悬梁自尽。自尽前，他选中他的三儿子——刑部左侍郎徐承煜陪他一起上路。

徐桐在"戊戌变法"中因全力攻击维新派而获得慈禧信任，他大力支持慈禧废除光绪，后力主借义和团的力量对外开战

父子两人都挂好绳套，准备蹬翻板凳的时候，徐承煜却忽然下跪哭道：

"如果我先死了，就无法为父亲尽孝了。请允许我为父亲殓葬之后再死，儿子绝不偷生！"

徐桐欣慰地蹬腿而去，而承诺"忠孝两全"的徐承煜草草将父亲安葬后，换了一身便服，就逃跑了。不过他之后还是被日本人擒获，次年被斩首于菜市口。徐承煜苟活一年，换来一个“枭獍”称号——“枭”为食母之鸟，“獍”为食父之兽。

而无论这些清朝贵族和官员是殉节还是变节，是逃亡还是藏匿，也无论京城的百姓如何被进城的八国联军烧杀抢掠，慈禧管不了那么多了。

她的车队，已经顺利出了北京城。

6

8月17日，吴永收到了一封盖着延庆州州印的公文。

作为一个小小的怀来县知县，吴永做梦也不会想到，他这辈子居然有资格“恭迎圣驾”——通报上说，慈禧和光绪的“两宫”车队正抵近他主政的距离北京100多公里的怀来县，要他做好接待工作。

更让吴永诚惶诚恐的是，那纸公文上，赫然印着接待的餐饮标准：

慈禧、光绪、庆王、礼王，须备满汉全席一桌；接下来的各位王爷、贝子、军机大臣等，都须准备一品锅。

小小怀来县，同样也饱受兵荒马乱和灾年的困扰，哪儿来那么大的神通？

但等迎到圣驾的时候，吴永一颗悬着的心也放下了：

他准备的自己所住的简单居所，慈禧非常满意；他备好的自己过世母亲穿的衣物，慈禧换上后夸他体贴周到；晚饭他只安排了一些乡绅送来的鸡肉鸭肉，慈禧和她的王公贵族们吃得赞不绝口……

因为吴永不知道，在逃出北京城的那几天里，慈禧一行晚上只能住在破屋子里，饱受蚊虫叮咬和闷热之苦；由于没带雨具，他们被大雨淋湿后根本无衣服可换；由于找不到吃的东西，慈禧吃的都是田里的豇豆和玉米，好不容易弄到点薄粥，连筷子都没有，是用麦秸秆代替的……

情况就是这么个情况，从慈禧到王爷，到随从，到地方官员，大家心里都清楚。

只是脸面和排场，还是要尽量给足，哪怕只是停留在纸面上。

从进驻怀来县开始，慈禧一行终于有了些皇室的威仪和底气。

她率领的长达近 5 个月的“西逃”——哦不，“西狩”，也就正式开始了。

馒头说

1900 年 8 月 14 日的深夜，北京城下了一场阴雨。

时任顺天府尹（相当于北京市行政长官）的陈夔龙后来在他的《梦蕉亭杂记》中记载了一段话，那是一个义和团的“大师兄”对他说的：

“我等亦系好百姓，倘上天早半月降雨，四野霑足，早已披蓑戴笠，从事力作，那有功夫来京作此勾当！”

按陈夔龙的意思，义和团进京，大抵就是灾荒闹的，不然谁有功夫跑大老远来“扶清灭洋”？

不管是有意还是无意，陈夔龙当然把义和团的成因给简单化了。义和团的成分极其复杂，所谓“上自王公卿相，下至倡优隶卒，几乎无人不团”。而他们的动机也绝非只是吃不饱饭，在复杂的“忠君”“排外”“迷信”等思想外，大多数团众朴素的爱国思想和勇敢精神，是绝对不能被忽视，也不应被嗤之以鼻的。

当然，义和团运动最后在某种意义上成为一个“悲壮的闹剧”，确实有很多值得总结和反思的地方，但有一点不应该被忘记：最终鼓动和纵容义和团暴动的，并不是他们自己，而是清政府。

直接在北京城杀死外国驻华的使节，号召大家围攻对方的领馆，开出杀死每一个洋人和妇孺儿童的价码……冲在前面的都是义和团，但在背后使劲推的，都是清政府。

八国联军当然不是如今某些人口中信口雌黄的所谓“正义之师”，他们所要保护的“洋大人”此前本身就在多个方面不停践踏中国主权，之后联军在北京城犯下的累累罪行，连他们本国的媒体都有各种白纸黑字的报道和记录。

但也必须承认的是，原本应该是我们理直气壮抄棍子，最后却变成了莫名其妙递刀子。

更何况，潘多拉的魔盒一旦打开，开盒人自己也难以幸免：义和团进京杀洋人，但同时也有部分团众滥杀无辜，自相残杀，进而奸淫妇女，抢掠商家，到处放火——为了烧掉一家西药铺，义和团一把火将北京前门4000多家商户烧为灰烬。

事到临头，慈禧拍拍屁股走了，美其名曰“西狩”，路上还能要求备“满汉全席”，但在她的身后，是一座满目疮痍的北京城。

在庚子事变后45年的8月15日，也发生了一件重要的事：日本宣布无条件投降。

如果换一个角度回望日本在战前的那些表现，我们也可以清晰地看到，他们当初那些还算保留一丝理性的内阁，是怎样一步步被国内狂热的军国主义分子们鼓动、影响、推翻和颠覆的。最终，日本国民被绑上了一辆没有刹车踏板的疯狂战车，一错再错，义无反顾地冲向了万丈悬崖。

如今的中国，早已不是那个任人欺侮的中国了，而即便面对眼下这个前所未有的博弈时代，我也坚信我们能够更加从容自信、冷静理智地应对各种局面——不把原本我们占理的事情，变成我们理亏的事情。

黑格尔说，人类从历史学到的唯一教训，就是人类没有从历史中吸取任何教训。

诚然，历史确实在很多时候都会体现出一种惊人的相似性，但我始终认为，这绝不会总是简单的重复。

或许，这也是多读一点历史的意义吧。

本文主要参考来源：

1.《宫女谈往录》（金易、沈义羚，紫禁城出版社，1992 年）
2.《庚子西狩丛谈》（吴永口述，岳麓书社，1985 年）
3.《关于庚子年慈禧逃出京城时间问题的考证》（崔勇，《河北建筑工程学院学报》，1994 年 03 期）
4.《庚子事变的书写与记忆》（郭道平，北京大学博士论文，2011 年）
5.《庚子慈禧西行议定过程考析》（郑泽民，《历史档案》，2020 年 04 期）
6.《“种族”与政治：晚清宗室寿富之死及其回响》（戴海斌，《民族研究》，2014 年 03 期）
7.《沉重的隐喻：甲骨文发现第一人之死》（关山远，《新华每日电讯》，2019 年 11 月 8 日）
8.《梦蕉亭杂记》（陈夔龙，中华书局，2007 年）

那一年，长沙烈火焚城

第二次世界大战中，有不少城市几乎被战火完全摧毁，比如斯大林格勒（今伏尔加格勒），比如柏林，也包括广岛和长崎。其中也有一座中国城市，其 90% 的建筑毁于一场大火。

但这把火，却不是敌人放的。

1

1938 年 11 月 7 日，长沙小吴门外的“蓉园”别墅。

蒋介石面色凝重，注视着面前的一批参会人士。

这是一场高级军政会议，与会的主要军政要员有：湖南省主席张治中，第 32 军团军团长关麟征，长沙市市长席楚霖，长沙警备司令酆悌。

与会的每一个人，都知道目前形势的紧迫性：

共有 110 万中国军人参加的“武汉会战”刚刚结束。虽然在这场战役中，中国军队通过大小数百场战斗的惨烈搏杀，以付出 40 余万官兵死伤的代价让日军伤亡 25 万人左右，并且在最后一刻完成主力的安全撤退，但作为中部重镇的武汉三镇，还是丢了。

与此同时，就在武汉会战结束的四天前，华南的日军从大亚湾登陆，又攻陷了广州。在这样的背景下，日军从武汉和广州南北夹击打通粤汉铁路交通线的目的已经昭然若揭。

而粤汉铁路线上有一座重要的枢纽城市，就是长沙。

在拿下武汉之后，日军随即开始向常德、岳阳等城市快速移动，侵入湖南北部，兵锋直指长沙。

所以，这次军政会议的主要内容，应该是如何在长沙组织防御。不过，在会上蒋介石却提到了四个字：

焦土抗战。

焦土抗战，指的是在双方交战期间，放火烧掉本方任何可能会被敌人利用的财物、设备和房屋，达到以空间换时间的目的。

1812 年，拿破仑的 60 万大军远征俄国，俄国名帅库图佐夫主动让出莫斯科，但在撤出前将莫斯科付之一炬，导致法国军队无法获得补给，最终在寒冬中仓皇败退。

这种“坚壁清野”的策略，在抗日战争中先被李宗仁提出和强调，然后渐渐被蒋介石接受。

在这次军政会议上，蒋介石再次说了俄国抵抗拿破仑军队的例子，并且对中国军队撤离武汉时没有按计划烧掉武汉而大为恼火，以至于公开说他的爱将陈诚是“既不能令，又不受命”的“蠢人”。

在会上，蒋介石重点指出：

如果日寇越过新墙河，必定进攻长沙。如果届时外围作战不利，就立刻火烧长沙，不资敌用。

当时蒋介石盯着参会的粤汉铁路局局长何竞武问：

“那么多火车头和车皮退到西南，铁路塞满了怎么办？”

何竞武一时不知该如何回答。

蒋介石帮他回答：

“壮士断臂啊！还想什么？都烧掉！不留给敌人。”

在会议的最后，蒋介石专门又问了湖南省主席张治中：

“如果敌人来了，你们怎么办？”

同样不等张治中回答，蒋介石代为回答：

“还有什么可思索的？不要迟疑！烧掉就是！事先把人民尽量疏散，把能转运的物资运走，运不走的也烧掉，公用和民用房屋都烧掉！”

最后，蒋介石连说了三遍：“不资敌用！”

2

1938 年 11 月 12 日上午 9 点，长沙。

张治中正在集合军营区兵役干部训练班的学员，准备点名并讲话。

忽然有人来报：委员长有电报到。

张治中拿到蒋介石的电文一看，面色顿时凝重起来：

“限一小时到，长沙张主席。密。长沙如失陷，务将全城焚毁，望事前妥密准备，勿误！中正文侍参。”

随后，张治中又接到了蒋介石侍从室第一处主任林蔚的电话：

“我们对长沙要用焦土政策。”

张治中还不放心，去问了当时驻防长沙的第九战区司令长官陈诚，陈诚的回答是：

“当然是要做的。”

对于焚毁长沙，张治中其实内心是有抵触的。

从淞沪战场上退下来后，张治中取代何键担任湖南省主席才刚刚满一年，他是满怀信心想把湖南给建设好的，上任之初就提出了“奋发有为”和“建设一个新湖南”的号召。但如今战局所迫，要他亲手下令一把火烧掉长沙城，滋味可想而知。

张治中在国民党任职期间受到蒋介石的认可和重用，但是他坚持国共两党和平共处。解放战争后，由于对中国和平做出的贡献，张治中被称为“和平将军”

但是军令如山。更何况，11月11日，日军已经攻陷了岳阳，长沙门户洞开。

其实，早在11月7日的军政会议后，张治中就已经为焚毁长沙做了一系列布置，如今正式命令已到，张治中立刻再次召集了长沙警备司令酆悌和省保安处长徐权，嘱咐两人拿出一份“焚城计划”。

下午4点，一共有13个条目的“焚城计划”出炉，其中明确了使用汽油焚烧全城的计划，而关于最重要的“何时开始焚烧”，规定必须满足四个条件：

第一，湖南省政府发出命令；

第二，长沙警备司令部发出命令；

第三，全城防空警报有节奏地发出长短警报；

第四，城内天心阁上挂出火柱信号。

在酆悌和徐权开会的过程中，还有两个值得一提的细节：

第一，原本受派焚城任务的是长沙警备一团和社训总队，但保安处长徐权把这个任务改为由警备二团执行，理由是二团团长徐昆“精明强干”；

第二，原本计划中的放火队伍是“以连为单位”，但徐权改为“以班为单位”，规定以三人为一组，间隔50米至100米，届时用汽油放火。

晚上7点，张治中拿到了最终版本的“焚城计划”。

在阅览全文后，张治中批准同意，并批示了12个字：

“谨慎从事，只许成功，不许失败。”

3

11 月 12 日晚上 8 点，长沙。

酆悌正在和警备二团团长徐昆与社训总队队长王伟能开会。

开会的内容是传达张治中已经批准了“焚城计划”，酆悌强调说：

“我是总指挥，你们俩是副总指挥。现在是准备，不是行动，准备主席（指张治中）亲自检阅。”

此时的酆悌，心中也是充满不安的。

酆悌是黄埔军校的一期生，算是蒋介石的“得意门生”，因为担任过蒋介石侍从室的组长，所以也被外界看作蒋介石的亲信。酆悌是 1938 年 9 月刚刚以中将军衔任长沙警备司令的，到任才两个月。（也曾有传言说蒋介石对酆悌早有猜疑，主要是因为酆悌在“四一二反革命政变”中默许部下放走了已经被拘捕的周恩来等，并有同情共产党的行为。）

作为土生土长的湖南人，酆悌自然也是不愿意看到长沙被焚毁的。长沙之前作为南京和上海的战略后方，聚集了大量战略物资，商业也非常繁荣。而且长沙是一座千年古城，有大量的文物和遗址。

到了 11 月上旬的时候，拥有 50 万人口的长沙城（原来有 30 万人左右，因武汉沦陷，又涌进来了 20 万人）其实已经实现了大部分人员的疏散，市区人口已不超过 5 万。

但即便如此，酆悌还是感到非常不安：整个长沙，在 11 月 12 日已经陷入了一片恐慌。

这一方面自然和日军逼近有关，但另一方面，也有国民党自身造成的很多问题。

比如，湖南省政府率先迁往邵阳，这是无可厚非的。但整个搬迁过程大张旗鼓，行李包裹都堆在省政府门前的广场上，电话通信器材丢了一地，老百姓看到后自然惶恐万分。

又比如，从前线战场上撤回来的伤员因为医院人满为患而无法安置，当局就将他们中的一部分直接放到了长沙街头，导致街上伤兵哀号连连，让整个长沙城弥漫着战火将至的紧张气氛。

还比如，在撤离长沙前，国民党政府的抗日宣传队在长沙大街小巷张贴了很多日语的宣传告示，是用来瓦解日军进城后的士气的，但由于贴得太早，长沙老百姓又不懂日语，很多人就以为是日本的便衣已经潜入城开始贴安民告示了。

其中，最让酆悌感到不安的是，在全城最需要维护秩序的时候，他发现城内的警察已经不知所终。一问警察局长文重孚，说是一般岗位都撤了，重要岗位还是有人的，集结在几个地方。

那么，长沙是真的已经被决定弃守了吗？

根本不是。

11 月 12 日，日军进抵新墙河，与中国军队隔河对峙——新墙河距离长沙尚有 100 多公里。

也有一个说法是，当时国民党守军的电报员犯了个错误，把日军抵达“新墙河”这个消息漏发了一个字，变成了“新河”。新河与长沙只有咫尺之遥，进而引发了大恐慌，加速了放火进程。（这一点在张治中的回忆录以及酆悌的日记等文献中均未提及，所以真实性待考。）

为此，酆悌还专门让人请示了张治中，得到的回答是：

“我们并没有放弃长沙，长沙东面和北面的敌人，离长沙各有 100 多公里，第九战区司令长官陈诚也还在长沙，委员长正在调兵增援防务。”

11 月 12 日恰逢孙中山诞辰，出于安定民心的目的，长沙城当晚还举行了纪念孙中山诞辰的集会和火炬游行活动。虽然大部分人员已经疏散，但还是有大概 1500 名市民参加集会。

酆悌觉得，这些都应该多少能安慰下民心，告诉大家长沙并没有被放弃。

但，还是出事了。

4

11 月 13 日，凌晨 2 点，长沙。

许权坐在警备司令部的电话机前，毫无睡意。

许权是长沙警备司令部的参谋长——他是在 11 月 12 日才被酆悌临时任命这个职位的（原参谋长石国基因心脏病回原籍疗养）。他接受任命的时候可能不会想到，这是长沙警备司令部有史以来最短的一次参谋长任命。

就在凌晨 2 点的时候，电话机没响，一个卫士急匆匆奔进来报告：

“不好了！南门着火了！”

全程参与起草“焚城计划”的许权心下一惊：南门并不是规定放火的最初地点，但恰恰是届时负责“焚城”的警备二团团长徐昆管辖的地界。

许权立刻奔到外面平台观看，随后立刻判断出这不是放火，而是民居不小心着火——之前规定的四个放火条件一个都不满足，谁敢擅自放火？

许权立刻就打电话给警备二团，但警备二团只有几个电话员留守，团长和副团长都不知去向。许权又赶紧打电话给警察局长文重孚，文局长却告诉他：

“警察已经撤走了，消防队也撤走了。”

这时候，又有卫士来报：

“南门又有三处起火！”

许权这时候慌了。他赶忙拿起电话打给前线总指挥部，想知道是不是日军已经突破长沙外围阵地了，但电话里的第 32 军团军团长关麟征却回复他：

“前线一切平静。”

许权忙又打电话给省政府，要求接张治中，想知道是不是张治中临时下的命令，张治中却在电话里回复他：

“我没下过命令啊！”

许权再打酆悌公馆的电话，电话一直占线。

凌晨 3 点，卫士冲了进来再度报告：

“大火已经烧到警备司令部门口了！”

许权忙冲了出去，直接赶往位于寿星街的酆悌公馆。所经路上，到处都是熊熊大火。许权这时看清了放火的人——恰恰就是警备二团的士兵。

许权冲上去说明身份，并质问他们是谁下令放的火，得到的回答是：

“你管不着！”

许权也没空多管，一路赶到了酆悌的公馆，酆悌刚刚从梦中醒来，一边穿衣服一边对许权说：

许权因“长沙大火”被判无期徒刑，后在 1947 年被“保外就医”，新中国成立后成为战犯，后被特赦，担任重庆市人民政府参事、政协委员

“徐昆闯大祸了！是徐权点的将，他原本就是一个荒唐鬼啊！”

衣服还来不及穿好，酆悌就拉着许权上车去见张治中。车才开到浏阳门，酆悌突然让司机停车，让许权下车。

此时，酆悌已经双目含泪：

“执中（许权的字），你不要陪我去，我请求主席报告校长，滔天大罪，我一人承担。你立即到邵阳行署去报到。”

许权也流泪了：

“有难同当，我们还是一道去请罪吧！”

酆悌一把把许权推下车：

“叫你走，你就走！我命令你走！”

望着酆悌座车远去的背影，许权精神恍惚。

而此时的长沙古城，已哀号阵阵，烈焰冲天。

5

11 月 12 日，半夜，长沙。

华宣恩带着自己营部的弟兄冒着熊熊大火，开始向长沙城外撤退。

华宣恩是警备二团一营的营副，按他的回忆，火起时，二团团长徐昆曾骑车到警备司令部报告，但警备司令部已经找不到人（和许权的叙述不符），以为他们已经撤退，遂命人开始放火。

华宣恩带着部队从湘潭公路撤退，一路上人潮汹涌，全是从长沙城逃出来的老百姓，呼天抢地，让人不忍直视。

而华宣恩不知道的是，这比起城中炼狱般的画面，已不知道好了多少倍。

由于之前针对武汉的“焦土政策”被人泄露，导致工商阶层集体抗议焚城，一定程度上保住武汉最终没有被焚毁。所以这次长沙的“焚城计划”被严格保密，留在城内不舍得走或无法撤离的近 5 万老百姓都被蒙在鼓里。

半夜大火突起，还在睡梦中的长沙老百姓哪里知道会有这样的飞天横祸？

在熊熊大火中，以为是日军攻进城内的老百姓纷纷夺路而逃，却又被熊熊大火团团围住。混乱中，有的人被人群踩死，有的人被汽车轧死，更多的人被大火活活烧死；有不少老百姓躲入家中的水缸避火，结果被活活煮死；30 多名余太华金号的员工躲进防空洞，全都被烤焦……

还有那些被安置在小吴门外陆军医院、织机街、文庙坪、黎家坡等收容场以及各大戏院、影院的伤兵，大火来袭，却没有人管他们了。他们没有在战场上为国捐躯，却被活活烧死在城里。一时之间，凄厉的惨叫声不绝于耳。

据统计，这场大火夺去了长沙 3 万老百姓的性命。

逃到城外的华宣恩更不会知道，这场明火连烧三天两夜的长沙大火，带来了多大的经济损失：

长沙所有的政府机关、31 所大学和中学、10 多家银行的建筑基本全部损毁；

长沙绝大部分的工厂，包括 40 多家纺织厂、190 多家碾米厂和粮栈、40 多家湘绣绣庄基本全被烧毁；

被大火烧毁的长沙明德中学乐诚堂

长沙所有的医院，除湘雅医院外，全部被烧毁；

长沙自春秋战国以来的所有的地面文物建筑和文化积淀，全部被烧毁，比如余太华金号的 440 枚国宝级汉印，在地下保险室内全被熔成金属块。

到了第五日，长沙城内依旧还有火情

据统计，这场大火导致长沙5.6万栋房屋被烧毁，占全城房屋数量的90%以上。

据国民党湖南省政府统计室编印的《湖南省抗战损失统计》估计，大火造成的经济损失约10多亿元，相当于抗战胜利后的1.7万亿元，约占长沙经济总值的43%。

这些，华宣恩当然不会看到，但他记住了一个细节：

那一夜，在撤退到五里牌的时候，华宣恩看到张治中身披黑披风，站在省主席别墅的大门口，双眼直盯着城内的大火，一言不发。

华宣恩他们向张治中敬礼，他也恍若未见。

6

11月17日上午，长沙。

蒋介石是16日夜抵达长沙的。

第二天一早，他环顾长沙城，只见断壁残垣，城内一片焦土，几乎片瓦无存。

青筋暴起的蒋介石立刻就下令：

马上逮捕酆悌、文重孚和徐昆！

首先，全长沙人民乃至全国人民都需要一个交代：到底是谁放的火?！

从张治中到酆悌，都否认曾经下达过放火的命令，而徐昆的警备二团称，是看到城内火起，以为已经开始焚城才放火的，同样不知道

长沙大火后的惨状

火源从何而起。

后来国民党中宣部和军委会政治部公布的《关于长沙大火经过真相之说明》是这样说的：

“一、由于地方军警负责者，误信谎言，事前准备不周，临时躁急慌张之所致。

“二、由于曾从事破坏准备之人员及人民（自卫团员丁森等）鉴于敌机之连日轰炸及最近平江、岳州、通城、通山等县被炸之惨，激于民族义愤，以为敌寇将至，乃即自焚其屋，遂致将准备工作变为行动，于是一处起火，到处发动，以致一发而不可收拾……”

换句话说，是有人点燃了自己家的房子，让警备二团以为开始放火了，进而引发全城大火。

尽管这个理由听上去有点荒唐，但这就是官方给出的最终结果。

那么，既然原因确定了，就要追责了。

11 月 18 日上午 7 点，对酆悌、文重孚和徐昆三人的审判开始。经审判，酆悌为首犯，文重孚和徐昆为从犯，判定三人数年有期徒刑不等。

判决报送到蒋介石那里后，蒋介石大为不满，提笔在酆悌的判决草案上批示：

“酆悌身负长沙警备全责，疏忽怠惰，玩忽职守，殃及民众，着即枪毙。”

然后在文重孚的判决草案上批示：

“文重孚身为警察局长，不奉命令，率警遁逃，着即枪毙。”

最后在徐昆的判决草案上批示：

“徐昆玩忽职守，着即枪毙。”

军事法庭还按蒋介石指示，将三人判决书上的“纵火罪”改为“辱职殃民罪”。

1938 年 11 月 20 日，三人在长沙南门口外侯家塘刑场被枪决。

临行前，据说三人大声喊冤，甚至骂不绝口。

三人虽已伏法，但民愤似乎还未平息。

長沙大火眞相查明
失職軍官已判處死刑
警備司令酆悌等三人昨執行槍決
大火五日損失無法估計死二千人
華最高軍事當局曾親臨湘垣視察
誤信流言致將準備工作變爲行動

当时的媒体报道，官方称死亡人数为 2000 人

不久之后，社会上流出一副对联：

“治绩如何，两大政策一把火；

“中心安在，三个人头万古冤。”

横批是：“张皇失措”。

很显然，矛头指向了湖南省主席张治中。

张治中在大火之后的第一时间，就主动向蒋介石请求处分，但最终，蒋介石念及旧情，以“用人失察，防范疏忽”为名，给了张治中“革职留任，责成善后，以观后效”的处分。

长沙大火，也成了张治中一生的痛点。

7

大火虽然熄灭，但还有之前疏散出城的 30 万老百姓。

一夜之间，他们的家园已经不复存在，店铺、学校、医院乃至栖身之所，全都成了一堆瓦砾。

城虽在，这些人却全都成了难民。

大火后的长沙城里，回来的老百姓无不抱头痛哭。有坚强者，在废墟上搭个棚屋，找张门板做门面继续做生意；有想开者，索性卷起行囊远走他乡，从此不再回来；也有悲痛者，实在无法承受眼前惨景，以至于投河自尽。

在政府设立的难民收容所里，政府开始向不愿意疏散到湘中、湘南和湘西的长沙老百姓发放每人10元的贷款。而政府的“救济委”还将难民分为甲、乙、丙三等，给每户发放津贴费。

按等级，每户的津贴费最低为2元，最高为8元。

馒头说

按照华宣恩的回忆，在长沙大火后数日，曾有日军敌机飞临长沙上空。

那架飞机没有投掷炸弹，而是撒下一批传单。传单上，印着长沙大火后惨状的照片，旁边还有一行字：

“请看是谁在杀人放火。”

这还真是让人尴尬万分，却又有苦难言。

长沙大火，究其本因，当然是日本帝国主义的侵略。但是，兵临城下之时，国民党政府难道就没有值得检讨的地方吗？

“三个人头万古冤”，要说冤，也有不冤的地方。

徐昆，作为警备二团团长，是直接负责人，明明事先约定的四个放火条件一个都不满足，为何还下令让士兵放火？

文重孚，作为警察局长，在最关键的时刻让警察和消防员撤岗，消防车内甚至装的是汽油而不是水，有考虑过后果吗？

酆悌，看上去似乎冤枉。但在如此紧张时刻，他却在公馆高枕入睡而不当值，大火起时，居然还是被参谋长叫醒的，光凭这一点，就是严重渎职。

至于张治中，作为湖南的军政一把手，在这件事上当然也负有重要责任，一个“用人失察”就足以说明问题。

“焦土抗战”在敌强我弱的情况下，未必不是一种抵抗的好策略，但实施起来却是需要严密的程序和负责的态度的。完全不发动广大人民群众，仅仅依靠“保密”和“强制”，从上往下强压，很容易出现问题。

根据张治中的回忆，蒋介石在长沙大火后曾做过一个总结：

“就这一次事件的根本成因研究，可以说不属于哪一个个人的错误，而可以说是我们整个团体的错误。这一种错误的造成，不能不认为是我们的失败。”

就这番话本身而言，蒋介石说得倒是没错的。

中国军民十四年浴血抗日，在正面战场上的国民党军队确实付出了极大的牺牲，也打出了不少英勇的战役，这是我们要承认的客观事实，在之前的《历史的温度》系列中很多文章里都有体现。但是，在这个过程中，国民党政府出了多少昏招，导致了多少完全没有必要的牺牲和损失，大家也是有目共睹的。别的不说，和“长沙大火”并列的“重庆防空洞惨案”和“花园口决堤”，并称“三大惨案”，其背后有多少人为失误？造成的损失又如何惨重？

国民党内部派系林立，互相倾轧，贪污腐败，人浮于事，在抗战期间就早已显露，到抗战之后更是暴露无遗。国民党让人民失望的事情实在是太多了。

而蒋介石内心应该也是清楚的，只是有些事他不愿去改，有些他无力去改，最终也只能眼睁睁看着整个政权病入膏肓，丢了江山。

曾有不少“果粉”称是“蒋公一时大意，让共产党得了天下”。

呵呵，这种事能归结于一个“大意”？

怕是蒋介石自己听到，也会脸红吧。

本文主要参考来源：
1.《张治中回忆录：长沙大火真相详记》（抗日战争 纪念网，2014 年 11 月 13 日）
2.《原国民党长沙警备司令部参谋长许权的回忆：也谈长沙大火的真相》（陈兰荪、孔祥云，《世纪》，2004 年 03 期）
3.《酆悌与长沙文夕大火新探——基于〈酆悌遗著：焚余日记〉的解读》（刘大禹，《民国档案》，2013 年 04 期）
4.《1938 年长沙大火的再考察——兼与刘大禹〈酆悌与长沙文夕大火新探〉一文商榷》（李常宝，《南京社会科学》，2015 年 07 期）
5.《我亲历的长沙大火》（华宣恩，《炎黄春秋》，2003 年 12 期）
6.《让档案见证历史——长沙大火部分档案史料介绍》（陈凤霞，《湖南档案》，1998 年 06 期）
7.《二十世纪最大的城市火灾——抗战时期的“长沙大火”扫描》（唐正芒、李衍增，《长沙大学学报》，2007 年 01 期）
8.《长沙大火事件见闻》（李承勋，《民国春秋》，1996 年 02 期）
9.《抗战时期的长沙大火》（胡秀勤、张雪梅，《文史杂志》，1995 年 04 期）
10.《国共俩名家论争“长沙大火”》（杨建民，《党史纵横》，2009 年 11 期）

1946年，上海滩大选美

1

1946年8月20日这一天傍晚，上海新仙林舞厅热闹非凡。

在旧上海的四大舞厅里，“新仙林”与“百乐门”、“仙乐斯”和“大都会”相比，舞池并非最大，卡座也非最多，但因为有一个大草坪，所以是占地面积最大的一个舞厅。

而此时此刻，舞厅前的草坪已经人山人海，据后来统计，总共涌进了3000多人。

要知道，这不是免费进场的——每个人要进来，必须买一张价格不菲的门票：每张票2万元法币。

虽说法币在抗战结束后开始加速贬值，但在1946年夏天的上海，2万元法币买80斤大米，应该是没什么问题的。

而进场的人，大多不是普通的老百姓，而是当时在上海有头有脸的人物。

大家都是来跳舞的吗？当然不是。

这天吸引全上海乃至全国目光的，并不是一场舞会，而是一场

“选美大会”。

这应该是民国历史上有案可查的，第一次面向全社会的大型公开选美。

2

这件事，还得从1946年的春天说起。

在这一年的春天，江淮平原遭遇了特大洪涝灾害，很多地方出现了“平地行舟”的情况。整个苏北地区有300万难民流离失所，数十万灾民痛失家园，涌进上海。

而这个时候，国民党与共产党战端已开，几乎所有的经费都用在了军费开支上，已经无力赈灾。

政府既然无力赈灾，就想发动民间力量捐款。但时局动荡，想让老百姓们捐款，就必须有一个有声望更有手段的人来牵头。

已经头大如斗的蒋介石很快想到了一个人——他有钱，有势，和自己有交情，在上海黑白两道又颇有威望，民间人称“上海皇帝”。

这个人，就是杜月笙。

不过，经过几番传话和沟通，杜月笙并没有像以前那样，表现出兴趣浓厚的样子。

是杜月笙不给蒋介石面子吗？倒也不是。

杜月笙对蒋介石确实有点意见。他在抗战胜利后回到上海，觉得自己在抗战中出力甚多，其实是瞄着“上海市长”这个位置的。但在那个时候，杜月笙在蒋介石眼里其实已经慢慢失去了利用价值——上海的租界消失了，不需要黑社会势力在里面作为“润滑剂”进行调停了。上海市长的人选，蒋介石根本没考虑过杜月笙。

但是，雄心勃勃的杜月笙还是想在上海有一番作为。所以，赈灾这件事，杜月笙其实是愿意做的，不仅卖蒋介石面子，他自己也想做另一个人情上的腾挪。

按徐铸成在《杜月笙正传》里的说法，杜月笙当时放出风来：如果江苏省党部主任委员汪宝暄主持这次赈灾，那么他杜某人愿意配合。

按理说，赈灾这件事，与汪宝暄是无关的。杜月笙要找汪宝暄，并不是因为和他关系特别好，反而正是因为两人并不亲近——汪宝暄是当时国民党中央组织部部长陈立夫的亲信。杜月笙的好兄弟戴笠在1946年3月因飞机失事殒命，他在国民党高层少了一个重要靠山，所以需要再找一个。

在请示了陈立夫之后，汪宝暄来到上海，请杜月笙主持赈灾。

杜月笙一口答应。很快，上海的“苏北难民救济协会”正式成立，汪宝暄任总干事，而杜月笙挑头当主任委员。

委员会成立后，主要目的当然是募集捐款。

几方协商下来，赈灾费用需要20亿元法币。这不是一个小数目。

在杜月笙张罗安排了球赛、电影和京剧等义赛义演之后，即便加上金融工商界的捐款，筹得的款项还是与原先的目标差距较大（义赛只募资2000余万元，目标是1亿元；义演募资1亿多元，目标是2亿元），离20亿元的总目标还有不小的缺口。

思来想去，脑筋活络的杜月笙想出了一个新点子：

组织一场“选美大赛”。

3

1946年7月26日，上海的各大报刊都出现了一则新鲜的“报名启事”。

这则报名启事，就是宣布启动“上海小姐”选美大赛。

启事中明确说明：活动所得全部用于救济、安置在上海无家可归的难民。

按理说，这种将娱乐和慈善结合在一起的活动，应该大受欢迎。但启事发布后，却应者寥寥。

问题还是出在“选美”上。

在 20 世纪 40 年代，虽然上海早已号称“东方巴黎”和“十里洋场”，但“选美”毕竟还是一个比较新奇的概念。民国时期有过选美吗？有过。但绝大多数都是风月场所的选美，也就是妓院为了带动生意而举办的。

妓女选美，从晚清开始就有。当时业内前三名仿照科举制度，依次为“状元”、“榜眼”和“探花”。1917 年，上海新世界游乐场让旗下《新世界报》策划举办了一场著名的娼妓行业群芳选秀大会。这次前三名头衔“与时俱进”，换成了民国政府职能部门的职务，分别为“花国大总统”“花国副总统”“国务总理”，往下还有“参政院院长”等。图为当时妓女选美在报纸上做的广告

也正是因此，当 1946 年的“选美启事”刊登后，虽然报纸铺天盖地地宣传，但几乎没有什么女性愿意报名——有青楼界选美的故事在先，大家都觉得，这不是一件正经女子应该参加的事。

想来想去，杜月笙还是觉得，必须从“选美”的“格局”入手：

要强调这不是大家想象的庸俗的选美。

为此，杜月笙做了三件事。

第一，动用他在上海的“情面”和“场面”，请当时上海演艺界的“名角”带头报名参加，包括周璇、王丹凤等明星都答应报名。

第二，让媒体强调这是一次为“赈灾”而举行的选美，是一次慈善活动，是在做好事。

第三，再三强调这次选美不仅仅要求外貌美和体态美，还要求品德美、思想美和操行美。

这样一来，既有明星带头，整个比赛的“层次”和“境界”又被大大拔高，势头就起来了。

到了8月初的时候，第一个自愿报名者真的出现了。

杜月笙的想法，相当程度上受到了那一年香港开始评选“香港小姐”的启发。1946年6月22日，由香港“空军俱乐部”及“香港中华业余游泳团”所主办的“香港小姐”选美大赛拉开帷幕。图为第一届香港小姐李兰（原名梁淑真）在影视作品中的形象

4

第一个报名的是一个叫高清漪的女孩，才17岁，在上海民立中学读高二。

这是这次选美活动接受报名以来，收到的第一个社会上的主动报名申请，所以大大小小的媒体都争相采访和报道，一下子就把气氛搞了起来。

有了第一个吃螃蟹的人，整个报名活动立刻就热络了起来。一些原先持观望态度的女性开始走向了报名处，像上海民政局民政处的女

言慧珠

职员就全体报名参选（当然，这种情况应该是有行政力量推动的）。

一批明星也开始主动报名，比如 14 岁就获得上海歌唱大赛“皇后”桂冠的歌星韩菁清，还有梅兰芳的弟子、京剧名旦言慧珠等。

在报名的人中，人气最旺的是来自复旦大学的谢家骅。她的父亲是上海化工原料业的大老板谢葆生，她家境优越，气质优雅，外貌漂亮，是典型的“白富美”兼才女。

最终，在媒体和各方面力量的推动下，这届选美大赛的报名人数居然突破了 3000 人。考虑到当时社会观念和妇女受到的道德束缚，这个数字出乎很多人的意料。

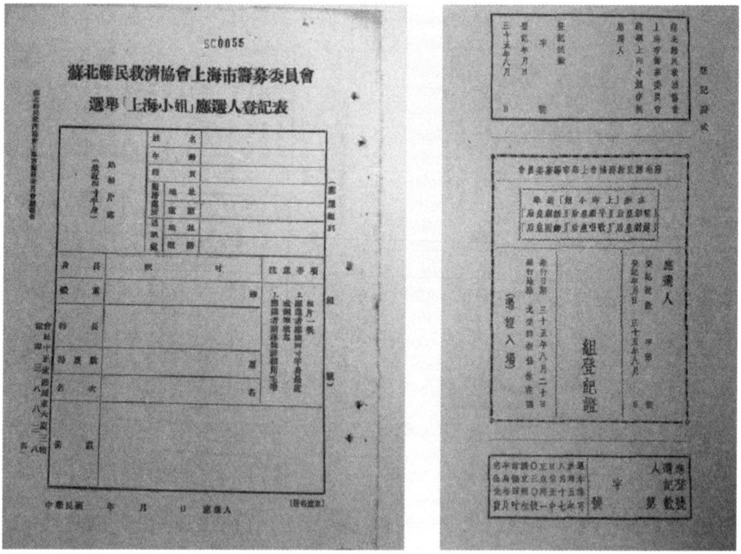

SC0055

蘇北難民救濟協會上海市籌募委員會

選舉「上海小姐」應選人登記表

姓名

年齡

籍貫

中華民國　年　月　日　應選人

應選人

組登記證

憑證入場

当时报名参加“上海小姐”选拔的表格

虽然是第一次搞那么大规模的选美比赛，但组委会的选拔流程却有模有样：每位参赛者除了要交一份注明个人信息的报名表和一张近4寸的照片，还要比赛唱歌和游泳。

当时的泳装照

要知道，在此之前，国内还没有公开出现过穿泳装出场的选美活动。虽然70多年前的泳装和现在的相比完全是两个概念，但在当时还是超出人们想象，堪称惊世骇俗。

不过，等到报名人数一多，关注度一上去，麻烦就又来了：大家都认同这是一次慈善“选美”，但根据规定，每个人的投票都可以花钱买。这也就意味着，在某人身上砸钱越多，她的得票就越多，那比赛的公平性又如何体现？

此外，“选美”这件事毕竟还是大大超出了当时传统道德的认知层面，尤其是在电影界，受左翼的影响，影星们纷纷宣布退出比赛。

当时的女影星杜小娟在《明星画报》上表明的态度就颇有代表性：我对社会奉献的是艺术，不能出卖色相。而更多的明星选择“两边不得罪”，比如越剧名伶袁雪芬就对《申报》记者表示：“赈灾义演本人全力支持，甘愿为此善举放弃门票收入，但参加‘选美’易遭人非议，实在难以参与。”

无奈之下，组委会只能缩小评选分类，一共分成四组，分别是：闺阁名媛组（即“上海小姐”组）、平剧坤伶组（即京剧组）、歌星组和舞星组。除了闺阁名媛组设冠、亚、季军三个奖外，其余各组只选两名胜出者，称为“皇后”和“亚后”。

但不管怎么说，这次的选美活动将上海社会各个阶层的眼光都成功吸引了过来，从策划角度来说，还算是成功的。

接下来，就看怎么收场了。

5

1946 年 8 月 20 日，“上海小姐”选美大赛总决赛如期在新仙林舞厅开幕。

如同本文开头描写的那样，一时间人山人海，光门票收入就超过了 6000 万元法币。

但真正的大头收入，不在门票。

晚上 8 点，选美大会正式开始。入围最后决赛的美女一一登台亮相，参加包括问答、表演等在内的各个环节比赛。在各个环节中，还穿插弹唱、滑稽戏和气功等表演节目，姚慕双、周柏春等演艺界明星都登台献艺。

参赛选手的演讲

当然，本次活动最重要的环节，是各佳丽要接受现场来宾的投票——这才是组委会收入的主要来源。

可以让观众现场投的选票分为三种：蓝色票（法币 1 万元，算 10 票），黄色票（法币 5 万元，算 50 票），粉红色票（法币 10 万元，算

100 票）。换句话说，你要给自己心仪的选手投票，最少要付出 1 万元法币的代价。

评选活动一直持续到深夜 11 点，然后投票箱被搬上舞台，进行现场唱票，担任颁奖嘉宾的，是梅兰芳。

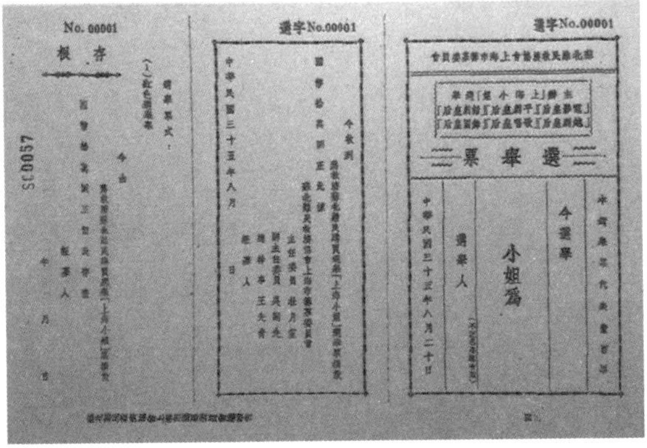
No. 00001
存根
SC0057
選字No.00001
中華民國三十五年八月
選字No.00001
選舉票
中華民國三十五年八月二十日
選舉人
小姐為
今選舉

当时的选票

在最受关注的闺阁名媛组，也就是实际上的“上海小姐”评选中，最后的结果出乎很多人预料：夺冠呼声最高的谢家骅虽然拿到了 25430 张选票（相当于 2543 万元法币），却只得了亚军。

冠军是之前名不见经传的一个叫王韵梅的女性，原先是上海“仙乐宫”的舞女。而她得到的选票是 65500 张，相当于 6550 万元法币，甩出谢家骅一大截。第三名刘德明的得票数更低，只有 8500 张。

从左往右依次为：王韵梅、谢家骅、刘德明

在其他几组中，冠军的获得者虽然没有爆什么冷门，但冠亚军的得票数相差巨大：京剧组的冠军言慧珠得票 37700 张，亚军曹慧麟的 10600 票还不算太难看；但歌星组的冠军韩菁清得了

范绍增，原来是四川军阀杨森的部下，在抗日战争时期担任 88 军军长，在宜昌一带阻击日军，打得相当不错。1942 年 5 月，他麾下的工兵部队埋设地雷，炸死了日军第 15 师团师团长酒井直次，震动日本军界——酒井直次是日军侵华战争中在战场直接毙命的为数不多的师团长。范绍增是出了名的好女色，纳过多房姨太太。他和杜月笙交好，是因为两人在鸦片贩卖上有密切合作。杜月笙在抗日战争时期去重庆，也多靠范绍增照应

2 万张选票，亚军张伊雯只有 1000 票；舞星组的管敏莉拿了 23500 票，而亚军顾丽华的得票只有冠军的零头——500 票。

真的是因为实力如此悬殊吗？并不是。造成这种局面的最大原因，还是“花多少钱就能买多少票”。

就拿“上海小姐”王韵梅来说。虽然她之前只是一名舞女，但她还有另一个身份：川军军长范绍增的女朋友。

为了能让王韵梅顺利夺冠，范绍增一个人就出了 4000 万元，买了 4 万张选票。而杜月笙得知这个消息后，邀请了四川在上海的商人以及上海的一批有钱人，连赌好几夜，共得抽水钱 2000 万元法币，全部做人情，算是给王韵梅买选票，一共买了 2 万张。也有另一种说法：6000 万元全是杜月笙一个人出的。

当然，如果从“钱都是用来赈灾的”这个角度看，花钱买选票也无可厚非，但最终结果和组委会之前宣扬的各种其他评选条件毕竟没太大关系，所以难免被人议论纷纷，以至于有人说，最后选出来的不是“上海小姐”，而是“上海太太”。

那天决赛结果公布后，没有思想准备的谢家骅当众痛哭失声。

6

轰动一时的选美大赛算是落下帷幕，但很多故事，并没有结束。

先来说说募得的捐款。

当时组委会公布，这场选美比赛募得了 2 亿多元法币，成绩不可谓不骄人。但是，由于没有公开的监督制度，那笔钱最终有多少到了灾民手里，人们却无从知晓。当时坊间流传，选美比赛一结束，汪宝暄就因为太操劳而住进了医院，而杜月笙马上就从捐款中拿出 2000 万元给他作为“慰劳费”。不过，不管这笔钱是否出自捐款，另有材料记载，汪宝暄出院后就把钱退还给了杜月笙。

金额（单位：元） 劝募方式	计划筹募金额	实际筹募金额	超预期金额（实际筹募金额-计划筹募金额）
金融界	300000000	283210000	-16790000
实业界	500000000	350000000	-150000000
商界	300000000	290304237	-9695763
妇女界	100000000	29639750	-70360250
工界	200000000	419409666.42	219409666.4
一般	200000000	46278760.88	-153721239.1
广播	0	54301700	54301700
演剧	300000000	152012071.77	-147987928.2
义卖	0	133993043.1	133993043.1
球赛	100000000	21231000	-78769000
上海小姐	0	223420000	223420000
钱市长公子贺仪	0	16054000	16054000
利息	0	590728.17	590728.17
总计	2000000000	2020444957.34	20444957.34

这场赈灾最后的总账单，从表格可以看出，“上海小姐”的评选原先并不在预期计划之内（资料来源：刘倩，《赈灾与竞秀：1946 年“上海小姐”选美台前幕后》，根据《苏北难民救济协会上海市筹募委员会总报告》，上海档案馆，Q432-3-176，第 73-74 页，收入之部相关内容中整理而成）

与捐款一样受人关注的，还有那几个“选美皇后”的最终命运。

冠军王韵梅虽然一时风光无二，但之后却杳无音信。有人说，范绍增在 1949 年逃去了香港，临行却并没有带走这个当初为她一掷千金的女朋友。但从史料来看，1949 年范绍增是在四川起义反蒋的，不知中间是否去过香港。总而言之，王韵梅最后确实没了音信。曾有人说，王安忆《长恨歌》中的“上海小姐”王琦瑶的原型就是王韵梅。

相比之下，亚军谢家骅倒是凭借选美比赛积累的人气，顺利在影视圈出道。1947 年，香港大华公司的《满城风雨》邀请谢家骅出演，之后她又拍了一系列电影。谢家骅后来嫁给富商荣海幸，这段婚姻成了她人生的转折点。

荣海幸是休掉前妻后迎娶谢家骅的，但等待谢家骅的却不是一段真挚的爱情，而是一个家庭保姆的待遇——荣海幸不允许谢家骅有任何交际，要专心在家抚养他和前妻留下的八个子女。这是受过新式教育、希望独立自主的谢家骅无法接受的。1948 年 7 月 28 日，谢家骅在多次请求离婚而遭到丈夫漠视之后，在家中吞安眠药自尽。

舞星组的管敏莉后来也杳无音信。京剧组的言慧珠作为梅兰芳的亲传弟子，在新中国成立后依旧从事京剧工作，但未能在接二连三的政治运动中幸免，最终在 1966 年 9 月 10 日于家中悬梁自尽。

韩菁清和梁实秋

在这些冠军里，歌星组的冠军韩菁清最后在事业上做出了自己的成绩。她在 1949 年去了台湾，还是从事歌唱方面的工作，对台湾的流行音乐产生了重要影响。1967 年，36 岁的她发行了自己的第一张唱片《一曲寄情谊》，销量达到了 100 万张。她另一个为人熟知的故事，是在 44 岁的时候与 72 岁的著名文学家梁实秋结为夫妇。韩菁清在 1994 年逝世，时年 63 岁。

轰轰烈烈的“上海小姐”评选就这样随着时间而逝去。

有的人留下了故事，而有的人，只留下了名字。

馒头说

抛开这次选美大赛幕后的各种政治因素，想单单聊聊“选美”本身。

讨论这个问题，大概是件挺吃力不讨好的事，因为很容易陷进“男权”和“女权”的争论中。

很多女权主义者认为，“选美”本身就是一种“物化女性”的行为，应该坚决抵制。这种观点其实是有道理的，因为在整个选美的过程中，女性的相貌和身材比拼占了很大的比重——而这些，似乎都是在迎合男性的眼光。

但是，如果完全把“选美”归入“物化女性”的范畴，似乎又有两点说不太通。

第一点，不少选美比赛——事实上现在单纯的选美已经不多了，如果宽泛一些讨论，可扩展到现在的综艺选秀活动——是许多女性自觉自愿，甚至积极主动报名参加的。她们愿意在公众面前展现自己的风采和才艺（当然绝不仅仅是相貌），说句实话，也希望得到大家的认可、聚焦，乃至走上明星和偶像之路。

第二点，类似这样的比赛，女性观众其实是一个非常庞大的群体，她们的参与热情有时候远比男性观众要高。她们同样愿意用女性的目光来欣赏女性，品评女性。

当然，可能也会有人说，这是因为现在是男权社会，很多女性的思想其实被男权化了，只是自己不知道而已。

这是一个很难讨论清楚的问题，不过至少可以说一点，其实现在男性“选美”也大量存在。从某种角度来说，现在的男性“选秀”可能还更接近传统意义上的单一“选美”——相当一部分选秀出来的男性“小鲜肉”除了拥有一副被部分女性认可的面容之外，其综合才艺很难找到出彩之处。

所以归根结底，在我个人看来，女权其实应该表现为一种“选择权”——女性可以选择自己愿意做的事，而不是因为各种原因，尤其是迫于男性化的眼光而接受自己不愿意做的事，比如说：

你要生二胎（哪怕生一胎），必须征询我的想法，如果我不愿意，谁也不能强迫我；

我愿意做全职主妇是因为我愿意为家庭付出，但如果我要做职场女性，请你和我一起分担家务和照顾孩子；

在能力相当的前提下，我有权获得和男性一样的升迁和任职权利，而不是因为世俗乃至男性的眼光，我就必须谦让；

……

当然，也包括“选美”：我愿意参加，那是我的事，但如果我不愿意，没有人能强迫我和评判我。

现在回过头去看，在 1946 年那场“上海小姐”选美中，王韵梅也好，谢家骅也好，她们之后的境遇，折射的其实是女性“选择权”的缺失。或者说，在当时的环境中，社会能够乃至愿意给予女性的“选择权”实在少得可怜。这和“选美”本身关系并不大。

当然，70 多年过去了，我们的观念和思想已经大大进步。但是，即便是现在，你是否敢说，女性已经获得和男性一样公平的“选择权”了？

任重道远。

本文主要参考来源：

1.《苏北难民救济协会上海市筹募委员会总报告》（上海市档案馆）

2.《1946 · 上海小姐》（“见证 · 影像志”，央视网，2010 年）

3.《说旧闻：1946年上海“选秀”》（上海广播电视台《深度105》，2007年8月13日）

4.《赈灾与竞秀：1946年“上海小姐”选美台前幕后》（刘倩，上海师范大学硕士论文，2016年）

5.《1946年上海小姐评选活动背后的权力角斗》（祝淳翔，澎湃新闻，2017年12月5日）

时代之变

从来就不会有一个永恒的时代。

在时代更迭之际，会产生很多变化，这些变化也会改变很多身处这个时代的人。

“功德林”的那些战犯

说起“功德林”，一般有两个意思。一个是著名的百年老字号素食品牌，一个是著名的战犯管理所。

我们这次说的是后一个“功德林”，说说那里面那群见证时代之变的人。

1

1956年1月，寒风凛冽，但北京德胜门外的功德林，却人进人出，颇为热闹。

功德林，位于原功德林路1号，旧址为一座佛寺，建于金代，清人在此开设粥厂。在光绪三十一年（1905）的时候，功德林里修建了习艺所，专门用来收容犯人，令其学习技艺。

由此，功德林成了一个劳改机关。

到了民国年间，时任司法总长梁启超拨款8万多元，在原本就已成规模的功德林劳改所基础上，修建了一座特殊的劳改监狱。1928年，这所监狱被国民党政府专门用来关押“政治犯”，称“河北省第二监

新中国成立前功德林的大门

狱”，在这里，有大批共产党人被关押和杀害。

北平和平解放后，功德林被公安部接管，后来成了关押国民党战犯的场所。

在 1956 年 1 月之前，国民党的战犯分别被关押在全国各地，功德林只是其中的一处。

但从 1955 年年末开始，全国各地的国民党战犯陆陆续续被转到了功德林，其中有：原国民党中将司令兼山东省主席王耀武，原国民党东北“剿总”中将副司令范汉杰，原九兵团中将司令廖耀湘，原保密局西南特区中将区长徐远举，原保密局云南站少将站长、后升任中将游击司令的沈醉……

而原来就已被关押在功德林的，也都是一些当初“赫赫有名”的国民党将领：杜聿明、黄维、文强、邱行湘、宋瑞珂……

到了 1956 年 1 月，功德林关押的国民党战犯已经接近 200 人。

而这些人，可以说是国民党“骨干中的骨干”。所以当初有人戏称：

“不是阿猫阿狗都能被关进功德林的，进那里也是要有资格的。”

2

很多国民党战犯初进功德林都很惶恐——他们觉得自己要被“集中处决”了。

但也有些国民党战犯还是蛮“笃定”的。

原国民党中央委员、四川省主席王陵基，是功德林里关押的唯一有上将军衔的人。当初他在四川被收押时，当地群众一致要求对他处以极刑，后来他被转移到了北京功德林。在到了北京去功德林的路上，路过天安门城楼，王陵基对天安门城楼上高悬的毛主席画像深深鞠了一躬，后来还说了一句话：

“我要把枕头垫得高高的，来他个高枕无忧。”

但在1951年年初，全国掀起的“镇压反革命”高潮，让这批战犯胆战心惊，且处于一种矛盾状态：

王陵基是最老资格的四川军阀，刘湘、杨森也要喊他“老师”。抗战后任第7绥靖区司令、江西省主席和四川省主席，四川解放时被俘

继续关押，会不会被共产党集中处决，“以儆效尤”？但如果被放出去，是不是更有可能被当地愤怒的群众揪出来，一样性命不保？

不过，他们的担心其实是多余的。

早在他们被关进功德林之初，中央领导就已经做了专门关照：

“不要动那些国民党战犯。”

之后又给出了一个明确方针：

“一个不杀，分批释放，来去自由，言论自由。”

不仅给了他们盼头，而且自1956年1月开始，在功德林里的战犯被允许民主选举“学习委员会”来管理自己的学习、生活和劳动，可以与家属自由通信，可以接待亲友访问，彼此之间的称呼一律为“同学”……

很多国民党战犯心中的那块大石头，终于落地。

不过，这近200号原国民党高级将领和干部被关在一起，是不可能没有故事的。

3

文强初进功德林的时候，特别“拽”。

当时监狱管理人员要他写悔过书，他说了这样一段话：

“毛泽东是我表哥，朱德是我的上级，周恩来是我的老师和入党介绍人，刘少奇算是我的同乡，林彪是我的同学。这么多共产党大官和我在一起，我却成了国民党，是他们没有带好我，要写悔过书也应该他们写，我不写。”

文强在吹牛皮？倒也不算是。

文强，1907 年出生于湖南长沙

文强是文天祥的二十三世孙，17 岁拜见过孙中山，24 岁加入中国共青团，参加过南昌起义，担任过中共四川省常委兼军委书记、红一师师长。他的姑母是文七妹（毛泽东之母）。他应邀参加过周恩来和邓颖超的婚礼，是黄埔军校四期生，林彪那个班的班长。

后来文强因叛徒出卖被捕，越狱后找上级领导汇报情况时被误解，一怒之下退党后投靠了国民党，成为戴笠麾下“军统”的干将，一度官拜国民党保密局北方区中将区长。

在淮海战役第三阶段，他与杜聿明一起被俘，被押送至功德林。

在进入功德林后，文强之所以态度那么强硬，倒也不全是因为自恃与共产党高级领导人的那些关系，而是他觉得自己历史关系很复杂，问题又很严重，还是军统的高级特务，所以没有理由在有生之年活着走出功德林了。

既然如此，文强索性破罐子破摔，头皮硬到底了。

但有意思的是，文强除了不肯写悔过书之外，在其他方面都是很配合战犯管理的，甚至还可以说非常积极主动。

他对自己过去做的事情没有任何隐瞒，全都坦白交代，在劳动和学习的过程中，一直是完成得最快和最好的那一批人之一。不仅如此，他还拟定了功德林监狱的狱规，并且带头遵守执行。

1959 年 10 月 1 日，文强等一批国民党战犯被邀请参加了国庆 10 周年的大典（那时候文强等人已经被转移到了新修建的秦城监狱）。虽然嘴上说毛泽东、周恩来没有带好他，但在观看了国庆 10 周年庆典之后，文强的心情还是非常激动的，甚至晚上睡不着觉，写了一首诗，其中有两句是：

“形势逼人焉有误，喜情如醉耳边驰。”

入功德林不到 10 年，文强的心思其实已经有了转变。

4

杜聿明刚入功德林的时候，其实是做好自杀准备的。

杜聿明是黄埔军校一期生，在抗日战争中浴血奋战，堪称名将。在解放战争中，出于对蒋介石的忠心，他在辽沈战役中殚精竭虑，在淮海战役中一再愚忠，最后当断不断，成了俘虏。

杜聿明，1904 年出生，陕西人

被俘的时候，杜聿明就有过自杀行为，但没有成功。在进入功德林之初的例行检查中，他被发现在棉裤的左裤腿处暗缝了 60 多片安眠药——那是足以致命的剂量。

在之后的谈话中，杜聿明态度很好，总是表示愿意接受人民的制裁，却不愿谈及自己自杀的企图和动机。直到多次谈话后，他才袒露心迹。

他自认是中共中央当时直接点名的最重要战犯之一，别的国民党战犯被关入功德林可能有条活路，但他肯定会被枪决。他觉得与其被绑赴刑场，不如自行了断。

至于安眠药，是当初他在山东被关押的时候，多次向解放军军医以失眠为由要来，积少成多，慢慢"攒"出来的。

经过教育，杜聿明放弃了自杀的念头，但真正从心里发生转变，还是因为他的一身病得到了救治。

杜聿明在辽沈战役期间就有严重的胃溃疡，但因为战事吃紧，一直没有时间就医，入狱以后病情更加严重。此外，他还有肺结核、肾结核，以及脊椎炎。这些毛病让他一度非常悲观，认为即便恢复自由，自己也是"废人"一个。

有一次，在杜聿明洗澡的时候，管理人员发现他臀部肿大，一问，早已非常严重，晚上都痛得睡不着觉。管理人员立刻送他去医院检查，经诊断是肺结核引起的骨结核。

相关医护人员立刻对杜聿明进行了治疗，为了让他晚上能睡好，针对他的骨结核和脊椎炎，还专门为他量身定制了一张石膏床。此外，为了让杜聿明早日康复，每天还会有专门的牛奶、鸡蛋和营养丰富的饮食供应。

这一切让杜聿明非常感动，他说：

"其实我在 1947 年就申请过去美国治疗，但因为在上海时有一次与记者的谈话让蒋介石不满意了，就一直没让我去……"

另一件触动杜聿明的事，是抗美援朝。

杜聿明是第一批中国远征军第一路军副司令长官，最早接受了美式培训，也是中国第一支装甲师 200 师的师长。深知美军实力和机械化战争威力的杜聿明，一开始对中国人民志愿军极不看好，但整个朝鲜战争的进程和结果大大震撼了杜聿明，他自己后来的原话是：“中国人民在共产党的领导下，确实站起来了。”

5

在功德林的诸多战犯中，黄维应该是最不合作的一个了。

黄维是淮海战役中国民党第12兵团的司令长官，整个兵团也被称为“黄维兵团”。1948年12月中旬，黄维兵团在双堆集被解放军团团围住后全歼，黄维也成了俘虏。

初入功德林，黄维只认定一个道理：成王败寇。他认为共产党嘴上说得再好听也是假的，无非就是让他坐牢而已。

所以，黄维是所有战犯中态度最差的，功德林发生的唯一一次战犯打架事件，就是黄维引发的。

当时战犯们被要求一起组织学习，那一天的讨论题目是“蒋宋孔陈”四大家族的问题。学习小组组长是原国民党第15绥靖区司令部二处少将处长董益三，也是最早被关到功德林的一批战犯之一。

在董益三讲到当初中国的银行都是“蒋宋孔陈”四大家族的时，一向喜欢唱反调的黄维就说，那现在的中国人民银行也是毛泽东的。

因为这句话，黄维被组长和组员要求写检查，但他写的却是一句“龙困浅滩遭虾戏，虎落平阳被犬欺”。这句话被同组的原国民党陆军中将梁培璜发现，大怒之下告诉了组长董益三。按沈醉的回忆，董益三上来就给了黄维一记耳光，自恃

黄维，1904年出生，江西人

军衔和资历都比董益三高的黄维哪儿受得了这委屈，双方顿时就扭打起来。

黄维原本以为这次打架事件肯定会让自己遭受处分，但他发现固然自己受到了批评，董益三因为先动手打人却受到了更严厉的批评，这让黄维感到“共产党是讲公平的”。

此后，虽然黄维在功德林里依旧处处“刁难”管理人员，但有一点却让他不得不服服帖帖：自己的身体垮了。

黄维进功德林的时候，身上有五种结核病：肺结核、腹膜结核、淋巴结核、精囊结核、附睾结核。功德林的管理人员立刻就把他送到了公安部的职工医院复兴医院去精心治疗。

当时治疗黄维结核病需要的青霉素和链霉素，都被英美国家封锁而不能进口，公安部是专门派人去香港和澳门帮他买回来的。为了让他的营养得到保证，他的每餐都是特灶，每顿都有鸡蛋、牛奶和肉类。

黄维这些病断断续续拖了 4 年多才痊愈，他自己也知道，“好几次差不多都完蛋了”，他还知道，自己的家产“即使典当一空，恐怕也未必支付得起这笔可观的医疗费用”，“若在过去，即便我是国民党高级将官，也得一命归西”。

另一个触动黄维的，就是他和其他战犯一样，被允许去全国各地参观。

黄维去了北京郊区的官厅水库，去了武汉长江大桥，感受了天安门前百万群众欢度国庆的大游行，看到了街上跑的国产解放牌汽车。黄维尤其记得，当时一向谨慎小心的杜聿明忍不住从人群中挤出来，钻进驾驶室，把车开了好几百米，在场所有人都鼓掌叫好。

在南京，黄维看到中山陵被维护得很好，心里还是很感动的：“共产党对于孙先生还是尊重的，对历史也是尊重的。”

6

在功德林，当然少不了很多有意思的段子。

这帮将军以前平日都有勤务兵伺候，养尊处优，一开始到了战犯管理所，很多日常生活中最基本的常识都不具备。

王陵基刚进来时就四处问人一个问题："挤出来的牙膏怎么能收回去？"原来他不会挤牙膏，一挤就挤出一长条。而牙膏是配额供应的，结果那一个月，王陵基基本没怎么用牙膏。他还不会刮胡子，经常把自己刮得满脸是血，最后是杜聿明每天帮他刮的。

在功德林还上演过不少"还魂记"。因为解放战争期间，出于宣传目的，不少被俘和投降的国民党将领，都被蒋介石授意宣布为"自杀殉国"。原国民党第15绥靖区中将司令官康泽，在功德林看到了曾被要求死守洛阳的少将邱行湘，大吃一惊，以为白天见到了鬼——邱行湘原来已经被蒋介石宣布成"烈士"了。

刚进功德林的时候，很多将军都心怀疑虑，处处小心谨慎，不敢乱说话，每次轮到杜聿明发言，他总是背诵《人民日报》等报纸上的观点或书刊上的话语，不加任何自己的态度，四平八稳，无懈可击。

功德林外观全貌：中央有一座八角塔楼，周围有八条呈放射形的通道，被称为"胡同"，每条通道各有两排相对的牢房。这八条通道最初是以"天地玄黄，宇宙洪荒"之名排列的，新中国成立后改称"甲乙丙丁，戊己庚辛"

有一次有人问王耀武崇拜《三国演义》里的谁，他回答崇拜关云长，没多久他就惊恐地跑回来找人解释："我不崇拜关云长，崇拜诸葛亮。"后来一问，原来王耀武怕说崇拜关云长，会被人说“身在曹营心在汉”。

直到有关方面告诉王耀武，他的抗日功劳是会被人民记住的，希望他安心改造，王耀武才放下心来。

当然，这里的管理人员对战犯们也不是处处都客气的。

原国民党保密局西南区中将区长徐远举，是当年“白公馆”和“渣滓洞”的幕后黑手，杀过大量共产党员。在功德林，有一次徐远举居然向管理人员提出“取消哨兵”“进出监狱自由”，被管理人员痛斥：

“你徐远举在重庆的所作所为，你自己清楚，人民政府清楚，老百姓也清楚。在这里，人民政府给你们按中灶标准开伙，你过去对被你关押在白公馆、渣滓洞的共产党也是这样的吗？徐远举，你回答我，你给了我们的同志多少自由?！你还要我给你什么自由?！”

徐远举哑口无言，后来写了大量反省材料。

除了政治学习，不少将军还在功德林真正地“学习”。

徐远举。“文革”中，黄维等军级干部被转移到了抚顺战犯管理所，徐远举等一批原国民党特务被留在了秦城监狱，造反派不断要求徐远举写揭发一些共产党老干部的材料，徐远举对此非常反感，在整个过程中坚持客观，对污蔑和造谣他人有过多次抵制，此举得到很多人的好评。1973 年，徐远举在狱中病逝，没有等到特赦

在辽沈战役中死守锦州被俘的国民党东北“剿总”中将副司令范汉杰，在功德林醉心于高等数学，每天都在闲暇时间研究，他的愿望是出狱后去大学做一名数学老师；黄维一有时间就开始研究他的“永动机”，称要“一劳永逸地解决能源问题”，在他的坚持下，他的设计稿还真被送到过中国科学院，直到被完全否定，他才死了心。

功德林里也出现过一些热闹场面，比如杀猪。

国民党将领大多看不起乃

至痛恨有“猪将军”之称的原国民党上将刘峙，所以他们把杀猪称为“围剿刘峙”行动。有一次杀猪，由宋希濂总指挥，沈醉负责操刀，一共有八个将军参与，结果还让猪跑了，费尽九牛二虎之力才成功，后被形容为“出动了四个兵团、八位将军，兵团司令策划，军统高手执行，终于取得了国军在大陆的唯一一次会战胜利”。

越到后来，这批战犯的态度也越好。

因为他们都知道，这样的日子不会是永远，他们是有盼头的。

7

1959 年 12 月 4 日，一份特殊的名单公布了。

这是由最高人民法院宣布的第一批特赦释放的战犯名单，共 33 人，其中被关押在功德林中的国民党战犯有 10 人，分别是：

杜聿明、王耀武、曾扩情、宋希濂、陈长捷、杨伯涛、郑庭笈、邱行湘、周振强和卢浚泉。

文强没有被列入第一批特赦名单，这也在他的意料之中。但是这次特赦还是大大鼓舞了他——原来共产党说话是算数的。为此，他还写了一首诗，其中有一句：

“天安门再见，依依话久违。”

从 1959 年开始到 1966 年，几乎每年都会有一批战犯被特赦，一共有六批战犯被特赦。

当年的特赦战犯大会

1966 年，“文化大革命”爆发，战犯特赦的进程受到了很大影响，第六批战犯的安置工作也做得很不好，所以特赦就暂停了。

事实上，还没被特赦的战犯都感到有点庆幸：在当时全国那种风气里，已经特赦的部分战犯依然受到了非常多的不公平待遇，而由于中共中央明确规定“不许冲击监狱”，他们待在里面反而安全很多。所以，沈醉等一批已经被特赦的战犯，甚至自己主动要求重回监狱。

而功德林、秦城监狱之前的一些管理人员受到“文革”冲击，住牛棚，戴脚镣，被刑讯，遭受了比战犯还不如的待遇，一度也让仍被关押的战犯唏嘘不已。因为和原来那些管理人员感情很好，所以不少战犯还暗自流过泪。

一晃 9 年。

1975 年，毛泽东了解到还有一批战犯在关押时，说了一句话：

“都放了算了，强迫人家改造也不好。”[1]

当时已在病床上的周恩来与华国锋、邓小平一起，布置了一系列工作，要求有关部门特赦全部战犯，并做好释放后的安置工作。

1975 年 3 月 19 日，最高人民法院宣布，在押的国民党战犯全部释放，一时间引起轰动。

文强和黄维，都是最后一批被释放的战犯。在得到释放消息的那一天，黄维热泪盈眶，失声痛哭。文强在兴奋之余，又写了一首诗：

“顽石点头实还难，几多噩梦聚心田。……当年痛惜江南泪，醒后方知悔恨天。”

杜聿明在 1978 年当选为第五届全国人大代表、第五届全国政协常委和文史资料研究委员会军事组副组长；黄维担任全国政协的文史专员，每月工资 200 元；文强、王耀武、沈醉等人都先后多次担任全国政协委员；其他人也都在地方政协和相关单位担任了职务。

---

① 《建国以来毛泽东文稿》（第十三册），中央文献出版社，1998 年，第 421 页。——编者注

被释放的国民党战犯，大多都得到了妥善安置。

8

1985 年 11 月，黄维重访战犯管理所。

这个战犯管理所不是功德林，而是辽宁抚顺战犯管理所——那是黄维在特赦前待的最后一个管理所。

当时黄维已经 82 岁高龄，是全国政协常委，享副部级待遇。他来到抚顺战犯管理所后，坚决不住给他安排的宾馆，而要在他当初被关押的 2 号监室住一晚。

晚年黄维

1989 年初，台湾方面向黄维发来了访问邀请。

黄维激动异常，做了很多准备，列出了要去探访的黄埔军校同学及好友名单，还准备去祭扫蒋介石、何应钦、陈诚、顾祝同、周至柔、蒋经国等人的墓。

但就在准备出发访台的前夜，黄维却去世了，享年 85 岁。

据黄维的女儿黄慧南说，父亲是太兴奋了，导致心脏病发作。

就在黄维去世前不久，他在给台湾老友的一封信中写道：

"祈求祖国统一，人同此心，心同此理，如统一早日实现，我当亲赴台湾和你们把酒言欢。"

馒头说

功德林里关的虽然都是国民党的战犯将军，但其实也是分"派系”的。

在这些将军里，正规军人看不起特务分子，蒋介石嫡系与地方系又互相仇视，文官和武官互相抱怨当时耽误战机，即便是同一阵营的人，还分蒋介石派、何应钦派和陈诚的“土木系”，互相看不顺眼，责怪彼此当初在战场上“瞎指挥”或“见死不救”……

但有一件事，让功德林里的战犯们空前统一，那就是抗美援朝。

在抗美援朝刚刚开始的时候，这批平日里互相看不惯的国民党战犯的意见很一致：

不能打！怎么可能打得过美国人？

但说归说，这批与美军有过大量接触的国民党将领很快就聚到一起，把自己知道的美式装备和美军战术都写下来，汇编到一起，整理成了一篇《关于美军之战术研究》，长达 6 万多字。

有关部门看了后，觉得这非常有参考价值，直接送进了中南海。

朝鲜战争的进程很快就震撼了这批国民党将军：

中国军队真的能硬抗以美国为首的十六国联军，并且那么快就打过了三八线？！

兴奋之余，他们还想做点什么。

当时由于志愿军后勤补给跟不上，前线的战士只能在冰天雪地里吃炒面粉。但即便是这种简易的炒面粉，举东北之力也填不上供应缺口，于是全国上下就发起了“炒面粉运动”。

在功德林，这批平日养尊处优的将军一听炒出的面粉能送到前线给志愿军，个个都积极得不得了。平日里有小仇小怨的他们都聚集在一起，每天拼命炒面粉，还互相监督，保证质量。

就连头皮最硬的文强和黄维，也炒得非常起劲，黄维还要监督杜聿明炒面粉的质量和火候。

据当时管志愿军后勤的人说，功德林炒出来的面粉质量非常好，又脆又细，还不焦。

在他们这些人中，有不愿意写悔过书的，有不愿意批判蒋介石的，也有最初只是表面上应付共产党的，但没有一个不积极参加炒面粉，没有一个不希望志愿军能打败美国人。

当中国人需要一致对外的时候，他们都毫不犹豫地选择团结。

1959 年，也就是中国大陆宣布特赦第一批战犯这一年，台湾方面也有一个举动，其外事部门发文：

但凡以后对外提及中国大陆时，不再称“红色中国”或“共产党中国”，改称“中共政权”；提及自己也不再称“自由中国”，而改称“中华民国”。

尽管依旧不改“自认正统”的口晦，却透露了一个重要信号——这个信号，即便是身在功德林的那些战犯也是高度认同的：

海峡两岸，都承认只有一个中国。

本文主要参考来源：
1.《我在功德林的改造生活》（黄维，《文史精华》，1995 年 02 期）
2.《战犯改造所见闻》（沈醉，中国文史出版社，2015 年）
3.《我的舅舅邱行湘》（毛政，《钟山风雨》，2009 年 05 期）
4.《文强的人生四步曲》（罗军生，《党史文苑》，2008 年 13 期）
5.《刘伯承请廖耀湘授课》（木青，《共产党员》，2011 年 09 期）
6.《国民党战犯改造始末》（张旭正、张坤，《百年潮》，2016 年 06 期）
7.《“功德林”“秦城”记事》（纪敏，《纵横》，2000 年 12 期）
8.《进京前后参与管教国民党战犯纪实》（雷皓，《纵横》，2000 年 05 期）
9.《新中国首次特赦战犯的台前幕后》（王标，《档案天地》，2009 年 10 期）
10.《特赦国民党战犯始末》（王永钦，《党史博览》，2002 年 11 期）
11.《决胜岂止在战场》（李恒，《人民政协报》，2021 年 7 月 30 日）

东京审判：当年判那些战犯死刑，究竟有多难?

现在提起“东京审判”，很多人都认为是一场理所应当的“清算”，处死那些恶贯满盈的战犯，是理所当然的。

但事实上，当年这场大审判，绝不像很多人想象的那样：轻松顺利，水到渠成。

恰恰相反，在很多板上钉钉的铁证背后，充满了各种博弈和较量。

1

1946 年 1 月 19 日，驻日盟军最高统帅麦克阿瑟发布了一条通告。

这条通告全称为《盟军最高统帅部特别通告》，宣布成立远东国际军事法庭。

所有看得懂的人看到后都长吁了一口气：终于要开始算总账了。

1945 年 8 月 15 日，日本宣布无条件投降。9 月 2 日，日本在美国军舰“密苏里号”上签订投降书，第二次世界大战正式落下帷幕。

战争虽然结束，但世界遍地残垣。硝烟虽然散去，但冤魂仍在哀泣。

谁该负责？谁该受惩？如何判定？如何惩罚？

这些都是要清算的。

麦克阿瑟的这份通告发出，意味着这场清算审判的前期准备工作已经全部完成，负责审判日本战犯的机构“远东国际军事法庭”正式成立。

就在麦克阿瑟发出公告后不久，中央社从重庆发出一则电文：

“我政府业已派定名法官梅汝璈、向哲濬二氏为首批出席代表，向氏将任该庭检察官，梅氏将任审判官，闻二氏日内均将首途赴日。”

二战中受日本伤害最深、损失最重的中国，自然要派出自己的代表。

一场令全世界瞩目的“东京审判”，即将拉开序幕。

2

这场被很多中国人认为胜券在握的审判，一开始就遇到了“麻烦”。

按照规定，组成远东国际军事法庭的法官，来自中国、美国、英国、苏联、澳大利亚、加拿大、法国、荷兰、新西兰、印度、菲律宾这 11 个国家，每个国家各提名一名法官，由麦克阿瑟任命，共同组成审判庭。

还没开庭，一个事先谁都没想到的问题就发生了：11 名法官的座次怎么排？

远东国际军事法庭的章程对法官的座次并没有明确规定。一开始，大多数法官也没把“座次”当回事，中国派出的法官梅汝璈认为，就按当时盟军在“密苏里号”舰上受降时签字的次序来就行了：美、中、英、苏、澳……

对此，多数法官都赞同。

但来自澳大利亚的庭长卫勃却表示：他希望他亲近的英国法官和美国法官坐在他左右两边——这样一来，中国就等于排到了第三位。

中国法官梅汝璈当即表示反对：在整个远东战场，中国是抵抗日本侵略最久、付出代价最大的国家，也是在“密苏里号”上第二个签字的国家，绝不能降到第三位。

梅汝璈当时 42 岁，是美国芝加哥大学法学博士，时任立法院外交委员会代理委员长

一时之间，大家也争了起来，有的说以英文字母排序，梅汝璈甚至开玩笑说，“如果这样，那就按体重排好了”。

对于座次排序争论，庭长卫勃一开始并未表态。但到了 5 月 2 日下午 4 点，在开庭彩排仪式上预演合影时，他却宣布：

“座次排列顺序为美国、英国、中国、苏联、加拿大、法国、澳大利亚、荷兰、印度、新西兰和菲律宾。”

中国还是被降到了第三位。

卫勃特别强调：

“这个决定是经过盟军最高统帅部同意的。”

梅汝璈当场起身离席，回到办公室，脱掉法官袍准备离开。

卫勃追到了办公室，向梅汝璈解释他这样安排的用意：

“英美法官对英美法系更熟悉，所以被安排在我左右，这样工作起来更方便，没有歧视中国的意思。”

梅汝璈还是不肯让步：

“这是国际法庭，不是英美法庭。我看不出有英美派居中的必要。”

卫勃的口气随即有了些“威胁”的意思：

“这样安排是盟军最高统帅的意思，如果因为你拒绝尊重这个安排，而使中美关系陷入不愉快的境地，那将是非常遗憾的，你的政府也未必同意你这种行为。”

梅汝璈寸步不退：

“中国是受日本侵略最多、抗战最久、牺牲最大的国家，在审判日本战犯的国际法庭里，她应有的席位竟会降低到英国之下，这是不可思议的事情。

“我不相信中国政府会同意这样的安排，同时，我也怀疑这个安排是否真是最高统帅做出的。”

卫勃无奈之下，请梅汝璈先出去彩排拍照，晚上再做商议，但梅汝璈还是坚决拒绝：

“摄影师和新闻记者今天肯定都会拍照，这些照片如果传回国内，广大民众甚至会责难我的软弱无能。所以，我绝不出席彩排。政府如果不支持我，我辞职，请他们另外派人。”

看到梅汝璈如此坚持，卫勃三次离开房间去找人商议，最终决定同意梅汝璈的意见：

庭长左右两侧分别为中国法官和美国法官。

一个小小的法官座次问题，就已经需要如此博弈，可见这场东京审判，绝没有想象中的那么轻松。

11 位法官合影。前排右二为梅汝璈，正处于法官左边的位置

事实也证明：在 5 月 3 日正式开庭后，各种困难和挑战接踵而来。

3

对日本战犯的起诉，一开始就碰到了个大问题。

按照远东国际军事法庭最初的规定，对日本战犯的起诉是从 1941 年“珍珠港事变”开始的。

这显然是站在美国人的角度做出的决定：美国在 1941 年 12 月 8 日正式向日本宣战。

但换个角度看，似乎也合理：中国是在美国对日宣战之后，于第二天即 1941 年 12 月 9 日才正式对日宣战的——之前都是战而不宣。

但如果真的按照这个时间来判定，就会出现一个非常严重的问题：

在 1941 年之前，日本战犯在中国犯下的累累罪行，就不能被起诉和追究了。

代表中国的检察官向哲濬站了出来，向法庭提出最强烈的抗议。

向哲濬认为，对日本战犯的起诉，至少要往前推到 1928 年的“皇姑屯事件”——那一年，中国华北和东北的最高行政长官张作霖（其实之前已可视之为中国最高行政长官）被日本人公然杀害。

此后，从“九一八事变”到“七七事变”，日军侵略中国各地，烧杀抢掠，屠杀了千百万中国平民，这些当然是赤裸裸的战争行为！

在中方团队的坚持下，法庭最终决定以 1928 年 1 月 1 日作为起始日。

向哲濬在东京审判中。向哲濬，当时 54 岁，美国耶鲁大学法学学士，时任上海高等法院首席检察官，被委派为远东国际军事法庭的中国检察官

但这又带来了另一个变化：时间提前了 13 年，中方团队就需要再多拿出 13 年的证据。

事实上，原先很多中国老百姓甚至官员都以为，日本侵华战争是全世界皆知的事情，惩治日本战犯也只是走个程序而已——当初很多中国人认为这场审判最多几个月就能结束（后来足足审了两年半）。

但是，东京审判适用的是英美法系：无论是不是战犯，先做“无罪推定”，然后需要在法庭上拿出一条条证明其有罪的证据，这样才能判定。而国民党政府最初只是以为，事实清楚，铁证如山，只要法官、检察官金口一开，大笔一落，就能严惩战犯，所以并没有准备足够的人证、物证材料。

所以在开庭后，中方发现，每个日本战犯不仅有日本律师团，主导审判的美国还为他们指派了美国律师。

相形之下，中国方面之前太乐观自信了——整个中国法律团队加起来不到 20 个人，处于相当不利的地位。

关键时刻，向哲濬紧急回国求援，要求再派几名得力的人去东京。

刚考察了欧美法律体系回国的倪征燠随即领命，以中国检察组首席顾问的身份带领人手奔赴东京。

倪征燠到达东京后，就和同事赶到日本前陆军省档案库，日夜抄写翻译。他这样做的目的只有一个：

既然你们要证据，我们就给证据，而且要多用你们日本人自己保存的证据。

倪征燠，时年 40 岁，美国斯坦福大学法学博士。1984 年当选为海牙国际法院法官，是中国第一个国际大法官

4

证据的重要性，很快就显露出来。

为了逃避罪行，日本战犯在东京审判法庭上做了大量伪证。

对南京大屠杀的第一责任人、时任侵华日军华中方面军司令官松井石根的审判就很有代表性。

1946 年 12 月 29 日，远东军事法庭开审日军在侵华期间制造的“南京大屠杀”案。在整个审理过程中，当时擅自决定进攻南京的松井石根把自己的责任推得一干二净，他本人在法庭上表示：

“攻打中国南京，我是受命行为，我本人是无可奈何的。”

而他的随员冈田尚在做证时声称，1937 年 12 月 18 日日军举行南京入城式的第二天，松井石根“满面痛苦”地对他说：

“三十余年来一贯的愿望就是实现中日两国的和平，现在却是兵戎相见的悲惨结果，无限遗憾。”

结果，法庭的初步审判结果是：否定了检方提出的松井石根 39 项罪名中的 38 项，仅仅认定他有普通战争罪中对部属行为约束“不作为”一项罪名。

就差对松井石根宣布当庭释放了。

面对这个荒谬的判定，向哲濬当庭展示了一叠资料，其中包括《曼彻斯特卫报》驻华记者田伯烈当时的报道、南京外国侨民在日记中对当时日军暴行的大量记述及现场拍摄的罪证。

随后，向哲濬向庭长出示了 1937 年 12 月 10 日有松井石根亲笔签名的进攻南京的命令，命令称：

“占领南京必须作周详的研究，以便发扬日本的威武，而使中国畏服。”

向哲濬提请法官特别注意“畏服”的含义。

此外，中国团队还出示了松井石根在日记《南京攻略感怀》中的话：

“貔貅百万旌旗肃，仰见皇威耀八纮。”

以及 12 月 21 日松井石根回到上海后，写在当天日记中的另一句话：

“上海出发以来恰好两周，完成了南京入城的壮举，归来的心情格外舒畅。”

面对铁证，松井石根低下了头，一言不发。

远东国际军事法庭上的松井石根

在土肥原贤二出庭受审时，一个为他做证的证人是他任关东军特务机关长时的新闻课长爱泽诚。爱泽诚说：

“土肥原只是搜集情报，而且他本人忠厚坦白。”

倪征燠在庭上立即反诘，拿出一份证据：1935 年，土肥原企图策划“华北五省自治”，此事被外国报纸报道，而且将此事签名登报的，正是爱泽诚。爱泽诚随即低头不语。

在诸多对土肥原有利的证言都被中方一一驳斥后，最后时刻，土肥原居然放弃了个人辩护权利。当时有日本媒体分析：土肥原这样做，是为了避免被中国检方拿出更多的证据来击破。

而在审判“九一八事变”元凶之一板垣征四郎时，板垣的第一个证人是“九一八”当晚负责指挥的日军联队长岛本，他说：

“我那晚喝醉了，后来才知发生了事变。”

倪征燠立刻打断他的话：

“你说自己喝醉了，那么一个酒鬼怎能做证？”

岛本当即被法庭轰了下去。

板垣征四郎在远东国际军事法庭

最后陈词时，倪征燠手指土肥原，怒目问板垣：

“当年犯下上述各种罪行的，是不是就是现在坐在被告席右端的这个人？”

在后来的回忆录中，倪征燠

写道：

“这时候，我觉得好像有亿万中国同胞站在我后面支持我的指控，使我几乎泪下。”

5

在每天繁重的庭审任务之外，中方团队还抓出了不少“漏网之鱼”。

时任检察官秘书兼翻译的高文彬，当年才 24 岁，负责每天早晨整理前一天的庭审记录，贴好标签放好，同时还要为向哲濬准备当天开庭的资料。

有一天，在整理资料的时候，高文彬在《东京日日新闻》(即现在日本的《每日新闻》) 报纸上发现了一篇报道：

在日军由上海行进至南京的路途中，第 16 师团第 9 联队第 3 大队少尉野田毅突发奇想，与另一名少尉向井敏明打赌：谁先用刀砍死 100 个中国人。

报纸详细记录了这场令人发指的“百人斩”比赛的时间、地点、杀人过程，并配有照片。最终野田毅杀了 105 人，向井敏明杀了 106 人，于是两人又相约，以先杀到 150 人为目标再展开竞赛……

看完报道后，高文彬气得浑身发抖，立刻让人将这份报道复印三份，一份留在国际检察局办公室，另两份通过倪征燠转寄给了当时的南京军事法庭庭长石美瑜。石美瑜收到报纸后，立即向盟军总

“百人斩”比赛报道

部提出抓捕要求。

由于这两人是日本低级军官，在日本投降后都已经被遣返，重新回到了普通人群中，再加上有许多同名同姓之人，所以寻找工作非常困难。经过半年的艰难寻找，最终在日本埼玉县发现了这两名当年的刽子手——他们已经脱掉了军装，头裹白布，做起了小商贩。

这两人随即被引渡至中国。

1948 年 1 月 28 日，向井敏明和野田毅经南京军事法庭审判，证据确凿，判处死刑，被带到南京雨花台刑场执行枪决。

和他们俩一起被枪决的，还有两个人。

一个是谷寿夫，他当年是侵华日军第 6 师团中将师团长，率部攻入南京后放纵部下烧杀抢掠，是“南京大屠杀”的主要元凶之一。他虽然被远东国际军事法庭列为乙级战犯，但被中方强烈要求引渡回中国受审，最终被判处死刑。

另一个叫田中军吉，时任日军第 6 师团第 45 联队上尉连长，在“南京大屠杀”期间曾屠杀 300 多名手无寸铁的中国老百姓和缴械军人。

在当日行刑前，曾叫嚣自己“杀过无数支那人”的田中军吉，大小便失禁。

照片中的持刀者即为田中军吉。这张照片被日本军官山中峰太郎编入书中，有名有姓有照片，证据确凿

6

但是，“以命抵命”并不是那么简单的。

东京审判自 1946 年 5 月 3 日开始，1948 年 11 月 12 日结束，历时两年半。其间共开庭 818 次，出庭证人 419 名，书面证人 779 名，

东京审判现场

受理证据在 4300 件以上，判决书长达 1212 页。最终，有 28 名罪犯被列为甲级战犯。

很多日本人当时抱着好奇的心态参加了旁听——他们从来不知道，当初慷慨激昂的家乡子弟高喊“天皇万岁”出征后，在别国的土地上做出了那么多泯灭人性的事。在东京庭审期间，不少日本民众确实心怀歉疚，有些人看到中国人会立即低头，不敢直视。

但按照庭长卫勃最初的意见，所有战犯，没有一个将被判处死刑。

在 11 名法官的国家中，像法国、荷兰、新西兰、印度这些国家，本土并没有被日本侵略过，而像英国、澳大利亚这些国家虽然和日本有过交战，但规模并不算大，情况也谈不上惨烈，有些国家已经废除了死刑，所以这些法官并不赞成判处那些战犯死刑。

卫勃提出的建议是，像当初欧洲流放拿破仑那样，把日本战犯流放至无人海岛。

而印度的法官拉达宾诺德·帕尔的观点更是石破天惊：

侵略战争的追诉主体是国家，而不是个人；所有现在审判日本战犯的法律，都是“事后法”，而法律不追溯过往；日本对侵略战争应负道德责任，但不应负法律责任。他甚至认为，“南京大屠杀”期间松井石根因为患病“限制了行为能力”，应该从轻判处。

按照帕尔的观点，所有日本战犯都应该被无罪释放。

帕尔在第一天庭审开始前，就向每一个日本战犯行双手合十礼。他的意见书长达 1235 页，之后还写过 60 万字的《日本无罪论》。（后来在日本前首相岸信介的支持下，帕尔三次受邀访日。2007 年 8 月，时任首相安倍晋三访印期间会见了帕尔的长子普拉桑塔·帕尔。安倍在会晤中说，帕尔在远东国际军事法庭上表现出“高贵的勇气”，“至今赢得许多日本人的尊敬”。）

在 11 名法官中，中国法官梅汝璈的态度是最坚决的：必须判处死刑！

梅汝璈用充分的证据证明，日军在侵华战争中展现了灭绝人性的一面，光在“南京大屠杀”中，日军就使用了砍头、挖心、水溺、火烧、砍四肢、割生殖器等令人发指的暴行，较纳粹德国在奥斯威辛集中营单纯用毒气杀人残酷百倍。

梅汝璈还甩出一句话：

“如果这些日本战犯不能被判处死刑，我只能跳海以谢国人。”

在梅汝璈的坚决要求和慷慨陈词下，日本的 7 名甲级战犯最终被判处绞刑，他们分别是：东条英机、松井石根、武藤章、板垣征四郎、广田弘毅、木村兵太郎、土肥原贤二。

这个结果是投票得来的：

11 名法官投票，最终是 6 票对 5 票，以一票险胜。

因为是无记名投票，也没有录音，至今没有人知道当时投票的具体情况。

7

1948 年 12 月 23 日凌晨 0 点 01 分，行刑开始。

在东京巢鸭监狱关押的 7 名甲级战犯分两批被送入行刑室。

在行刑前一晚，7 名甲级战犯都可以要求吃“最后的晚餐”，但除东条英机要了日本料理外，其他人都表示没有胃口，忙于写遗书和与监狱请来的法师做最后谈话。

松井石根和板垣征四郎都在遗书中写道，希望今后中日和平。土肥原贤二写道，“我祈祷上苍使中韩两国繁荣兴旺”。而东条英机写了两封遗书：一封给家里，写的是“不语一切”；一封给世界，依旧宣称日本发动战争是出于“自卫”。

第一批进入行刑室的是武藤章、土肥原贤二、松井石根和东条英机，四人各自上一个绞刑架，同时行刑。

第一个死亡的是土肥原贤二，死亡时间是 12 月 23 日凌晨 0 点 07 分 30 秒。三分钟后，东条英机死亡，他死前曾双腿不停颤抖。在绞刑架上挣扎时间最久的是松井石根，他在脚下踏板被抽空后挣扎了 12 分 30 秒才死亡。

上午 7 点 45 分，7 名甲级战犯的遗体被送至横滨市立火葬场，在熊熊大火中化为一缕缕黑烟。

用中国人的说法，是“挫骨扬灰”。

东京审判的最后判决书长达 90 多万字，原本应为统一撰写，但其中日本帝国主义侵华部分的撰写，经过梅汝璈的坚决争取，由他代表所有中国人民自己书写，长达 10 万多字——“中国人受害最深，最明白自己的痛苦，最有发言权”。

审判结束后，梅汝璈在日本《朝日新闻》上发表了《告日本人民书》，其中有一段话：

“经过这次审判，日本军界首脑的暴虐行为和虚假宣传已昭然天下。远东国际军事法庭的最后宣判，清除了中日两国间善睦相处的这些绊脚石，对于今后中日间和平合作，相信必有贡献。”

馒头说

事实上，东京审判虽然是一次“算总账”，但算得并不彻底。

这是一场伸张正义和具有划时代意义的审判，但诸如日军的生化武器罪行、731部队罪行、强征和迫害慰安妇罪行、强征劳工罪行等，都没有得到应有的审判和追究，还有一些被判处无期和有期徒刑的战犯在战后没多久就被假释了，甚至逃脱了处罚。

尤其是日本战争责任体制中的最高责任者——裕仁天皇没有在东京审判中被追责，这在相当程度上造成了之后日本政坛的怪相种种，以至于如今日本右翼开始对历史进行堂而皇之的否认和篡改。

但有些事情毕竟是白纸黑字写下来的，是全世界都公认的，是历史有了定论的，比如被处死的7名甲级战犯，他们的罪行、对他们的定论，是怎么洗也洗不掉的。

在东京审判后，梅汝璈还说过一句话：

“我不是复仇主义者，我无意于把日本军国主义欠下我们的血债写在日本人民的账上。但是，我相信，忘记过去的苦难可能招致未来的灾祸。”

这句话，放到现在看，依旧没有过时。

长期以来，很多中国人对日本人的感情确实是矛盾且复杂的：两个国家一衣带水，却又一衣带血，既在历史上有血海深仇，又在现代文明社会中有阻隔不断的各种交往、交流和互惠互利。

梅汝璈的这句话或许可以提供一个参考：

你们祖辈欠下血债，自然不可能世世代代找你们的后人追索，大家可以一起向前看——这是在你们承认过去错误的前提下。但是，这笔债是不可能被忘记的，是需要铭记的。你们有些人如果还不认账，甚至要翻账，是绝对不被允许的，这是需要世世代代鞭策乃至动用必要手段提醒你们的。

而对那些甲级战犯，梅汝璈也有过定义——“中日两国间善睦相处的这些绊脚石”。

在东京审判期间，中国的法官们费尽心力，拼尽全力，终于清除了不少“绊脚石”，但他们也知道，一时之间，是清理不完的——梅汝璈自己也谨慎地说，即便清理掉，也只是相信对中日和平“必有贡献”而已。

如今，这些曾经的“绊脚石”依旧被一些日本右翼供奉在靖国神社里，出于各种原因，我们只能严正抗议。

但是，在南京这座有特殊历史记忆城市的寺庙里，居然也曾出现过这些“绊脚石”的牌位，且还存在了那么多年，简直匪夷所思！

无论出于什么理由和动机，无论是为了超度还是供奉，这都是绝不能允许的。

这不仅仅是“搬别人的石头砸自己的脚”，更是用别人的刀剜自己同胞的心。

1973 年，梅汝璈逝世。三年后，他的家人遵照他的遗嘱，将厚达一尺多的东京审判判决书中文原稿和他在东京大审判时穿过的法袍捐献给了中国革命历史博物馆（现中国国家博物馆）。

为什么要捐献？为什么要展览？

就是希望能警醒我们世世代代：勿忘国耻，铭记历史。

本文主要参考来源：

1.《东京审判：中国学界的观察与思考》（耿显家，《史学月刊》，2020 年 03 期）

2.《梅汝璈与东京审判》（《中国民族博览》，2020 年 11 期）

3.《“东京审判”后传①：大法官梅汝璈的最后 25 年》（高渊，微信公众号“水米糕饭局”，2016 年 9 月 7 日）

4.《重新发现东京审判》（徐持，《中国社会科学评价》，2020 年 02 期）

5.《正义与邪恶的交锋——亲历东京审判》（张林凤，《炎黄春秋》，2020 年 09 期）

6.《民国媒体中的东京审判》（刘广建，《档案与建设》，2019 年 08 期）

7.《东京审判中的中国检察官》（韩啸，《中国检察官》，2018 年 11 期）

8.《东京审判的不彻底性及其影响》[郭小鹏，《山西师大学报》(社会科学版)，2017年01期]

9.《东京审判与“帕尔神话”》[宋志勇，《四川大学学报》(哲学社会科学版)，2016年06期]

开国第一刀：枪毙刘青山、张子善

中国有个词，叫“改朝换代”。

时代改变，必然会在方方面面改变许多东西。

这个案件，当初被称为“共和国反腐第一案”，让很多人拍手称快。但除此之外，其实还有些其他启示。

1

1952年2月10日，河北省保定市。

从上午10点起，四面八方的人群开始陆陆续续汇聚到保定市体育场。

在这些人中，有河北省的领导，有保定市及保定专区的领导、工作人员和指战员，还有来自唐山、石家庄、秦皇岛三个城市和其他九个专区的机关团体及群众代表。

到了中午11点30分左右，整个体育场已经坐进了2万多人。他们来到这里的目的，并不是观看一场体育比赛，而是参加一次公审大会。

中午12点，河北省高级人民法院院长宋志毅走到主席台麦克风前，宣布公审大会现在开始。

公审大会现场

在宋志毅所站立的主席台下，有一条巨大的横幅，上面写着一行大字：

“河北省人民公审大贪污犯刘青山张子善大会”。

刘青山，之前的职务是石家庄市委副书记。张子善，之前的职务是天津地委书记。

这场公审，后来被形容为“共和国第一刀”。

2

有必要先了解一下这两个人。

刘青山，1916年出生，河北人，15岁加入中国共产党，16岁就随中国工农红军第二十七军一支队参加了“高蠡暴动”，暴动失败后被捕，因为年龄太小而没有被斩首示众。

死里逃生的刘青山并没有放弃信念，反而以更大的热情投身到革命热潮中，立下了很多功劳。1938年，被选送抗大学习后归来的刘青山担任河北省大城县委组织部部长，后任县委书记，领导抗日队伍和群众一次又一次粉碎日伪的清剿。当时日伪给刘青山开出的悬赏，是1500大洋。

刘青山

在抗日战争和解放战争中，刘青山出色地完成了很多工作，工作能力在冀中区也非常有名。1949 年 9 月，刘青山被任命为天津地委书记，1951 年调任石家庄市委第一副书记。

张子善

张子善，1914 年出生，河北人，19 岁加入中国共产党，20 岁因为在师范学校组织学生进行抗日游行被国民党逮捕入狱。在狱中，张子善坚贞不屈，甚至以绝食抗议，最终在“七七事变”发生后，趁乱越狱成功，出狱后就立刻找到党组织，继续投身革命。

张子善有文化，逻辑清晰，工作能力强，讲话不用讲稿，生活作风也很好，抽最普通的卷烟，穿最朴素的衣服，平易近人。和张子善接触过的人都很佩服他。

张子善被一路提拔，最终做到了天津地委书记。

应该说，刘青山和张子善都是老党员、老革命、老干部，无论是在土地革命时期、抗日战争时期还是在解放战争时期，都为革命事业立下过汗马功劳，自身的能力也是接受过检验的。

然而，就在新中国成立之后，变化却悄悄发生了。

3

转变，一开始是从外形和生活习惯开始的。

当时曾任第十专署文书的范昆玉回忆，张子善在担任新中国的天津地委副书记之后，形象和生活习惯改变了很多：

“原先的旧大衣换成了水獭领、礼服呢的大衣；吸的烟也不是一般的香烟，更不吸废纸卷的烟了，而是市场上很难见到的高级香烟；吃的也不再是规定的灶，而是吃特灶。”

而被任命为天津地委书记的刘青山，上任不久后把自己的居所从地委机关大院搬进了天津马场道 18 号的一栋花园式小洋楼内，那座小洋楼从刘青山搬入后就在私下里有了一个新名字——“刘公馆”。

天津马场道原来是英国扩展租界，1901 年随赛马场而建，故名马场道。其两侧多为英式建筑，与睦南道、常德道、重庆道、大理道的建筑风格雷同，一起被称为“五大道”。

在身边人看来，刘青山和张子善出手阔绰，他们的开销其实已经远远超出了他们的工资收入，生活水平也远远超过了他们所在职位和岗位的待遇。

那么，刘青山和张子善的钱究竟是从哪里来的呢？

答案是：刘青山和张子善所谓的“机关生产”。

“机关生产”，是中共中央在特殊历史时期，为了解决各级政权机关的物资供应和财政经费问题，鼓励各级机关开办公司投入商业生产的一种举措。

“机关生产”在推动生产，尤其在支持战争的过程中确实发挥了相当积极的作用，但它存在的弊端也同样明显：党政机关既做“运动员”，又做“裁判员”，在金钱和利益的诱惑面前，非常考验领导干部的党性。

那么，刘青山和张子善又是怎样进行“机关生产”的呢？

根据后来的判决书，是这样的：

1951 年，河北省人民政府以“以工代赈”的方式治理天津专区内的 5 条河流，在刘青山的授意下，张子善亲自制定政策抬高民工食品粮油的价格，同时虚报运费、偷税漏税，合计赚取民工费用和盗用国家资产达 16 亿元（1955 年前，1 万元旧币抵 1 元新币，此即新币 16 万元）。

1951 年，天津市木材价格上涨。刘青山和张子善指派生产管理处的一名干部穿着军装，冒充军人，持相关证件去东北购买木材 4000 立方米，每立方米进价 72 万元，运回天津后卖给宝坻县灾民造船，每立方米卖到超过 200 万元。

在 1950 年到 1952 年期间，刘青山和张子善多次倒卖国家物资牟取利润，仅 1951 年 4 月倒卖马口铁一项，就浪费国家财产 3 亿元，给国家造成经济损失 21 亿元，这还不算整个过程中他们和同伙的挥霍浪费。

尽管刘青山和张子善都把这些归为“机关生产”的范畴，但这显然已经远远超出了合规合法的边界。

4

有了“机关生产”产生的利润，刘青山和张子善两人的生活作风开始迅速改变。

除了穿好衣服、抽好烟、住好房子，刘青山和张子善更是在各个方面“全面升级”。

用刘青山的原话来说就是：

“天下是老子打下来的，享受些又怎么样？”

当时整个天津地委机关配有一辆解放战争时缴获的美式吉普车，刘青山将它开到“刘公馆”供他一人使用。随后他又嫌美式吉普破旧，动用 3.6 亿元机关经费，从香港进口了两辆最新式的美国轿车，一辆自己用，一辆送给了天津市某领导。

张子善则是直接动用地方粮款 9 亿元，购买轿车 5 辆供调用。他一个月要用公款给自己购买高级香烟 8~10 条，招待客人一般是 8~16 个菜的标准，请客人看戏、搓澡加吃饭，一次可花费 100 多万元。

在新中国刚刚成立的普遍困难时期，在不到一年的时间里，刘青山个人挥霍公款超过 18 亿元，当时可购买小米 110 万斤；张子善挥霍公款 19 亿元，当时可购买小米 116 万斤。

关于刘青山，还流传着一个“韭菜饺子”的段子。

当时中国北方吃水饺，一般都是白菜馅儿，但刘青山爱吃韭菜馅儿的饺子，于是在冬天只能由天津暖房特供。但刘青山只爱韭菜的味道，却不要吃到韭菜，怕不消化。于是他的炊事员经过反复试验，最终想出一个办法：每个韭菜饺子，将几根洗净挑好的韭菜完整包在馅儿里一起煮，但把根茎留在外面。饺子煮熟捞出来后，再把韭菜从馅儿里抽出来，这样饺子就有韭菜味，人却吃不到韭菜了。

这个段子后来被刘家后人否认，认为是谣言。不过有一件事是确认无误的：因为在革命战争年代落下的胃病一直困扰着刘青山，所以他曾尝试服食吗啡来缓解病痛，久而久之，却染上了毒瘾。

“刘青山和张子善脑子活”“天津地委的机关生产搞得特别好”，这些评价开始传了出来，其他一些领导干部有什么事都托刘青山和张子善去办，需要什么东西，都向刘、张二人去“借”。而刘青山和张子善或无法推脱，或也乐得做顺水人情，往往用公款以个人名义买成礼物送给各级干部，有时甚至直接送现金。

腐败的风气开始在干部圈慢慢蔓延。

终于还是有人实在看不下去了。

5

那个站出来的人，叫李克才。

李克才当时的职务是中共天津地委委员、专署副专员，换句话说，就是张子善的副手。

在工作中坚持原则的李克才很反对刘青山和张子善的“机关生产”做法。1951 年 10 月，李克才向河北省政府一位副主席反映了刘青山和张子善在“机关生产”过程中的种种违法违规之处，但这位副主席并没有向省委省政府汇报，而是在一个私人场合口头批评了张子善，还漏了李克才的底，让李克才进一步陷入被动。

李克才进一步找到河北省委主要领导反映情况，那位领导却希望以批评和教育为主，并希望缓和李克才与两位领导的矛盾：

“刘青山吸毒，我知道，累出来的毛病嘛！何况他现在已经改掉了。小李呀，你要注意跟老刘和老张搞好团结……”

李克才又直接向省委组织部部长、省委监察委员会副书记薛迅当面汇报刘青山和张子善的问题。薛迅在向省委常委汇报后，立刻组织了一个调查组奔赴天津地委各机关进行秘密调查。

在半个月的调查之后，调查组交出的报告是：

“我们认为天津地委机关生产中的问题，是很多而严重的，建议省委及早考虑解决。”

11 月 11 日，中共河北省委主要负责人在参加了中央华北局召开的省、市书记会议后，了解到中央也意识到了新中国成立后“机关生产”中暴露出的一系列问题，结合其他问题，准备开展一项全国性的运动：“反贪污，反浪费，反官僚主义”——简称“三反”。

毫无疑问，如果要找个典型的话，那么就是刘青山和张子善。

1951 年 11 月 21 日，中共河北省第三次代表大会召开的第一天，李克才在会场上站起来，当着 824 名与会代表的面，大声揭发了刘青山和张子善的问题。（李克才后来被人称为“共和国反贪第一人”。）

而就在会议期间，省委决定逮捕张子善和刘青山。

11 月 29 日，会议进行到第九天，张子善在早上 7 点 30 分被叫到省委办公室谈话，省委领导人对他正式宣布执行逮捕，当时张子善大喊：

“我有什么罪？为什么要抓我？！”

而刘青山因为当时作为中国青年农民的代表，随郭沫若领衔的一个代表团在维也纳出席世界和平友好理事大会，暂缓逮捕。

12 月 2 日，刘青山回国，在天津一下火车，就听说了要逮捕他审查的消息，他气得大喊：

“出什么事了？难道还能开除老子党籍？”

随后，他就被公安人员逮捕。

12 月 4 日，刘青山、张子善均被开除党籍。

6

逮捕刘青山和张子善不难，难的是：如何量刑？

很多人的意见是“判死刑”。但这两个参加革命近 20 年的人确实都为革命事业立下过汗马功劳。

是网开一面，还是功不抵过？

12 月 14 日，河北省委根据审讯结果，在检讨了自己未及早发现和阻止刘、张二人的贪污行为后，向华北局汇报了处理意见：

“我们的一致意见：判处死刑。”

随后，华北局向中央汇报，在原则上同意河北省委“处以死刑”的意见之后，又增加了一条“或缓期两年执行”。当时的华北局第一书记薄一波回忆：

“当时之所以加了‘或缓期两年执行’，是考虑到中央决策时可有回旋的余地。”

华北局的报告最后交到了毛泽东的手里。

毛泽东在颐年堂召集朱德、周恩来、刘少奇、薄一波、彭真等人开会，专门商讨这个问题。

众人的意见是：

对那些手上“不干净”的人，要深入调查，实事求是，避免错整和错杀；但对于像刘青山、张子善这样的特大贪污犯，无论之前有多大功劳，都不可饶恕。

毛泽东的意见是：

“对于这样的叛徒和蛀虫，有多少就必须清除多少，清除了他们，不是党的损失，而是党的胜利；不是降低了党的威信，而是提高了党的威信。”

根据薄一波的回忆，当时毛泽东还委托华北局到天津地区开展调查研究，征求群众和干部意见。当时地委 8 个委员的一致意见是处以死刑。地区参加讨论的 522 名党员干部中，同意对刘、张二人判处死刑的人超过 96%。

消息传出，河北省各级干部也大受震动，有些当年和刘青山、张子善一起出生入死的干部呼吁：

“30 多岁正是大好年华，希望中央能刀下留情！”

当时的天津市委书记黄敬找到了薄一波，表示希望考虑到刘青山和张子善在战争年代出生入死，立下过不小功劳：

“能否向毛主席说说，不要枪毙了，给他们一个改过的机会？”

毛泽东在听取了薄一波的转达后，说：

“正因为他们两人的地位高，功劳大，影响大，所以才要下决心处决他们。只有处决他们，才可能挽救二十个、两百个、两千个、两万个犯有各种不同程度错误的干部。”

7

公审大会上的张子善

时间回到 1952 年 2 月 10 日的中午。

保定市体育场，在 2 万多人的注视下，刘青山和张子善被带到了主席台上。

就在前一天晚上，刘青山和张子善被安排共进晚餐。当被带入房间，看到桌子上菜肴丰盛，还配了一瓶酒之后，他们就知道第二天即将发生什么了。

两个人都哭了。

两人都要求见一见省委主要领导和中央领导，但被拒绝了。

在此之前，他们已经被传达了“执行死刑”的消息。

刘青山在得到消息后哭了：

“在天津戴铐子，唉！想起过去被敌人逮捕，手腕上留下的痕迹……革命这些年没有死，怎么落到这个下场，这样的死还有什么意义呢？”

张子善没有哭，但喘着粗气，半天才断断续续恢复说话能力：

“我没什么挂念，也毫无意见，请转告省委、华北局、中央，这样处理我很感激。第一不骂党，第二不喊‘共产党万岁’。”

张子善说的“感激”，是国家已承诺将接济和抚养他们的家人和后人：“你们放心，你们犯了法，孩子没犯法。”

在2月10日的公审现场，刘青山和张子善所犯的罪行被一一诵读：

苛剥政府“以工代赈”的民工粮食；盗骗国家钱财，投机倒把；非法盗用国防建设、水利建设等国库专款；擅自动用干部家属救济粮；非法动支地方粮款；公开行贿，颠倒是非；贪污挥霍。

两人均低头默然不语。

公审完毕后，刘青山和张子善被押上车，带到了刑场。

看到不远处挖的两个坑，两人终于坚持不住，瘫软了下来。

两人跪在了土坑边，行刑的战士拉枪上膛——根据事先规定，对这两个人，不打头，只打后心。

两声枪响后，两人倒在了土坑里。

刘青山在公审大会上

张子善在狱中的最后遗言是：

“伤痛！万分伤痛！现在已经来不及说别的了，只有接受这血的教训！”

刘青山在狱中的最后遗言是：

“拿我做个典型吧，处理算了，在历史上说也有用。”

馒头说

第一次知道这两个人的事，是读书时从历史课本上看到的。

看后的感觉，当然是四个字：拍手称快。

长大后，接触了一些其他材料，尤其是一些所谓为刘青山和张子善“鸣冤”的材料，对这件事的认识又相对全面了一些。

一些“鸣冤”文章指出了当初枪毙刘青山和张子善在程序上存在一些问题，我觉得这是可以讨论的：逮捕和审判程序存在不足，“万人公审”并不能取代法律意义上的审判，也没有给这两人申辩的机会，量刑的轻重，等等。确实，考虑到当时的时代背景，这件事如果放到现在，我相信在法律层面上完全可以做得更专业，更完善，更符合程序。

但一些材料要给刘青山和张子善“完全翻案”，把这两人塑造成“一心一意为人民服务的好干部”形象，把被判死刑完全归结为派系斗争，这是我不能认同的。因为无论是刘、张本人，还是这些材料，也都承认刘青山和张子善在革命胜利后确实存在享乐主义思想，在个人作风和生活方面也确实违背了一个党员干部应该遵守的原则，这些都是有大量的物证和人证的。

而最核心的一个问题，也最值得思考的一个问题，还是那个已经成为过去式的“机关生产”。

关于“机关生产”，前文已述，是特定历史阶段的产物，也确实带来大量的好处。但问题就是，这让党政机关“既当裁判员又当运动员”，无形中把党员干部放到了利益旋涡的中心，没有明确法规细则的监督，他们只能依靠道德良心来约束自己的行为。

而这也确实会产生很多问题：怎么定义“挪用”？如何界定投资失败后造成的“国家损失”？“私用”的界限如何明确？可以说，很多时候这都是一笔“糊涂账”。刘青山和张子善肯定犯了不少错误，但可能在他们看来：大家都是这样的，为何抓住我们不放？

也正是因此，当时确实要有个“杀鸡儆猴”的示范效应，也确实需要喊停“机关生产”这样一种特定历史时期的特殊政策。

对于这一点，刘青山说的“拿我做个典型吧，处理算了，在历史上说也有用”，说明他自己也认识到了。

这两个“典型”，也让刚刚执政不久的中国共产党进一步认识到反腐的紧迫性和加强执政党建设的重要性——刘、张二人作为曾经的优秀党员干部，在短短几年里倒在了“糖衣炮弹”之下，其中固然有他们自己意志不坚定、思想腐化的重要原因，但也可以在当时的政策和制度上做一些思考。

“机关生产”虽然已经成为过眼云烟，但留给我们的警示却一直还在。

反腐工程是一项系统工程，要惩治，也要预防。而要预防，除了不断教育和倡导之外，设计一套完善的制度（包括完善的监督体系），尽量用制度提前消灭官员干部贪腐的可能，也是重中之重——从某种意义上说，这也是在保护他们。

这应该也是“刘青山和张子善案”给后人带来的另一层启示吧。

本文主要参考来源：

1.《我受命查办新中国反腐第一案》（孙光瑞、高洪梅，《中国经济周刊》，2009 年 38 期）

2.《我所认识的张子善》（范玉昆，《老年教育》，2015年01期）
3.《重话刘青山与张子善》（半戎，《文史月刊》，2011年12期）
4.《刘青山、张子善被处决的前前后后》（上）、（中）、（下）（张树德，《紫光阁》，2007年07期、08期、09期）
5.《毛泽东决策“开国第一刀”始末》（戴安林，《湘潮》，2011年06期）
6.《学习习近平同志关于反腐败的思想》（邵景均，《红旗文稿》，2015年15期）

基辛格的那次“秘密访华”

时代变化之际，总是有迹可循的。

或许在台面上，一切看起来依旧风平浪静，但在台面下，早已暗流涌动。

1

1971 年 7 月 8 日晚，基辛格博士忽然痛苦地捂住了肚子。

亨利·艾尔弗雷德·基辛格（Henry Alfred Kissinger），犹太人后裔，1938 年移居美国，是哈佛大学的哲学博士。他此时的身份，是美国尼克松总统的国家安全事务助理，受总统委派，对越南南方、泰国、印度和巴基斯坦进行为期 10 天的访问。

这一天晚上，基辛格正在参加巴基斯坦总统叶海亚为他举行的欢迎晚宴。他痛苦的表情让周围的人非常担忧，但他自己说没关系，只是吃坏了肚子——当时南亚地区正流行一种疟疾，所以大家倒也可以理解。

此时，一旁的巴基斯坦总统叶海亚大声宣布：会让基辛格去伊斯兰堡北部他的私人别墅休养两天。

基辛格手下的一名特工随即被派去那里打前站。宴会结束后，基辛格在宾馆里休息时，那名特工打来了电话：

“这边的别墅似乎不适宜居住。”

基辛格表示知道了，但随即又给叶海亚总统发出了请求：

“帮我把那名特工留在那里，至少留两天。”

随后，基辛格立刻和少数几个随行人员收拾行囊，直奔机场。

他根本没有吃坏肚子，也根本不可能去那栋别墅休养，他是要秘密前往一个国家。

一个和美国已经断交了整整 22 年的国家。

2

现在，我们可以把时间稍微往前推一下，理出一条脉络。

1969 年 2 月 9 日，叶剑英忽然接到了一个通知。

这个通知，是让他去开个会。同样也被通知开会的，是另外三位元帅：陈毅、徐向前和聂荣臻。

开会的召集人，是毛泽东。开会的内容，也是他定的：

“研究一下国际问题。”

当时的国际形势，有什么问题吗？确实有大问题：

从 1968 年年末开始，苏联的边防部队开始在珍宝岛上不断挑衅中国的边防部队，双方先后发生了好几次武装冲突，昔日的盟友已经逼近“撕破脸皮”，当年的“老大哥”很可能要向“小老弟”动手。

而从全球形势来看，美军深陷越战泥沼，在全球的军事影响力明显消退，取而代之的是苏联的步步紧逼。

四位老帅当然也明白毛泽东让他们开会研究的目的：

中、美、苏的“三国演义”已经出现了新的剧情，面对进击的苏联和收缩的美国，中国是否有新的“牌”可以打?

经过反复讨论，四位老帅先后交出了两份报告:《对战争形势的初步估计》和《对目前局势的看法》。报告中提出了他们的观点:

在目前的中、美、苏三角关系中，对中国而言，中苏矛盾大于中美矛盾；对苏联而言，苏美矛盾大于苏中矛盾；对美国而言，美苏矛盾大于美中矛盾。

所以，中国其实处于战略主动地位——美国和苏联都想打“中国牌”。

而四位老帅给出的建议是:“东联孙吴，共拒北曹。”

也就是说，要“争取打开中美关系的僵局”。

而这一点，和毛泽东的判断其实是一致的。

按照毛泽东的想法，中国与苏联的关系因为各种原因，已经在渐渐走向死局，双方甚至很有可能兵戎相见。而地理位置就在中国边境以北的强大苏联，对中国的威胁其实是要远远大于美国的。

在这样的情况下，可能会被“两面夹击”的中国必须做出腾挪，也就是要“争取一霸”。

争取哪一“霸”呢?周恩来和毛泽东的想法一致:

尼克松比勃列日涅夫要稍微冷静一些。

当然，这种事情，孤掌难鸣。

中国人其实早就收到“暗号”了。

3

1970 年 10 月 26 日，齐奥塞斯库出席了一场欢迎宴会。

作为罗马尼亚的国家元首，齐奥塞斯库是来美国华盛顿参加庆祝联合国成立 25 周年大会的。而就在这场宴会上，作为东道主的美国总统尼克松，使用了一个让齐奥塞斯库感到非常意外的称谓:

尼克松在提到中国时，第一次使用了“中华人民共和国”。

而在此以前，所有的美国官方措辞，都是“共产党中国”。

齐奥塞斯库很快就心领神会。

事实上，齐奥塞斯库和巴基斯坦的总统叶海亚一直有一个微妙的身份：充当中美两个尚未建交国家之间的“传声筒”。

而这已不是尼克松第一次“暗送秋波”了。

早在 1967 年，还在准备参加总统竞选的尼克松，就在 10 月的美国《外交季刊》上发表了《越南后的亚洲》，其中第一次提出：

“我们不可能永远和中共隔离。”

在第二年竞选总统的过程中，他又对记者说：

“我们绝不能忘记中国，必须经常寻求机会与它谈判，如同与苏联谈判一样。”

在就任美国总统后，尼克松更是在多个场合，以多种形式，通过多种渠道，表达希望同中国建立联系的愿望。1970 年 10 月，美国记者斯诺与毛泽东在国庆期间一起出现在天安门城楼上之后，尼克松更是对《时代》杂志的记者说了这样一段话：

“如果我在死之前有什么事情要做的话，那就是到中国去。如果我去不了，我要我的孩子们去。”

而且，尼克松倒真的不只是说说而已。

从 1969 年到 1971 年，美国政府部分放宽了对中美两国贸易的限制，放宽了对美国公民到中国旅行的限制，等等，还多次通过罗马尼亚和巴基斯坦的领导人传话，表达了愿意同中国改善关系的愿望。

对于美国方面传递来的信息，其实中方也一直在密切关注，并做出了一种“相向而行”的姿态。尤其是 1971 年 3 月发生的“乒乓外交”事件（参看《历史的温度 5》收录的《1971 年，“乒乓外交”背后的六个人》）和 4 月邀请美国乒乓球代表队访华，更是让人看到“中美破冰”初现曙光。

不过，当时包括很多中国和美国高级官员在内的人都觉得，两个已经断交了22年的意识形态完全不同的大国，之前积累了那么多的“宿怨”，要真正“破冰”，还有一段漫长的路要走。

很少有人想到，后来事情会进展得如此之快。

4

1971年7月6日深夜，张颖被刚下班回来的丈夫叫醒了。

张颖当时在外交部新闻司工作，她的丈夫叫章文晋，是当时外交部西欧北美大洋司司长。

章文晋对妻子说：

“快给我准备几件出差用的衣服，记得多带几件白衬衫。”

张颖立刻知道：那位重要客人要来了。

章文晋夫妇之前就知道了一个情况：

美方很可能在近期派一个秘密代表团来访问。

作为极小一部分知情人员之二，章文晋夫妇随即住进了钓鱼台国宾馆，开始筹备相关接待事宜。6月初的时候，所有负责接待的服务人员都住了进来，并且规定：

所有参与接待的人员，一个月不准回家——为了保密。

而钓鱼台国宾馆的接待布置工作，是周恩来亲自牵头落实的。从房间的布置到摆设，从接待的规格到警卫站岗，周恩来全都做了明确指示，并且强调：

“我们既然欢迎人家来，就得要热情，否则就太不礼貌，但也不要强加于人。”

周恩来选中的客人下榻的地方，是钓鱼台国宾馆的5号楼。这座小楼面积不是最大的，但位置相对偏僻，便于保密和警卫工作。而且由于“文革”期间钓鱼台国宾馆几乎已经不接待外宾了，很

如今的钓鱼台国宾馆 5 号楼

多楼栋的庭院都已荒芜，5 号楼因为周恩来自己会来办公和休息，所以保持得还相对整洁一些。

按照周恩来的指示，房间里换了地毯和沙发，会客室和会议厅也重新布置。尤其值得一提的是，房间内随处可见的“红卫兵”举刀举枪的瓷塑和墙上的“文革”宣传画都被拿走了，换成了明清时期的文物和名画，房间内的报刊书籍也做了一些调整，并不是清一色的《毛主席语录》了。

在客人的饮食方面，中方事先咨询了美方的意见，美方表示西餐在美国随时可以吃，所以要求吃中餐。

为保险起见，中方还是派人专门去采购了钓鱼台平日并不准备的“起司”（奶酪），又准备了各种海鲜。周恩来还特别提出，应该让客人们尝尝北京烤鸭。由于不可能外出去餐馆就餐，中方专门从全聚德请了一名老厨师来钓鱼台，搞了一个小烤炉做烤鸭。

一开始，包括一些接待人员也不知道，这次要接待的“美国高级官员”到底是谁。

后来才知道，是美国总统的国家安全事务助理，亨利·艾尔弗雷德·基辛格。

5

1971 年 7 月 8 日晚上 8 点，唐龙彬见到了巴基斯坦总统叶海亚。

唐龙彬当时是外交部礼宾司国宾接待处副处长。在 7 月 8 日的凌晨，他和王海容（礼宾司副司长）、唐闻生（翻译）一起，由章文晋带队乘飞机前往巴基斯坦，任务只有一个：

在巴基斯坦举办的基辛格欢迎晚宴之后，接基辛格到中国。

在晚宴开始之前，叶海亚总统对中方的四人小组交代了计划：

基辛格待会儿会假装吃坏了肚子，随后就会到机场和你们一起走。因为怕时间一长走漏消息，所以基辛格一行在中国的整个行程，只有48小时。

7月9日凌晨3点30分，天还没亮，唐龙彬一行四人就来到了机场。当时机场一片漆黑，但一架波音707飞机（叶海亚的总统专机）早已停在那里等候——前舱门放下一道舷梯，飞机上所有的窗户都是关着的，不透一丝光。

叶海亚·汗，巴基斯坦第三任总统

凌晨4点25分左右，两辆黑色轿车驶来，车上下来六个人：基辛格和他的三个助理，外加两名特工。

到巴基斯坦访问时，基辛格带的随行官员、技术人员、特工和记者一共超过100人——基辛格把他们都甩掉了。

经过简单的介绍后，双方握手致意。唐龙彬后来回忆：

“基辛格的手又粗又大，他握手很有劲，神态很精明。我当时不禁暗想，这个人可能很不好对付。”

而中美双方都没想到的是，就在当时，有一名在机场的巴基斯坦籍英国《每日电讯报》记者认出了基辛格，并打听到了基辛格要去中国。这名记者赶紧冲回办公室向伦敦的报社发去了急电，但这篇稿子随即被伦敦的值班编辑“枪毙”了：

“这名记者是不是喝醉了？基辛格怎么会去中国？荒唐！”

当时基辛格把这次秘密访华行动命名为“波罗一号”。这个命名有两层意思：第一，取“马可·波罗”之意；第二，有了“一号”，自然希望还有“二号”。

凌晨 4 点 30 分，载着中美双方人员的飞机准时起飞。

当飞机开始平稳飞行后，中美双方就挪动到了一张小长桌旁：美方坐一边，中方坐一边，摆出一副标准的谈判架势。

唐龙彬注意到，美方的两名特工神情高度紧张，而且他们都用手铐将自己的手和黑色文件箱的提手锁在一起。

他后来才知道，这两名特工是在登机前一个多小时，才被告知要随行去中国的。

紧张的气氛倒是被基辛格率先打破。

他对中方的翻译唐闻生说：

“很高兴见到南希·唐小姐。”

当中方感到有点茫然的时候，出生在美国纽约的唐闻生解释：这是她在美国时的名字。

中方人员此时心里明白了：美方其实对他们已经做了细致的背景了解。

基辛格随即又开了个玩笑：

“唐女士可以竞选美国总统，但我可不行。”（竞选美国总统必须出生在美国。）

大家顿时笑了起来，气氛也相对轻松了不少。

当飞机快要飞入中国国境的时候，唐龙彬看到基辛格的一名助理忽然站了起来，走到机舱的前部。

那名助理叫温斯顿·洛德。后来唐龙彬了解到，美方对这次行程高度保密，所以洛德甚至没有和自己的太太说此行的目的地。他的太太叫包柏漪，是一位出生在上海的女作家。洛德后来回忆：

“在出发前一晚，我只能给她一个暗示，那就是长久地站在窗前，面朝东方。”

而洛德在那一时刻走到机舱前部的原因，他自己后来也有解释：

“我知道马上要进入中国境内了，我想尽量往前站，这样基辛格博士也必须承认：我比他先进入中国。”

温斯顿·洛德当时只有35岁，是基辛格的特别助理。他后来在1985年至1989年期间成为美国驻华大使

6

1971年7月9日中午，黄华觉得脸上有点出汗。

黄华当时已被任命为中国驻加拿大大使，但在赴任前接到了接待基辛格的任务，在钓鱼台国宾馆4号楼里“闭关”一个多月做准备。

基辛格的专机是在7月9日中午12点20分抵达北京南苑机场的。当天在机场迎接的人是叶剑英元帅领衔的迎接团，除了黄华，还有礼宾司副司长韩叙、翻译冀朝铸等人。

在短暂的握手寒暄之后，叶剑英就请基辛格上了红旗轿车，一路直驶钓鱼台国宾馆。

时值“文革”高潮时期，北京市内到处都挂着革命标语。关于这件事，接待小组之前曾请示过毛泽东，毛泽东的回复是：

“保持原样。”

从机场到钓鱼台的路上，有很多“打倒美帝国主义和一切反动派”的标语，黄华当时和基辛格的助理、负责东南亚事务的高级官员霍尔德里奇坐在一辆车内，霍尔德里奇问黄华，那些标语写的是什么。

黄华如实翻译，霍尔德里奇的表情有些不自在。

在抵达钓鱼台国宾馆 5 号楼后，刚刚放下行李，基辛格就立刻带着几个助理到院子里“散步”。说是散步，其实是讨论问题。而在室内的时候，他们一般不讨论，偶尔讨论，也会把收音机打开并调高音量。

这一切，都是为了防止被窃听。

不过，基辛格他们初来乍到的紧张感很快消解了很多，他们入住后没多久就得到通知：周恩来总理马上要过来看望他们。

下午 3 点，周恩来和叶剑英坐车来到了钓鱼台国宾馆的 5 号楼前，之前就已经列队等候的基辛格一行立刻迎上前去，和周恩来握手。

基辛格后来回忆，自己感到这是一种礼遇：

“根据外交程序，东道国一般会在政府大楼里接待来访的代表团，特别是如果双方负责人的头衔差距这么大，更应如此（我这个国家安全事务助理的头衔相当于副部长，比周总理低了三级）。”

在和基辛格随行人员握手的时候，周恩来对每个人都能说上一段话。

在和洛德握手时，周恩来说：

“我听说你向你的上海夫人学了不少中国话。”

在和霍尔德里奇握手时，周恩来说：

“你还会说广东话。”

在和另一名助理迪克握手时，周恩来说：

“我看过你写日本情况的文章。”

即便和两名美国特工人员握手，周恩来也开了个玩笑：

“我们的茅台酒很厉害，你们要小心啊！”

由于时间比较紧张，宾主双方在握手寒暄之后，立刻就坐进了会议室，开始了第一轮沟通。

基辛格从公文包里拿出了讲稿文件，让在场不少人都大吃一惊：足足有 7 厘米厚。

而周恩来面前是一页纸，上面有几条提纲。

大家都耐心听基辛格读完了这份他和尼克松共同起草的讲稿。周恩来笑着说：

“交谈嘛，何必要照着稿子念呢？”

基辛格也不好意思地笑了笑，但很快圆了场：

“我在哈佛教了那么多年书，还没用过讲稿，最多就是拟个提纲。但这次不同，对着周总理，我念稿子都跟不上，不念稿子就更跟不上了。”

大家都笑了起来。

基辛格一开场就说：

“我们几个人很高兴来到这个神秘的国家。”

周恩来马上插话：

“等你们了解了这个国家后，就不会再感到神秘了。”

7

1971 年 7 月 11 日中午，基辛格举起了一杯茅台酒。

在过去的 48 小时内，基辛格一行与周恩来一行总共进行了 6 次会谈。

基辛格秘密访华的目的其实归根结底只有一个：为接下来可能成为现实的尼克松总统访华摸底——之所以必须“保密”，也是因为一旦摸底失败，尼克松这边也不至于丢了面子。

虽然中方也明显抛出了橄榄枝，但达成共识的大框架下的小细节，还是值得一一去探讨和沟通的。

根据后来的解密档案，会谈中被提到频率最高、讨论占用时间最长的，是“台湾问题”。

在基辛格到访之前，美国已经做出了一定的姿态：

终止第七舰队在台湾海峡巡逻；从台湾撤出了一个中队的空中加油机；将军事顾问团的规模减小 20%；准备在中南半岛战事结束后，撤走与台湾防卫无关的 2/3 的军队。

不过中方的态度斩钉截铁：

中美关系正常化的前提，就是承认中华人民共和国是代表中国的唯一合法政府，台湾是属于中国的不可分割的一部分。

基辛格明确表示：

美国不支持“两个中国”和“一中一台”，也不支持“台独”，不再重复“台湾地位未定论”。

在台湾问题上双方取得一致意见，接下来的问题就简单许多。双方还对朝鲜问题、越南问题、日本问题、大国关系问题、南亚次大陆问题交换了意见。

在所有的谈话中，基辛格有一段话让人印象深刻：

“尼克松总统有一个信念：强大的发展中的中华人民共和国，对美国的任何根本利益都不构成威胁。在没有同你们讨论和没有考虑你们意见的情况下，美国不会采取涉及你们利益的任何重大步骤。”

值得一提的是，基辛格访华并没有提出见毛泽东，他后来在自己写的《论中国》中提到：

“因为我很清楚，尼克松总统希望成为第一位见到毛泽东的美国官员。”

7 月 11 日上午的最后一场会谈，从上午 8 点多持续到 10 点多，早就超过了预定的会谈时间，而基辛格原本预定离开北京的时间，是 12 点 20 分。

快到 11 点的时候，会议室的门终于打开了，中美双方人员面带笑容地走了出来。基辛格陪周恩来走到了大门外，并帮他打开了车门。

总理的车离开后，之前一直等候在外面的唐龙彬望向了刚才参加会议的中方翻译，翻译向他轻轻点了下头，唐龙彬知道：

协议应该是达成了。

接下来就是最后一顿送行酒，由叶剑英主陪。

饭桌上，两天来的紧张严肃气氛一扫而空，大家都谈笑风生，所有人都喝了茅台酒。

叶剑英在席上对基辛格说：

“这次对不起了，不能以公开的方式来欢迎你，以后再补上。下次来就不需要躲在这里了，可以去外面转转，可以到烤鸭店吃烤鸭，也可以到东来顺吃涮肉，还可以给你们的家人买点纪念品。”

其实，尽管两天时间很匆忙，但周恩来还是安排基辛格一行参观了故宫——为此故宫特地关闭了半天。

而基辛格事后也承认：

“他们似乎并不急于达成什么协议。……可以说，中方如此潇洒的态度给了我们一种心理压力。”

基辛格的几个随行人员在宴席上感慨：

“今天这顿饭，是我们到北京来吃到的最香的一顿饭。”

之前虽然也上过茅台酒，但出于工作需要，这些人滴酒不沾，且高度紧张。这一次，他们都喝了茅台，连两名特工人员也开了戒，把随身不离的文件箱都放在了一边。中方人员提醒他们注意文件箱时，他们直接说：

“现在不需要了。”

分手的时候终于到了。

钓鱼台国宾馆的负责人、楼里的服务员和厨师都在楼外列队欢送，大家互相热情握手。中方向美方赠送了一些工艺品和他们在北京的影集，而美方主动索要了这两天的《人民日报》，还要了几瓶茅台酒，说是“要带给总统和他的夫人品尝”。

7 月 11 日中午 12 点 20 分，基辛格一行准时离开了北京。

前前后后，正好 48 个小时。

离开北京后，基辛格就给尼克松发了一封急电，上面有一个单词：“Eureka！”（找到了！）

8

1971 年 7 月 15 日，一份震惊世界的公告发布了。

这份公告，是中美双方同时发布的：

“周恩来总理和尼克松总统的国家安全事务助理亨利·基辛格于 1971 年 7 月 9 日到 11 日在北京进行了会谈。

“获悉，尼克松总统曾表示希望访问中华人民共和国，周恩来总理代表中华人民共和国政府邀请尼克松于 1972 年 5 月以前的适当时间访问中国。尼克松总统愉快地接受了这一邀请。

“中美两国领导人的会晤是为了谋求两国关系的正常化，并就双方关心的问题交换意见。”

尼克松当初亲自到机场迎接秘密访华归来的基辛格

在这份声明正式发布之前，中方和美方都有改动。

中方由周恩来提出，加了“获悉”（knowing of）这个词，避开了谁主动访华的问题，让美方感到适当和体面。

而基辛格投桃报李，在“尼克松总统”和“接受了这一邀请”之间，加了一个“愉快地”。

这份公告一出，毫无疑问震动了整个世界。

而之后中美关系乃至整个世界的格局，都开始准备翻开新的篇章。

馒头说

在商场，尤其是互联网江湖，流传着这么一句话：

“老大和老二打架，最容易死的是老三。”

不过，这句话至少不适用于20世纪70年代初的那场“中美苏三国演义”。

必须承认，半个世纪前的这场“乾坤大挪移”，离不开国家领导人团队的眼光、魄力和手腕，也确实是符合中美两国切实利益和远景的。

在查找资料的时候，我查到了一篇我的前同事宰飞在美国写的采访，他当时是《解放日报》驻美记者，采访的是时任美国副国务卿罗伯特·霍马茨。

霍马茨当时说的几句话，让人印象深刻：

“我们应当以中国的崛起作为提高美国竞争力的动力。”

“当今世界，没有美中合作，任何重大问题都无法解决。”

“我们的目标从来都不是将美国的规则强加到中国身上。”

而最令人感慨的一句话是：

“我时常回忆上世纪70年代，当时谁能想到，在尼克松访华40年后，美中关系会呈现今天的景象？”

霍马茨接受宰飞采访的时候，是2012年。他这句话中的“景象”，肯定是指中美关系突飞猛进，变得“你中有我，我中有你”。

而如果现在还能采访一下霍马茨的话，他可能也会说一句类似的话：

“谁会想到，美中关系会呈现今天的景象？”

确实，当时能想到的人，恐怕不多。

现在有些人很乐观，我觉得没必要。美国是当今世界公认的第一强国，这没什么不能承认的，如果分歧继续扩大，我们肯定不可能全身而退。

而有些人很悲观，我也觉得没必要。只要不主动惹事，即便事还是来了，也不要怕。当初那么困难的局面，我们都一步步走过来了，一句话：中国是有办法的。

但读这段历史，我还是忍不住感慨：

当年跨越千山万水，双方的先辈们建立起这样的沟通和信任，真的还是很不容易的，我们后人要做的是珍惜和维护，绝不是背离和破坏，重新再远隔千山万水。

我相信，如今中美关系所呈现出的格局，是大多数中国人和美国人都不愿意看到的，也是全世界大多数人不愿意看到的。

所以，我还是希望且相信，两艘巨轮最终能相向而行。

因为我相信大家最终都会明白一个道理：

合则两利，斗则俱伤。

本文主要参考来源：

1.《基辛格秘密访华和尼克松访华公告的发表》（黄华，《百年潮》，2007年07期）

2.《一次特别神秘的外交使命——接待基辛格秘密访华追记》（上）、（下）（唐龙彬，《国际人才交流》，2006年02期、03期）

3.《1971：我见证基辛格博士秘密访华》（张颖，《开心老年》，2009年04期）

4.《基辛格特别助理洛德：毛泽东想马上见尼克松总统》（温斯顿·洛德，《南方周末》，2015年9月28日》）

5.《论中国》（亨利·基辛格，中信出版社，2012年）

6.《话语分析与国际谈判研究——以基辛格秘密访华谈判为例》［郑华，《同济大学学报》（社会科学版），2009年02期］

7.《尼克松访华前中美秘密渠道考察》(茅文婷,《中共党史研究》,2016年06期)

8.《基辛格秘密访华前,美“松绑”对华贸易》(宰飞,《解放日报》,2012年2月26日)

9.《基辛格首次访华“躲避”毛泽东》(《共产党员》,2012年14期)

那些少年班的“神童”

一说起“神童”，大家总会将之和“天才”“聪明”联系在一起。谁家孩子如果是个“神童”，那可是件了不起的事情。那么，如果“神童”扎堆在一起，接受专门的培训，会怎样？

1

1977 年 10 月，曾担任中国科学院院长、时任国务院副总理的方毅收到了一封长达 10 页的信。

写信的人，是江西冶金学院的教师倪霖。

这是一封向总理反映情况的信，却不是为了喊冤叫苦，而是一封推荐信——向总理推荐江西赣州一名 13 岁的天才少年。

按倪老师所说，那名少年虽然出生在赣州一个普通家庭，连幼儿园也没上过，但从小表现出了惊人的天赋：

2 岁多会背 30 多首诗词，4 岁会写 400 多个汉字，5 岁开始在家乱翻大人的书，翻中医书就会开药方，看围棋书就能和大人对弈，看唐诗宋词就会吟诗作对……

等孩子长到9岁的时候，他的父亲终于意识到自己的儿子可能智力超常，而倪霖正是这孩子父亲的朋友，于是代为写信，向总理举荐。

11月3日，中国科技大学收到了方毅副总理的一封信——其实就是转的倪霖那封信。不过信上有方毅对那个被举荐的“神童”的批示：

“如属实，应破格收入大学学习。”

那个神童的名字，叫宁铂。

而推荐宁铂的倪霖当时未必知道，自己的一封推荐信为何会被国家副总理如此重视。

因为，这封信恰恰和当时国家领导人的一个想法不谋而合。

2

这个想法，最初源于李政道。

1974年5月，已经获得了诺贝尔物理学奖的华裔物理学家李政道到中国访问，看到当时全国高考已经全面废除，中国的人才培养陷入停滞阶段。有没有可能在小范围内尽快培养一批人才尖子？出于这个想法，李政道通过周恩来向毛泽东提出了一个建议：

“能否参照培训芭蕾舞演员的办法，从全国选拔一批有天赋、有条件培养的十三四岁少年，直接送到大学里去培训。”

李政道，籍贯江苏，生于上海。1957年，他与杨振宁一起，因发现弱相互作用中宇称不守恒而获得诺贝尔物理学奖

而培养这批人才的目的，是建立一支“少而精的基础科学工作队伍”。

毛泽东主席当时是同意的，但因为各种原因，这件事并没有实现。

1976年，“文革”结束，

拨乱反正，百废待兴。中国的教育经过十年动乱已经满目疮痍，如何尽快恢复高层次高素质人才培养？李政道当年的那个提议，又摆到了国家领导人的案头。

恰在此时，方毅副总理收到了倪霖的来信。

当初的设想，终于开始转换为行动。

很快，两名中科大的老师就来到了宁铂就读的赣州八中，找到当时已经跳级读到高二的宁铂，当场进行数学考试。一起考试的还有另外三名“神童”。满分 100 分的试卷，宁铂并没有得第一，而是以 67 分排第二，第一名得了 80 多分。

后来宁铂回忆，当时他也不知道为什么第一名没有被录取——可能因为他是所有人中年龄最小的一个。

随后，通过考核的宁铂受到了方毅副总理的接见，两人当场摆开围棋盘开始对弈，媒体拍下了这样一张照片：宁铂气定神闲，方副总理苦思冥想。

宁铂连胜两局。

报道一经发布，全国轰动，宁铂甚至有了“中国第一神童”之名。

而借选拔宁铂之机，一整套“天才少年”的筛选机制开始启动。

经过几个月的筹备，1978 年 3 月 8 日这天，中国科技大学的礼堂举行了一场特殊的开学典礼。

之所以特殊，倒不是因为这个季节并不是传统的学校开学季，而是坐在位子上那 21 个即将跨入大学校园的准大学生，都是十三四岁、稚气未脱的孩子。

在那动乱结束、百废待兴的年代，能够读大学，是千千万万中国年轻人的梦想——在那个时候，大学生是真正意义上的“天之骄子”。

而眼前这群原本应该还在学校戴红领巾的孩子，即将进入大学生活。

他们是通过选拔之后从全国各地集结的“神童”——当然，其中也包括宁铂。

1978 年 3 月 9 日，这群“天才少年”正式开始了大学生涯。

而他们这个集体，有一个后来影响深远的名字：

少年班。

第一届中国科技大学少年班部分学生的合影

3

一夜之间，“中科大少年班”成了全国人民津津乐道的一个话题。

而宁铂，是热门话题中的焦点。

很多经历“文革”后渐渐意识到自己这一辈子可能已被耽误的家长，把所有“知识改变命运”的期望寄托在了下一代身上，而 13 岁就能考上中科大的宁铂，成了万千家长指给孩子的榜样。

“看看人家宁铂！”这是当时很多父母对自己孩子说的一句话。

而确实也有不少孩子受到宁铂的激励，考进了中科大少年班。

比如当时才 12 岁的山西孩子张亚勤，从《光明日报》上看到了关于宁铂的报道，就暗自立誓也要考入中科大少年班。他花两个月时间学完了高中数学课程并进入了高中的“尖子班”，然后在半年后如愿考入少年班。

进班之后，张亚勤发现自己的不少同学都是看到关于宁铂的报道后受到鼓励考进来的。而另一方面，张亚勤也发现，自己虽然在以前的学校“傲视群雄”，但进了中科大的少年班，却成了班上成绩拖后腿的人。

因为能进入中科大少年班的，确实都是“人中龙凤”。

比如同班的 14 岁初中生申喻，在初中就参加高中的数学竞赛，在提前 1 小时交卷的情况下依旧拿到了第一名。

又比如同班的小学五年级学生谢彦波，当时才 11 岁，是班上年龄最小的“大学生”。然而他在小学三年级时就自学完了初中数学，四年级自学完了高中数理化，五年级开始钻研解析几何和微积分。中科大的老师对他进行面试评估后，发现他的数学水平相当于大一学生。

谢彦波站在板凳上讲解题目

1979 年，28 岁的朱源到少年班当班主任，问班上数学学习兴趣小组的同学有没有学过“复变函数”，那些十三四岁的少年大多说自学过一点。

“复变函数”其实是这个班一年之后的一门课程。朱源想做个试验，于是让 5 名少年班的孩子去参加当时中科大 78 级本科生的“复变函数”考试，结果其中有 2 人拿了 100 分，1 人 98 分，1 人 87 分，1 人 64 分。

朱源说，考过 85 分，已经可以免修这门课了。

1978 年 3 月 18 日，意义重大的全国科学大会在北京召开，经历过十年浩劫的中国人，都从内心渴望能够尽快恢复生产，大力发展科学技术，把丢失的十年给补回来。而邓小平在开幕式上的讲话，也指明了方向：

“四个现代化，关键是科学技术的现代化。”

1978 年的全国科学大会

会议进行到第三天，新华社记者张石畏、宣奉华在《人民日报》上刊发了关于少年班的专题报道，题目是《中国科技大学少年班的豪迈誓言：我们要跑步奔向祖国的未来》。有人称这群少年是“知识荒原上的少年突击队”。

在“早出人才，快出人才”口号的感召下，中科大的少年班无疑成了一个标杆，也成了各路媒体关注的焦点。一时之间，中科大的校园里出现了大量媒体记者，大家都希望能更多地了解这个少年班。

张亚勤还记得当时母亲对他的告诫：

“你只是个普通孩子，不是什么‘神童’，被记者过多报道，被人过多谈论，只会给你带来压力。”

3 月 31 日，全国科学大会闭幕，时任中国科学院院长的郭沫若做了书面讲话，最后一句广为传播：

“这是革命的春天，这是人民的春天，这是科学的春天！让我们张开双臂，热烈地拥抱这个春天吧！”

大家都从心底期盼生机勃勃的春天尽快到来。

然而，春天能给人带来希望，也会气温不稳定，还会让一些人过敏，甚至感冒。

4

宁铂成名最早，名气最大，他的问题也爆发得最明显，最有代表性。

首先一个问题，是媒体的过分关注。

由于宁铂是第一届中科大少年班中的标志性人物，所以受到的关注自然也最多。宁铂后来回忆：

“当时在很多场合，人们要求我七步成诗，但我只是个不谙世事的孩子，所以痛苦充溢着我的内心，那些年我就是在压抑自己的个性中度过的。”

但事实上，在媒体的赞誉和关注之下，宁铂自己也慢慢迷失了自我定位。

当时著名的数学家张广厚到少年班来上课，很多同学都去问他要签名，但宁铂却坐在那边不动，原因是：“他居然不认识我。”

其次，是青春期的问题。

少年班的同学大都是十三四岁进的班，恰逢青春期前后，尽管他们一个个在智力上发育超常，但在心理健康方面却无异于常人。

宁铂其实很早就进入了青春期，一个明显标志就是开始对异性特别关注。但由于少年班的男女比例差不多是10∶1，而他自己也貌不出众，所以他一直无法获得异性的关注。而另一方面，这个年纪在普通学校谈恋爱都属于“早恋”，更何况在“肩负全国人民希望”的少年班。

少年班的孩子们在讨论功课

而即便抛开情感问题，在生活方面，他们也真的还只是少年。

从那一届的班主任汪迪惠老师的回忆看，当少年班的班主任真有点当“妈”的感觉：每天早上要帮孩子们冲好奶粉、剥好鸡蛋，晚上要帮他们检查是否关灯、是否踢被子。

这群能够解答无数成年人都无法解答的数理化难题的孩子，在心理上依旧是稚气未脱的少年，他们在远离父母之后进入寄宿制生活，又肩负着全国人民的“重托”，确实需要在学业之外得到更多生活上的关心，以及心理上的辅导和疏导。

当然，即便聚焦到“学习”，孩子们也并非没有烦恼。

宁铂又成了一个有代表性的例子。

在入学满一年后，第一届少年班的学生到了正式挑选自己专业的时候。宁铂最喜欢的是天文学，而中科大并没有这个专业，南京大学有。宁铂就找到了班主任汪迪惠老师，提出希望转校的想法。

汪迪惠将宁铂的报告交给了教务处处长，而处长驳回了这份报告，原话是：

“既来之，则安之。”

汪迪惠老师后来自己揣测，当时可能有一个原因：学校不愿意放走这个名人。

转学失败的宁铂最终只能选择自己并不擅长也不喜欢的理论物理专业。他曾经说过，如果当初中科大老师来赣州八中面试物理的话，他肯定不会被选上。

自此以后，宁铂似乎变得更沉默了。他理了板寸头，变得越来越不愿意和同学交流。就连拍集体照的时候，他也都是最后一个出现的，且拍照时往往会低着头，甚至躲到别人的背后。宁铂的兴趣似乎更集中在了神秘的星相学、宗教和气功这些方面，用他同学的话来说："当时他的专业成绩在班上已经不拔尖了。"

少年班的孩子们在听教授讲课，左二为宁铂

一转眼，6 年过去了。

1984 年，邓小平接见华裔诺贝尔物理学奖得主丁肇中，话题之间，就聊到了中科大的少年班。

邓小平介绍了有关方面汇报给他的成果：

在前三届少年班的学生中，70% 的人读了研究生，其中有 16 岁就获得博士学位的。

丁肇中由衷感叹：

"这在国外是少见的。"

然而，在“整体可喜”的基本面下，依旧还是有不同的个体。

5

比如宁铂，他就没有读研究生。

按宁铂自己的说法，当时有点“憋一口气”：

“同学们不是读研就是出国留学，我就想证明，不走这两条路，一样能够成材。”

1982 年，17 岁的宁铂从中科大本科毕业，没有选择继续读研，而是直接留校任教——“全国最年轻的大学老师”的新闻再次引发全国关注。

但是，“研究生学历”一直是困扰宁铂的一个问题。

也就是在 1982 年，宁铂在师长和朋友的劝解下报名参加研究生考试，但报名后却放弃了考试；第二次，他报名后完成了体检，但随后又放弃；第三次，他报名、体检、领取准考证，但在进入考场前仍然选择了放弃。

按宁铂自己的话来说，他是想证明“不考取研究生也能成功，才是真正的神童”。

而按他的老师汪迪惠和其他一些人的看法，“他只是过分地惧怕失败，因为他总是被反复告知：只许成功，不许失败”。

如果说宁铂不愿意考研究生还多少让人可以理解的话，那么他接下来的一系列选择，却出乎不少人的意料了。

1988 年，宁铂经人介绍，与一名叫程陆华的女士结婚，育有一子。婚后的生活似乎不太和谐，据他的好友透露，夫妻两人在孩子教育上有分歧：宁铂反对对孩子“过度教育”，但妻子认为宁铂对“过度教育”的定义有些矫枉过正。

为此，宁铂曾经离家出走，最远到达过海南岛。

1998 年，他作为当年第一届中科大少年班的代表，出现在央视《实话实说》节目中。在这一期节目中，宁铂的情绪显得有些激动，频频抢过话筒打断主持人的发言。而宁铂的观点集中在一点：

“有些人，在没有我这种人生体验的情况下，把我作为一个特定的人在特定环境下的一些经验，无限制地推广出去……这就要害死人了。”

台上的宁铂情绪激动，台下的观众笑声不断。

2002 年，37 岁的宁铂看破红尘，前往五台山出家，但很快被学校领了回去。但一年之后，他成功了，在离南昌不远的某个寺庙出家。

而当初和他一起被媒体频繁曝光的几个同学，后来的生活也不太顺利。

当年 11 岁的谢彦波是那一届少年班中最小的一个，也是物理天赋最突出的一个。当年进少年班后有一次热力学考试，大家都觉得很难，但之前一直没有复习过的谢彦波考了 98 分，大家问他为什么不复习也能考那么好，他的回答是：“上课时听听就行了。”

谢彦波 15 岁攻读硕士，18 岁跟随当时的中科院副院长周光召读博士，却在修学中途去美国普林斯顿大学读了博士。按照汪迪惠的话来说，“他与导师的关系没处好”。

在普林斯顿大学，谢彦波的导师是 1977 年的诺贝尔物理学奖获得者之一菲利普·安德森，但因为各种原因，谢彦波还是没修完博士课程就回国了。谢彦波的说法是：“我的论文不讨他（安德森）喜欢，写的是他的理论不对。”而在他们那个圈子里，谢彦波和导师关系不睦，已不是一个秘密。

回国后的谢彦波凭硕士学位成了中科大近代物理系的一名教师，结婚，分房，开始了自己普通的生活。

相比之下，他当年的少年班同学干政的运气似乎更差一些。

干政同样也是一个物理天才，而他和谢彦波求学的轨迹很相似。

他也去了普林斯顿大学，读的也是理论物理博士，也因为和导师关系不佳而中途回国。

回国后，中科大曾想聘请干政任教，干政拒绝了，他不信自己找不到工作。几年后，找工作不顺利的干政主动找到中科大，表达了想任教的愿望，但因为中科大的政策已经修改，必须有博士学位才能任教，所以他被拒绝了。

这之后，干政就失去了消息，有同学称他与母亲住在一间房内，足不出户，似乎还有了精神方面的疾病。

少年不识愁滋味，尝尽烟火已中年。

6

2018 年 3 月 5 日，国际知名学术期刊《自然》刊登了两篇重要文章。

那是两篇关于石墨烯超导的研究，第一作者叫曹原，年仅 22 岁，已经是麻省理工学院的博士。

而曹原还有另外一个标签：中科大少年班的学生。

2010 年，14 岁的曹原以高考理科 669 分的成绩，考入了中科大少年班。

2018 年，是中科大少年班创办 40 周年。

这 40 年来，关于这种办班模式的争议，从没有中断过。

在批评的声音中，以第九届、第十届全国政协委员，第八届湖南省政协副主席，国际导航与运动控制科学院院士，中南大学教授、博导蔡自兴的观点为代表。

蔡自兴在 1999 年、2000 年、2002 年、2006 年的全国政协会议上提交了四篇关于“超前教育”的提案和大会发言，认为应该“废止少年班”，但不反对少年上大学。他觉得少年班不利于少年的身心健康成长，给学校和社会造成人力、财力的巨大浪费。

但同时，蔡自兴也承认，少年班的出现有积极的一面：在“文革”刚刚结束时，大学办了少年班，招收那些考高分的少年神童上大学，它与恢复高考等举措一起，对“拨乱反正”，消除“白卷英雄”和读书无用论的负面影响，对营造尊重知识、尊重人才的氛围，都发挥了积极作用。

在争议声中，“少年班”这种培养模式，并没有因为宁铂这几个引人感慨的事例而中断。事实上，继中科大之后，华中科技大学、西安交大等高校都陆续开办了少年班。

在 2008 年中科大少年班创办 30 周年之际，有这样一份数据。

30 年来，少年班共招收 31 期学生总计 1220 人，已毕业 1027 人，其中 935 人考取研究生，占 91%。前 16 届毕业生（1983—1998 年）共 590 人，64% 的人获得博士学位，26.9% 的人获得硕士学位。据不完全统计，他们中约 20% 的人选择学术研究作为自己的终身职业，有 93 人拥有国内教授、副教授职称和国外终身教职，许多人已成为国际著名科学家；有超过 70% 的少年班毕业生活跃在海内外经济、IT（信息技术）、金融、制造等领域，其中在世界 500 强企业任职的约占 35%。

有一些名字，我们或许也比较熟悉：

郭元林，中科大少年班 78 级学生，曾担任过清华紫光集团副总裁。

马东敏，中科大少年班 85 级学生，现为百度公司董事长特别助理，她丈夫的名字叫李彦宏。

庄小威，中科大少年班 87 级学生，入校后创造了“理论力学”“电动力学”“量子力学”“统计力学”四大力学专业课都考满分的纪录，至今无人打破。她现为美国科学院院士，中国科学院外籍院士，哈佛大学化学与化学生物、物理学双聘教授。

朱长虹，中科大少年班 85 级学生，曾担任中国外管局储备管理司首席投资长。

杜江峰，中科大少年班85级学生，2015年当选中国科学院院士，现任中科大副校长。

尹希，中科大少年班96级学生，现任哈佛大学物理系教授，主要研究领域为弦理论。

……

像这样的名字，还可以列举出很多——我觉得如果评判的维度不同，成就高于上述列名者的还有不少。

当然，在这些人中，最常被人提及，且经常被第一个提及的，是当初觉得成绩拖了班级后腿的张亚勤，他后来先后担任过微软（中国）董事长、微软公司全球资深副总裁、百度总裁。

曾有人说，张亚勤后来的路之所以走得比较顺，有一个重要原因：

“他当初不太受关注。”

7

在中科大校史馆，有一个“少年班”专题展厅。

张亚勤这些人的名字被放在了醒目位置，名字后面是一连串的头衔和职务。

而当初全国家喻户晓的那几个“明星”——宁铂、谢彦波等的介绍是“少年班同学”。

2018年，红星新闻采访了宁铂。据报道，宁铂虽然还在钻研佛学，但已经还俗，还考了一个国家二级心理咨询师的执照。

他婉拒了记者面对面采访的要求，发短信告诉记者：

“（我现在）还不错，可以做自己心甘情愿做的事情。”

馒头说

忽然想说说我大学读的这个班。

熟悉我的读者知道，我读的这个班，叫“文科基地班”（另有一个班叫“理科基地班”）。这个班当然和中科大少年班不能比，但和普通的大学班级也有那么一点点不同。

比如，这个班当年是由复旦自己提前出卷招生的，考过者可以不用参加高考，提前被录取进校读书；比如，我们从大三开始就可以直接读研（限文史哲三个系，不过之前说的是本硕博连读一共只需要 7 年）；比如，我们要文史哲三门兼修，而给我们上课的老师也大多是这三个系的博导……

我们这个班，当初也有一些其他的名称，比如“连读班”“尖子班”，甚至有戏称为“大师班”（我不是因此叫“馒头大师”的啊）。必须再次强调，我和我的同学们只是“对文科相对更感兴趣的人”而已，绝非少年班里的天才，但如果说我们这个班和少年班有什么类似的话，那就是：

都有点“试验”的性质。

那么，试验的结果呢？如果用一些人的眼光来看，我们这个班可能是失败的吧。

我们班当初的 34 个人中，有 7 个人没有选择直接读研而出来工作了（我就是其中之一，后来又读了其他专业的硕士）。不少同学即便是研究生毕业，也并没有留校从事相关的学术研究工作，而是奔向了各行各业。有些行业还算接近自己的专业，比如媒体、高校行政、中学语文老师，而有些则离自己的专业比较遥远，比如 IBM 公司和一些偏市场销售的外企。最有代表性的可能是我们班的班长，她大学四年的平均绩点是 3.97（满分 4），傲视群雄，毕业后进某著名会计师事务所做了审计……

但是，我一直觉得我们这个班，包括“基地班”的设计，挺好的。

还是拿我们班来说吧。首先，我们这个班真的还是培养出了大师的，当然不是我，是我寝室斜对面下铺的同学。他潜心学术，一路从本科读到博士，然后成为复旦中文系最年轻的教授，现在已经是中国古文字领域的著名学者了。

其次，即便走向社会，虽然不敢说个个都是顶尖人才，但我的同学们在各行各业已经绝对称得上是“中流砥柱”了。他们中有著名的作家（不是我），有市重点高中的青年骨干语文教师，有各个企业的管理层人员，有政府机关单位的精英骨干。就拿我原先供职的报业集团来说，有不少我的师兄弟姐妹在此工作，“基地班毕业的”已经成为一块招牌，有口皆碑。至于我们的班长，现在已经自己创业了，是圈内颇有名气的少儿教育专家（她确实把自己的儿子培养得非常棒）。

拉拉杂杂说这些，是因为对少年班的故事，确实有一些感触。

我个人对“少年班”这样的培训模式的观点是：可以继续，但不必推广。

首先，考虑到当初的时代背景，成立这个班的初衷和愿望，我觉得是可以理解的。

而中科大的少年班一路走来，当然有很多经验和教训，但这个班最初本身就带有“试验”性质，“试验”就要能容错，要给改进的机会。如今，40多年过去了，少年班依然存在，我相信他们在很多环节上应该已经完善了许多，也周到了许多。

其实我想大家都应该同意：对一个人“成功”的评判标准绝不应该是单一的。对于少年班培养的人才，我觉得也应该适用这个标准——并非一个班一定要出几个诺贝尔奖获得者，这种办班模式才能算是成功吧？更何况，根据少年班提供的数据，从毕业生留校情况和在各行各业的工作情况来看，我觉得这个班的成绩应该还是合格的。

即使是宁铂、谢彦波，又有什么问题吗？或追寻自己希望过上的生活，或继续教书育人，都是完全可以接受的。他们并不应该被扣上“失败”的帽子，他们只是没有活成很多人想象的或希望的样子而已。

最后不说少年班了，还是回到我们这个“文科基地班”。

我们班曾搞过一次聚会，特地邀请了方家驹老师。方家驹老师可以说是我们整个复旦“文科基地班”体系的“大管家”——这也是我们后来才知道的，因为他并不教我们课。当年正是他不辞辛劳地四处奔忙，每个学期去帮我们联系各个系的老师，打通各个学科，选课目，排课表，联络举办各种讲座。

如今，方老师年过八旬，早就退休了。他这几年很想知道我们这几届“基地班”的同学都怎么样了。哦，顺带说一句，我们复旦的“基地班”从1995年开始办，到2003年左右就因为各种原因被取消了。

那天聚会，同学们一个个向方老师汇报近况。他饶有兴致地听完我们的汇报，说：

“谢谢你们邀请我，然后告诉我你们现在在做什么。我听了非常欣慰。我知道，有些同学不愿意来参加聚会了，或者有些同学不愿意和我说他现在在干什么，可能有点害羞，但是真的没必要。我觉得你们今天从事的每一份职业，都是让我非常高兴、非常满意、非常欣慰的。

“因为，基地班把你们都培养成了一个对社会有用的人。”

是啊，至少对我们这些平凡的普通人而言，不愧自己，不负家人，不给社会添乱，乃至对社会有用，不就挺好了吗？

本文主要参考来源：

1.《26年前最耀眼的少年班神童今归何处》(李海鹏，《南方周末》，2005年7月21日)
2.《寻访当年“神童”宁铂》(宁向东，《科技文萃》，1995年06期)
3.《中科大少年班成立40年　出家“第一神童”宁铂现还俗做心理咨询》

（红星新闻，2018 年 3 月 27 日）
4.《宁铂：远去的少年天才》（李宗陶，《南方人物周刊》，2008 年 1 月 31 日）
5.《在中国著名院校和研究所工作的部分少年班校友》（中国科学技术大学少年班学院官方网站）
6.《“中国第一神童宁铂”：“即使是我的父母，也更愿意接受媒体塑造的那个天才宁铂”》（《三联生活周刊》，2018 年 3 月 30 日）
7.《中科大“少年班”四十年：这个时代该挥别“神童崇拜”了》（熊丙奇，《新京报》，2018 年 3 月 12 日）
8.《宁铂》（王通讯、刘堂江，《人民教育》，1978 年 03 期）

禹作敏：一个“能人”的翻车

时势造英雄，还是英雄造时势？

这是一个永远会带来讨论乃至争论的问题。有时候，我们只能通过一个又一个真实的故事，来得出自己的答案。

1

关于禹作敏早年的故事，公开的报道并不多。

根据现有的资料，禹作敏1930年出生于一个世代务农的家庭，家中有四个孩子，他排行老三。

在几个孩子中，禹作敏是最聪明的一个，所以小时候被送进私塾，读过一些四书五经。

他是在1974年当选为大邱庄生产大队党支部书记的，之前担任过大队的财务和会计，懂一些财政和税收方面的政策。

大邱庄，位于天津市静海县（现静海区），周边土地以盐碱地居多，种农作物的效率很低，以贫困出名。禹作敏成为大队书记后，带着大家学大寨，修台田，埋头苦干，却依旧看不到什么希望。一年到头，全庄的收入只有 20 多万元，刨去成本，只剩五六万元，完全不够全庄男女老少的生活开销，有些贫困户家里甚至连裤子都穿不上。以至于当地流传着一句话：

当年号称“天下第一庄”的大邱庄，已于 1993 年 11 月 18 日撤村建镇

“宁吃三年糠，有女不嫁大邱庄。”

1977 年，大邱庄生产大队党支部书记改选。时值刚刚粉碎“四人帮”，全国上下渴望变革，而大邱庄的农民们都穷怕了，提出了一个口号：

“谁能带领大队致富，谁当书记！”

作为现任书记，47 岁的禹作敏也深刻认识到了“以阶级斗争为纲，人心惶惶，以粮为纲，穷当当”的问题，彻夜苦读了邓小平提出的“实事求是”要求，痛定思痛，当面向广大社员保证：

“我过去三年最大的错误，就是没有带着大家富起来！再给我三年，我一定带大家摘掉贫困的帽子！不行的话，我自动下台！”

禹作敏最终顺利连任。

他决定带着父老乡亲闯出一条新路，实践自己的诺言。

2

禹作敏最先想到的，是办乡镇企业。

他觉得自己苦思冥想之后得出的道理是对的：

“为什么地主、资本家能富？就是搞工业！”

当时全国的钢材很紧缺，而禹作敏了解到冷轧钢的成本比热轧钢要低，利润空间更大，于是大胆做出决定：从大队里拿出几万元，再

禹作敏

通过借款、贷款的方式，一共凑出了 15 万元，派出几十个人去全国高价采购钢材，然后从天津买来废旧设备，开起了冷轧钢厂，当年就赢利 17 万元。

有了 17 万元的“第一桶金”，禹作敏尝到了甜头，也壮起了胆子，立刻迈开大步带着大邱庄开始转型：继轧钢厂之后，又办起了印刷厂、电器厂、高频制管厂，每个厂再以滚雪球的方式建出若干分厂。

到了 1984 年，大邱庄全村 734 户 3040 人，拥有承包单位 15 个，固定资产 2000 万元，年利润达到了 1000 万元；到了 1988 年，大邱庄的工业产值达到了 5 亿元，税后纯收入 8000 万元——这在当时是一个颇为惊人的数字。

昔日令人家“吃糠三年也不愿嫁女”的大邱庄，如今变成了远近闻名的“致富庄”，禹作敏当然厥功至伟。他在总结自己的经验时专门提到一点：要用“能人”办厂。

冷轧钢厂的刘万民，当时年薪 3 万元，号称“刘三万”，早年在日本侵华时期做过几天伪军，村里乡头都很反感他，但他确实懂冶炼技术，且有钢铁行业的人脉，所以禹作敏力排众议，让他做了厂长。

电器厂厂长张延军做厂长时才 24 岁，以前是养猪的，200 多头猪喂了 4 个多月，死了一半，但他索性就住在猪圈，没日没夜地读关于养猪的书。禹作敏看他事业心强，让他做了厂长。

制管厂厂长禹作尧，高中毕业，当过民兵连长。禹作敏看他做事牢靠，就重用了他。

禹作敏尤其提到支部副书记李凤政，非常得意：

“他鬼头鬼脑，什么都不怕，就怕我。他有水平，有能力，我就把他吸收到班子里！”

这些承包人都没日没夜地拼命干，一方面是因为禹作敏对他们的“知遇之恩”，另一方面，禹作敏也给这些他看中的承包人开出了在当时可谓石破天惊的条件：

作为厂长，工厂每创造 100 万元利润，个人提成 10 万元。

而禹作敏挂在口头的话是：

“我用的人，群众选出来的一个也没有。民主选举选出来的可能是老好人，但不一定能产生效益。这 15 个承包人都由我任命。工资奖金都由我定。”

禹作敏的这番话在当时也引起了一番讨论，有人认为他说的有道理，有人认为他说的太绝对，但大家都发现了一个客观事实：

禹作敏任命的这群承包人，绝大多数是他的本家、堂弟，以及女婿的家族成员。

而禹作敏对此的总结是：

“来财必有才，有才财必来。”

禹作敏当时做的有争议的事并不止这些。

比如，他为了和一些国家机关、企事业单位建立关系，以便掌握一些准确的政治和经济消息，每次都会好酒好肉地招待来大邱庄的相关国家机关工作人员，还会给对方一笔“信息费”作为酬劳——这曾被人举报为“腐蚀国家干部”。

但是，受益于时代红利和禹作敏的敏锐洞察力，大邱庄的经济确实如同坐了火箭一般扶摇直上。到了 1992 年年底，大邱庄共有工业企业 200 多家，创造了 12342 个工作岗位，固定资产总值超 15 亿元，工业总产值超 40 亿元，利润超 4.7 亿元。

在实打实的成绩面前，荣誉也接踵而来：

禹作敏被评为天津市“劳动模范”、天津市“优秀共产党员”、“全国最佳农民企业家”，获“全国经济改革人才”金杯奖；1988 年，他担任了第七届全国政协委员；1989 年，他以“全国十佳农民企业家”的身份出现在了中央电视台春节联欢晚会上；1989 年，他被国务院评为“全国劳动模范”……

时代在变，大邱庄在变，而不少人发现，禹作敏也变了。

3

首先改变的，是他个人的生活。

禹作敏给自己配备了当时最新的奔驰 560——他手下那些承包人的车也都是清一色的奔驰。在 20 世纪 90 年代初，大邱庄全村配备的进口高级小轿车超过了 200 辆。

致富买车，并没有什么不对，但时任内蒙古自治区党委副书记田聪明（后任新华社社长）回忆，当时在拜访了禹作敏之后，对他后来的一些公开表态表示担心：

“我就是个农民，没有级别待遇，我就不管这规定那规定，就坐奔驰，我们自己挣钱买的，怎么了？”

同样是全国劳模的申纪兰曾三次带队到大邱庄学习。第一次去的时候，申纪兰觉得禹作敏“待人热情，说话客客气气”。而第二次去的时候，申纪兰发现禹作敏已经不是谁都见了，“接见”她后，先问她：

大邱庄当年的公司

“你看我这张办公桌多少钱？一万多块！这把椅子，也是一万多块……”

当时禹作敏有句名言：“低头向钱看，抬头向前看，只有向钱看，才能向前看。”

禹作敏的居住条件也起了变化。

他原先在大邱庄专门建了一批“人才楼”，自己也住在里面，但很快就搬了出去，住进了独门独户的大别墅，院墙顶用琉璃瓦装修，人称“小中南海”——禹作敏也乐得别人这么叫。进大门有“传达室”，还有“警卫室”，他给自己请了至少8个保镖，日夜守卫。

其次，对于带领乡亲们打造出来的基业，禹作敏有了自己新的想法。

在一次座谈会上，禹作敏公开说：

“我们是白手起家的，现在每个集团都有十几亿元的资产。这究竟是属于谁的？是个人的？是集体的？都难说。大队没给一分钱，当初向银行贷的几万元款都还了，国家也没有投资。这几十亿元资产，也可以说是我的。”

正是在这种思想的鼓动下，禹作敏开始选自己的“接班人”——他让20岁出头的小儿子禹绍正做了村团委书记。1992年，禹作敏做主，把大邱庄的所有产业调整为“大邱庄企业（集团）总公司”，下设5个集团公司。总公司设董事会，禹作敏自任董事长，25岁的儿子禹绍正担任总经理。

作为董事长，禹作敏说自己基本不拿钱，表示当初有人给他评定年薪10万元他也不要，开销都自己承担。事实上，他儿子担任总经理，在1992年的年薪就达到了70万元，其他亲戚族人，都领着当时普通百姓想都不敢想的薪水，至于其他所有的日常开销及相关报销，没有人说得清楚。

但最关键的问题是，禹作敏不只是在个人生活作风和经济上交出了一笔“糊涂账”。

4

从 20 世纪 80 年代末起，不少和禹作敏有对话的人发现，他们不知道到底在和谁讲话。

申纪兰第二次去大邱庄学习时就发现，对于全国各地来学习的厅局级干部，禹作敏已经基本不见了——别人告诉她，禹作敏是“省部级干部挑着见”。申纪兰发现，在被中央领导几次接见和考察后，禹作敏谈及中央领导，都只呼“×× 同志”，已经把姓完全省略了，并且开始发牢骚：

“现在连 ××× 都变成政客了，而且是个投机分子。他凭什么能当全国人大常委会委员？我这里是公认的全国首富村，可这些年我连个人大代表都当不上！”

有一群北京的作家曾兴致勃勃地来大邱庄参观采风，但禹作敏根本不见，让人传话：

“要写就写一句话：没有共产党，就没有新中国！”

但他后面还加了一句：

“没有禹作敏，就没有大邱庄。”

在这样的背景下，那些县长，包括厅长、局长，禹作敏自然都不放在眼里，经常对他们进行抱怨和指责，而碍于大邱庄和禹作敏在全国的名气与“窗口示范”作用，很多干部也不敢多说什么。

进入大邱庄的牌楼，当初禹作敏规定：无论什么人，到牌楼前必须下车，换坐大邱庄的迎宾车才能入内

但对于一些对禹作敏有用的地方干部，他还是花心思的。他甚至把这当作经验公开介绍：

“大邱庄住着工商、税务、派出所的5个人，还有银行的人。法院帮我要款。他们的工资半明半暗，两头都拿工资，派出所所长的工资由我开。”

不仅如此，禹作敏还自己出任大邱庄派出所指导员，把全村的“经济警察”编制扩充到100人，然后把自己的亲信提拔为治保主任。

曾有一名香港记者和他开玩笑：

“听说您是这里的‘土皇帝’？”

禹作敏的回答是：

“去掉‘土’字，我就是皇帝！”

既然是“土皇帝”，他在大邱庄的行事风格，就可想而知了。

1990年3月，大邱庄工业公司副总经理刘金刚的司机高玉川说了一句：

“禹书记的女儿出嫁，在县城盖小洋楼花了不少钱。”

结果这个司机被审讯拷打，被逼得服毒自杀（未遂）。后来禹作敏得知司机这句话是从刘金刚那里听来的，又开始追究刘金刚的责任。公司副总经理张玉英劝他“不要兴师动众”，禹作敏指责她“没人心”，很快就以“与党委不保持一致”为名，逼她搬出了“人才楼”，住回普通农民家。

1990年4月，禹作敏的侄女说大邱庄家具厂的副厂长刘金会曾猥亵她，禹作敏立刻派人把刘金会痛打一顿，并在大街上把刘金会的父亲刘玉田拦住痛打，结果导致刘玉田在街上被活活打死。

在7名打人凶手全部落网并被判刑后，禹作敏认为是司法机关不给他“面子”，召开全厂大会声讨刘玉田，鼓动职工说“刘玉田早该死，有水平的可以上台揭发，没水平的可以骂大街”。他还组织2000多名群众投书司法机关提抗议，停止刘家7人在大邱庄所属企业的工作，对刘家亲属的住宅进行监视，限制他们与外人接触，不许他们出村。

当时很多知情人都知道，禹作敏再这样下去，早晚是要出事的。

5

1992 年 11 月，该来的，终于还是来了。

大邱庄华大集团公司总经理李凤政，就是被禹作敏认为“谁都不怕，就怕我”的人，忽然在会议桌上病故，只有 45 岁。

李凤政一死，揭开了华大集团公司一个高达 3 亿元的债务窟窿：2 亿元是银行贷款，1 亿元是欠的外债。由于李凤政是禹作敏的亲信，所以平时没人敢问、没人敢管，直到人死，大家才发现这个窟窿已经那么大了。

很快，关于华大集团公司领导层贪污的事被人报了上来。禹作敏大怒，召集公司中层以上干部开会，说领导层都是“败家子”，是来“糟蹋”大邱庄的，并且单方面忽然决定，撤销整个华大集团公司，资产并入其他四个公司。

与此同时，禹作敏让人准备好了皮鞭、电警棍等工具，开始对华大集团公司 9 名副总经理动用“私刑”逼供。禹作敏让人在大冬天剥光被审讯人的上衣，自己带头上前抽耳光，要求对方承认自己有经济问题或生活作风问题，然后录音录像。对于不肯承认者，他就动用皮鞭和电警棍——谁打人出手狠，他当场奖励现金。

就在处理“大窟窿”的同时，禹作敏还做了一件让人瞠目结舌的事。

在大邱庄内建造的“九龙壁”当时引来众多议论，禹作敏在“九龙壁”后亲笔题词

11 月 27 日，北京市国

家安全局第三局干部学校的老师及学员 20 余人到大邱庄参观。在一家商店里，有学员因为询问价格、产地等问题与商店经理石家萍发生争执，结果师生们被强行扣押 7 个小时，其间多人被揪头发、抽耳光（导致耳膜穿孔），最终由带队老师程钢违心写下“悔过书”后才被放出。

终于，12 月 13 日，在处理华大集团公司“贪污案”时，有一名员工被打死了。

这名员工名叫危福合，26 岁，1990 年从河北慕名来到大邱庄工作，1992 年开始负责华大公司养殖场的基建，同样被列入了“怀疑贪污”的名单。13 日下午，危福合被大邱庄万全集团公司经理部经理刘云章叫到公司三楼交代“贪污问题”，危福合拒不承认，随即被剥光上衣鞭打、电警棍击打，整个审讯一共持续 7 个小时，先后有 18 人参与殴打。

晚上 10 点左右，危福合停止了呻吟，打手们这才慌神，将他送入医院，不久后危福合抢救无效死亡。

出事之后，禹作敏没有选择劝参与人投案自首，而是轻描淡写地给静海县公安局打了个电话：

“我们这里死了个人，在审查他经济问题的时候，忽然冲进来一群人，把他打死了，要不你们来一下？”

随后，他们串通好了口供，清理了现场，同时伪造了两页危福合的口供，并赶到医院找到危福合的尸体按上手印。

但警方到达后发现，危福合身上长达 7 个小时殴打导致的伤痕，以及现场的脚印等细节，完全不能支持禹作敏说的“突然闯进 20 多个人把他打死了”的说法。

得知消息后，禹作敏立刻安排带头打人的刘云章等人外逃。

12 月 15 日，天津市公安局派了 6 名刑侦技术专家，乘坐警车进入大邱庄，准备进一步勘查危福合被殴打致死一案。此时的禹作敏又做出了让人瞠目结舌的行为：

扣车！扣人！

6名执行公务的干警被几十个大汉锁在了楼里，楼道的铁闸门被锁死。第二天，禹作敏让人把两名带队的干警叫到办公室，大发雷霆：

“你们为什么没通过党委就过来了？不就是打死个人吗？”

6名警察被扣押13个小时后，在天津市市长聂璧初的亲自干预下，禹作敏才下令放人。

与此同时，禹作敏又进行了一系列操作：

把危福合的家属从河北老家叫来，拍出6.5万元，要求他们保证：把尸体拉回老家火化，再也不来大邱庄。

禹作敏安排刘云章等四人前往山东，然后又转移到江苏、浙江、安徽、广东等地四处藏匿，其间还把他们秘密接回大邱庄过1993年的春节，整个过程中大约花费16万元。

但禹作敏下令扣押公安干警一事，已经引起有关部门的高度重视和震惊。1993年2月中旬，天津市人民检察院认为，对刘云章等四名重大嫌疑人应依法予以逮捕，于是函请公安机关协助通缉归案。

2月17日，天津市公安局一共派出了400名干警前往大邱庄，因为大邱庄的治安派出所原本拥有15支枪和2000发子弹——这个派出所被撤销后，大邱庄拒绝上交武器。庄里还自办了猎枪厂。

事情走到这一步，但凡禹作敏能稍微清醒一些，也该认识到事态的严重性了。

但他并没有。

6

2月17日上午，400名公安干警在离大邱庄3公里处待命。

天津市、静海县公安局和检察院的相关领导同志先行进庄，专程向禹作敏说明情况。在会议室，禹作敏夹着烟，跷着二郎腿，明确表示不同意干警进村执行任务：

“(会不会)发生矛盾冲突，你们不敢(担)保，我也不敢(担)保。群众不懂法，我也不懂法，我负不了这个责任。”

与此同时，在大邱庄内，大批工人开始集结和巡逻，他们大多手持铁棍；在庄内各个路口，汽车、拖拉机、马车以及油罐车被开到一起形成路障，全庄人都被动员起来，与庄外的公安干警形成对峙状态——而此时，两名犯罪嫌疑人就藏匿在庄中。

在这样的情况下，为了避免酿成冲突，最终天津市公安局决定只留下30名干警待命，其他干警当日返回。

但第二天上午，禹作敏召开了全村大会，声称市里共派出1700多人的部队，携带小钢炮、催泪弹和警犬到村里搜查。他称“我怀疑这不是来破案的”，并要求村民一起“包围总公司”和“包围大邱庄”。最后，他宣布全村放假一个月，工资照发，他自己“临时辞职”。

会议结束后，大邱庄内群情激昂，工厂停工，学校停课，大量人员手持器械在街头聚集，要求市县相关领导给出说法。

但这次天津市委没有让步，要求在2月19日18时前，执法人员必须进入大邱庄执行公务。到了当天17时，禹作敏终于同意20多名执法人员进村张贴通缉令和去通缉犯住所搜查，但他派出了十几辆豪华轿车到村头表示“欢迎”，并动员大量群众随时“簇拥”执法人员。

2月21日，禹作敏让人印制《天津市出动千余名武装警察包围大邱庄的事情经过》，向外地和社会上散发，称警察来大邱庄“绝非为了缉拿几个嫌疑人，而是冲着全国第一村——大邱庄来的”，“是冲着改革事业的”，所以他们要“向全国人民讨一个公道”。

但禹作敏没有想明白的是：他越是如此，天津市委就越要一查到底。

1993年3月中旬，在专案组排查出800多条线索并在全国各地撒下天罗地网之后，四名案犯中的两人先后落网，另两人投案自首。

到了4月上旬，禹作敏的犯罪证据也基本上被调查清楚了。

4月15日下午，禹作敏接到通知：天津市委书记高德占请他到天津市俱乐部谈话。

考虑再三，禹作敏带了贴身保镖和三名亲信一起前往。到了俱乐部门口，禹作敏被保安告知只能一人进入。禹作敏依言进入俱乐部，发现等在房间里的并不是天津市委书记，而是一群全副武装的公安干警。

干警向禹作敏出示了拘留证，禹作敏低下了头。

8月23日和24日，天津市中级人民法院依法对禹作敏和7名同案犯所犯罪行进行公开审理，并于27日做出一审判决：

禹作敏犯窝藏罪，判处有期徒刑6年；犯妨碍公务罪，判处有期徒刑3年；犯行贿罪，判处有期徒刑10年，剥夺政治权利2年；犯非法拘禁罪，判处有期徒刑3年；犯非法管制罪，判处有期徒刑3年。

最终，禹作敏数罪并罚，被判有期徒刑20年，剥夺政治权利2年。

7

刚刚入狱的禹作敏，其实有很多想不通的地方。

“我好歹也是全国政协委员，抓我不需要人大开会通过吗？”

“和我关在一起的都是犯人吗？为什么必须按时睡觉？”

“我又没杀人，为什么我也有罪呢？”

在生活上，他一开始也有很多不配合的地方：不愿意理发，不愿意吃监狱提供的伙食，必须要按照自己的习惯生活。刚进去的时候，他对监狱管教干部罗振岭说晚上饿，睡不着，罗振岭就用禹作敏家里送来的一点钱给他买点桃酥什么的，买完和他核账，他非常不耐烦：

“算了算了，这算花钱吗？我听见1000元以下的就烦！”

但随着时间的流逝，禹作敏对监狱的生活开始习惯，也开始服从，

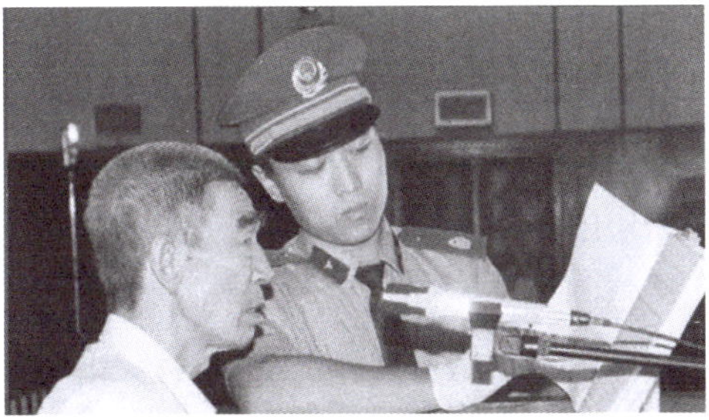
禹作敏在法庭上

并渐渐认识到了自己的错误：

“有思想上的，也有历史的。大邱庄发展起来了，我的脑袋膨胀了，忘掉了法律，忘掉了精神文明。一直到被逮捕时，我还是糊里糊涂的，我没有认识到自己的所作所为是严重的犯罪。”

为此，非常善于总结口号的他给自己也总结了一句：

“改革路上致了富，法律路上迈错了步。”

禹作敏原先对自己出狱的时间非常乐观，刚进去就开玩笑说“我今年是回家过年了”，他还曾对一个被判了5年刑期的狱友说：

“别看你（的刑期）是5年，但我肯定比你出去得早。”

随着希望的破灭，他的情绪也渐渐低落起来，他想不明白：当年费尽心机编织的“人脉关系网”，怎么一点用都没有了？

但相关部门对禹作敏还是照顾的。

因患有神经衰弱和心脏病，禹作敏入狱后的第五年被允许在天津市天河医院保外就医，住的是套房，且可以把老伴接过来。1997年，禹作敏的母亲过世，他也被允许去探望。

但是，过于峰回路转的人生，对禹作敏造成的冲击还是相当大的。

8

1999年10月3日，69岁的禹作敏在天河医院去世。

不少媒体报道的是“禹作敏服用大量安眠药自杀”，但当时《南方周末》在10月5日的报道是《禹作敏病逝》，称其是“心脏病突发死亡”。

而天津方面和大邱庄给出的说法也都是“禹作敏绝非自杀”：

“禹长期患有神经衰弱，非常需要依靠服用镇静剂入睡，长期较大剂量服用安眠药，导致心脏病加重。”

不过《南方周末》10 月 22 日的报道标题是《禹作敏去世》。

禹作敏于 10 月 4 日在静海县被火化，骨灰被运回大邱庄，在家摆了三天。

按照大邱庄的习俗，不管谁家有人过世，大家都要送钱随份子，但是禹家的子女拒绝了所有份子钱。

禹作敏的骨灰随后被葬入村头祖坟，与妻子合葬。

墓碑大小规格，与常人无异。

馒头说

现在在“百度百科”上搜索“大邱庄”词条，多少还能了解到这个镇现在的情况。

但在“荣誉称号”那一栏，只留下了一条：

“2016 年 12 月 7 日，大邱庄镇被列为第三批国家新型城镇化综合试点地区。”

而在 30 多年前，大邱庄的荣誉称号密密麻麻，层层叠叠，其中最亮眼的，莫过于“华夏第一村”和“中国首富村”。

如今，这些称号，没有人再提了。即便提起，也是一阵唏嘘。

禹作敏算不算“能人”？我觉得，当然算。但从某种程度上说，他也是个“浑人”。

禹作敏在他最春风得意的时候，也乐得以“浑人”形象自居——或者说，他认为这才是中国农民最质朴的形象：不脱皮鞋就上沙发盘腿坐，吸烟不用烟灰缸而直接把烟灰掸在地毯上，不讲道理、不理规矩……

他在1992年3月1日的《经济日报》上写过一句“春节寄语”：

“大邱庄最大的贡献，是给中国农民长了脸。”

禹作敏是想代表中国农民的，但中国农民真的像他那样吗？

答案是显而易见的。

禹作敏有很多问题，有人说，他最大的问题是不懂法——但禹作敏最终以悲剧收场，仅仅归咎于他一人不懂法？

曾经有人问他：

“就没人和你说过法吗？”

禹作敏的回答是：

“谁敢和我说？”

没错，或许他的亲戚、亲信、下属出于怕他或想讨好他的原因不敢说，但那么多的政府相关职能部门，为什么就长期没有一人敢说，没有一人敢管呢？

我曾经去另一个很有名的“致富村”参观过。在报告厅，那位带领全村致富的书记做了热情洋溢的报告，强调是“党的政策好”以及“全靠大家一起干”。散场后，大家走向报告厅外的三部电梯准备下楼，我和几个人看到一间电梯门打开，正要往里走，却被两名“礼仪小姐”礼貌拦住：

“对不起，我们×书记不喜欢别人和他乘同一部电梯。”

说话间，那位书记昂首挺胸走了进去，旁边人弯腰帮他挡住电梯门，恭敬地给他一人按下楼层，然后关门——电梯外都是排队等候的人。

申纪兰第二次去拜访禹作敏的时候，对一个细节印象很深：

在通往禹作敏二楼办公室的楼梯周围，装了无数面水银镜子，让她有点“头晕目眩”。

很可惜，禹作敏似乎只是用镜子来装饰。

做领导干部的人，时时刻刻都需要镜子。

当然，有镜子还不够，还需要笼子，关权力的笼子。

无论当时，还是现在，或是未来。

本文主要参考来源：

1.《国法不容——禹作敏犯罪纪实》（徐如俊、张宿堂，《人民日报》，1993年8月28日）
2.《禹作敏等八人窝藏、妨害公务、行贿、非法拘禁、非法管制案》（《中华人民共和国最高人民检察院公报》，1994年02期）
3.《禹作敏何以成为正反两个典型》（田聪明，《百年潮》，2009年01期）
4.《禹作敏：去了“土”字就是皇帝》（辛卿，《商业文化》，2008年11期）
5.《禹作敏：服刑的日子》（任庆起，《法学天地》，2001年09期）
6.《禹作敏是自杀还是病逝？》（东君，《新闻记者》，2000年01期）
7.《大邱庄“庄主”禹作敏兴衰谜》（范银怀，《炎黄春秋》，2000年01期）
8.《申纪兰和禹作敏的三次会面》（麦天和，《政府法制》，2000年07期）
9.《禹作敏生前身后事》（张蕾、和平，《四川监察》，2000年03期）
10.《今日大邱庄》（李漠，《小康》，2007年09期）

逝水年华

岁月之所以能够留痕，不仅仅依靠我们大脑的记忆，也靠一样样被打上烙印和锚点的实体物品：一部动画，一部电视剧，一本书，一盘磁带，一个软件……

不要害怕时光终会流逝，记住它，怀念它，拥抱它。

这个男人，曾经燃烧一代人的小宇宙

相信有不少人在年少时会模仿动漫人物的姿势和口号，仿佛做了、喊了之后，就会拥有动漫主角的能力。

在那一刻，孩子们燃烧的不仅仅是他们自以为有的"小宇宙"，更是他们的青春。

1

1953 年 12 月 6 日，车田正美出生于东京都。

车田正美是家中独子，比较顽皮，甚至经常和人打架，所以在一些人眼中是一个"不良少年"。

不过车田正美自己倒不这么看自己，他认为自己在学生时代还是挺规矩的。至于坊间说他当过"不良少年"的头目，他说是因为当时为了推出自己的相关主题漫画，他向编辑撒了谎。

车田正美少年时最大的爱好是看漫画。由于家境一般，他的零花钱买不起漫画杂志，他就每次跑到拉面店去看可免费翻阅的漫画。

那时的车田正美很崇拜兄弟之间的义气，对自己将来会做什么一

《男一匹小鬼大将》的画风，可以看出这对车田正美后来的作品产生了较大影响

对这个选人画面熟悉的人，应该熟悉本宫宏志的作品（哪怕不知道作者是他）——没错，整个《三国志·吞食天地》系列的漫画（包括游戏形象）都是他创作的

无所知，也并不想花心思去想。但是，偶然间接触到的一套漫画，让他深受触动。

这部漫画，就是本宫宏志的《男一匹小鬼大将》。

在这部被人称为“不良少年漫画鼻祖”的作品中，几大元素深深触动了车田正美：

兄弟之间的友情，男人的毅力、坚韧，以及仁义。

当时的日本动漫正好进入了所谓的“空气时代”，即民众已经觉得动漫成了日常生活的一种必需品，甚至像空气那样不可或缺。

这种需求也催生了日本动漫行业的大发展，人们开始意识到：成为一名漫画家，不仅仅可以完成自己的理想，而且有了一份养家糊口的工作，甚至会获得不菲收入。

高中毕业后，车田正美没有去念大学，而是选择去做漫画家的助手。

因为他已经明确了自己这一生的目标：成为一名职业漫画家。

2

1974 年，21 岁的车田正美推出了他个人的第一部漫画：《女强风暴》。

这是一部颇能反映车田正美本人喜好的作品——热血、格斗、不良、高校，只不过主角们是女性而已。

《女强风暴》在《周刊少年 Jump》上开始连载，收获了一定的好评。不过按车田正美的说法，当时全世界遭遇了“石油危机”，日本纸张价格大涨，他的这部作品只能匆匆宣告连载完结。

无论如何，《女强风暴》虽然受到了一批读者的喜爱，但确实没有掀起太大的波澜。好在彼时的《周刊少年 Jump》也才创刊六年，羽翼未丰，杂志社要等到两年后才收获第一部大神级漫画连载作品《乌龙派出所》，所以《女强风暴》这样的漫画也能够拥有一席之地。

不过，随着之后日本漫画家们不断“内卷”，对漫画作品的要求越来越高，车田正美也知道自己的作品需要不断迭代升级。

1976 年，车田正美推出了自己的第二部作品：《拳王创世纪》。

看书名，又是格斗、热血、硬派——没错，车田正美就喜欢这个调调。

不过，相对于《女强风暴》，《拳王创世纪》要成功得多，这部漫画成就了车田正美漫画生涯的第一个高峰，《周刊少年 Jump》整整连载了五年——当时这本周刊已经崭露头角，能连载五年，说明这部作品是相当具有人气的。

彼时，日本漫画界已经开始进入群雄并起时期，另一家出版社小学馆力捧的女将高桥留美子，凭借处女座《福星小子》大杀四方，车田正美的《拳王创世纪》一度是《周刊少年 Jump》对抗小学馆的重要作品。

可以看出，车田正美在《拳工创世纪》中的画风已经基本定型，后来的作品基本上就是这个风格的延续

但是，《拳王创世纪》连载到后期，车田正美明显进入了想象力匮乏阶段，为了避免重复和增加新鲜感，车田正美开始加入各种奇怪元素：忍者组织、少年纳粹党卫队，还有希腊诸神……

这些新元素并没能延续《拳王创世纪》的生命，漫画到了 1981 年就连载结束了。

之后，车田正美又拿出了三部作品：《风魔小次郎》、《雷鸣泽基》和《男坂》。用现在的眼光看，这三部作品都显示车田正美的创作风格进一步走向了成熟，但那时的日本漫画界也早就过了草莽时期，开始进入“大神并起”的时代。

别家不说，单是车田正美签约的《周刊少年 Jump》，早已群星璀璨：高桥阳一的《足球小将》、武论尊和原哲夫的《北斗神拳》、北条司的《城市猎人》(《侠探寒羽良》)，更别提横空出世超越所有人一个级别的一代大神鸟山明的两部作品《阿拉蕾》和《龙珠》……

在漫画题材日渐丰富的 20 世纪 80 年代初的日本，车田正美相对专一的风格已经引起了一些漫画爱好者的审美疲劳：总是高校（或变体）、打架、黑社会……

在这样的背景下，尽管车田正美已经在业界有了一定地位，但如果再想凭老作品吃饭，那么面临的结局很可能只有一个：渐渐被人遗忘——事实上，当时《男坂》的连载就断断续续，疲态已显。

已经步入而立之年的车田正美，迫切需要拿出一部伟大的作品来为自己正名。

而就在这时候，一场流星雨，改变了他的命运。

3

按照车田正美自己的说法，他的灵感来自一则狮子座流星雨的报道。

车田正美

对那场流星雨的预报，让平时就对占星术很感兴趣的车田正美产生了一个想法：能否以天上的星座为基础背景，创作一部全新的神话题材格斗漫画？

当时的车田正美已经摸清了日本漫画市场读者的口味："热血"和"格斗"依旧是可以通吃的法宝，但平常普通场景的打斗已经无法满足大家了，必须有一个全新的"噱头"——既然漫画是娱乐，那么就要不断给大家带来新鲜感。

一开始，车田正美想把这部新的漫画定名为《银河之轮》，又觉得不够简明扼要，所以改名为《圣战士》，但最终还是觉得叫《圣斗士》最好。

至于主角，车田正美原本想选用狮子座的圣斗士，但对中国文化颇为喜爱的他很喜欢"天马行空"这句话，最后选择了天马座圣斗士作为男主角，定名为"星矢"（一开始叫"圣矢"，后来又觉得这个名字太自大了）。为了纪念他受"狮子座流星雨"启发，星矢的绝招就被定名为"天马流星拳"。

在主角确定之后，车田正美的整个故事大纲也确立了下来：

每当邪恶力量滋生的时候，与之抗衡的希望也会诞生——那是一群拳能划破长空、脚能碎裂大地的圣斗士。圣斗士们从神话时代起就守护他们的女神雅典娜，他们身披模仿天空中 88 个星座、被称作"圣衣"的防具，赤手空拳与敌人战斗。

时间来到现代，射手座黄金圣斗士艾俄洛斯抱着婴儿雅典娜逃出圣域，被一路追杀。而一群少年经过六年的严格修行，被托付了保卫雅典娜的使命，由此开始了一场生死大战。

1986 年《周刊少年 Jump》的“1 · 2 合并号”开始连载车田正美的全新力作。这部漫画，就是之后影响亚洲乃至全世界一代人的——《圣斗士星矢》。

4

《圣斗士星矢》一问世，就让日本漫画界耳目一新。

虽然依旧是“格斗 + 热血”的老套路，但车田正美却把这壶老酒装进了一个新瓶：古希腊神话 + 星座，到后来更是融入了西方的基督教和东方的佛教等多种概念。

1989 年的《周刊少年 Jump》封面

这个全新的历史背景让那些熟悉的格斗有了一个更宏大的应用场景，而每个星座还有一套专属的圣衣，让不少年轻读者感到新奇。更何况，进入攻打十二神殿的“黄金圣斗士”环节，读者惊喜地发现，自己的星座都有一名黄金圣斗士作为代表。

《圣斗士星矢》迅速在日本乃至东亚地区掀起了一股“圣斗士热潮”，并有一年在《周刊少年 Jump》上排到了销量第一的位置。

《圣斗士星矢》其实还有一点成功要素：男性人物的画风都相对比较唯美，吸引了一大批女性读者。事实上，尽管车田正美把很多男性圣斗士都画得很柔美，但在这部漫画中，包括女主角沙织（雅典娜）在内，女圣斗士屈指可数。

不过，就漫画本身而言，《圣斗士星矢》的辉煌期并不算长久，因为读者还是很快闻到了“旧酒”的味道，不少读者也总结出了车田正美的一些惯用特点，“知乎”网友“千翻儿娃”就有过类似总结：

比如“车田飞”——每次有人使用必杀技，使用者必然被画得超大，而被击中者则飞向天际。

又比如“车田摔”——在“车田飞”之后，被击中者往往以相同的头触地姿势落地。

还比如“车田泪”——《圣斗士星矢》中的人物流泪时，眼泪总是有一种黏稠感，而且要么不哭，一哭就泪流满面。

当然，这些被读者总结出来的“车田系列”虽然带着一些玩笑感，但也不失为车田正美漫画的专有特色。尽管车田正美的画工并不被认为是当时的顶尖水平，但《圣斗士星矢》还是以自己的特色在日本漫画界占据了一席之地。

但是，有些硬伤，是车田正美无法解决的。

车田正美这一代的日本漫画家被称为“网点纸一代”，即开始大量使用网点纸，车田正美尤其喜欢使用。但也正是网点纸的使用，使得《圣斗士星矢》中的圣衣都充满光泽感和质感

比如，在格斗漫画的创作上，车田正美的分镜水平远远不能和鸟山明这样的大神相提并论，从青铜圣斗士到黄金圣斗士，再到海斗士、冥斗士，所有人的招数都只有名字的区别，表现在画面上基本就是一个静止动作，然后就是“车田飞”和“车田摔”，久而久之，读者就会产生乏味的感觉。

又比如，一开始大家对“圣斗士不可能被同一招数击败两次”这样的话感到新鲜，但每次都这样说，大家就会对背后的逻辑依据不满。而越来越多的读者发现，所有的战斗套路都差不多——先是被击败，然后在千钧一发之际进行回忆或被某人鼓励，再领悟“第七感”，小宇宙爆发，神话般地完胜对手……

车田正美还面临一个整体架构的问题：虽然古希腊神话的背景给他提供了一个广阔的创作舞台和对读者而言非常新鲜的时空设定，但也框住了他后面的创作思路，哪怕描述海洋或冥界，基本上还是只能循着这个框架发展，无法加入自己更多的想象空间；故事情节只能是闯关，升级，战胜对手，遭遇更强的对手，再闯关，再升级……

《圣斗士星矢》自 1986 年开始连载，到 1990 年就宣告终结了。

按理说，“圣斗士”引发的热潮，在漫画连载结束之后就应该慢慢消退。

但是，“天马流星拳”却没有像流星一样消逝，而是打成了一套绵长悠远的“天马太极拳”。

5

“圣斗士”热潮的延续，和这部作品的动画化很有关系。

在日本动漫界，由漫画转向动画，早已形成了一条完整的产业链，但像《圣斗士星矢》这样漫画一问世就立刻被动画化的作品，倒也不算常见——1986 年 1 月漫画正式问世，1986 年 10 月，朝日电视台就开始在黄金时段播放同名动画片了。

《圣斗士星矢》动画版

在日本漫画改编为动画的历史上，有不少“打折”的情况发生，《灌篮高手》的作者井上雄彦甚至因为不满动画的改编而一怒之下中止授权。但《圣斗士星矢》

的动画至少从内容量上说，应该不在此列。

事实上，动画版的问世，为相对简陋的漫画版填补了很多空白，比如十二宫战斗之前的故事，车田正美的漫画版几乎一笔带过，但动画版加了不少情节和铺垫——虽然也有不少漫画原著迷对此不满，但总体评价是正向的。而在“海皇篇”之前，动画版凭空增加了26话的“北欧神话篇”，也得到了不少的肯定。

不过，动画化的高效率也带来了一个新问题：漫画版更新的速度跟不上，以至于出现了情节设定有冲突的问题——比如冰河的师父，在漫画版中是黄金圣斗士卡妙，但在动画版中却是一个白银圣斗士。

另外，《圣斗士星矢》的一大灵魂要素“圣衣”，一开始在漫画版里是相对简陋的，而动画版对圣衣进行了较大程度的美化和改动，让这个元素得到了升华。

更重要的是，动画作为多媒体，比漫画拥有更多的传播渠道。《圣斗士星矢》的动画问世后，迅速传播到了亚洲其他地区。1989年，沈阳电视台率先引进了《圣斗士星矢》动画版，自此以后，整整一代中国“圣斗士迷”开始成长。（动画片的片头曲也相当之燃，成为一代人的记忆。）

《圣斗士星矢》经久不衰的另一个原因，是它的“圣衣”设定。

“圣衣”元素不仅仅给作品本身的剧情增光添彩，还直接切中了另一个广阔的市场：手办和模型。

圣斗士们圣衣的“组件化”和“合体化”，不断更新迭代的各种形态和颜色，外加圣斗士们的各种“男团”组合，简直是为手办模型市场度身打造的。在动漫作品风靡后，圣斗士全系列的手办迅速走红，成为广大动漫迷收藏的重点对象，也为版权方带来非常可观的收入。

时至今日，当初一些名气和销量都不亚于甚至超过《圣斗士星矢》的动漫作品，随着时间的推移已经慢慢退出了舞台，而《圣斗士星矢》凭借在手办模型市场的独特地位，依旧风光无限。

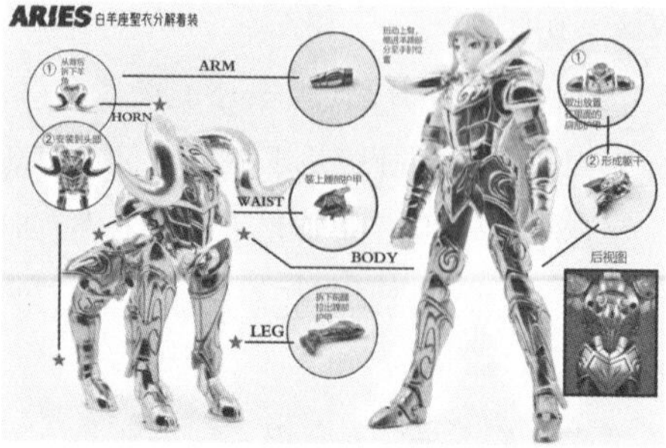

图为白羊座黄金圣斗士穆先生的一套圣衣手办。品质上乘的圣斗士手办，目前在市场上的价格依旧在四位数以上

当然，《圣斗士星矢》以热血著称，虽然“青铜五小强”总是在屡战屡败后奇迹般地屡败屡战，但车田正美的燃情台词还是给人留下了深刻印象。那些如同舞台剧一般的台词早已超出了作品本身，永不言败的热血情怀大大延续了作品的生命。

6

在《圣斗士星矢》连载结束后，车田正美不是没有做过其他尝试。

1992 年，他推出了《静斗士·翔》，风格套路堪称《圣斗士星矢》的升级版，但只连载一段时间就终止了。1994 年，他又推出了《钢铁神兵》，这部作品获得了相当高的评价，被很多人认为全面超越《圣斗士星矢》，但是，也完全无法达到《圣斗士星矢》当年的风靡程度。

大家回忆中的车田正美，还是和《圣斗士星矢》挂钩的。

虽然《钢铁神兵》里的人物顶着“圣斗士脸”，但其架构和剧情都已经有了飞跃

几十年过去了，漫画版本早已终结的《圣斗士星矢》依旧在焕发活力。

2016 年，在推出许多后续篇和剧场版之后，CG 大电影《圣斗士星矢：圣域传说》在中国大陆上映（日本是 2014 年上映的）。

尽管这部电影在豆瓣只有6.4的评分，却吸引了大量中国70后和80后的观众去电影院排队买票。

最终，《圣斗士星矢：圣域传说》在中国大陆斩获3787万元的票房。而生命力远比《圣斗士星矢》旺盛和长久的《龙珠》衍生电影《龙珠Z：复活的弗利萨》，同年在中国大陆的票房只有1100万元，2018年“龙珠”系列的另一衍生电影《龙珠超：布罗利》上映，才取得接近《圣斗士星矢：圣域传说》的票房成绩。

“如果只是为了迎合粉丝去创作，这样会越来越依赖于他们。”

这是车田正美的原话。

如今，车田正美已经快70岁了。

相信没有人再奢望他能创作出一部超越《圣斗士星矢》的作品。

因为这部作品已经足以承载一代人的记忆。

馒头说

大概在小学五年级的时候，我拉着几个同学去卖过一次废铁。

上海这座城市，能让我们小学生在路边找到的废铁还挺少的，我们几个就去爬工地，找一些废弃的边角料，串在一起去卖。

卖废铁的时候，我妈的同事看见了我们，去告诉了我妈，她赶紧找了过来，把我拎回了家：

“好了好了，我给你钱，你去买，别给我去外面丢人了！”

她说要给我买的，就是圣斗士的拼装模型，当时要12元6角一个，这对我来说是笔巨款，我问我妈要，她不同意买，我就自己去卖废铁了。

说这个故事，是想说明《圣斗士星矢》在我们这一代人中是多么流行。

在课间，我们会一本正经，用语文老师上五百节课都教不会的高级议论文写作方法“摆事实讲道理”，来论证到底十二星座黄金圣斗士中哪个的战斗力最强——当然，像金牛座、双鱼座、巨蟹座的同学，就另外开个话题：哪家黄金圣斗士最弱？

自然也免不了摆出几个傻呵呵的动作，大喊一声“天马流星拳”或“曙光女神之宽恕”。在这一点上，老师们倒是可以放心，作为格斗漫画的《圣斗士星矢》不会让孩子学会暴力动作——孩子们模仿的，最多也就是几个静止动作，完全没有格斗动作可言。

“虽然记忆有些模糊了，但看到星矢喊出‘天马流星拳’的时候，我立刻就想到了我的童年。”

这是当初看完《圣斗士星矢：圣域传说》电影后，走出影院的一名 80 后观众在接受采访时所说的话。

而这句话，恐怕也代表了整整一代人对《圣斗士星矢》的回忆和眷恋。

平心而论，若论绘画水平和叙事技巧，车田正美和鸟山明、高桥留美子这些大神并不在一个级别。用现在的眼光看，《圣斗士星矢》的笔触也略显幼稚，逻辑更经不起推敲，但它就像一团顽强不熄的火焰，在我们这代人心中的某个角落燃烧着。

想来，还是因为那股子青春和热血的劲道。

青春和热血并非《圣斗士星矢》的专利，事实上贯穿于整个日漫体系，但在这部作品中，似乎又有特别的味道：作为最底层的青铜圣斗士，“五小强”一步步挑战比自己强大得多的敌人，永不言败，直到以凡人之躯挑战诸神……

在我们长大踏入社会之后，每一个人都会明白，从来就不会有什么超越一切的“第七感”，也从来不会有什么“圣斗士不可能被同一招数击败两次”。我们反复被教育，被击倒，被按在地上摩擦……

但是我们却真的如同星矢他们一般，依旧握紧拳头，依旧希望路在前方。

因为至少我们还相信一点：每个人，应该还是有自己的小宇宙的吧。

“我们是广阔宇宙中的一个个小小生命，我们生命中的小宇宙永远燃烧着。”

谨以此文，献给我们共同的回忆。

希望我们永远不要放弃热爱，永远燃烧自己的小宇宙。

本文主要参考来源：

1. 车田正美官方网站（http://kurumadapro.com）
2.《车田正美的昨日，今日，以及未来》（古内东子，太平洋电脑网，2003年6月2日）
3.《车田正美：小宇宙对谈》（Project Seiya 团队，2001年，“范克里夫大尉”译，知乎）
4.《从〈圣斗士星矢〉看日本动漫经典之处》（范宏倩、张娜，《电影文学》，2010年12期）
5.《人的力量与生活的意义——日本系列动画片〈圣斗士星矢〉的启示》（孔朝蓬，《吉林艺术学院学报》，2001年02期）

他画的不是篮球，而是一代人的热血和青春

日本的一批经典动漫，确实影响了我们一代人。但如果你仔细数，能达到这个级别的作品，也不是很多。《龙珠》和《哆啦A梦》可以入列，《圣斗士星矢》《航海王》《火影忍者》应该也没问题。

当然，大家还会异口同声地报出一部作品。这部作品与前面几部比起来，没有任何科幻和神话的成分，只是描写一项体育运动而已，但是，它却成了几代人的共同回忆。

没错，它就是《灌篮高手》。

1

井上雄彦的出生地，是日本九州的鹿儿岛县。

和绝大多数人一样，井上雄彦上大学之前的经历没什么好提的，用四个字来概括就是“波澜不惊”。唯一值得一提的是他的两个爱好。

上初中的时候，井上雄彦迷上了剑道，一头就钻了进去。而到了

青涩时期的井上雄彦

高中的时候，受好友的不断撺掇，他又迷上了篮球，加入了高中的篮球部。

为什么要专门提井上雄彦的这两个爱好呢？因为这两个爱好，促使他后来创作了两部伟大的漫画作品。

对了，他还有第三个爱好，从小喜欢画漫画。

井上雄彦考上的是日本著名的国立大学熊本大学的文学部，但其实他在高中毕业时就立下了成为漫画家的志向。

和很多成名漫画家的起步一样，青涩的井上雄彦开始向一些漫画杂志社投稿，很多画稿都石沉大海，直到有一天，他收到了一封回信。

那封信，是《周刊少年 Jump》杂志社的编辑寄给他的——没错，就是那家大神级的杂志社。

那封信并不是通知井上雄彦他的作品被录取了，而是给他提供了一个建议，确切地说是一个工作机会：

“你的作品风格给我留下了深刻的印象，你很有潜力，那么，你是否愿意来做一位漫画家的助手？”

井上雄彦的一生，就因这封信而改变。

因为那位让他去做助手的漫画家，叫北条司。

2

北条司是谁？

对于我们这一代很多人（尤其是男生）来说，这也是个如雷贯耳的大神级名字——有不少人认为，北条司是《周刊少年 Jump》杂志

北条司的写实画风

历史上，画工最好的一个漫画家。

北条司的漫画或许还不到影响整整一代人的级别，但确实也在中国给无数人留下了难以磨灭的印象，比如《猫眼三姐妹》，以及更著名的《城市猎人》。

其实在那个时候，做漫画家的助理并不是一份非常耀眼的工作。每天要做的事，就是帮漫画家画画背景、贴贴网格，收入也不高，勉强能养活自己而已。

但对于愿意学习且有志向的人而言，这份工作是完全不同的——井上雄彦就是这样的人。

给北条司做助手，对井上雄彦的职业生涯产生了决定性的影响。

首先是北条司的画风。

北条司的画风是非常写实的，和当时日本漫画界那种三头身或五头身的“萌系”有很大的区别。如果井上雄彦当时去做鸟山明或车田正美的助手，那我们后来看到的《灌篮高手》，就绝不会是现在这样的画风了。

其次是北条司的取材。

当时无论是大卖的《龙珠》还是《幽游白书》，以及市面上的其他很多作品，取材或者是科幻，或者是神话，这也是日本漫画的一大特色。但北条司坚持只画现实世界中发生的事。

所以井上雄彦选择篮球作为题材的时候，一开始并不被看好：球类运动中，日本的第一运动是棒球，接下来是足球或者排球，篮球是个很小众的运动。但是井上雄彦坚持了下来。

然后是北条司的性格。

北条司的性格就像他笔下《城市猎人》里的那个寒羽良，游离于正统与江湖之间，有些嬉皮笑脸，却又有自己内心的坚持。当时日本漫画界“格斗风”大盛，连鸟山明也被迫在《龙珠》里加入“天下第一武道会”(当然被证明是成功的)，但北条司顶住压力，坚持自己的“寒羽良”只优哉游哉地破案子。

北条司后来出过一部《艳阳少女》，完全不是迎合市场之作，我个人很喜欢，可惜只连载了三卷就停了。

到了后期，北条司只画自己想画的作品，甚至自己成立了漫画社，这些都深深影响了井上雄彦。

北条司入行30周年时，井上雄彦画了一张《城市猎人》中女主角阿香的漫画像表示致敬。他还写了一句话：“师父，坚持奋斗在漫画事业的第一线是怎么样的一件事，是您教给了我。恭喜您，达成这30周年的伟业。”

井上雄彦读到大三的时候，选择了退学。他决定实现自己的理想——做一个全职漫画家。

在给北条司当助手的时候，他已经构思了一部漫画，以他高中时最喜欢的篮球运动为主题，画一个喜爱篮球的不良少年的故事。他还为此画了一张初稿。

1990年，第42期的《周刊少年Jump》开始连载一名才23岁的叫井上雄彦的漫画家的作品。

那部漫画，叫作《灌篮高手》。

3

《灌篮高手》第一期时的樱木花道和赤木晴子。当时国内对这部漫画有不少译名，比如《篮球飞人》《男儿当入樽》等

《灌篮高手》刚开始连载时的画风，和后面的相比有很大的反差。

一方面，是因为井上雄彦的技法还不太成熟，所以画出来的人物还略显稚嫩。

另一方面，为符合当时日本漫画界的风格，以及讨好市场和读者，井上雄彦有意识地加入了大量 Q 版画法及搞笑情节。

《灌篮高手》早期作品里的 Q 版画法及搞笑情节

但随着情节的深入，井上雄彦的手法越来越纯熟，尤其到了湘北高中决战山王工业的章节，他的各种分镜处理和技法已臻化境。

1993 年 10 月 16 日，由东映动画根据漫画制作的《灌篮高手》动画片的播出，更是为这部漫画添了一把火。

虽然也有人觉得不好，但这部 101 集的动画片确实让更多的人认识了《灌篮高手》。尤其是中国的一批读者，很多都是先看了动画，再了解漫画的。

《灌篮高手》后期画风

值得一提的是，东映动画为这部动画片花了大量心思，在主题曲和配乐制作方面也非常投入，造就了一批现在听来依旧是经典的《灌篮高手》歌曲。

第一版片头曲《好想大声说爱你》，演唱者BAAD乐队是当时日本的实力摇滚乐队；第一版的片尾曲《只凝视着你》，演唱者是当时日本摇滚界天后级人物大黑摩季；那首至今听到仍让人浑身有酥麻感觉的第二版片尾曲《直到世界尽头》，演唱者WANDS乐队也是当时日本有名的摇滚乐队。

当时的《灌篮高手》在日本火爆到什么程度呢？

光是它的第25卷单行本，销量就达到了250万套，一举创下当年日本漫画的销量纪录。2004年8月，《灌篮高手》在日本国内发行突破1亿册，是集英社创社以来继《乌龙派出所》（60卷时）、《龙珠》（40卷时）、《航海王》（36卷时）之后第四部发行量超过1亿册的漫画。

井上雄彦还和集英社共同创办了“灌篮高手奖学金”，支持计划去美国打篮球的日本高中生，像漫画中的流川枫那样实现自己的梦想。

可以说，井上雄彦凭着一部漫画，推动了篮球在日本青少年中的普及。日本篮协为此曾专门给井上雄彦颁发过“特别贡献奖”。

但是，《灌篮高手》却是一部给无数人留下遗憾的漫画。

它没有烂尾，它是有结局的，但是它的结局让很多人都非常不满意。

1996年，井上雄彦笔下的湘北高中在全国大赛第一轮史诗般地击败了山王工业。就当所有《灌篮高手》的读者都热切期盼着他们能够

《灌篮高手》结局

一路力克强敌，“全国制霸”的时候，井上雄彦却在漫画里宣布——

因为和山王工业队的比赛太消耗体力，湘北高中在全国大赛第二轮就被爱和学院淘汰。

《灌篮高手》终结了。

4

当时，很多人打死都不信《灌篮高手》是这样一个结局。

所有热血的漫画，不是应该都有一个美好的结局吗？

各种流言开始出现。

当时很多读者都相信一种说法：因为编辑部强迫井上创作，规定必须让湘北一直赢下去，所以有个性的井上雄彦最终被惹毛了，直接把湘北给画输了，宣布漫画结束。

但事实却是，没有人逼过井上雄彦，是他自己决定终结的。

在 2010 年的一次访谈中，井上雄彦说：

“连载结束之后，收到了几千人签名的请愿书，要求让 SD（《灌篮高手》）复活。他们认为是编辑部强迫结束了故事。其实并不是之前大家认为的那样。最后那个结局，我在几周前就已经决定并告诉过编辑部。”

在 2012 年，井上雄彦对《灌篮高手》的结局再次做了解释：

“《灌篮高手》的结束时间点很明确，因为我早就决定打完山王一战就是《灌篮高手》完结的时候，因此最重要的课题就是如何让故事更充实、让比赛更精彩。如何让自己的作品在这场比赛中达到高峰，才是关键。

“对我来说，没有其他结局比这个结局更棒。”

绝大多数的漫画，都愿意为读者奉上一个完美大结局，而井上雄彦选择了另一条路。

终结《灌篮高手》之后，井上雄彦去干吗了呢？

他和他的师父北条司一样，遵从自己的内心，去画自己想画的作品了。

在他后来画的几部作品中，最有名的，就是以宫本武藏为主角的《浪客行》。

在这部作品中，井上雄彦的画风进一步精纯，并且他选择挑战自我——放弃铅笔，用毛笔作画。

2000 年，《浪客行》在日本的销量已经达到了 6000 万册

井上雄彦曾表示，用毛笔作画不能修改，是对自己的进一步挑战。

但不少看过《浪客行》的读者表示，里面的主角宫本武藏，其实处处有一个人的影子——

“樱木花道”的影子。

5

连井上雄彦自己都摆脱不了《灌篮高手》的影响，又何况我们呢？

具实《灌篮高手》里的人物绝对不算多，但无论是主角还是配角，每一个人都个性鲜明，以至于那么多年过去了，很多人还是无法忘记：

那个傻起来傻不拉几，认真起来却很认真的樱木花道；

迷倒无数女生的流川枫，表面上高冷，但其实内心也一样不服输；

迷恋彩子，个子小却能量大的宫城良田；

三井寿可能是最受女性欢迎的一个角色，因为他集合了很多女生喜欢的特点——内心善良但曾经是不良少年，有一手三分球绝技，坚韧不屈……

老大哥赤木刚宪虽然颜值不高，但总是一个让人放心的大哥般的存在。

《灌篮高手》里的那些配角，一样让人印象深刻。逍遥潇洒的仙道彰，应该拥趸也不少；还有花样美男藤真健司；湘北那个替补木暮公延，对阵陵南时投进一个关键压哨三分球，画面一下子全白，让人印象深刻。

《灌篮高手》漫画中的最后一战

而最后对阵山王工业的那一战，动画版没有体现，而对于漫画版，井上雄彦确实注入了自己全部的力量和感情。

那一战，大量的画面没有任何一句对白，一组一组分镜扑面而来，让人热血沸腾，乃至热泪盈眶。

流川枫与樱木花道击掌

从不传球的流川枫在最后一战也传球了。

体力不佳的三井燃烧了自己最后一丝力量。

樱木花道说出了堪称整部漫画最燃的台词。

在最后的关键时刻，落后

1 分的湘北队进攻，流川枫在篮下被人包夹，最终，他选择把球传给了他从不愿意传的樱木。

樱木没用他曾经最喜欢的扣篮，而是用一个普通的中投，一举将比分反超，奠定胜局。

一对从头到尾互相看不顺眼的冤家——

最终击掌，留下了一幅经典的画面。

大家的梦圆了，梦也结束了。

6

其实，《灌篮高手》在现实中，还有一个温暖的结局。

2004 年 8 月，《灌篮高手》的发行突破了 1 亿册。日本的六大报纸刊登了纪念广告——湘北高中六大主力的素描像。同时，在“1 亿册纪念网站”上，挤满了留言的《灌篮高手》迷。

深受感动的井上雄彦，决定在神奈川县三崎高中旧址 23 间教室的 23 块黑板上，画一些画。

画的内容，是湘北高中在全国大赛最后一战的 10 天后发生的故事。画的名称，就叫《十日后》。

所有的画都由井上雄彦独立完成，他从早上画到晚上，累了就在教室地板上躺一会儿。

井上雄彦在三崎高中旧址黑板上作画

画作开放的那一天，三崎高中旧址校门外排起了长队。连续三天，队伍望不到尾，很多读者都是专门乘飞机从外地赶来的。

23 块黑板上的画，很容易被拥挤的人群擦碰以至于抹去，但井上雄彦没有采取任何保护措施。而作为被信任的回报，所有蜂拥而入的读者虽然心情激动，但都距离黑板至少两米距离，静静欣赏，静静拍照。

三天很快过去了。

读者们依依不舍地向 23 块黑板、向井上雄彦告别，不少人向他鞠躬，说："谢谢老师！"

还有人在人群中含泪大喊："SHOHOKU（湘北）！"

送走了读者，在工作人员的见证下，井上雄彦拿起了黑板擦。

一块接一块，他亲手擦去了自己画在黑板上的漫画。

这一次，《灌篮高手》真的终结了。

馒头说

我看《灌篮高手》漫画的时候，还在上初中。

那时候，我们班上转来了一个日本籍的华裔男生，喜欢打篮球，而我也慢慢开始从一放学往足球场跑，变为跑向旁边的篮球场。

我至今还记得那一幕：

周末的午后，我靠在窗边看《灌篮高手》，然后从远处传来篮球拍地的"嘭嘭"声——那个日本男生来到我家楼下，大喊一声："张玮君——"

然后我下楼，换鞋，和他一起骑车前往篮球场，和那里认识或不认识的人，挥汗如雨，一个下午。

我一度也不接受《灌篮高手》的最终结局，认为井上雄彦太残忍了。

但长大后，我却渐渐喜欢上了这个结尾。

毫无疑问，《灌篮高手》是部充满理想主义的作品，它满足了年少的我们对自己、对未来的无限渴望和激情。但井上雄彦在最后却用画笔告诉我们：

孩子们，真正的现实社会，并不是你们觉得能赢就会赢的。

这对于还未成长的我们来说确实有些残酷，但对成熟后的我们而言，却很真实。

《灌篮高手》并没有因为这个不完美的结局在我们的记忆中褪色，恰恰相反，正是因为这种“明知道结果可能未必如愿，但我们还是要拼到最后一秒！”的坚韧和激情，让这部作品成为我们成长过程中最让人热泪盈眶的回忆。

在那首片尾曲《直到世界尽头》中，有这样一句歌词：

“一去不回的时光，为何如此耀眼？”

因为，那是我们的热血，那是我们的青春啊！

这部火爆全国的动画片，为什么只拍了五集？

中国动画自己的原创大 IP 有什么？这个问题放到现在问，可能会有很多答案，但如果放到 30 多年前，恐怕很多中国孩子都会争先恐后地说出一个名字：黑猫警长！

1

黑猫警长的动画形象

2015 年 9 月 8 日晚，一位老人在上海瑞金医院因病逝世，享年 74 岁。

他叫诸志祥，这个名字，知道的人应该不多。

但如果提到他的一部作品，说一句“家喻户晓”，一点也不夸张。

那部作品，就叫《黑猫警长》。

2

诸志祥，1941 年出生于上海。

1981 年，随着改革开放的逐渐深入，人们的思想也慢慢变得开明起来。那一年，40 岁的诸志祥决定在儿童文学上有所作为。

“那时的儿童文学作品，开头就是‘从前大山里有个老奶奶’，然后再编写故事。”诸志祥后来这样回忆，“这么老套的故事，小孩子兴趣不大。”

那么怎么能引起小孩的兴趣呢？诸志祥决定创作一部以动物为主角的童话故事。在查找了大量资料之后，诸志祥圈定了三种动物：熊猫、老虎和猫。

选熊猫，是因为它是国宝，样子可爱，孩子喜欢，但诸志祥认为它行动笨拙，不适合当警察。选老虎，是因为老虎威猛，有力量，但诸志祥又认为它缺少智慧。

最终，诸志祥选择了猫，并把自己的这部作品取名为《黑猫警长》。

诸志祥创作的《黑猫警长》当年火到什么程度呢？举个例子：1982 年 2 月，福建人民出版社正式出版了《黑猫警长》，共卖了多少本？ 900 万本。

这个数字，在今天的出版社编辑眼里，已经是个天文数字了。但如果没有另一个人，说实话，诸志祥的《黑猫警长》未必会像现在这样成为我们几代人一个共同的回忆。

如果说诸志祥是《黑猫警长》的“生父”，那么这部作品其实还有一个“养父”。

这个“养父”的名字，叫作戴铁郎。

3

1983 年，上海美术电影制片厂决定将《黑猫警长》改拍成动画片。

但后来人们才知道，改拍这部动画片，源自一个导演自己的坚持。在厂里没有给他搭班子的情况下，他自己撰写剧本，自己设计场景。

这个导演，就是戴铁郎。

1984 年，《黑猫警长》播映了已经制作完成的两集，分别是《痛歼搬仓鼠》和《空中擒敌》（熟悉这部动画的读者，脑海中应该可以立刻浮现出这两集的画面）。

第一集中搬仓鼠搬空仓库的场景，让幼小的我第一次认识到“分工协作力量大”……

一石激起千层浪。

全国立刻掀起了一阵前所未有的《黑猫警长》浪潮。

眼看势头喜人，戴铁郎加紧制作，在 1987 年又推出了三集《黑猫警长》:《吃红土的小偷》、《吃丈夫的螳螂》和《会吃猫的娘舅》。

这五集一播出，“黑猫警长”立刻成了一个全国家喻户晓的人物，不仅在少年儿童中尽人皆知，时至今天，上海的一些出租车司机还依旧戏谑地称交警为“黑猫警长”，其影响力可见一斑。

但是，一个谁也没预料到的结局随之而来：

1987 年，当《黑猫警长》第五集《会吃猫的娘舅》播到最后，和前四集一样，黑猫警长用手枪“砰砰砰砰”打出四个字“请看下集”，之后，全国所有急切等待的孩子们发现——

没有下集了。

就如同当年的《西岳奇童》一样，《黑猫警长》，忽然就没有下集了。

4

这个突然的“断更”，成了多少年来的一桩悬案。

根据上海《文汇报》、澎湃新闻的报道，当年《黑猫警长》的“断更”，可能有以下几种原因。

第一种，是说当时有专家给《黑猫警长》提了批评意见。

有这事吗？有这事。当时有专家给《黑猫警长》提出意见：打打杀杀，不符合传统美学，还有就是类似于“子弹会拐弯”这种设定不符合科学道理，会误导青少年。

现在看这些意见，虽然让人哑然失笑，但毕竟那是刚刚改革开放的年代，专家提出这些意见，还是情有可原的。而且，据说后来有专家专门写信向戴铁郎道歉。

最关键的是，专家提出意见是在 1984 年播出前两集的时候，1987 年又播出了三集，说明专家的意见并不是《黑猫警长》停播的主要原因。

第二种是说诸志祥和戴铁郎打了版权官司。

有这事吗？确实也有。戴铁郎的五集《黑猫警长》是根据诸志祥的同名作品创作的，所以当时的动画片，每集都给诸志祥署了名，也支付了稿酬。

诸志祥和戴铁郎有一个共同点：都很喜欢科技方面的报道。当时《黑猫警长》中出现的“气垫摩托”也引起不少争议

但是，当动画片一炮打响后，上海美术电影制片厂和几家出版社合作，发行了《黑猫警长》的动画连环画，这些作品都没有署名“原著诸志祥”，而且将文稿费和印数稿酬都给了戴铁郎，总计 2.4 万

余元。

1987 年 6 月，诸志祥向法院提起诉讼，认为这侵犯了他的版权和署名权，这可能也是上海第一例著作权纠纷案。

不过，经过调解，诸志祥和戴铁郎很快就达成了和解，戴铁郎最终赔偿给诸志祥 2880 元，诸志祥当庭撤诉。

所以说，版权官司也不是《黑猫警长》停播的主要原因。

5

那究竟是什么，让《黑猫警长》只拍了短短五集？

第三种说法是因为导演戴铁郎“被退休”了。媒体采访材料显示，戴铁郎导演的原话是：

“那天我被叫去人事处，他们递给我一张退休证，说我年龄到了，该退了。那一瞬间，我愣住了。醒过神来后，我一句话没说，拿了退休证转身就走。”

有这事吗？有，但也不尽然。戴铁郎的好友、《黑猫警长》的制片主任印希庸说，戴铁郎是拿到退休证一周后才走的，当然，“其他人哪有这个速度，都会再留一阵的”。

印希庸担任《黑猫警长》制片主任的时候才 28 岁，当时很多人都觉得，这么年轻的人怎么有资格做制片主任？但戴铁郎力挺他。当时让人耳目一新的用枪打出“请看下集”的点子，就是印希庸出的。

《黑猫警长》每集结尾的“请看下集”

不过，根据澎湃新闻记者的调查，《黑猫警长》并不是戴铁郎在上海美术电影制片厂的最后一部作品。后来他还编剧和导演了《森林、小鸟和我》以及《警犬救护队》等，最终是在1991年9月以61岁的年纪退休的。

在20世纪80年代担任上海美术电影制片厂厂长的严定宪（《大闹天宫》的动画设计,《哪吒闹海》的导演之一）曾透露过美影厂“退休”背后的那些事儿：

“美影厂是国营的制片厂，每年只有700分钟的固定配额，整个美影厂有近30位导演，新毕业的不少年轻人被分配到厂里干了好多年还没机会独立指导影片。作为老同志，我也是60岁退休的,（厂里）就不让我做片子了，我心里也有很多不舍啊。”

但不管怎样，把戴铁郎“退休”作为《黑猫警长》中断的主要原因，似乎也有点勉强。

那么究竟还有什么原因呢？

印希庸透露,《黑猫警长》的停拍，可能和戴铁郎的个人心境也有关系。

印希庸曾回忆：“这个片子那么红，可是从来没有得过什么奖，厂里压根就没有上报。戴老另一部获得意大利（吉福尼）国际儿童和青年电影节（最佳荣誉奖和意大利共和国）总统银质奖章的动画片《我的朋友小海豚》，也是在阴差阳错之下因误寄而得奖的。”

而在20世纪80年代后期担任上海美术电影制片厂厂长的常光希（《雪孩子》的动画设计）有自己的观点：

“从出口来说,《黑猫警长》和大多数美影厂出品的作品不同，它并不是一个特别具有民族传统风格的东西，科普性比较强，但艺术性并不是阳春白雪的那一类。而且它作为一个系列片，更新潮，但在评奖方面并不太符合那个年代单集影片评奖的一些规范。”

不过值得一提的是,《黑猫警长》在1988年曾获中国广播电影电视部优秀影片奖1986—1987年优秀美术片奖，其中第一集曾于1985年获首届中国儿童少年电影童牛奖优秀美术片奖，第四集获首届中国儿童少年电影油娃奖优秀影片奖。

印希庸透露，戴导可能还有一个心病：他觉得他明明可以享受离休待遇，但最终得到的是“退休”。

种种原因加在一起，最终使得戴铁郎不愿意再把《黑猫警长》拍下去了，他甚至曾想在第五集设计这样一个结局：一只耳把黑猫警长给打死了。

这个想法，最终被印希庸劝阻。

6

不管怎样，《黑猫警长》最终还是停留在了第五集。

《黑猫警长》人物形象公仔

现在回过头去看，无论从哪个角度来说，这都是一件让人非常遗憾的事。可以说，“黑猫警长”是当时中国动画片里出现的第一批“自创”大IP之一，除了动画片本身，从人偶、公仔到摩托车、枪械、棋牌、游戏，这部动画片的衍生周边产品蕴含着巨大的商机。

但所有的畅想，都在第五集之后戛然而止。

无论是对戴铁郎还是对诸志祥来说，这都是一件非常遗憾的事——诸志祥后来透露，他其实已经给“黑猫警长”写好了100集以上的故事。

其实，在那个中国国产动画片的黄金年代，除了《黑猫警长》，还有一批值得我们怀念的优秀动画片——当然，它们大多都出自上海美术电影制片厂：

《大闹天宫》(1961—1964 年)——祖师爷级别的国产动画片，什么也不用多说了，把它放第一位。(它的故事详见《历史的温度 6》收录的《中国动画功成日，勿忘万籁鸣》。)

《神笔马良》

《神笔马良》(1955 年)——当年全国有多少孩子做梦都想有一支马良那样的笔。

《骄傲的将军》(1956 年)——不知为何，当年一直觉得那名最终失败的将军很悲壮。

《小蝌蚪找妈妈》

《渔童》(1959 年)——还记得那句经典的台词吗？“鱼盆本来是我的，应该还给我。”

《小蝌蚪找妈妈》(1961 年)——曾经让动漫强国日本都膜拜的一部动画片，让全世界第一次认识到了“水墨动画”。

《没头脑和不高兴》(1962 年)——“不高兴！不高兴！不高兴不高兴！不高兴！”

《阿凡提》(1979—1989 年)——总是倒霉的巴依老爷……

《奇怪的球赛》(1979 年)——现在看起来，当时的动画片选题真是丰富多彩。撒野撒野王国的队员们，你们现在还好吗？

《阿凡提》

《雪孩子》(1980 年)——让人看一次哭一次的动画片，当时让很多孩子第一次知道了“悲剧结尾”的概念。

《九色鹿》(1981 年)——制作

《九色鹿》

组专门去敦煌莫高窟住了两个月，根据《鹿王本生图》壁画创作，当时光速写本就用掉五大本。

《天书奇谭》(1983年)——一部被低估的大作，想象离奇，情节曲折，各类人物性格饱满，让人印象深刻(当然，小时候看还觉得有点恐怖)。“我是他爸爸。”“我是他爸爸。”“我才是他爸爸。”

《西岳奇童》(1984年)——传说中那部“永远没有下集”的木偶动画电影。因为这部动画的上集拍得特别好，让人特别想知道小沉香有没有找到妈妈，所以格外期待下集(后来才知道导演去世了)。2006年，下集终于被拍了出来，几乎完全保持了上集的风貌，但以前那种心情，再也找不回来了。

《金猴降妖》(1985年)——一部小时候看会被吓哭的动画(另一部是《火童》)，但现在回过头去看，导演还是表达了他想要表达的东西，荡气回肠的配乐让人印象深刻。

《葫芦兄弟》(1986—1987年)——这部就不用多说了，是大家共同的记忆。

《邋遢大王奇遇记》(1987年)——又是一部被低估的神作，想象力极强，场景丰富，小时候百看不厌，如果开发得好，真的是一个大富矿。

向那些老艺术家致敬！向上海美术电影制片厂致敬！

谢谢你们，给了我们一个美好的童年。

馒头说

我们这代人应该感到幸运的是，在我们的童年，有这么一大批如此优秀的国产动画陪伴着我们。每一部美术动画，都能让人看出其背后的每一位艺术家真的是用良心在制作，这是现在的一些动画片根本比不了的。

但同时，《黑猫警长》的夭折，其实也说明了那时候我们有很多不成熟的地方，一部优秀作品以五集的“寿命”至今仍为人所熟知，是它的魅力，也是它的遗憾。

《黑猫警长》大热的时候，相关周边产品一上市就被抢购一空，但戴铁郎说从来没有人想过送他一个，他曾自己买过一个黑猫警长的摩托车模型，视若珍宝，但后来被朋友的孩子借走弄丢了。结果戴铁郎甚至去捡人家丢掉的黑猫警长玩具带回家珍藏：坏掉的直升机，被丢弃的黑猫警长T恤……

2010年，《黑猫警长》电影上映，创造了1500万元的票房。而那时候，80岁的戴铁郎坐在自己50平方米的屋子里，望着自己用陶土捏的一个黑猫警长。

那个陶土模型是20多年前捏的，过了这些年，“黑猫警长”早就满身裂痕。根据当时采访他的媒体记者回忆，戴铁郎一支接一支地抽烟，然后说了一句话：

“这是一个好时代，好到让我常常感到遗憾，要是我再年轻一点就好了。”

当初的“人间大炮”，你还记得如何发射吗?

一代人的动画片，都会留下一个“暗号”：只要你喊出来，听得懂的人，都会有惺惺相惜之感。

比如我们这一代人，喊一声“人间大炮，一级准备”，或者“克塞，前来拜访！”，都是会会心一笑的。

1

这个故事，要从 1976 年说起。

这一年，日本的考古学家在北海道的三笠市忽然发掘出了一块所有人都没见过的化石——一块类似恐龙头骨的化石。

这个前所未有的发现惊动了日本，各界认为这很可能是日本本土的第一块恐龙化石，将它命名为“虾夷龙”。

事实上，日本本土的第一块恐龙化石要到 1981 年才在岩手县被发现，而这块 1976 年发现的神秘化石后来被证明属于沧龙科的海怪龙——一种肉食性的海生爬行动物，并不属于恐龙，但它还是在全日本引发了一次“恐龙热潮”。

海怪龙模拟图

关注度在哪里，钱就在哪里。日本的这波“恐龙热”也吸引了无数商家，他们都试图在这波“注意力经济”中蹭一波流量。

在这些商家里，就包括一家特摄公司——圆谷公司。

2

“特摄”（tokusatsu），是一个日本的电影专有名词。

从一般意义上说，特摄片就是由真人演员出演，用逼真的道具模型搭建起可以乱真的场景，辅以灯光和烟火，营造出怪兽肆虐、山洪暴发、喷火爆炸或者空中激战等多种刺激性场面。

这种电影技术并非日本所独有，但日本对这个领域一直非常热衷且颇为擅长。1942 年，日本专门制作了一部战争特摄片《夏威夷大海战》，曾被美军认为是真实的战争纪录片。

二战后，日本被勒令不允许拍摄战争特摄片。为了满足观众的猎奇口味，特摄片的题材开始转向与怪兽或外星人的大场面搏斗，1954 年出品的《哥斯拉》就是代表作。

日本特摄片《哥斯拉》的剧照

在日本诸多的特摄公司中，圆谷公司是相当知名的一家。

时至今日，圆谷公司可以说在世界各地都有大量的拥趸和粉丝，但它在成立之初，还是默默无闻的，直到

圆谷公司的创始人圆谷英二和剧中演员在一起。“奥特曼”在日本曾创下过收视率超过 40% 的纪录

它制作出了影响至今的一个超级 IP 系列——“奥特曼”。

1976 年的时候，圆谷公司早已凭借“奥特曼”系列成为日本特摄电影界的一流公司，但也遭遇了不小的烦恼：日本经济陷入不景气，观众对特摄片渐渐失去了新奇感，而新拍摄的“奥特曼”系列遭遇滑铁卢，收视率甚至无法突破 10%。

在这样一个时代背景下，圆谷公司看到“恐龙热”正在席卷全日本，他们也想从中分一杯羹。

“恐龙三部曲”第一部《恐龙探险队》

于是，一个“恐龙三部曲”的特摄片构思就诞生了。

1976 年，“三部曲”的第一部《恐龙探险队》率先上映，一年之后，第二部《恐龙大战争》也火热出炉。

这两部电视剧有一个共同的特点：用 2D 动画人物与真实的环境和道具混拍。日本动漫界在 20 世纪 70 年代就已经可以熟练运用这种拍摄技术固然让人赞叹，这次又打上了“恐龙”这个热门标签，但市场对这种“混搭”风格似乎并不买账，收视率一直平平无奇，而圆谷公司也有一些高层觉得这种拍摄方法“不伦不类”。

“恐龙三部曲”第二部《恐龙大战争》

痛定思痛后，圆谷公司决定把所

有的希望都押在“恐龙三部曲”的第三部作品上。

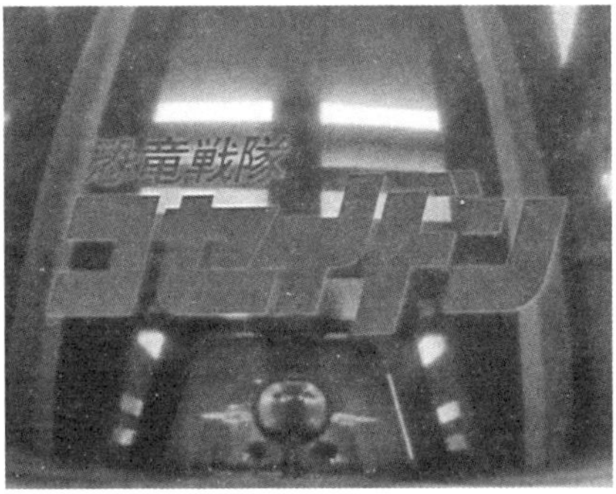
《恐龙特急克塞号》

关于这部作品，圆谷公司决定还是回到自己熟悉的轨道：全真人出镜，拍摄一部以恐龙为题材的特摄片。

圆谷公司对这部作品寄予厚望，不惜下血本，力求道具和服装的精益求精，这也导致每集的制作费用达到了 3000 万日元——他们的当家花旦“奥特曼”的制作费用也不过每集 1000 万日元。

1978 年，这部承载了圆谷公司心血和期待的特摄片终于上映。

这就是后来成为中国一代人青春记忆的《恐龙特急克塞号》。

3

即便用现在的眼光看，《恐龙特急克塞号》的剧情设定也颇为诱人：

2001 年（相当于我们现在畅想 2055 年），超光速粒子被证明存在，人类进行时空旅行成为可能。就在此时，地球遭到了外星人的突然袭击，日本“时空管理局”所拥有的“时代之母”超级计算机发现，这是一场跨越时空的攻击，攻击的源头在距今 7000 万年前的白垩纪。

于是，时空管理局派出了最强的“时代战士”（克塞队）乘坐“克塞号”来到白垩纪。在那里，克塞队的队员发现了遭受攻击后坠落地球的特雷萨行星的公主阿尔塔夏和她的机器人仆人吉伊，进而找到了一切的幕后黑手：格德米斯人。

一场正义与邪恶的较量，就此展开。

从剧情设定就可以看出，与“奥特曼”那种相对模糊了科技元素的“软科幻”不同，《恐龙特级克塞号》试图走的是一板一眼的“硬科幻”路线，这也一度引发了电视剧赞助方的反对：

这部作品的观众是孩子，孩子怎么可能搞得懂“时间旅行”这种概念？

但《恐龙特急克塞号》的编剧们硬是顶住了压力，不仅坚持了“时间旅行”的概念，还加入了类似“超光速粒子”“涡轮喷射”“激光”等各种标准科幻元素。

编剧中有一人叫长坂秀佳，他也参与过《杰克奥特曼》与《艾斯奥特曼》的编剧工作，后来还拿了1989年的“江户川乱步奖”。事实上，《恐龙特急克塞号》就是在他的《时空警备队——恐龙时代》漫画基础上改编而来的。

另一名编剧叫辻真先，他只入围过“江户川乱步奖”的候补，但他之前参与编剧的一部作品叫《聪明的一休》，后来参与编剧的一部作品叫《阿拉蕾》，也是一位神人。

不过，尽管《恐龙特急克塞号》强调科幻元素，却也并不是拍脑袋想出来的。事实上，这部剧的诞生和当时流行的电影元素完全分不开。

长坂秀佳

1977年，乔治·卢卡斯导演的《星球大战》横空出世，很快席卷全球，影响了千千万万的人。而明眼人一眼就看得出，《恐龙特急克塞号》的诸多设定是“借鉴”了《星球大战》：

阿尔塔夏公主和仆人吉伊的设定，几乎就是《星球大战》里莱娅公主和R2–D2的翻版。

而格德米斯人的形象，则很

容易让人联想到《星球大战》里的黑武士。

此外，不少人还从这部剧中找到了《星际迷航》和《2001 漫游太空》的影子。

《恐龙特急克塞号》中的格德米斯士兵和阿尔塔夏公主

应该说，《恐龙特急克塞号》具备了能“火”的一切要素：好剧本，高投入，流行热点……但等待圆谷公司的，却是当头一盆冷水：

在日本，《恐龙特急克塞号》自上映到播完，平均收视率连 5% 都没有超过，甚至还不如它的前作《恐龙大战争》的收视率 6.9%。

后人曾多方总结《恐龙特急克塞号》在日本遇冷的原因：每晚播出的时段被延后；同时段遭遇火爆日本的《青春的火焰》（即《排球女将》）；当时日本观众对特摄片的兴趣已经大大降低，转而开始喜欢各种综艺节目……

一部被圆谷公司寄予厚望的特摄片，似乎已注定了将被历史打入冷宫的结局——

如果它之后没有一段奇幻的“中国之旅”的话。

4

1987 年，榎善教来到中国的山西探亲访友。

榎善教是日本人，他的身份是榎电影株式会社的社长。他的名字其实知道的人不多，但他力主引荐给中国播放的一部电视剧，当年可谓红遍大江南北，家喻户晓——由山口百惠和三浦友和主演的日本电视连续剧《血疑》。

榎善教当年不仅仅为中国牵线了不少日本电视剧，也把中国的孔子、姜子牙等题材的电视剧带回日本。他做的另一件著名的事是：几乎凭借一己之力拉赞助，促成了一部 140 集的动画片在日本上映，那部动画片叫《足球小将》

机缘巧合之下，一直致力于中日文化交流的榎善教在太原遇见了山西电视台的相关负责人，随即就向他们推荐了《恐龙特急克塞号》。

尽管这部特摄剧在日本遇冷，但榎善教对它在中国的前景是非常看好的，因为他觉得中国观众之前并没有接触过“特摄片”这个概念，所以一定会被打动。

冯涛（中间手拿台本者）在为参与该剧配音的演员讲戏

当时全国各地都掀起一股引进海外大剧并译制播放的热潮，与“北上广”那些能够经常引进好片子的实力大台相比，山西电视台别说“肉”，有时候连口“汤”都喝不到。在遇见《恐龙特级克塞号》这个机会后，山西电视台高度重视，立刻决定引进。

时任山西广播电视台文艺部编导的冯涛先生亲自挂帅担任《恐龙特急克塞号》的译制导演。为了避免剧中的声线出现重复，该剧前后一共投入了 50 多名配音演员。剧组还专门请教了山西的有关方面专家，了解了各种白垩纪时期恐龙的最准确译名。

不过，恐龙毕竟在学术界已经有了一套规范的称谓，对于这部剧来说，最重要的还是一些专有名词和武器的翻译。

比如原先的剧名《恐竜戦隊コセイドン》，如果直译，应该是“恐

龙战队克塞”。“克塞”这个词是音译，其实是日本人自创的词，当时山西台引进的还是意大利版本，意大利版的片名就是直接音译的：*Koseidon*。

“克塞队”全体队员

冯涛首先摒弃了“战队”这个词。“战队”这个词放到现在其实颇为普遍，但在当时的时代环境下，“文革”阴霾散去也就刚刚超过十年，“战队”很容易让人想起搞运动时的“战斗队”。

随后，译制组又选用了“特急”这个词。“特急”在日语中是用来形容特快列车的，表示“特别快速”，而在中文里有“特别紧急”的意思，这也契合克塞队队员搭乘时光机器迫切要回到白垩纪执行任务的心情和情况。

于是，《恐龙特急克塞号》这个名称就这样诞生了。

其次，是著名的“人间大炮”发射准备时的台词。

原先，“人间大炮”启动时的三级口令是“Hop”、“Step”和“Jump”，源自三级跳远的英文名词，但译制组做了本土化的改编，于是就成了后来一代人耳熟能详的口令：

“人间大炮，一级准备！”“人间大炮，二级准备！”“人间大炮，放！”

“人间大炮”发射时的场景

而通过“人间大炮”发射出去的克塞，在经过一系列具有仪式感的动作后，说出的登场台词原来是：

“タイムGメン コセイダ（克塞队），参上！”

当然，译制组也有原封不动照搬的，比如“人间大炮”这四个字

“参上”在传统日语中含尊敬意，有“拜访”和“造访”的意思。译制组觉得这句话直译也问题不大，同样能显示出仪式感，所以那句话同样也成了一代人熟知的名言：

“克塞，前来拜访！”

“人间大炮”这四个字是由原作编剧长坂秀佳想出来的，用的就是日本汉字“人間大砲”。这四个字仅仅从字面上看，就给人以强烈的视觉冲击，所以《恐龙特急克塞号》在日本播放时，自第 41 集开始就在片名中加了“人间大炮克塞队”这样的字眼。

而中方译制组同样很认可这个名称，所以只是将其改为了中文字，并没有做其他任何改动。

果然，“人间大炮”成了中国那一代青少年的“人间记忆”。

1988 年年末，所有的译制工作都已完成，审查也已经通过，万事俱备，但山西电视台译制组成员的心情却是既期待又忐忑：

这样一部风格特别的电视剧，能受欢迎吗？

5

1989 年 2 月 2 日，山西电视台首播《恐龙特急克塞号》。

当时山西电视台用的版本是意大利版，片首还有一闪而过的意大利语，但这并不妨碍这部剧立刻引发全民关注。在山西电视台一炮而红后，《恐龙特急克塞号》随后进入各地电视台轮播，进而在全国范围内掀起了一股前所未有的“克塞热潮”。

当时的中国孩子们从未见过有如此精致“服化道”的科幻片。时空旅行、恐龙、飞船、机器人……这些崭新的概念和全新的视觉刺激也让他们惊叹不已。克塞队队员的沉着冷静，克塞每次“前来拜访”的动作以及诸如“时间停止”等一系列具有强烈标志性的元素，更是让他们痴迷不已。

《恐龙特急克塞号》中文版片头

而当时很多的中国成年人，也从没见过这种全部由真人演出，有大量特效的所谓“孩子看的东西”。在文化娱乐方式稀缺的当时，很多成人也来观看这部剧。于是，每到《恐龙特急克塞号》播出的时候，就会出现大人孩子抢着拿板凳，围坐在电视机前一起收看的罕见场面。

精明的商家很快就嗅到了其中的商机，一系列“周边产品”随即蜂拥而来。

对于当时的中国孩子们来说，各种正版的《恐龙特急克塞号》手办别说买得起，连见也很难见到。

相比之下，当时很多孩子梦寐以求的，是一顶“克塞帽”。

自从《恐龙特急克塞号》播出后，一时之间，全国大小相关厂家都在制作各种仿制的“克塞帽”，一家百货商场里可能有玩具、鞋帽和五金三个

《恐龙特急克塞号》手办

克塞帽

柜台同时在销售“克塞帽”。而买不起“克塞帽”的孩子，在马路上往往会对摩托车骑手投以羡慕的目光——在他们眼里，摩托车头盔和“克塞帽”并无二致。

不过即便买不起克塞帽，家里条件再一般的孩子，也会省吃俭用，去攒几套《恐龙特急克塞号》的洋画（在上海被称为“香烟牌子”）。用现在的眼光看，这种粗制滥造、画工拙劣的产品简直是对原作的羞辱，但它们依旧在当时被很多孩子视为瑰宝，有些“珍稀品种”甚至是可以用来交换其他昂贵物品的“硬通货”。

《恐龙特急克塞号》的洋画

20 世纪 90 年代初期，报刊媒体上曾有一首形容当时孩子们梦想的打油诗：

“头戴克塞帽，金刚怀里抱，晚间看老鼠，一休陪睡觉。”

《恐龙特急克塞号》是排在第一位的。

6

1979 年 6 月 29 日，《恐龙特急克塞号》在日本播完了第 52 集。

第 52 集也是这部剧的最后一集，题目是：《再见了，恐龙时代》。剧中讲述克塞队队员最终阻止了一颗“魔星”吸取地球乃至太阳的能量，但引发的爆炸最终灭绝了地球上所有的恐龙。

由于这部剧在日本收视率平平无奇，所以剧中的那些主演，后来基本上都没有得到很好的发展。

扮演男主角、帅气“克塞”的演员大西彻也，并没有因为这部剧而大红大紫，在20世纪80年代就退出了影视圈，成为一名高尔夫球教练。

大西彻也及其扮演的男主角格吾

曾经让不少中国男生心动的阿尔塔夏公主的扮演者村野奈奈美之后也没有出演过什么重要角色，在中国上映《恐龙特急克塞号》后一年（1990年）遭遇了严重车祸，就此退出了影视圈。

村野奈奈美扮演的阿尔塔夏公主

饰演男主角格吾搭档特兹的三景启司，由于其角色的沉着冷静同样也得到过不少中国观众的喜爱，但他之后只是参加了一些影视剧的配音，在20世纪80年代初就因为身体原因退出了影视圈。

以“心直口快大姐”形象出现的乌拉拉，其扮演者一城美由希此后也主要从事配音工作，不过她在配音领域还是做出了一番事业，《名侦探柯南》中朱蒂老师的配音就是她。

三景启司扮演的特兹

相比之下，饰演克塞号机械师毛利的佐藤蛾次郎，后来在影视圈的发展是这批人中最好的。他后来甚至出演过日本国民级喜剧《寅次郎的故事》的男主角寅次郎，自己平时也会发表一些作

一城美由希扮演的乌拉拉

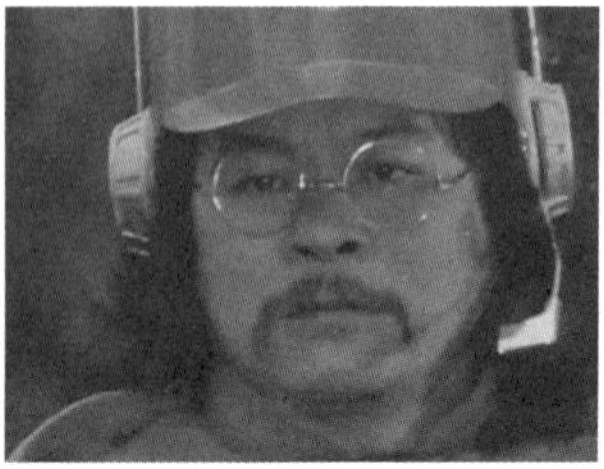

佐藤蛾次郎扮演的毛利

草野大悟扮演的班诺队长

品，是一位比较知名的作家。

让人惋惜的是克塞队的班诺队长扮演者草野大悟。班诺队长在剧中是一个搞笑甚至有点猥琐，但在关键时刻却又勇敢坚毅的角色，得到不少人的喜爱。然而草野大悟此后的演艺之路一直不畅，始终默默无闻，1991 年 2 月 27 日，他不幸因突发脑出血去世，享年 51 岁。

曾有人说，《恐龙特急克塞号》的这批演员生不逢时——如果那部剧早十年被引入中国，他们很可能会因为中国市场的热烈反响而改变职业生涯。

但这事却没有人说得清。

正如《恐龙特急克塞号》后来遭遇的“时间悖论”一样：

即便是在中国市场，到底是这些演员成就了这部剧，还是这部剧成就了这些演员？

至少，现在时间已无法给出答案，而这也不是人们最关心的问题了。

馒头说

小学时，班上同学轮流做值日生，要在黑板一角写上第二天的课表。不知是谁想出来的，把课表画到一个手绘漫画人物里。

那天轮到我和我同桌值日，我决定画一个克塞，同桌也表示赞同。我画了一个很大的克塞，做了个“时间停止”的姿势。在涂色的时候，我和同桌争了起来。

我用的是黄色粉笔，因为我说克塞的衣服应该是金黄色的。同桌说不对，克塞穿的衣服是朱红色的。

吵着吵着，就有点人身攻击的意思了——我们互相指责对方是色盲。

但最后事实证明是我错了，原因很简单：他家看的是彩色电视机，我家看的是黑白电视机。

从这个故事至少可以看出，《恐龙特急克塞号》当时在我们这代人中有多么流行。

也曾有人质疑，《恐龙特急克塞号》真有那么好看吗？关于“时间旅行”也存在悖论啊：到底是克塞队队员因为白垩纪恐龙遇袭才去保护，还是他们去白垩纪保护才导致恐龙遇袭？

没错。如果用现在的眼光看这部剧，不说剧情设定，各种“服化道”和一些夸张的表演能让你的脚指头瞬间在地板上抠出一个三室两厅，即便放到20世纪80年代末，这部剧也并非完全处于神坛之巅，让人无法触及。

但毕竟是在娱乐方式匮乏和充满童真乐趣的那个时代啊。

我从来没能拥过“克塞帽”，但我偷偷戴过我叔叔的摩托车头盔，对着镜子，做出“前来拜访”的姿势；小伙伴们一起玩，有人被追到无奈时，会喊出“时间停止”；在夏天的游泳池里，你总能看见有孩子蹲在另一个孩子的膝盖上，高喊“人间大炮，一级准备……二级准备……放！”，然后跃入水中。

我们童年的很多动画片，有些即使回看，依旧是神作，而有些现在已经让人无法直视了。但我们回忆起这些动画片的时候，想到的不仅仅是作品本身，还有一起看这部作品的朋友或同学、值得回忆的瞬间、当时所处的环境、自己的心情……

它们就像一个个神奇的钩子，会钩出我们很多曾经以为平淡无奇，现在才知道再也回不去的时光。

《恐龙特急克塞号》现在在豆瓣上的评分，依旧是 8.2。

谁都知道，这部作品按理得不到这样高的分数。

但谁也都知道，这个分数，不仅仅是打给作品本身的。

本文主要参考来源：

1.《怀旧：〈恐龙特急克塞号〉25 周年》(《中国文化报》，2013 年 6 月 19 日）
2.《一部二流特摄片为何在中国变成神剧？》（“时光网”特稿，2018 年 10 月 24 日）
3.《想当年 | “克塞，前来拜访”：30 年前特摄片在中国》（郭晔旻，澎湃新闻，2018 年 10 月 21 日）
4.《人间大炮一级准备！ 80 后经典〈恐龙特急克塞号〉是如何诞生的？》（作者不详）
5.《榎善教：中日文化重逢的幕后推手　将风靡日本的〈血疑〉介绍到中国》（蒋丰，搜狐网，2018 年 12 月 19 日）
6.《80 后的回忆都是他带来的》（华人频道，2020 年 10 月 13 日）
7.《30 年前〈恐龙特急克塞号〉火爆之后：随便一个玩具都能玩一晚上》（百家号“凌霄路义行”，2022 年 2 月 9 日）
8.《童年日剧〈恐龙特急克塞号〉中 9 位演员近况》（企鹅号“是你灵姐”，2022 年 6 月 12 日）

曾经有一个聊天工具，叫 MSN

如果你现在问中国的00后一个问题：你知道MSN是什么吗？

那么他们多半是一脸茫然。或许其中有球迷，会兴奋地回答你：是当年梅西、苏亚雷斯和内马尔的组合！

而在当年，MSN在中国的精英阶层，是一个人人皆知的名词。

1

现在回过头去看，1999年是很有意思的一年。

当然，这里的“有意思”，专指IM（instant messaging，即时通信）领域。

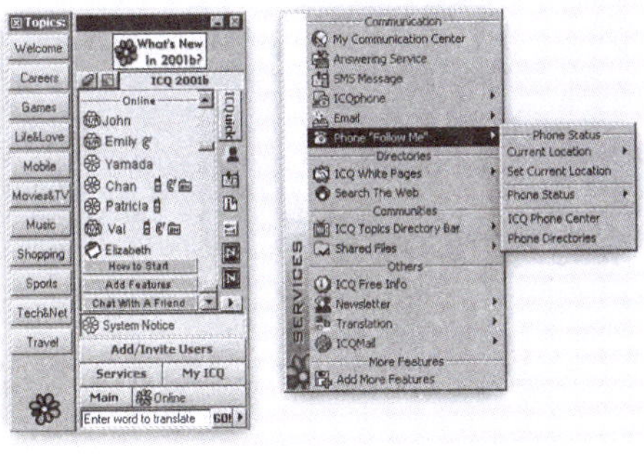

ICQ 是互联网聊天工具的鼻祖，是三个以色列人在1996年推出的一个软件。ICQ 为“I seek you”（我找你）的谐音，意即在互联网上可以随时找到你，发生沟通和联系。1998 年，AOL 收购了 ICQ

在这一年的年初，当时全世界最大的互联网服务公司AOL

（American Online，美国在线）推出了他们收购 ICQ 后的第一个版本 ICQ 99a，准备让自己原本就排名全美第一的网上寻呼业务来一把“烈火烹油”。

1999 年 2 月，一家才成立 3 个月、在深圳科技园一个几十平方米小厂房里办公的小公司，推出了一款中文即时通信工具。

这家公司的总经理当时只有 28 岁，名字叫马化腾。他觉得 ICQ 这个聊天工具很好，但是只有英文版，很多英文不好的中国人用不来，所以就“模仿”它做了一个版本，取名“OICQ”——Opening ICQ（开放的 ICQ）。

OICQ 上线后，得到了一批中国网民的青睐，注册用户很快突破了五位数。考虑到当时中国的网民数量，这个数字，尤其是增速，还是相当令人振奋的。

当然，和“用户数增长”报告书一起出现在马化腾那张略显寒酸的办公桌上的，还有 AOL 公司发来的侵权投诉书——OICQ 的名称以及域名，侵犯了 ICQ 的知识产权。

美国巨无霸与中国深圳那个叫“腾讯”的小公司之间这场官司打了大半年，最终腾讯公司败诉，让出 OICQ 的所有权利，马化腾痛定思痛，索性将这个软件改名为“QQ”。

MSN Messenger 的登录界面

但是，在 1999 年，互联网即时通信领域最大的事件，并不是 OICQ 的问世以及腾讯和 AOL 那场官司，而是另一家世界级的巨无霸科技公司推出了自己的互联网即时通信工具——

1999 年 7 月 22 日，微软公司正式上线了 MSN Messenger。

2

MSN Messenger 显然是含着金汤匙出生的。

因为它的“爸爸”，是当时全球最财大气粗且实力强劲的微软。

事实上，MSN 和 MSN Messenger 是两回事。

MSN，全称为 Microsoft Service Network，是微软公司旗下的门户网站，在 1995 年 8 月 24 日就上线了网络在线服务。

1996 年 3 月 25 日，美国使用 MSN 拨号接入 Internet（因特网）的用户就达到了 100 万。

1997 年 12 月 31 日，微软购买了一个基于 Web（万维网）的电子邮件服务公司，获得了新增的 800 万用户，将之一起并入了 MSN。而那项电子邮件服务，就是我们曾经熟悉的 Hotmail。

Hotmail 的创始人之一巴迪亚

所以，当 1999 年 7 月 22 日上线服务时，MSN Messenger 当之无愧成了全球即时通信领域一颗最闪亮的明星——在服务开通后 6 天，它就获得了 70 万注册用户。

与之形成鲜明对比的是，那个 1999 年 2 月上线、后来改名为 QQ 的中国本土即时通信工具，花了整整 9 个月的时间，到 1999 年 11 月，注册用户数才达到 6 万。

到了 2000 年 7 月 17 日，微软宣布，MSN 已经拥有了 2.1 亿独立用户，成了全世界排名第一的网站。而借这股东风，2001 年 3 月 16 日，MSN Messenger 在全世界范围内拥有了 3000 万在线用户。

可能微软自己也没想到的是：

在这 3000 万用户中，有相当一部分来自他们并未正式开展 MSN 业务的中国大陆。

3

MSN Messenger 在中国被简称为“MSN”。

在当时的中国，MSN Messenger 有自己非常清晰的标签：

“小孩才用 QQ，大人们都用 MSN。”

而这个“大人”，其实也专指这样一群人：职场精英，白领人士。

当时，很多用 QQ 的大学生，毕业之后一踏上社会，就会自然而然去申请一个 MSN Messenger 的账号——自己公司的同事和老板以及商务合作伙伴都在用 MSN Messenger。这条关系链慢慢向下延伸，直到很多大学生也开始把主力沟通工具从 QQ 变为 MSN Messenger。

在当时不少企业（尤其是外企或世界 500 强企业）的招聘会或面试中，如果应聘大学生的联系邮箱是“×××××@qq.com”，那可能会被面试官减一点分——“还是个孩子啊”，而如果邮箱是“×××××@hotmail.com”，则多半会起到加分作用。

在当时的“北上广”等一线大城市的写字楼里，企业白领的电脑里如果没有 MSN Messenger，那真是一件不可思议的事。有很多公司的局域网是封锁 QQ 登录端口的，但却允许用 MSN Messenger——在很多人眼里，QQ 就是用来聊天打发时间甚至打情骂俏的，而 MSN Messenger 是正经用来工作或进行商务社交的。

在不少社交场合，留一个 MSN Messenger 的联系方式既正常又得体，而如果有人报出一串阿拉伯数字说“这是我的 QQ”，就可能引来对方含蓄又不失礼貌的莞尔一笑。

MSN Messenger 功能简单，界面简洁，没有 QQ 那些虚头花脑的功能，所以 MSN Messenger 的蓝绿小人标识在那时候就象征着一种格调，在成年人眼里，它从各方面完胜看上去是“土鳖”的 QQ 企鹅。不少人觉得，就连 MSN Messenger 接受信息时发出的“登登”和弦音，听上去也比 QQ 单调的“滴滴滴”声音悦耳得多。

所以，当 2005 年 5 月 26 日微软宣布 MSN Messenger 正式进入中国的时候，外界普遍认为 QQ 将受到前所未有的挑战——尽管腾讯公司已经于前一年成功在香港主板上市，QQ 同时在线人数早已突破了 1000 万，注册用户数早就突破了 3 亿。

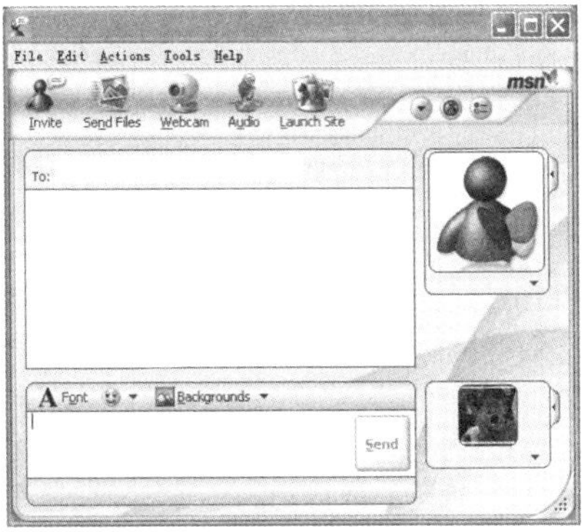

MSN Messenger 的聊天界面

因为 MSN Messenger 的成绩摆在那里：2005 年，在还没正式进入中国且没做任何宣传的情况下，MSN Messenger 已经在 2000 万中国高端商务人士中拿到了 53% 的市场占有率。

正式进入中国后，那还了得？

腾讯从来没有轻视过 MSN Messenger。早在 2004 年年末，腾讯就已经充分发挥自己“善于借鉴和模仿”的才华，出品了一款叫“腾讯 TM”的软件，全面“对标”MSN Messenger，试图与之争夺高端用户市场。但是，这款产品问世之后，一直表现平平，毫无亮点。

2005 年 3 月，腾讯为了对抗 MSN 强大而成熟的 Hotmail 邮箱系统，特地收购了 Foxmail 来加强 QQ 邮箱。现在我们知道了，这笔收购可以说影响了整个腾讯后来的命运，因为 Foxmail 的开发者也加入了腾讯，他的名字叫张小龙。

当年的 Foxmail 界面

但是，马化腾很快发现，自己的担忧可能有点多余。

4

MSN Messenger 在经过高速增长后，很快就陷入了停滞。

这种“停滞”并不是体现在用户增长上的。事实上，在正式进入中国后，MSN Messenger 用户量的增长还是很明显的，头 4 个月就增长了 25%。但问题就出在 MSN Messenger 这款软件本身——它对越来越多的细节问题视而不见，拒绝做出改变。

这是最可怕，也是最致命的“停滞”。

当互联网开始普及之后，用户对即时通信的要求也渐渐提高。随着时间的推移，原先精致简单的 MSN Messenger 的有些功能也开始显得落后或跟不上时代了。

即便是 MSN Messenger 的重度用户和“铁粉”，也可以轻而易举地列出当时这款软件的几大缺点。

第一，传输文件非常不方便，传输大一点的文件很容易发生中断。以至于白领之间经常会出现一个滑稽的场景——用 MSN Messenger 聊天，让对方留下 QQ 号来传文件。

第二，“群”的功能非常弱，基本就是抓一些人进来聊天而已。而 QQ 在“建群”这件事上下了非常深的功夫，服务也做得非常好，这成了他们黏住用户的一大法宝。

第三，相当长一段时间里没有隐身功能，没有离线留言功能，这些在 QQ 上都是最基本的功能。如果说对于 MSN Messenger 上“表情包”匮乏、没有虚拟道具，大家还有各自不同的看法，那么有些核心功能的缺失是让几乎所有人接受不了的。

第四，每一个人的对话框只能显示在下面的状态栏，无法像 QQ 那样收缩为屏幕右下角的一个闪烁图标。这从技术上其实并不难实现，但 MSN Messenger 就是不改，让人使用起来非常不便。

类似的细节其实还有很多，MSN Messenger 在让人感觉“有格调”

的同时，也给人一种高冷的感觉——你要适应我，不是我适应你。

2005 年 12 月，一个更糟糕的消息传来：

微软发布 Live 战略，MSN 被整合到了 Windows Live 的平台下，MSN Messenger 从一个小而独立的聊天工具，转变为一个大工具包——其中很多东西，用户未必需要。

微软发布 Live 战略，MSN 被整合到了 Windows Live 的平台下

这是 MSN Messenger 在即时通信产品竞争道路上一个重要的转折点。

而这个转折点折射出的是这款产品由盛转衰的一个重要原因：站在背后的微软公司。

5

有一首歌叫《好爸爸，坏爸爸》。

对于 MSN 而言，微软公司就是这样一个“好爸爸”和“坏爸爸”的共生体。

毫无疑问，如果没有“微软”这棵大树，整个 MSN 的业务都不可能如此迅猛地发展，MSN Messenger 也不可能自带“贵族”光环，让商务人士和白领产生一种天然的亲近感。

但问题也出在这里：“微软”这棵树实在太大了，它根本没精力，也觉得没必要去特别照顾 MSN 这枝小树杈。对于微软而言，Windows 系统和 Office 系列才是最大的根基，而其他的小树杈，都必须服从根基的整体发展战略。

由此，MSN Messenger 身上的各种毛病，也都找到了根源。

传输文件太慢且容易中断？那是因为微软长期不肯把 MSN 的服务器放到中国。甚至有一次因为海底光缆断裂，中国 MSN 用户集体断网，使得用户体验大打折扣。

缺少各种看似简单的细节功能？其实 MSN 中国公司内部针对很多细节改进打过各种报告，但一系列的邮件经过抄送和转发，层层审批，周游全球，最终要么被拒绝，要么等批下来时黄花菜都凉了。

始终给人一种不肯改进的印象？那是因为 MSN 在中国市场长期被忽视。举个很简单的例子：MSN Messenger 的更新是在中国白领白天的工作时间进行的，为什么？因为那是欧美用户的非工作时间。能分区域更新吗？不行，必须全球同步更新。

对于微软来说，MSN Messenger 只是他们家诸多业务中几乎不产生现金流的一块小业务，但对于当时的腾讯来说，QQ 几乎就是这个公司的一家一当。

所以，在提高用户体验这方面，腾讯愿意锱铢必较，有求必应，不断优化各种体验，增加各种用户呼吁的功能，因为这关系到公司的生死。而微软却没多少精力去改变 MSN Messenger 的“高冷”形象，到后面甚至给用户这样一种感觉：

“我就是这个样子，要用就用，不用就滚！”

用户当然是不会滚的，但他们会用脚投票。

6

2007 年年末，MSN Messenger 在中国的各项数据开始掉头向下。

除了因为 MSN 本身臃肿和效率低下的决策体系，还因为外部竞争环境开始发生巨大的变化：

从国际方面来看，谷歌、脸书、推特等巨头迅速崛起，“同步聊天”的人群渐渐被分流到了“异步聊天”乃至互联网社区；从国内来看，当年那个弱小的QQ已经变成了“巨无霸”，成了全世界首屈一指的即时通信工具和网络社区，同时，开心网、人人网以及之后的新浪微博快速崛起，又分流了大批网民。

在这个过程中，MSN也不是没有一点作为，比如尝试和当时风头正旺的开心网进行通讯录互通。但是，MSN没有把这项业务做深，反而给开心网带去了很多活跃用户——当然，“开心网”最终也泯然众人。

在国际和国内各种力量的夹击之下，原本就已经反应迟钝、转身吃力的MSN不可避免地开始沉沦。

到了2012年，MSN Messenger在中国的用户数跌到了4500万，而与之相比，QQ的用户数超过了6亿。

在这期间，MSN Messenger有过一次绝佳的翻身机会。

从2010年开始，奇虎360与腾讯展开了一场奇怪而激烈异常的争斗。在这场前后持续四年、被网民称为“3Q大战”的互联网界著名大争斗中，不少网民长久以来对腾讯公司一些行为的不满被激发了出来，当时网上出现了不少“不用QQ，用回MSN”的号召。

就在诸如新浪这样的公司都趁机推介自己的即时通信工具的时候，MSN却颇为君子地“作壁上观”，没有任何行动。

当然，以MSN当时的情况，即使做出宣传也未必能收到什么效果。

因为确实有相当一部分用户卸载了QQ，用回了MSN Messenger，但除了熟人关系链的缺失外，他们很快发现，MSN Messenger种种功能的落后与缺乏，已经让他们无法习惯了。

以MSN在中国市场的反应速度，随之他们又很自然地失去了第一时间转向移动互联网的机会。

留给MSN Messenger的时间，终于没有了。

7

2013年3月15日，微软正式宣布：关闭全球范围内的MSN Messenger，除了中国——这个时候，中国市场反而成了MSN Messenger仅剩的独苗。

但是，“独苗”也不能存活多久。

2014年8月28日，每一个中国的MSN Messenger用户都收到了一封来自微软的邮件：

中国的MSN Messenger将于2014年10月31日正式关闭，所有人可以转向微软早先收购的Skype。

一时之间，很多中国网民感慨不已，纷纷登录自己早已不用多时的MSN Messenger进行缅怀——很多人都发现自己已经忘了登录密码。

但即便登录上去的人，也只看到一片早已显示“脱机”的朋友头像。

而此时，早已不以MSN Messenger为竞争对手的QQ，正面临另一个强大竞争对手的挑战——好在，这个对手同样出自腾讯公司。

这个对手，就在MSN Messenger宣布正式关闭中国业务的一周前，已经拥有了惊人的1亿日活、6亿注册用户。

它的名字，叫“微信”。

它的开发者，叫张小龙——没错，就是当初带着Foxmail产品进入腾讯的张小龙。

这时候，坊间又有一句话开始流传：

“小孩才用QQ，大人们都用微信。”

馒头说

在写这篇文章之前，我专门问了一个1992年出生的女生：

“你用过 MSN 吗？”

得到的回答是：

“没有，只是听说过。”

然后我又问：

“是不是你们这一代的同学或朋友之间，都很少用 MSN 聊天？”

得到的是肯定的回答。

其实我根本就没打算问 95 后，因为我肯定可以猜到答案。但我掐指算了下，在 1992 年前后出生的那一代人可以自由使用聊天工具的时候，MSN 确实已经过了黄金期。等他们踏入职场的时候，MSN 基本上已经不存在了。

有时候想一想，这还是一件挺让人感慨的事。

“眼看他起高楼，眼看他宴宾客，眼看他楼塌了。”

每幢楼的倒塌看上去都是轰然一刻，但事先都能在背后找到蛛丝马迹，关键在于你愿不愿意去找，愿不愿意去解决问题。

有人曾说：只要目前“智能手机”这个形态不改变，微信就不会被取代。

张小龙和他的微信团队会这么认为吗？至少，微信的版本还在不断地更新迭代。

毕竟，在这个充满变化的时代，唯变不变。

本文主要参考来源：

1.《再论 MSN 在中国的死因》（向守军，新浪专栏·创事记，2014 年 11 月 3 日）

2.《MSN 大败局：一款有多次胜出机会的产品，为何一步步走向没落？》（王佳梁、方毅，曲琳采访和整理，《创业邦》，2013 年 04 期）

3.《从辉煌到没落，MSN 的 13 年》（李玮，IT 之家，2012 年 11 月 18 日）

4.《MSN 衰落根源：有个太强势的爹》（尹生，福布斯中文网，2012 年 11 月 15 日）

5.《经史回眸 |10 年前，MSN 为什么败了》（徐而道来，搜狐科技，2018 年 7 月 31 日）

浩劫之下

生离死别有很多种，有些是迫于形势，有些是咎由自取，无论怎样，还是有选择的余地。

但有一种，其实和你的抉择无关，遇上了，就是遇上了……

永不返航的“古斯特洛夫号”

说起“海难”和“沉船”，很多人第一个想起的可能是“泰坦尼克号”。

但事实上，若以遇难者人数计的话，人类历史上最大的海难悲剧绝非“泰坦尼克号”的沉没，只是那场遇难人数最多的海上悲剧是否能冠以“海难”之名，仍存在争议。

1

当二战进行到 1945 年 1 月的时候，德国开始明显撑不住了。

1945 年 1 月 13 日，苏联 14 个合成集团军、1 个坦克集团军、5 个坦克军和机械化军、2 个空军集团军，约 167 万人，直扑德国的东普鲁士——在被侵略了三年之后，苏联人开始反攻入德国境内了。

而德国防守东普鲁士的，是已经被打空的中央集团军群，他们拼凑起来的防守人数连苏联军队的一半都不到。

其实谁都知道，东普鲁士失守只是时间问题。

恐慌的情绪开始在德国军队和民众之间弥漫开来，从前线撤下来

苏联红军攻入德国

的德国士兵经过普通老百姓身边时都会小声说："快走吧！苏联人就要来了！"

对于在东部的普通德国民众而言，他们知道自己的城镇如果被苏军占领意味着什么——在过去三年，德国入侵者在苏联的土地上对平民干了很多令人发指的事，很多丧妻失子的苏联红军战士发誓要"以眼还眼"。

大量东普鲁士的德国妇女——男性基本被征召上战场了——开始收拾好细软，打包行李，带着孩子和老人离开自己的家乡，一路西逃。由于1月的天气已经寒风凛冽，相对于走陆路缓慢撤离，更多的难民倾向于选择坐船离开。

他们彼此之间都在通报消息：政府有一艘巨大的邮轮，将允许搭载部分难民撤往德国的基尔港。

他们都希望能够成为登上那艘邮轮的幸运儿。

那艘邮轮，叫"威廉·古斯特洛夫号"。

2

"威廉·古斯特洛夫号"是一艘豪华邮轮，是以威廉·古斯特洛夫（Wilhelm Gustloff）的名字命名的。

作为希特勒的左膀右臂之一，威廉·古斯特洛夫是纳粹瑞士分部的领导人，1936年被一名犹太学生暗杀。为了纪念自己的亲密战友，希特勒决定将当时德国最豪华的邮轮命名为"威廉·古斯特洛夫号"（简称"古斯特洛夫号"），并在1937年5月5日亲自主持了这艘船的下水仪式。

"古斯特洛夫号"

"古斯特洛夫号"排水量超过2.5万吨，造价高达2500万帝国马克。在下水后，这艘豪华邮轮一度属于"德国劳工阵线"（纳粹控制的工会组织），为德国工人提供疗休养服务。但很快战争就爆发了，"古斯特洛夫号"被军队征作"医院船"（用于海上收容，医治并运送伤病员、遇难人员的非武装勤务舰），然后在1940年又被改征为运兵船——运送德国U型潜艇的见习官兵。

在1945年的1月下旬，"古斯特洛夫号"得到了一个从格丁尼亚港到基尔港的运送命令，运送的标的包括一批U型潜艇的见习官兵、一批伤兵、一批武器装备、一批医护人员，以及"顺带"捎走一批难民。

最终，这批登上"古斯特洛夫号"的人数统计如下：

173名船员（海军武装辅助队）、918名第二潜艇训练师的士官及士兵、373名女性海军医护人员、162名受重伤的士兵，还有8956名难民（其中只有4424名难民有合法登记）。

核定载客人数为2000左右的"古斯特洛夫号"，最终一共装下了10582人。

和平时期的"古斯特洛夫号"内部

当然，考虑到这是战争时期，"古斯特洛夫号"也不提供休闲娱乐功能，所以上船的德国人分散拥挤在各个客房、餐厅、大厅、楼梯口、泳池等等，这艘船倒也

电影《古斯特洛夫号》剧照

最终完成了装载任务。

但是，船上的救生设备不可能满足1万个人的需求，救生艇加救生衣，大概可以装备一半的乘客。不过绝大多数能上船的人其实都已经无所谓了——能在寒风凛冽的天气登上这艘当时德国妇孺皆知的豪华邮轮，相对舒服地撤到安全地带，他们还能要求什么呢？

1945年1月30日中午12点30分，“古斯特洛夫号”拉响了汽笛，在四艘拖船的牵引下缓缓驶出了格丁尼亚港。

当时没有人知道，那是一次不归的航程。

3

当登船的难民认为一切都已安妥的时候，“古斯特洛夫号”的船长室却发生了一场争辩。

在这艘船上，一共有四名船长（其中一名是拥有船长执照的大副），再加上统率1000多名U型潜艇见习官兵的少校威尔汉姆，这五个人对“古斯特洛夫号”究竟选择哪条航线去基尔港有不同的意见。

A路线，是沿着海岸的浅海航行。走这条路线的优点是能避开苏联潜艇的袭击，缺点是近海多布有水雷，航行速度将大大减慢。

B路线，是被称为“58号紧急航道”的深海路线。走这条路线的优点是没有水雷，速度将大大加快，但缺点是可能会遭到苏联潜艇的攻击。

最终，63岁的总船长弗里德里希·彼得森（Friedrich Petersen）做出了最后决定：

走 B 路线，快速前进。

弗里德里希·彼得森

按理说，如此一艘巨轮驶入深海，一定要有护卫舰和鱼雷艇护航。但由于时间紧迫，以及德国人在 1945 年早已陷入捉襟见肘的境地，所以“古斯特洛夫号”只有两艘鱼雷艇护航，其中一艘还因为出故障掉队，最终只剩下一艘“狮子号”鱼雷艇孤单地为这艘载有 1 万多人的巨轮保驾护航。

1 月 30 日晚上 8 点，“古斯特洛夫号”已经进入深海，航行顺利。分散在各个舱室的乘客中，有不少人已经安心入睡。这时候，彼得森船长收到了一则无线电讯息：一支德国的扫雷艇舰队正从正前方驶来。

为了避免与对方相撞，彼得森下令打开船上红绿两色的导航灯。

导航灯在亮了一个小时之后熄灭，冰冷的大洋上重新回归黑暗。

但是，对于死神而言，这一个小时已经足够了。

4

当“古斯特洛夫号”导航灯亮起的时候，苏联 S-13 潜艇上的官兵一片欢腾。

这艘 S-13 潜艇在波罗的海区域已经巡弋了 20 天。艇长亚历山大·马连尼斯科（Alexander Marinesko）少校因为之前有一次醉酒误事将被惩罚，迫切地希望能够通过击沉对方的舰船将功赎罪，为此，他冒险命令将潜艇开入德国海军的势力范围寻找机会。

所以，当他们发现漆黑的洋面上露出导航灯时，兴奋的心情可想而知。

从导航灯的位置、船的轮廓以及螺旋桨的声音判断，目标是一艘巨大的船只。至于是军舰还是货轮或是运兵船，这不是马连尼斯科要考虑的问题——德国 U 型潜艇的“狼群”战术早已击沉了盟国数以千万吨计的商船，而希特勒也早已宣布波罗的海为战区，德军将袭击一切过往的盟国船只。

在发现了目标后，马连尼斯科立刻下令潜艇全速跟上，甚至不惜浮出海面以获得最快速度。两小时后，S-13 潜艇终于咬上了浑然不觉的“古斯特洛夫号”。

马连尼斯科下令潜艇绕到“古斯特洛夫号”靠近浅海的那一侧，那样正好与为它护航的“狮子号”鱼雷艇隔离。在“古斯特洛夫号”前方侧面，潜艇进入了最佳攻击位置。

马连尼斯科命令发射四枚鱼雷。

那是四枚都刻着名字的鱼雷。

第一枚是“为了祖国”，第二枚是“为了斯大林”，第三枚是“为了苏联人民”，第四枚是“为了列宁格勒”。

除了“为了斯大林”被卡在了发射管，其余三枚鱼雷都顺利发射，呼啸着奔向航行中的“古斯特洛夫号”。

全部命中目标。

5

当“古斯特洛夫号”的乘客感到船体震动的时候，他们正在收听广播。

那是他们的元首希特勒上台 12 周年的广播。在广播中，元首继续用铿锵有力的话语，鼓舞德国民众要排除万难，坚持到底，胜利终归是属于德国人的。

也就是在这个时候，来自苏联 S-13 潜艇的三枚鱼雷命中了“古斯特洛夫号”：第一枚击中左舷的船头，第二枚钻进位于船身中间的游泳池，第三枚击中尾部的发动机房。

身处命中部位的乘客当即全部身亡，包括当时挤在被抽干水的游泳池内的300多名德国海军女护士。

随后就是剧烈的爆炸声和船体迅速倾斜。

乘客很快意识到发生了什么，开始陷入大规模混乱，纷纷往上层甲板挤，并争抢救生设备。但由于救生设备原本就不足，再加上船体迅速左倾，右舷的一半救生设备无法使用，所以大量的乘客只能被迫跳海。

这时候，船上的军队试图维护秩序：持枪的士兵列队保证女士和孩子先上救生艇，在这个过程中，不少想强行登上救生艇的男人被无情射杀。有一名生还者后来回忆，他亲眼见到一名纳粹军官在上艇无望的情况下，应妻子的要求射杀了自己的妻子和女儿，在自杀时因为手枪没有了子弹，只能拉着家人的尸体一起跳入大海。

当时室外的温度低于零下10摄氏度，海面上有浮冰。很多落入海水的乘客被冻得浑身发抖，头发上都结了冰。而更让人痛心的是，很多获得了成人救生衣的儿童因为头比身体重，落入海水后就变成了倒立姿势，最终溺毙。

“古斯特洛夫号”只用了50分钟就彻底沉到了45米深的海底，冰冷的洋面上到处都是呼救的乘客

发射完鱼雷的苏联S-13潜艇下潜后迅速离去，剩下的是慌忙赶来营救的德国船只。

就在一旁的“狮子号”鱼雷艇和后来赶来的T-36鱼雷艇救起了最多的乘客，但限于装载量，也就分别救起了564人和472人，而后来陆续赶到的一些扫雷舰、货轮都没能救起多少人——由于海水温度过低，很多乘客落水后不久就被冻毙。

最后统计获救人数，一共是 1252 人。

换句话说，有 9330 人在这场海难中殒命——其中有 4000 人以上是儿童。

值得一提的是，彼得森船长在第一时间就登上了救生艇，而船上的四名船长全都生还。

6

“古斯特洛夫号”沉没后，各方面的反应令人寻味。

德国政府最初严密封锁了“古斯特洛夫号”被击沉的消息，报纸和广播一字不提，而幸存者也被训诫不能对外泄露情况。

而在二战结束后，德国人开始慢慢披露此事，并开始谴责这是苏联对平民进行的一次大屠杀。

苏联当局一开始也对这场“胜利”态度暧昧。马连尼斯科虽然战绩显赫，但却没有获得他希望获得的“苏联英雄”称号，只是获得了“红旗勋章”。20 世纪 80 年代后期，一些苏联海员曾凑钱建了一座马连尼斯科的纪念碑，但他的名字也被人在夜间偷偷挖去。

马连尼斯科的塑像

直到两德统一后档案揭秘，人们才知道当时的“古斯特洛夫号”上并不都是平民，还配备有防空炮和装载军队。

在苏联解体前的最后一个“胜利

日”，马连尼斯科终于被追认为“苏联英雄”。

馒头说

关于“古斯特洛夫号”的沉没是否属于“海难”，曾经有不小的争议。

因为“古斯特洛夫号”并非像“泰坦尼克号”那样是因为意外事故沉没的，而是被苏联潜艇击沉的。

不过，近年来，公众的意见渐渐趋向一致：作为一艘拥有武器装备、运送部分军人的船只，“古斯特洛夫号”并非平民船只，而且它被击沉的海域也是德国人自己宣布的处于战争状态的地方。

但是另一方面，那沉入海底的近1万名难民，尤其是数千名儿童的冤魂，却又无法让人心情平静，这毕竟是一艘装有大量平民的船只。

那么，是不是谁都可以不负这个责任？

当然不是。

1月30日其实是一个很巧合的日子：不仅仅是“古斯特洛夫号”沉没的日子，也是这艘船名字的由来——纳粹瑞士党魁威廉·古斯特洛夫的生日。

还有，就是希特勒上台成为德国总理的日子。

当三枚来自苏联潜艇的鱼雷命中“古斯特洛夫号”的时候，船上的广播正在播放希特勒的纪念讲话。

1999年获得诺贝尔文学奖的德国作家君特·格拉斯曾写过一部小说《蟹行》，就是以“古斯特洛夫号”事件作为历史背景的。他在2003年接受《纽约时报》采访时谈到自己写这部小说的一个动机，就是不满有些人说这次事故是一个“战争罪行”。

他认为，这是战争带来的悲惨结果。

那么，其实答案已经很清楚了：

谁发动战争，谁就应该为此负责

本文主要参考来源：

1. 纪录片《古斯特洛夫号的最后一次航行》（腾讯视频）

2.《历史上最惨烈的海难》（王素霞，《航海》，2005 年 06 期）

3.《苏联潜艇击沉“古斯特洛夫号”始末》（朱岩，《档案时空》，2003 年 09 期）

4.《“威廉·古斯特洛夫号”——梦幻之船的死亡之旅》（Volker Wagener，德国之声中文网，2015 年 1 月 30 日）

5. 纪录片《历史谜团：纳粹难民船海难》（探索频道）

6.《史海钩沉：人类历史上最惨烈的海难被隐瞒几十年》（范大鹏，《环球时报》，2005 年 3 月 29 日）

1948年，无法抵达终点的江亚轮

说起中国的海难，人们的第一反应可能是"太平轮惨案"。

但事实上，中国历史上最大的海难事故，其遇难人数远超"太平轮惨案"，也远远超过了"泰坦尼克号"沉船事件。

1

1948年12月3日下午，上海黄浦江畔的十六铺码头熙熙攘攘。

金国平带着妻子，抱着才一周岁的儿子，和一个黄牛讨价还价。

他们一家三口要坐船从上海回宁波，但黄牛开的票价实在太高。夫妇俩商量了一下，决定明天再回去。当他们抱着孩子，一只脚已经踏上人力车的时候，黄牛追了过来，说愿意按他们说的价钱卖票。略一迟疑，金国平还是买了两张三等舱的船票，带着妻儿上了船。

在金国平夫妇上船之前，严阿土已经在船上了。

严阿土是上海电池厂的一名普通工人，宁波籍，也要回宁波办事。由于他买的是统舱票，没有固定座位，所以他早早来到了码头，排在队伍的第一个上了船，希望能找一个好位置。

和严阿土相比，徐小文和她的未婚夫林瑞生就从容很多。

徐小文是上海闵行南货店老板的女儿，是典型的富家小姐。她要去宁波看望外婆，因为出门前收拾东西和化妆打扮，险些迟到。他们买的是特等舱船票，两人手挽着手，到快开船的时候才从容上船。

当然，也有不用买票就可以上船的，比如戴仁根。

戴仁根的舅舅是船上的水手。和很多水手会把自己的亲戚朋友免费带上船一样，舅舅把 18 岁的戴仁根也带上了船，安排在二等舱，嘱咐他不要随意走动。

下午 3 点 30 分左右，船长沈达才登上了船。沈达才从 1934 年开始担任船长，已有 14 年的经验。下午 4 点，沈达才看了看手表，下令升起舷梯，准备开船。

这时，从码头上飞奔过来一个小伙子，他叫邹信芳，19 岁。

邹信芳在上海一家军服厂打杂，他手里举着一张统舱票，边跑边喊："别开船！还有乘客！"

轮船的舷梯自然不会为这个小伙子再单独放下。头脑活络的邹信芳随即打听到船尾还有个小门在上货，赶紧跑了过去，递给一个搬行李的伙计几张钞票，跟在他后面登上了轮船。

邹信芳应该是最后一个登上船的人。

下午 4 点 30 分，一声长长的汽笛响起，轮船缓缓离开了十六铺码头。

2

这艘离港的轮船，叫"江亚轮"。

江亚轮，前身是 1939 年日本神户制钢播磨造船厂为东亚海运株式会社建造的客货轮"兴亚丸"，与"宁波丸"（后来的江静轮）等为姐妹船。江亚轮全长 102.4 米，宽 15.3 米，型深 4.7 米，排水量 3365.7 吨，马力2500匹，航速18节，设计的载客数是1186人。

江亚轮

抗战胜利后，根据协议，“兴亚丸”被国民党海军接收，后被国民政府转拨交通部并交由招商局运营，以补偿招商局在抗战期间沉船封港的损失，招商局遂将此船改名为“江亚轮”。改造后的江亚轮可载旅客2250人，并增添了特等餐厅等设置，成为当时招商局六大新型客轮之一。

但是，在1948年12月3日这一天，江亚轮的出口报告单上填的乘客数字，却达到了2786人，其中乘客2607人，船员179人。而且，这个数字还没有包括通过各种渠道混上船的无票乘客，外加水手、茶房、服务员这些人带上船的各种亲戚。据统计，如果把这些人全都算上，江亚轮上可能搭载了4000人——另有175吨的载货。

但即便如此，这应该也不算是一次艰难的航行。江亚轮此前已多次往返这条航线，而船长沈达才也对这条航线轻车熟路。那一天，沈达才专门关注了天气：晴到少云，气温3摄氏度至7摄氏度，风力2级至3级——这样的天气，对航行来说是非常合适的。

按照江亚轮的预定航线，从十六铺码头起航，沿黄浦江驶入长江，顺流而下进入大海，然后右转，沿着海岸到达宁波。这条航线的距离不长，一夜就可以抵达。在通过吴淞口进入大海之后，船上开始供应晚餐，而沈达才也离开驾驶舱，去餐厅吃饭。

晚上6点45分，大概在沈达才前往餐厅10分钟后，江亚轮行驶到了横沙西南的里铜沙附近。

这里的经纬度是北纬31度15分，东经121度47分。

这是一个后来让很多人刻骨铭心的坐标。

就在此时，“轰”的一声，江亚轮的船尾忽然发生了一次剧烈的爆炸。

3

在轮船传出爆炸声的第一时间，沈达才就冲回了驾驶室。

随后赶来的轮机长和司炉带来了好消息：轮机没问题，锅炉也没有爆炸。但这个好消息也带来了疑问——除去这两处，江亚轮其实是不可能因自身问题发生爆炸的。

同时，坏消息也传来：由于大爆炸发生在船尾，而江亚轮的报务房也在船尾，在这场爆炸中，两名报务员一死一重伤，报务房也被彻底摧毁——江亚轮无法通过发电报求救了。

沈达才决定自己去船尾看看，但他走上甲板，发现到处都是惊慌失措的乘客，根本寸步难行，只能再退回驾驶室。

此时，船体已经开始发生了明显倾斜，沈达才知道，这场爆炸威力巨大，江亚轮已经随时有沉船危险。这时，沈达才还是凭借丰富的经验下了第一道命令：

船头向右转 90 度，离开航道，紧急冲滩。

这道命令无疑是正确的。里铜沙一带水位不深，江亚轮如果能成功冲滩搁浅，那么浅滩就能阻止江亚轮船体下沉。

随后，沈达才下了第二道命令：

立刻拉响汽笛求救。

在轮船失去发报功能的情况下，鸣笛求救是最后的办法。按照通行惯例，应该鸣笛六声，代表遭遇险情，请求救援。但是江亚轮只鸣了一声凄厉的汽笛，就再也没能发出声音。

海水上涌的速度实在太快了，快到连“紧急冲滩”也无法做到了。

在漆黑的夜里，江亚轮开始迅速沉入冰冷的海水中。

4

此时此刻，船上乱作一团。

冰冷的海水首先涌入的，就是位于船体最下部的货仓和统舱。

糟糕的是，此时此刻，统舱刚刚在进行查票。由于这一次航程无票上船的人实在太多，为了防止查票时无票乘客外出躲避，所以统舱的通道被铁栅门锁了起来。

江亚轮中的死难者

海水涌进来的时候，统舱的人根本就逃不出去，瞬间就被海水吞没。

但是，第一个上船的严阿土逃了出来。

严阿土因为第一个上船，立刻就在统舱中找到了一个好位置。但还没坐多久，就上来了一个长相极为剽悍的中年男子，让他让出位置。怕惹事的严阿土只能忍气让出了位置，自己坐到了扶梯口。

恰恰是因为坐在扶梯口，所以严阿土在爆炸发生的时候没有被锁在铁栅门里，能在第一时间往四等舱跑。严阿土后来回忆，他是第一个跑出来的，后面没几个人跟出来，“一开始下面哭喊声一片，但很快就没有声音了”。

最后一个登船的邹信芳当时就站在四等舱的过道。

爆炸发生时，邹信芳整个人都蒙了。短短几分钟之内，海水就灌入了船舱，水已经齐腰深。邹信芳在急速的水流中漂浮，幸运地漂到了三等舱的楼梯口，开始往上爬。

但更多的四等舱乘客却没有这样的运气，很快就被冰冷的海水卷走。邹信芳后来回忆，当时他身后有一名带着两个孩子的女子在大哭，他想回头拉她，一个没拉着，转眼间她就被海水吞没。邹信芳一辈子都记得那个女子最后绝望的呼喊：

“救救我的孩子！”

金国平夫妇带着他们一周岁的儿子，就在三等舱。

在爆炸发生的那一刻，金国平夫妇抱着儿子跑出了舱室。但由于江亚轮下沉时船体迅速倾斜，三人全都掉进了海里。

金国平水性很好，但妻子和儿子却都不会水。他左手拉着妻子，右手拉着儿子，拼命踩水保持不沉，却发现此时必须要做出抉择：两个要全拉住，三人肯定会一同沉到海底。

在电光石火间，他松开了握着儿子的手。孩子立刻被海水卷走，金国平后来回忆：“只记得那只小小的手划过了自己的脖子。”

但是，金国平却也无法拉住自己的妻子了。浪头越来越大，金国平觉得拉住自己的妻子越来越困难。一个大浪打来，金国平听到一句：“国平，别拉我了，放开我吧。”妻子随即就消失在茫茫大海中。

被舅舅安排在二等舱的戴仁根，也在爆炸发生时就冲了出来。当时他的舅舅赶了过来，让他先待在原处别动，自己去找救生圈。但戴仁根此后就再也没有等到舅舅回来。

特等舱受到的爆炸冲击是最小的。

徐小文和林瑞生当时就在特等舱里，发现电灯忽然熄灭了。这时，特等舱的服务员端着点亮的蜡烛走进了房间，告诉他们可能锅炉出了点问题，没大事。

但几分钟后，服务员又冲了进来，摘下了他们房间的一个救生圈，转身就跑，临走时丢下一句：“船要沉了，你们快逃吧！”

一个房间有两个救生圈，被服务员拿走了一个，还剩下一个。徐小文惊慌地看着自己的未婚夫林瑞生。

林瑞生将剩下的一个救生圈套在了自己身上，跑了出去。

5

船长沈达才的“紧急冲滩”命令虽然没有完全成功，但毕竟还是起了些作用。

在经历了最初的下沉之后，全长超过100米的江亚轮尾部还是触到了海底，这让这艘船的烟囱、桅杆和一部分上层甲板在此后的几个小时仍能露出海面。

但是，沈达才作为一名船长，做出的贡献也仅限于此。

在江亚轮发生爆炸后的两个多小时，周边有几艘船赶了过来，其中就包括同属招商局的茂利轮。当时，茂利轮放下了一条舢板，接了沈达才和一名船员过去商量营救办法，但舢板回来的时候，上面只有那个船员，船长沈达才并没有回来——按照国际通行规则，船只沉没，船长应该在最后一刻离船。

自船长以下，江亚轮上的船员在这次灾难中的表现，让人非常失望。

江亚轮捞救场面

灾难发生时，从舅舅找救生圈给自己外甥，到服务员进客人房间抢救生圈，船员们大多争先恐后地自顾自逃命，居然没有人想到去放救生艇。据事后统计，在179名船员中，有100多人逃出，生还率超过60%。

在无法依靠专业船员救援的情况下，江亚轮上幸存的乘客只能期待别的船只伸出援手。

最早发出救援电报的，是两艘路过的渔船。它们在发现了几名落水者后，立刻前来搭救。

但是，由于这两艘渔船是刚刚捕鱼归来，本来也载重有限，所以在救起 28 人之后，船体已经开始进水，最终只能驶离。但在离开前，渔船发电报把失事位置报给了上海的招商局海运值班室。

由于江亚轮的沉没，附近海面上漂浮着数百人，一见到船就拼命去扒船舷。再加上大船沉没时会出现旋涡，其他船只如果贸然靠上去，会有被吸入或被大船侧翻打沉的危险，所以有一些船只虽然在附近，但不敢靠近。就连同属招商局的茂利轮也只敢保持一段距离，通过舢板救人。

但是就在此时，有一艘体积并不大的船，却勇敢地靠上了即将沉没的江亚轮。

这艘船叫作“金源利号”。

“金源利号”是一艘运输船，木壳机帆，排水量 300 吨，只有江亚轮的 1/10。如果江亚轮沉没，“金源利号”其实也会发生危险。但这艘小船却经过好几次尝试，终于成功将船头顶上了江亚轮，然后用绳索将两船连接，开始搭救船上的乘客。

“金源利号”之所以那么果断，是因为当时船主就在船上，是他直接下令靠上去营救的。

船主的名字，叫张翰庭。

张翰庭曾留学日本，参加过同盟会，当时是浙江省的参议。当晚他因为去上海谈事，搭乘自家的“金源利号”返回浙江温岭，正好碰到了江亚轮沉没。当时张翰庭下了两道命令：第一，一律不准船员私自去打捞漂在海面上的乘客的财物（当时有船只趁火打劫，捞取江面上的箱子和财物）；第二，抛掉船上运载的 3000 箱橘子，把舱位统统空出来救人。

于是，在夜色和寒风中，江亚轮上的部分幸存者转移到了“金源利号”上。但是，由于“金源利号”实在太小，在救上了 400 多人后，船体开始摇晃。而江亚轮此时也在加速沉没，通过绳索牵引，拉着“金源利号”一起下沉。

无奈之中，张翰庭只能下令砍断连接两船的绳索。江亚轮上还有未获救的乘客，哭声一片，张翰庭不忍心，下令再放下随船仅有的两艘小舢板，再救起了几十人。

事后统计，“金源利号”在这起海难中一共救起了 453 人，占后来江亚轮全部获救人数的一半。

6

晚上 10 点左右，江亚轮的姐妹船江静轮姗姗来迟。

一直趴在江亚轮桅杆上的邹信芳，当初最后一个上船，最终也成了最后一批获救的幸存者之一。他回忆被救上江静轮后，江亚轮上已经基本没有活人了。此时，海面上还有一些零散的落水者，他们已经失去了最后挣扎的力气，渐渐被冻僵，沉入海底。

整个江亚轮上最后幸存的乘客，也就 900 多人。

出于技术原因，招商局在三天后才派船到出事地点开始打捞遇难乘客。

90 多名潜水员，十几艘船，日夜打捞，一共打捞出有名有姓的尸体 1383 具，其中成人男性 629 人、女性 414 人，男童 208 人、女童 132 人。算上幸存者的人数，还有 1000 多人尸骨无存。

江亚轮遇难者家属在同仁辅元堂认看遇难者照片。1949 年 2 月，数千名愤怒的江亚轮遇难者家属聚集在招商局门口，抬棺抗议。结果，国民党当局派出大量警察弹压驱散，几乎酿成大规模流血冲突

12 月 6 日，宁

波人旅沪同乡会成立“江亚轮惨案善后委员会”，向国民党上海市政当局和招商局要求赔偿。但招商局却以“失事原因尚未查明”为由，对赔偿问题既不拒绝也不表态。其中以招商局总经理徐学禹态度最为强硬，声称：“在责任未明确之前，决不赔偿抚恤金；即使责任判定，也不能接受遇难者家属提出的赔偿金额和条件。”同时，他还威胁要追究遇难者家属妨碍公务、破坏航运安全的重大责任。值得一提的是，几个月后，徐学禹从招商局总经理升成了董事长。

既然要找原因，那么江亚轮爆炸沉没的原因究竟是什么呢？

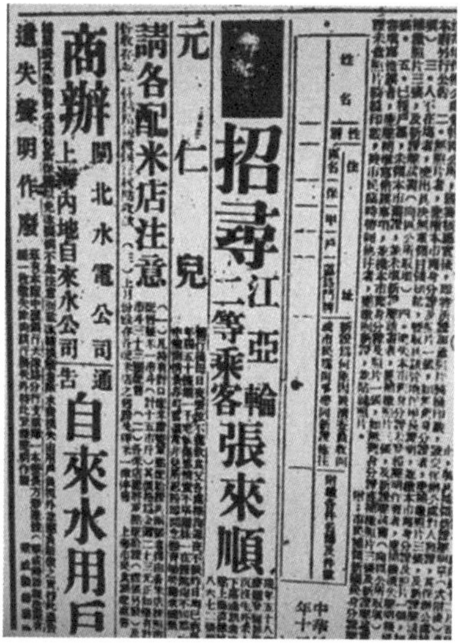
招尋江亞輪二等乘客張來順
元仁兒
請各配米店注意
商辦閘北水電公司通告
上海內地自來水公司
自來水用戶
遺失聲明作廢

当时《申报》登出的第一则寻人启事

“锅炉爆炸说”首先被排除。之后不久，从招商局流传出一种说法：是共产党人带着定时炸弹上船干的，目的是炸死有时会乘坐这艘船的蒋经国。

这个经不起推敲的说法不久之后被专家组从技术上否定了：经水下勘探，爆炸形成的裂口长达 9 米，由个人携带的定时炸弹或爆炸物绝不可能造成如此破坏。

当时，调查组基本都已认定了一个原因：误触水雷。抗战时期，为了阻止日军进入长江口，国民党军队布下了大量水雷，但战后却没有全部排除，江亚轮可能偏离了航道，触碰了水雷。如果这个原因成立，罪责就要归到政府，所以当时的国民党政府也一直没有表态。

江亚轮爆炸原因就这样一直拖到了新中国成立后。1981 年，当时在事故后接替徐学禹出任招商局总经理的胡时渊忽然撰文《我所知道的江亚轮沉没真相》，说出了他所知道的一个内幕：

在1949年4月，胡时渊陪同前任徐学禹和国民党海军部长桂永清吃饭，桂永清在席间告诉他们：江亚轮是被海军飞机的坠弹击沉的。

据胡时渊转述桂永清的说法，当时国民党海军得到情报说海州的国民党部队有意投向共产党，便急派一架轰炸机携带五百磅炸弹前去侦察轰炸。但是飞机越过海州时未发现部队行动，于是带弹返回。飞经吴淞口上空时，炸弹因机械失灵脱钩落下，正好落在江亚轮的舷侧，被江亚轮桨叶卷入船体，引发剧烈爆炸。此事被国民党政府视为绝对机密，一直保密。

然而，这个说法却又太过巧合，且当时江亚轮上的幸存者中，并没有人提起当时看到过飞机飞临上空，所以还是存疑。

至今，江亚轮的爆炸原因依旧是个谜。

7

在相当长一段时间里，江亚轮其实没被打捞上来。

1949年初，招商局邀请日本打捞专家勘探后拿出打捞方案，预算为19万美元。之后，招商局还邀请美国专家来考察，但专家们认为没法打捞，只能炸掉。由于潮流冲击等原因，沉在海底的江亚轮已经断为两截。

1956年，上海市人民政府从政治角度考虑，同时也为清浚航道，决定打捞江亚轮。前后历经160余天，沉没的江亚轮终于重见天日。

在打捞过程中，政府成立了专门处理捞获骨骸、物资的委员会。不论是一节残损的骨骸还是一件很小的首饰，他们都想办法将其捞出。有的死者头骨里满是烂泥，打捞工人们就用水把它冲洗干净，然后装箱。对所有捞获的物资，均由拾到人、收集人会同行政领导人三方面当场点清、盖章、密封，然后送打捞工程局保管，统一交上海市人民委员会处理。

江亞輪善后处理結束

委員会公布帳目幷將余款交救济部門

本报訊 江亞輪撈获骨骸物資处理委員会已于四月廿三日結束。委員会公布：这次共撈获黃金287.106兩，折价27,271.28元；銀器121.346兩，折价155.48元；銀元404枚，折价404元；鑽戒四只及宝石戒等43件，折价1,017元；廢品折价618.25元；外幣1.55元，折价3.63元；合計29,469.64元。支出方面：建築公墓費13,675.69元，墓穴及土方費2,800元，骨藏及其运費367.10元，綠化費441元，交通費90.96元，办公費22.97元，合計支出17,397.72元。委員会已決定將余款12,071.92元移交市救济分会統一处理，档案亦將交民政局保管。（馮劍华）

1957 年 4 月 25 日，《解放日报》刊载的关于江亚轮善后处理事项的报道

据统计，这次打捞共捞获不完整的骨骸 2 大箱、4 小箱，各类首饰上千件，大小金条 21 根，小金块 5 块，金镯 51 只，金戒指 228.5 只，折黄金 287 两。此外还有钻戒、宝石戒、银元、银器、外币等。这些物品除其中少数有私人印记还可以辨认外，绝大部分无特殊标记。

1957 年 4 月 23 日，委员会公布了江亚轮捞获物资善后处理的账目。总计捞获物资（除发还给家属的物品外）折价为 29400 余元，修建公墓后结余的 12000 余元由委员会移交上海市救济会统一处理。

改造后的江亚轮

至于江亚轮这艘轮船，由于还有利用价值，被送入江南造船厂回炉改造，于 1959 年 2 月 4 日上午重新出现在上海十六铺码头，改为长江内河货轮，往返于上海与武汉之间。

首航那天，江亚轮再次来到了当年的事故发生地，汽笛再一次鸣响。

1966 年 11 月，江亚轮改名为“东方红 8 号”。

1979 年 1 月 30 日，江峡轮与“东方红 8 号”在南京草鞋峡相撞，江峡轮沉没，经济损失达 500 万元。

江亚轮幸存者和他们的后人抚摸舵轮

1983 年，“东方红 8 号”退役，停泊在武汉港月亮湾码头，作为武汉长江轮船公司船队的水上基地。

2000 年 6 月，“东方红 8 号”被转卖给温州拆船个体户。当年 7 月 8 日，船上工作人员在拆卸时，不慎引燃了机舱内油污导致火灾，结果轮船基本全被烧毁。

2001 年春节前，“东方红 8 号”的残骸被拆毁作为废钢铁变卖。

江亚轮上当初那只木质舵轮被保存了下来，送入了宁波的浙东海事民俗博物馆。

这是目前见证当年这场特大海难的唯一实物。

馒头说

想再说说文中那几个人最后的命运。

戴仁根在海面上找到了一根木头，凭借年轻力壮，最后活了下来。他后来听一个从船上逃出来的厨师说，当初他的舅舅并没有抛弃他，确实找了两个救生圈回来救他，但路上被一群乘客抢走，只能再回舱内去找，就再也没能出来。戴仁根从此以后再也没坐过船。

金国平后来精神近乎失常，反复念叨着一句话：“如果当初没买那两张黄牛票就好了。”

徐小文上岸后就和未婚夫林瑞生解除了婚约。她当时落入了海中，被一名陌生的男子搭救，男子一直在海里保护着她，直到把她送上一艘来搜救的帆船。徐小文上岸后得知，那名男子是个农民，他的新婚妻子也死在了江亚轮上。徐小文曾提出以身相许，但那名男子以“你是城市的大小姐，我们不合适”为由拒绝。徐小文后来成了一名护士，终身未嫁。

一场巨大的灾难，总能展现出人性的复杂。

当时舟山的报纸曾报道过一个典型的例子：定海人朱三官，与妻子、堂妹及10岁的儿子也在江亚轮上，船沉落水，一艘路过的沈家门大捕鱼船放小舢板将一家四口救了上来。

但是，船老大称“妇女上船不吉利”，坚持只让朱三官与儿子登船，妻子和堂妹只能待在小舢板内由渔船拖行到沈家门。小舢板后来被巨浪掀翻，妻子与堂妹只能死死抓着绳索在海里沉浮。朱三官下跪哀求，但船主却坚决不让两人上船。

最终，妻子与堂妹被波涛卷走。悲愤至极的朱三官，抱着儿子投海自尽。那艘渔船的船主上岸后没几天就卖掉了渔船，说以后再也不出海了。

当初江亚轮的船长沈达才，后来参加了香港招商局的起义，率登禹轮冲破重重阻力返回祖国大陆，新中国成立后也对中国的航海事业有颇多贡献。但是，对于江亚轮一事，沈达才之后不愿意再谈一字。

每一年，江亚轮上的幸存者都会在12月3日进行一场纪念聚会。据说，全世界会这么做的，只有另一艘船的幸存者们，那艘船叫“泰坦尼克号”。

但是，这个每年一度的聚会，到了2008年就成了最后一次——很多人都去世了，或者老了，来不了了。

70多年过去了。

灾难的真相究竟何时会水落石出？有些人当初的命运是否会有一个明确的结论？

有些事情，可能还需要等待。

本文主要参考来源：

1.《江亚轮海难 航运史上死难人数最多的沉船惨案》(米艾尼,《北京日报》, 2016 年 4 月 14 日)

2.《我所知道的江亚轮沉没真相》(胡时渊,《航海》, 1981 年 03 期)

3.《沈达才："江亚轮"船长人生沉浮》(沈永清,《档案春秋》, 2014 年 06 期)

4.《"江亚轮"海难救生英雄张翰庭的谜样人生》(庄智娟,《档案春秋》, 2008 年 05 期)

5.《55 年终于了却这一愿》(桂晓燕、龚国荣,《宁波晚报》, 2003 年 12 月 3 日)

6.《"江亚轮"在暮色中沉没(附图)》(姜龙飞，上海档案信息网，2008 年 3 月 13 日)

7.《解析"江亚"轮爆炸沉没之谜》(崔志金,《中国海事》, 2013 年 04 期)

8.《中国史上最大海难：70 年后，江亚轮惨案"元凶"仍逍遥法外》(龚晶晶，微信公众号"明州世相", 2017 年 10 月 11 日)

特注：在多篇参考文章内都有提到《宁波晚报》原编委蔡康先生多年来一直跟踪采访江亚轮事件和幸存者，文中多处人物和细节应出自他的著作《江亚轮惨案》(宁波出版社，2006 年)。

“库尔斯克号”悲歌

曾经有这样一艘潜艇：号称“永不沉没”，因为有先进的构造和设计，它甚至可以承受被鱼雷正面命中。

但是，任何被冠以“永不沉没”四字的事物，结局都不会太好。

1

2000 年 8 月 12 日，13 点 16 分。

科列斯尼科夫大尉摸出一张纸，找到了一支笔，决定写一封信。

信的开头，是这样的：

奥利佳，我爱你！

请你不要太失望。现在是 13 点 16 分，所有在 6、7、9 舱的船员都已经转移到了第 9 隔离舱，这里一共有 23 个人。

我们决定在这里等待救援，因为我们中间没有人可以凭借自己的力量逃出去！

奥利佳，我爱你。

请不要太难过。

向加琳娜·瓦西里耶夫娜问好，向亲人们问好。

……

这时候，忽然灯光全暗了下来——整个电力系统停止工作了。

四周陷入了令人绝望的黑暗。

2

时间倒退 2 个小时。

2000 年 8 月 12 日，上午 11 点 29 分。

位于巴伦支海[①]附近的挪威卡拉谢克地震观测台，监测到了一次海底地震。

地震监测报告显示：此次地震的震源位于俄罗斯一侧，震级为 1.5 级。

2 分 14 秒之后，工作人员又监测到了一次地震。

这次地震来自同一个海域，但震级达到了 4.2 级，明显比前一次要大。

第二次的震源中心点，离第一次的震源中心点大概 500 米。

这就让地震观测台的工作人员疑惑了：

难道，震源中心点会自己移动？

① 巴伦支海位于挪威与俄罗斯北方，其名字是为纪念在该海域病逝的荷兰航海家威廉·巴伦支（William Barents）。

3

时间再倒退半个小时——8 月 12 日上午 11 点。

此时，庞大的俄罗斯北方舰队在巴伦支海的“军事演习”正在如火如荼地进行。

北方舰队是苏联四大舰队中实力最强的舰队，苏联解体后，俄罗斯继承了北方舰队，虽然实力有所下降，但依旧是四大舰队之首。刚刚上任不久的俄罗斯总统普京就在前不久强调：

“俄罗斯要在新的国际秩序中发挥作用，就必须扩大自己的海军规模。”

在这样的背景下，北方舰队在巴伦支海的这次演习，被外界视为俄罗斯重振军威的一次重要动作——俄罗斯要表明自己是军事强国，不允许美国和西方国家挤压自己的崛起空间。

“库尔斯克号”核潜艇以二战时苏德战争中著名的“库尔斯克会战”的名字命名，属于 949A 型艇，是苏联 / 俄罗斯的第四代巡航导弹核潜艇，也是当时世界上最大的战术核潜艇之一。全艇装备了两座核反应堆，并配备了 18 枚反舰导弹、24 枚巡航导弹、30 颗 9 米长的鱼雷，专门用来攻击航空母舰，曾被俄罗斯媒体誉为“航母终结者”，被认为以一艇之力，可以摧毁一支航母编队。“库尔斯克号”核潜艇 1994 年 5 月下水，1995 年 1 月正式入列俄罗斯海军北方舰队

11 点 20 分，作为北方舰队中最璀璨的明珠——“库尔斯克号”潜艇进入了离北方舰队 30 海里的指定位置。按照演习计划，这艘潜艇应该发射一枚练习鱼雷。

11 点 24 分，本次军事演习的总指挥波波夫向“库尔斯克号”核潜艇下达了命令：向“亚历山大号”军舰发射一枚练习鱼雷。

但几分钟后，什么事

也没有发生。

由于军事演习的各个环节一环扣一环，“库尔斯克号”忽然陷入“沉默”并没有引起太多人的关注，就连演习的总指挥波波夫也没有太放在心上。由于一直没有收到“库尔斯克号”的信息，他认为可能是这艘潜艇的通信设备出了问题，就下令每隔30分钟联系一次“库尔斯克号”。

然而，直到下午演习结束，仍然没有任何来自“库尔斯克号”潜艇的消息。

大家此时都知道：肯定出事了。

4

“库尔斯克号”失去联系的消息，瞬间就传遍了全世界。

这样一艘世界级的先进核潜艇失去联系，肯定会引起轩然大波。更何况，“库尔斯克号”是一艘核动力潜艇，艇上载有两个核反应堆，万一发生核泄漏，将造成巴伦支海海域的大面积核污染。

而挪威卡拉谢克地震观测台提供的两次海底地震监测报告，更让人对“库尔斯克号”潜艇的失踪原因基本心里有数——潜艇肯定发生了爆炸。

一时之间，传言四起。

一则号称来自俄罗斯海军内部的消息称，是美国的潜艇撞沉了“库尔斯克号”，而“肇事潜艇”的名字似乎也被翻了出来：当时就在巴伦支海负责监视行动的“孟菲斯号”潜艇。

另一则传言称：“库尔斯克号”潜艇上发生了哗变，冲突导致了爆炸。

车臣的一家通讯社干脆宣称，为了支持车臣的反政府武装，“库尔斯克号”的一名艇员炸毁了潜艇。

而此时，最心急的莫过于俄罗斯海军。

8 月 12 日下午，俄罗斯北方舰队参与演习的舰只就开始了大规模搜寻。8 月 13 日，北方舰队的所有军舰一律关闭发动机，开动全部声呐设备，试图捕捉来自“库尔斯克号”潜艇的发动机声音。

但是，巴伦支海的海平面以下，一片寂静。

与此同时，西方国家也纷纷出动潜艇，开始搜寻“库尔斯克号”——这也是让俄罗斯海军心焦的一个原因：

“库尔斯克号”不是一艘普通的核潜艇，它是当时世界上最先进的潜艇之一，它的外层表壳吸音技术、配备的“花岗岩”超声速巡航导弹和“风暴”高速鱼雷等，都是当时俄罗斯最高等级的军事机密。

也正是因此，俄罗斯从一开始就坚持用本国力量进行搜救。

在“库尔斯克号”失去联系近 30 个小时后，俄罗斯海军派出的“警钟号”微型潜艇终于传来了一个确切的消息——

在巴伦支海海平面 108 米以下，发现了“库尔斯克号”，它像一支钢笔一样，呈 60 度斜角，插在海底的黏土层里。

“库尔斯克号”确实沉没了。

而伴随着这个消息，还有一个让人心跳加速的消息——

“警钟号”微型潜艇在围绕“库尔斯克号”进行声呐探索的时候，听到了来自潜艇尾部第 9 隔离舱发出的有节奏的敲击声。

潜艇里还有幸存者！

5

8 月 14 日，俄罗斯电视台对外公布了“库尔斯克号”沉没的消息。

与此同时，外界也都知道了“潜艇内部可能还有生还者”。

参加军事演习的“库尔斯克号”全艇官兵一共 118 人。按照“库尔斯克号”的设计，即便潜艇上的制氧机因为发生故障停止工作，潜艇内的氧气也可以供 100 多名官兵支撑 10 天。

但是，这只是理论上的说法：潜艇内部如果发生爆炸，会不会有海水灌入？爆炸引起的大火，会不会消耗大量氧气？爆炸本身是不是会造成大量的人员伤亡？

俄罗斯海军也确实争分夺秒地投入了搜救：自 8 月 15 日开始，派出了 4 台救援装置，在“库尔斯克号”失事地点进行轮流救援。然而，救援装置前后一共 7 次试图对“库尔斯克号”第 9 隔离舱的逃生口进行对接，却全都失败了。

这有三方面原因：

第一，海底水流湍急，给救援带来比较大的困难；

第二，“库尔斯克号”艇体本身呈 60 度角倾斜，对接难度加大；

第三，由于发生爆炸，第 9 隔离舱的逃生口已经严重变形，很难对接上。

其中有一次，救援人员其实已经实现了与第 9 隔离舱逃生口的对接，却因为接口变形而无法密封，进而无法抽出隔离舱内的海水，只能宣告失败。

到了 8 月 15 日，离“库尔斯克号”发生事故已经过去了 60 个小时。

潜艇内官兵生存的希望已经越来越渺茫，而俄罗斯政府方面遭受的各界压力也越来越大：

有没有隐瞒真实情况？为何救援进展缓慢？为何拒绝外国搜救力量？

当时 48 岁的普京，当选俄罗斯总统才不到 5 个月，他在愤怒的“库尔斯克号”官兵家属面前默然不语，只能接受指责。而在面对西方媒体关于“库尔斯克号”采访的时候，普京只回答了三个字：

“它沉了。”

8 月 15 日夜，俄罗斯意识到单凭自己的力量，不可能在短时间内

“库尔斯克号”出发前一周，摄影师拍摄的艇上官兵

完成搜救工作了，于是被迫同意英国和挪威加入搜救。

然而，由于一系列的耽搁和赶路，英国和挪威的搜救力量在 8 月 20 日才到达失事海域。

挪威的潜水员随即下潜到了下沉的“库尔斯克号”潜艇旁，最终用尽一切办法，打开了第 9 隔离舱的逃生门。

隔离舱里早已经灌满了海水。

“库尔斯克号”全艇 118 人，没有一人生还。

6

8 月 23 日，俄罗斯总统普京下令，全国降半旗。

然而，当俄罗斯陷入举国悲痛之际，还有一个重大问题没有解决：

8 月 12 日这一天，“库尔斯克号”上究竟发生了什么？

要搞清楚这个问题，办法只有一个：把“库尔斯克号”打捞起来。

这是一项无比浩大的工程，即便对于俄罗斯这样的国家来说，也不是在短时间里能够做到的。

2001 年 7 月 9 日，在“库尔斯克号”沉没将近一年之后，俄罗斯花费 7000 万美元，动用 3000 人，与荷兰一家打捞公司合作，采用全世界最先进的打捞技术，开始对“库尔斯克号”进行整体打捞。

在进行打捞的 3 个多月时间里，俄罗斯北方舰队对巴伦支海的相关海域实行了全面警戒，从空中的直升机到海面的军舰，再到海底的潜艇。俄罗斯宣布：“库尔斯克号”失事海域，就是军事禁区，其他国家舰只一律不准进入。

2001 年 10 月 22 日，满目疮痍的“库尔斯克号”终于被打捞出水。

“库尔斯克号”被打捞出水（在发生事故的 3 个月后，已经有部分遇难官兵的遗体和遗物被打捞上来）

潜艇残骸随即被送入俄罗斯一个秘密军港进行事故调查——一个专门的调查委员会已经成立了。

经过专家对潜艇内部残骸的分析以及对黑匣子等相关证据的取证，“库尔斯克号”当年失事的原因，终于慢慢浮出水面。

7

时间再回到 2000 年 8 月 12 日上午 11 点 24 分。

当时，“库尔斯克号”得到了命令：向“亚历山大号”军舰发射一枚练习鱼雷。

当时，“库尔斯克号”潜艇的艇长利亚钦上校随即下令：将潜艇上浮到潜望深度，升起潜望镜和天线，打开电子侦察设备，准备发射。

苏联在 20 世纪 70 年代研发出的改进型 65-76 型鱼雷。该鱼雷相比前代产品有两大突破：第一，创造性地采用过氧化氢高能燃料和大功率泵推装置；第二，采用 557 千克的大数量高性能烈性炸药，破坏威力大。而这两点，也成了“库尔斯克号”遭遇厄运的原因

而悲剧正是从此刻开始的。

利亚钦艇长不知道的是，潜艇的第四发射管中那枚训练用的 65-76 型鱼雷由于一个焊点的问题，内部的过氧化氢正在发生泄漏——高浓度过氧化氢接触金属或锈迹后会分解成氧和蒸汽，并释放

出超高热量，同时体积会扩张 5000 倍。

当利亚钦艇长下令发射的时候，这枚鱼雷泄漏的过氧化氢，与一块金属锈斑发生了接触。

正要出膛的那枚鱼雷，随即发生了爆炸。

爆炸让这个舱位的官兵瞬间就失去了生命。而这场爆炸虽然不至于太过凶猛，但导致助推煤油箱破裂，瞬间就引发了大火。大火使得舱内温度不断升高，很快达到了 400 摄氏度。

其他 7 枚携带弹头的 65-76 型鱼雷在高温的炙烤下，也达到了自己的爆炸临界点——0.2 秒之内，7 枚威力巨大的鱼雷同时爆炸，产生了大概相当于 4.5 吨 TNT 炸药的威力。

“库尔斯克号”潜艇瞬间就被撕出一道大口子，海水倒灌。而爆炸的冲击波在短时间内就毁了各个隔离舱的钢制隔离板，殃及全艇。

“库尔斯克号”被打捞出的残骸

全艇大多数官兵，在这场爆炸的第一时间就已被夺去生命——指挥舱的军官甚至没有任何时间发出任何警报。

但是，确实有 23 个官兵躲过了两场爆炸，最终逃到了艇尾的第 9 隔离舱。

8

关于幸存的 23 名官兵的信息，外界是通过一封信了解到的。

这封信，是潜水员从第 9 隔离舱打捞上来的。

执笔者，就是科列斯尼科夫大尉。

当时，科列斯尼科夫大尉逃到第 9 隔离舱后，预感到这次凶多吉

科列斯尼科夫大尉（中）生前和父亲（左）以及一名战友合影

少，于是找到纸和笔，迅速写下了一封短信。

科列斯尼科夫大尉已经在“库尔斯克号”上服役5年，在2000年4月刚刚结婚。

而这封信，成了他写给新婚妻子奥利佳的遗书。

正是因为科列斯尼科夫大尉的这封遗书，外界才知道，在大爆炸发生后，“库尔斯克号”上有23名官兵死里逃生，聚集到了第9隔离舱等候救援，而敲击舱壁的声音，就是他们发出的。

如前文所述，这封遗书中，清晰的文字到“向亲人们问好”这里忽然中断了。随后的一段文字非常潦草且歪歪扭扭，但后来看到遗书的遗孀奥利佳说自己看得懂，后面的一段文字是：

> 15点45分，这里一片黑暗，但我试着摸着写。
>
> 似乎机会已经不多了！
>
> 也就10%到20%，我们希望有人能看到这封信，这是现在在9号隔离舱内全体人员的名单！
>
> 我们现在要试着出去，别放弃希望。
>
> 此致！

在灌满海水的第9隔离舱内，搜救人员发现了各种被打开使用过的救生设备，证明这23人已经用尽了一切方法自救——根据事后的推测，他们在隔离舱里大约存活了30个小时。

但是，在氧气耗尽之前，他们没有等来救援。

值得一提的是，之前公众担心的“核污染”并没有发生，因为

“库尔斯克号”上的两个核反应堆在被打捞上来时处于关闭状态。

那恐怕是这场灾难全过程给人的唯一一丝宽慰：

在灾难发生的瞬间，有人第一时间关闭了核反应堆。

馒头说

我曾和我老婆讨论过：你最害怕的死亡方式是什么？

我的回答是：在黑暗中，绝望地等死。

而这样的场景，却是当年“库尔斯克号”上那 23 名幸存者所经历的。这也是当年了解这场事故时，我最受触动的一点。

“库尔斯克号”事故当时震惊了俄罗斯，也震惊了全世界。直到现在，提起这 20 年来最让俄罗斯人痛心疾首的事故，“库尔斯克号”事故总是排在前面。

关于这场事故的原因后来也有争论，比如制造鱼雷的吉尔吉斯斯坦军工厂不承认鱼雷的故障，比如后来专家发现“库尔斯克号”用来发出求救信号的“应急浮标”系统本来就是坏的（但以当时的爆炸强度，官兵很可能也没有时间放出浮标），等等。

但无论怎么争论，潜艇是不会无缘无故自己爆炸的。所以，尽管当年俄罗斯的事故调查报告强调没有人为责任，但普京还是把给每个遇难官兵家属的抚恤金从 7000 美元提高到了 35000 美元，外加 145 个月的月薪。

那遇难的 118 名官兵，成了俄罗斯人心中永远的痛。

最后一刻，那 23 个可能有获救希望的官兵，究竟在想什么？

真实世界中的事，不可能都会像好莱坞灾难片那样，最后总有一个让人皆大欢喜的结局。但是，每一个人的真实情感，在电影和现实生活中，都是一样的。

奥利佳回忆，自己的新婚丈夫科列斯尼科夫大尉在踏上最后一次征程之前，从来不丢三落四的他，留下了三样东西——身份证，从不离身的十字架，以及悄悄写给她的一首情诗：

> 虽然我真的不愿意想到死亡，
> 可当死亡的时刻悄悄来临的时候，
> 我真想悄悄地对你说：
> 亲爱的，爱你，到永远。

本文主要参考来源：

1.《永沉深海：库尔斯克号沉没事件》(马利洪，《世界博览》，2018 年 10 期)
2.《库尔斯克号沉没之谜》(《档案》，北京电视台，腾讯视频，2016 年 2 月 12 日)
3.《"库尔斯克"号失事影响巨大》(邵俊武，《瞭望新闻周刊》，2000 年 35 期)
4.《对库尔斯克号事件的几点思考》(小舟，《今日东欧中亚》，2000 年 04 期)
5.《举世震惊的"库尔斯克"号沉没事件》(《现代军事》，2000 年 10 期)
6.《俄军人保险公司向"库尔斯克"号遗属赔款》(《中国保险》，2000 年 09 期)
7.《"库尔斯克"号核潜艇官兵遗书全文公开》(朱晓超，《北京青年报》，2000 年 11 月 4 日)

特内里费空难：人类史上最惨痛的一场空难

人类总是喜欢记录“最”。但有些“最”，却是无比沉痛，乃至惨痛的。

1

1977年3月27日，下午1点15分，拉斯帕尔马斯国际机场。

随着一声巨响，机场大厅的一家花店发生了爆炸。

这毫无疑问是一场恐怖袭击，因为此前警方收到过威胁警告。也正是因为做了提前疏散，所以只有8人在这场爆炸中受伤。但令人恐惧的事并没有结束：当地的一个独立运动组织宣称对这场爆炸案负责，并且表示“机场里还有另外一枚炸弹”。

这个消息迫使警方立刻做出了关闭机场的决定。

拉斯帕尔马斯国际机场位于大加那利岛，是加那利群岛上最大的一个机场。加那利群岛位于非洲西北海域，是西班牙的一个海外自治区。由于气候温暖，这里一直是欧洲人的度假胜地，同时也是美洲人进入欧洲地中海区域的一个门户。所以，拉斯帕尔马斯国际机场的关闭，让当地繁忙的航空业务一下子出现了“肠梗阻”，无奈之下，航管局只能宣布原本在这个机场的国际航班全部转移。

接受转移航班的机场位于大加那利岛旁边的特内里费岛，这个岛上的洛斯罗德奥斯机场虽然是个地区性的小机场，只有一条跑道，但好歹也算是一个应急之地。

从下午一点半左右开始，特内里费岛的洛斯罗德奥斯机场开始陆续转入来自世界各国的国际航班。一时之间，停机坪和滑行道上都是等候拉斯帕尔马斯国际机场重新开放的飞机——这个小机场从来没有应付过那么多的飞机。

如果说冥冥之中有一双看不见的手，那么这场由一枚炸弹引起的航班转移，是这双手给一场大悲剧安置的第一环。

2

下午 1 点 38 分，荷兰皇家航空的 KL4805 航班降落在了洛斯罗德奥斯机场。

执飞这次航班的是一架波音 747-206B 型广体客机，机长雅可布·范·赞顿是荷兰皇家航空的“明星机长”，不仅拥有 12000 小时的飞行经验，也是航空公司的飞行安全总监，并且一直担任飞行员的教官。

KL4805 航班在上午 9 点 31 分由荷兰阿姆斯特丹起飞，机上载有 235 名旅客，目的地是拉斯帕尔马斯国际机场——和很多其他航班一样，他们被通知先转移到洛斯罗德奥斯机场，等候原先目的地机场重新开放。

此时的范·赞顿颇有些心急，因为荷兰皇家航空公司对机组人员的飞行时长有严格规定：一旦超时就必须停止飞行（由另一个机组从阿姆斯特丹飞来顶替），违反者要吊销飞行执照。

执飞 KL4805 航班的荷兰皇家航空波音 747-206B 客机

身为公司的飞行安全总监，范·赞顿当然知道这条规定，更知道由于拉斯帕尔马斯国际机场出了意外，加上耽搁的时间，这次飞行的时长已经接近公司规定的时间上限了。

此时，整个洛斯罗德奥斯机场几乎停满了转降过来的飞机，而拉斯帕尔马斯国际机场何时能重新开放，仍没有音讯。

在等待的时间里，范·赞顿做了一个决定：给飞机加满航空燃油。

事实上，从特内里费岛飞往大加那利岛只需要大约 25 分钟，KL4805 航班的油完全够。但可能因为范·赞顿不想在抵达后花额外的时间加油，所以想在等待的时候就把油料加满，从而节约一段时间——大约 40 分钟。

此时，那双看不见的命运之手又为这场悲剧陆续添加了第二环和第三环：

一个焦急的机长，一架因为加满油而机身无比沉重的巨大飞机。

3

下午 1 点 45 分，美国泛美航空公司的 PA1736 航班降落在了洛斯罗德奥斯机场。

这是一架波音 747-121 型客机，机长是维克多·格鲁布，他拥有 21000 飞行小时，同样是一名经验非常丰富的机长。

PA1736 航班由洛杉矶国际机场起飞，中途在约翰·肯尼迪机场又增加了 14 名旅客，飞机上一共载有 382 名旅客，大多是要去乘坐豪华邮轮度假的退休老人。

执飞 PA1736 航班的泛美航空公司波音 747-121 型客机

此时的维克多机长也有点烦躁，因为此前他曾向地面航管请求飞机在上空盘旋，等待拉斯帕尔马斯国际机场重新开放后直接降落，但最终航管还是要求他降落到了洛斯罗德奥斯机场，和地面那些把机场塞得满满的飞机一样，等待重新起飞。

为了能够尽快起飞，维克多机长并没有让旅客下飞机，而是让他们在机上等候，以便能在第一时间重新起飞。

下午 4 点左右，好消息传来：拉斯帕尔马斯国际机场重新开放了。

一直没有下客的 PA1736 航班理应获得优先起飞权，事实上他们也开始准备离开飞机等候区了，但是维克多机长发现了一个问题：一架巨大的波音 747 飞机挡在了他们的前面——它正在加油。

没错，就是那架荷兰皇家航空的 KL4805 航班。

此时维克多机长的内心显然是无法愉快的，但洛斯罗德奥斯机场实在太狭小，根本没有让两架波音客机“擦肩而过”的宽度，所以尽管维克多机长心有咒骂，也只能选择等待。

此时，机场上空的风向忽然起了变化：原本飞机从等待区滑行出来后，只需要沿着 12 号跑道起飞即可，但风向改变后，12 号跑道的起飞方向是顺风，飞机必须沿着 12 号跑道滑行到终点，进行 180 度的

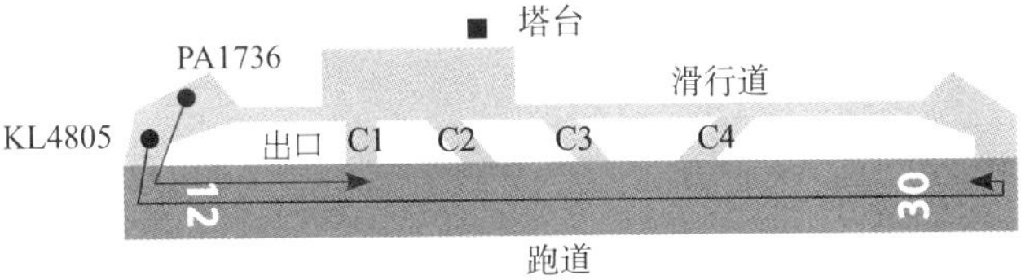

洛斯罗德奥斯机场跑道示意图

掉头，然后沿着 30 号跑道逆风起飞。

下午 4 点 56 分，已经加满油的荷兰皇家航空 KL4805 航班向地面塔台请求开始滑行，塔台答应了他们的请求，并要求泛美航空的 PA1736 航班跟随在 KL4805 航班后面，沿着 12 号跑道滑行至终点，掉头，准备在 30 号跑道上起飞。

而此时，机场上空忽然起了浓雾。由于洛斯罗德奥斯机场海拔较高，所以浓雾很快笼罩在了跑道上。

显然，那双看不见的大手又一口气安排下了三个环节：

卡住位置的飞机，风向临时改变导致跑道的改变，以及突然降临的浓雾。

至此，已经有六个环节被设下了，那么，是否足以引发一场悲剧？

那双看不见的大手摇了摇：还不够。

4

下午4点58分，KL4805航班机长范 · 赞顿向地面塔台发出了请求：

“我们请求沿 12 号跑道滑行并掉头，在 30 号跑道起飞。”①

塔台同意了这个要求，同时，开始对跟在后面的 PA1736 航班进行指挥，要求他们在沿着 30 号跑道滑行到 C3 出口的时候进入，以便清空主跑道，让已经等候在 30 号跑道尽头起飞点的 KL4805 航班先起飞。

但是，C3 出口是一个 135 度的大拐角，对于 PA1736 这样的大型波音飞机而言，要拐进这样的拐角几乎是不可能完成的任务。

PA1736 航班机长维克多感到非常奇怪，要求和塔台方面再确认

① 此后两架飞机机组人员与塔台的三方通话，均来自之后的真实录音记录。

一下：

“是不是C3出口？”

塔台方面给了他肯定的回答。

但是，PA1736却滑行过了C3出口，准备在C4出口拐进——那是一个45度的拐角，相对C3而言，要拐进去就简单多了。

但PA1736航班却没有向地面塔台报告。

此时的机场上一片浓雾，地面塔台完全无法看清跑道上两架飞机的位置。

下午5点05分，荷兰皇家航空的KL4805航班已经停在了30号跑道的出发点上，焦急的机长范·赞顿松开了刹车，准备启动推进油门。

副机长阻止了他：

“等一下，我们还没有得到起飞许可。”

范·赞顿回答：

“是的，我知道没有，你去问一下。”

副机长随即向地面塔台呼叫：

“KL4805已经准备好起飞，正在等待我们的起飞许可。”

地面塔台给出了回应：

“KL4805，可以飞往Papa Beacon（大加那利岛的无线电信标），上升并保持飞行高度9000英尺（约2700米），起飞后右转飞往040方向，直到与拉斯帕尔马斯VOR（甚高频全向信标）的325径向交叉。”

但是，这是一个“起飞后的航线航行许可”，并不是一个“起飞许可”。

然而范·赞顿认为自己已经取得了“起飞许可”。

事情进行到这一步，还有一丝挽救的可能——副机长重复了地面塔台的命令：

“明白，可以飞往Papa Beacon，飞行高度9000英尺，切入325径向线，我们正在起飞。”

如果地面塔台听清楚 KL4805 航班的那句“我们正在起飞”（We are taking off），那么是有机会阻止的。但是，很可能是因为那名副机长的英文带有荷兰口音，地面塔台听成了“我们在起飞点”（We are at takeoff）。

于是，地面塔台的回应是：

“好的，待命起飞，我们会通知你。”（OK. Standby for takeoff. We will call you.）

此时，已经到了千钧一发的时刻，最后一个挽救的机会出现了：

在同一个频率收听对话的 PA1736 航班听到了 KL4805 航班和塔台的对话，立刻制止道：

“我们还在跑道上！”（We are still taxiing down the runway!）

这句话是终结这场悲剧的最后一脚刹车——如果地面塔台能够听到这句话，那么一切都将不会发生。

但是，那双看不见的大手在这最后的时刻，按下了开启最后一个环节的按钮：

由于地面塔台和 PA1736 的两句话是同时发出的，听筒里产生了一段 4 秒左右的啸叫——这段致命的啸叫恰好覆盖掉了双方各一句最关键的话：

——“待命起飞，我们会通知你。”

——“我们还在跑道上！”

所以，KL4805 航班上的机组人员只听到了地面塔台的第一句，就是一个单词：

“OK.”

于是，KL4805 航班开始启动推进油门，飞机开始瞬间加速到时速 300 公里以上的滑行状态。

这一刻，死神在浓雾里露出了恐怖的笑容。

5

下午5点06分40秒，PA1736航班正前方700米的浓雾中，KL4805航班破雾而出，高速冲来。

PA1736的机长维克多一开始不敢相信自己的眼睛，直到看到浓雾中的降落灯在上下抖动，并且离自己越来越近，才发现那是一架朝自己飞机冲来的巨大的波音747客机。

"它在那儿……快看！见鬼！它向这边冲过来了！"

"离开！离开！赶快离开！"

维克多机长开始拼命把飞机拐向左方的C4出口。

而在7秒钟后，KL4805航班上的范·赞顿机长也看到了浓雾中正试图躲避的PA1736航班——此时，两架飞机相距只有300米了，而KL4805航班的时速已经达到了320公里。

"天啊……"

这是KL4805航班驾驶舱里留下的最后一句录音。

即便在电光石火的瞬间，范·赞顿还是拼命拉起机头。由于机头被瞬间拉起，飞机的尾翼在地面上划出了一条深深的沟壑。

但KL4805航班加满燃油的沉重机身，让机长的强行起飞成为一种奢望。

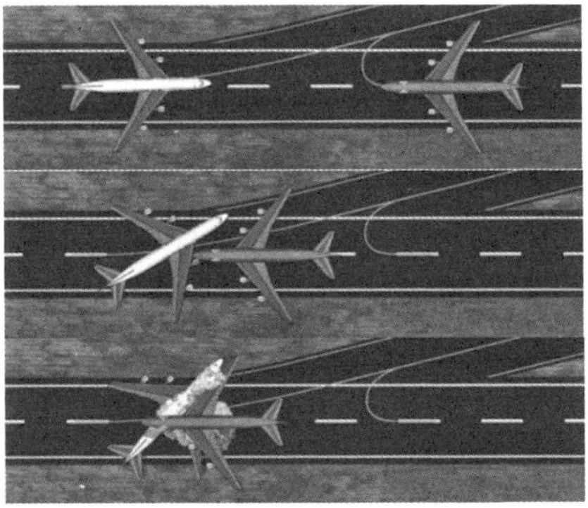

两机相撞的模拟画面

4秒之后，一声冲天巨响，碰撞发生了。

范·赞顿机长拉起机头，使得KL4805航班的头部堪堪越过了PA1736航班；而维克多机长做出躲避动作，使得PA1736航班的飞机中部遭受了KL4805航班

燃烧中的泛美航空公司 PA1736 航班

的撞击。

碰撞后的 KL4805 航班在失控飞行 400 米后，完全坠毁，爆炸后燃起熊熊大火。而 PA1736 航班也随即起火爆炸，飞机的右翼被完全摧毁，左翼却奇迹般保存完整。

因为最后的躲避动作，PA1736 航班在驾驶舱的机组人员全部存活，但当时跳下飞机的维克多机长看到的，是一幅地狱般的景象：

“到处都是大火，就像有人拿着一把大刀，把飞机的顶部一下子全都削掉了。”

6

这场被称为“特内里费空难”的最后伤亡统计，是这样的：

荷兰皇家航空的 KL4805 航班，事故发生时机上共有 234 名乘客和 14 名机组成员，无一幸免，全部遇难。

泛美航空 PA1736 航班，事故发生时飞机上共有 396 人，其中 326 名乘客与 9 名机组人员遇难，大部分死于飞机爆炸后的大火。但由于飞机在最后做了躲避动作，所以有 56 名乘客和 5 名机组人员逃过一劫，共幸存 61 人。

客机烧剩的残骸

即便如此，在这场灾难中还是一共有 583 人遇难。

这是世界民航史上伤亡最惨重的一场空难，这个纪录，至今未被打破。

也没有人希望它被打破。

馒头说

看完整件事的经过，不知道你是否和我一样，脑海里一下子冒出许多的“如果”：

如果那4秒的啸叫没有发生；

如果那句“We are taking off”没有被听错；

如果没有起浓雾；

如果没有因风向改变而更换起飞跑道；

如果KL4805没有选择加油而导致机身过沉拉不起来；

如果PA1736选择了C3出口而不是C4出口；

如果范·赞顿机长并没有那么焦急；

……

当然，回到起点，如果没有那次恐怖袭击事件……

但是一切的一切，都可以用四个冰冷绝情的字来回答：

没有“如果”

确实，有太多太多的巧合了，但回望世界航空史上的各种空难，有哪一场不是由“巧合”引起的？又有哪一场不是因为一连串的“巧合”重叠在一起才会发生的？

飞机涡轮机的发明者、德国人海恩认为，“任何不安全事故都是可以提前预防的”，由此，他提出过一个著名的“海恩法则”：

“每一起严重事故的背后，必然有29次轻微事故、300起未遂先兆以及1000起事故隐患。”

这条法则强调两点：

第一，事故的发生是量积累的结果；

第二，再好的技术、再完美的规章，在实际操作层面，也无法取代人自身的素质和责任心。

“特内里费空难”毫无疑问是一场惨痛的悲剧，再一次印证了“海恩法则”。而更重要的是，惨痛的悲剧必须总结出惨痛的经验。

“特内里费空难”发生后，震惊世界航空界，各种总结和改变陆续出台：

比如，专业术语“take off”（起飞）此后被改成了“after departure”，这样听起来就更容易辨认；

比如，此后航班的机长被要求必须积极回应组员的建议——KL4805 航班起飞前几秒，驾驶舱里的工程师曾质疑 PA1736 航班并没有离开跑道，但因为范·赞顿的威信很高，所以工程师不敢再坚持。

因为这场空难，世界航空飞行安全法则更改了几十条，这是相当罕见的。

迄今为止，飞机依旧是各种交通出行方式中最安全的，但飞机一旦出现事故，造成的死亡率却是惊人的。所以，这就要求所有和航行安全有关的环节只能细致再细致，严谨再严谨，总结再总结。

愿所有人为引发的安全事故不再发生。

愿逝者安息。

本文主要参考来源：

1.《荷兰航空安全委员会结案报告》（https://skybrary.aero/bookshelf/alpa-report-1977-tenerife-disaster）

2. “THE FINAL EIGHT MINUTES”（https://www.pbs.org/wgbh/nova/planecrash/minutes.html）

3. 纪录片《空中浩劫》第十六季第三集（美国国家地理频道）

4. 纪录片《重返危机现场》第一季第十二集（美国国家地理频道）

两架飞机相撞，概率究竟有多大？

有一次出差，我坐在飞机上看舷窗外。旁边有一个孩子问他的母亲："妈妈，为什么我看不到有其他飞机在飞？"忽然之间，我就想到了一个故事。

其实，那不是一个故事，而是一次事故。

1

2004 年 2 月 24 日，瑞士，苏黎世。

一名 30 多岁的男子在自己家门口的花园里，看到一个穿着黑色衣服的陌生男人。

"这里是私人住宅，你是谁？"

作为主人，男子迎了上去，质问走上前来的黑衣男人。

黑衣男人从外套里摸出一张照片，在男主人面前晃了几晃，看上去似乎情绪激动。

男主人看到照片，似乎愣了一下——那是一张小女孩的照片。

而这时，黑衣男人已经掏出了一把匕首。

迎上，插入，还按着匕首柄转了一圈。

黑衣男人随即转身离去。

男主人痛苦地捂着伤口，慢慢倒地。

不久之后，他就痛苦死去。

2

时间回到 2002 年 7 月 1 日晚，莫斯科多莫杰多沃国际机场。

迪亚娜焦急地等候着机场的通知广播，希望能尽早听到通知登机的消息。

迪亚娜和她的哥哥康斯坦丁，这次是随妈妈史维拉娜·卡罗耶夫一起去看望爸爸的。爸爸维塔利·卡罗耶夫是一名建筑师，已经在西班牙的巴塞罗那工作一年多了。

没多久，机场广播响了起来：

“从莫斯科飞往巴塞罗那的 BTC2937 航班旅客请注意，现在开始登机了。”

迪亚娜欢快地站了起来，拉着哥哥的手，奔向登机口。

与此同时，候机室一大批孩子“呼啦啦”地站了起来——他们都是这个航班的乘客。

和迪亚娜一起搭乘这个航班的孩子有 45 个，他们都是来自俄罗斯西部城市乌法的孩子，而且都是优秀的孩子。

在这一年的暑假，联合国教科文组织在西班牙巴塞罗那举办了一次活动，而作为乌法市最优秀的学生代表，这 45 名幸运的孩子获得了去参加活动的资格，他们都是学习成绩、体育、艺术这些方面的佼佼者。

这 45 名孩子在一批老师的带领下，从乌法市赶到莫斯科搭乘飞机，但因为走错了机场，没有赶上预订的那个航班。无奈之下，他们又找到了另一架替代的航班，那就是俄罗斯巴什基尔航空的 BTC2937 航班。

图-154M 型客机

当晚 8 点 48 分，执飞 BTC2937 航班的图-154M 型客机在跑道上开始缓缓滑行，准备起飞。

莫斯科距巴塞罗那大约 3000 公里，如果没什么意外的话，飞机上的孩子们将在 4 小时 20 分钟后抵达目的地。

他们已经迫不及待地开始自己的暑期活动了。

3

7 月 1 日晚，11 点 06 分。

BTC2937 班机的机长亚历山大向副机长汇报："飞机此时正飞越奥地利上空。"

机长向副机长汇报，也是件很有意思的事。

事实上，这架 BTC2937 班机的驾驶舱内，一共坐了五名飞行员。机长是亚历山大，有超过 30 年的飞行经验。而坐在副机长位置上的阿雷格，其实是巴什基尔航空公司的总驾驶，这次他之所以坐到副驾驶的位置上，是因为他要带人考查机长亚历山大的工作表现。而飞机上原先的副驾驶穆拉特坐到了后排，他也马上要得到一次晋升。

尽管有公司总驾驶坐在旁边，亚历山大也不至于"压力山大"，因为他所驾驶的这架图-154M 型客机，配备了一切现代化客机应有的电子设备，尤其是 TCAS。

TCAS（traffic collision avoidance system），是"空中防撞系统"的

简称。简单来说，就是这套系统能够侦测到飞机前方是否有处在同一高度的飞机，如果有，就会提前 40 秒用语音发出警报“爬升”或者“下降”，而对方飞机如果也安装了 TCAS，就会发出相反的指令。这样，两架飞机就能有效避免在空中相撞。

美国在 1993 年就强制运客 30 人以上的飞机安装 TCAS，而欧洲在 2000 年前后也开始强制所有客机安装此系统。

由于时间已经临近深夜，机舱内的不少孩子在经历了最初登机的兴奋后，开始慢慢进入梦乡。

也就是在这个时候，在意大利的柏加摩，一架 DHL 货运公司的波音 757-200 飞机，也滑出了跑道，迎空起飞。

这架航班号为 DHX611 的飞机上只有两名飞行员，机长是英国籍的飞行员保罗·菲利普斯，副机长是加拿大籍的飞行员布兰特坎·皮欧尼。

这架飞机的目的地，是比利时的布鲁塞尔。

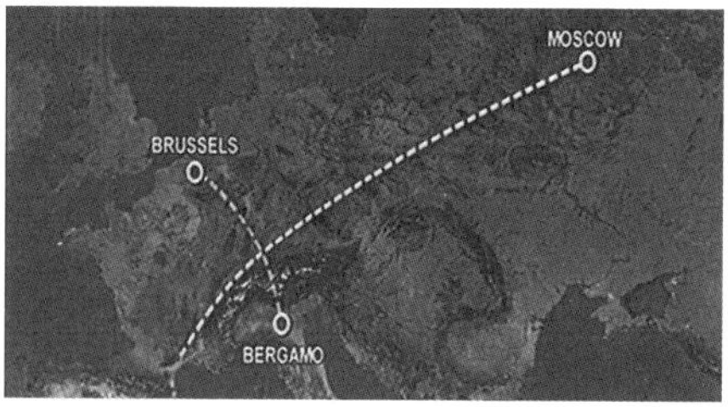

BTC2937 航班和 DHX611 航班的航线图

两名飞行员并不知道的是，有一架由莫斯科起飞的 BTC2937 班机，正从他们的东面飞来。

两架飞机的航线，在德国的乌柏林根上空有一个交会点。

4

7 月 1 日晚 11 点 21 分，瑞士苏黎世。

彼得·尼尔森有点后悔让同事去休息了。

35 岁的彼得·尼尔森是空管公司“瑞士航空导航服务公司”

（Skyguide）当晚的值班人员，有 8 年工作经验。他的职责，是调度当晚飞入瑞士东部和德国西南部所有航班的飞行高度和起降。

尼尔森所管理的这片空域，白天是欧洲上空最繁忙的空域之一，但到了晚上 11 点之后，空中流量会大大减少——当天晚上 11 点到次日早上 6 点，按计划是没有一架航班需要调度起降的。因此，尼尔森就让和他一同值班的同事兼好朋友汤姆劳森去休息了。

按照空管公司的规定，任何时刻都应该同时保证有 2 名及以上的值班人员，但这条规定并没有被认真执行过，在航班稀少的时候，一名值班人员去休息，是瑞士航空导航服务公司约定俗成的规矩。

当同事去休息后，尼尔森就需要一个人监视两块屏幕了——一块协调飞行高度，一块协调起降。

而恰恰在这天晚上，发生了一件事。

10 点多的时候，公司工程部的维修工程师进入了尼尔森的监控室，表示趁晚上空域流量稀少，将进行一系列的维修和检查工作。

维修和检查会带来两个影响：

第一，电话系统将在一段时间内被切断，但工程师承诺会启动备用电话系统；

第二，主雷达系统将会在一段时间内受到影响，反应速度会变慢。

晚上 11 点 21 分，从意大利柏加摩起飞的 DHX611 班机进入了尼尔森管辖的空域。

DHX611 班机的机长菲利普斯接通了尼尔森的电话：

“请求将飞行高度提升到 36000 英尺。”

尼尔森不久后批准了这个请求。

36000 英尺，大约相当于 11000 米。

从莫斯科飞来的 BTC2937 班机，此时恰好也在这个飞行高度。

5

7 月 1 日晚上 11 点 25 分，瑞士苏黎世。

值班的尼尔森忽然收到了一条意外的呼叫：

德国劳埃德航空 AEF1135 班机即将降落在德国的腓特烈港机场，请求尼尔森和地面塔台协调。

这是一架延误的航班，原先不应该在晚上 11 点后降落。

此时，BTC2937 班机也进入了尼尔森管理的空域，同时，有一架泰航 933 班机也进入了。

尼尔森的视线开始在两块屏幕间切换。尽管两块屏幕距离只有 1 米，但尼尔森已明显感到有些忙不过来了。

他终于决定拿起电话，通知腓特烈港机场的塔台，请他们自行与 AEF1135 航班沟通降落事宜。

但是，此时的电话却打不通。

尼尔森前后拨过三次电话，都无法接通——维修人员切断了电话线，却不知何故，没有把备用电话线接上。

此时，尼尔森的注意力放在了调控 AEF1135 班机的降落问题上，却没有发现在另一块屏幕上，DHX611 班机和 BTC2937 班机正在快速接近。

两架飞机的时速均为 1300 公里，相距几十公里。

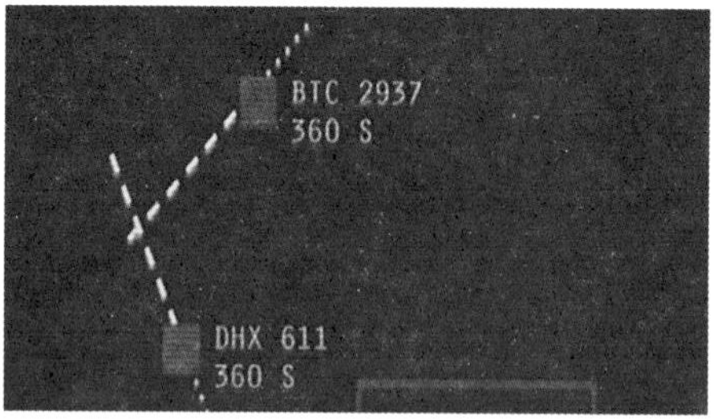

雷达显示的两架飞机接近的情形

最要命的是，它们在同一飞行高度。

此时，距瑞士航空导航服务公司 180 公里的一个德国航管中心通过雷达发现了这场即将发生的灾难：

两架飞机距离过近，且在同一高度。

德国航管中心是通过雷达系统配备的STCA（短程冲突警告）系统发现这个问题的。事实上，这套系统在尼尔森的瑞士航空导航服务公司也有配备——只是当晚的维修让这套系统变得反应无比缓慢，所以并没有发出预警。

德国航管中心的值班人员立刻打电话给瑞士航空导航服务公司报告这一情况。

但前后一共拨了11次电话，均无法接通。

尼尔森监控室的电话系统一直处于瘫痪状态。

6

7月1日晚11点32分，德国乌柏林根上空。

BTC2937的机长亚历山大听到驾驶舱内的TCAS发出了警告：

“有飞机接近！有飞机接近！爬升！爬升！”

与此同时，DHX611的TCAS也向机长菲利普斯发出了警告：

“有飞机接近！有飞机接近！下降！下降！”

如果事情就这样发展下去，结局会大大不同。

但也正是在这个时候，尼尔森忙完了AEF1135班机的降落对接，终于注意到了另一块监视屏上——两架飞机马上就要撞到一起了。

尼尔森立刻向BTC2937班机发去了指示：

“你们即将撞上一架飞机，赶紧下降！赶紧下降！”

此时，离两架飞机相撞还有43秒。

尼尔森并不知道，在BTC2937班机上，TCAS向飞行员发出的指令是“爬升”。

更关键的是，在DHX611航班上，飞行员得到的TCAS指令恰恰是“下降”。

如果遵从尼尔森的指令，那么原本应该“爬升”的 BTC2937 班机也将下降，再次与同样下降的 DHX611 班机处于同一高度。

此时，在 BTC2937 班机的驾驶舱里，五名飞行员额头上全是豆大的汗珠——空管人员和 TCAS 发来了截然相反的指令。

到底听谁的?!

时间在一秒一秒地流逝，一边是 TCAS 冰冷的“爬升”警告音，一边是无线电通信系统中尼尔森的焦急呼叫：“下降！快下降！”

最终，亚历山大决定拒绝机器，听从人的指令。

他将飞机从 36000 英尺下降到了 35000 英尺，也就是大约 10700 米的高度。

而此时此刻，DHX611 航班，也刚刚将飞机下降到这一高度。

在两架飞机交会前 19 秒，尼尔森告诉 BTC2937 班机，有一架飞机将从你的 2 点钟方向飞过。

事实上，是 10 点钟方向。

但这一切其实已经不重要了。

最后 5 秒，BTC2937 航班上的所有乘客——包括那些还没有睡着的孩子——惊恐地看到另一架飞机从自己的左边径直撞了过来。

同样，DHX611 航班上的两名飞行员，也眼睁睁地看着自己的飞机向前方横飞过来的一架飞机撞了上去。

双方飞行员在一瞬间都尽可能地操纵方向杆。

但留给他们的时间实在太短了。

空中爆裂出了一个巨大的火球。

7

7 月 1 日晚 11 点 35 分，瑞士苏黎世。

尼尔森当时并不知道发生了什么，但他隐隐有巨大的不安：监控屏幕上的两架飞机光标，在交会之后，忽然消失了。

此时此刻，德国乌柏林根上空发生的一幕，足以让所有人痛心：

尽管两架飞机的飞行员都在最后电光石火的瞬间做了最大程度的避让，但 DHX611 班机还是从 BTC2937 班机的机腹下方蹭了过去，波音 757-200 高耸的尾翼，在空中将图-154M 的机身直接切成了两截。

强大的高空气流立刻将 BTC2937 班机上的所有乘客——主要是那些孩子——吸到了舱外，飞机被撕裂成了三截，迅速向下坠落。

而失去尾翼的 DHX611 班机在两名飞行员的拼死操控下，踉跄地飞行了 7 公里左右，也笔直向下坠落。

两架飞机残骸在地面的坠落面积，达到 350 平方公里。

德国方面前后一共出动了 6000 人，花了一个星期的时间搜寻飞机残骸和遇难乘客。

两架飞机，共 71 名乘客和机组人员，无一生还——其中大部分是处于花季年龄的孩子。

整个瑞士航空导航服务公司的工作都暂停了，尼尔森被立刻调离了岗位，很多同事在办公室里哭泣。

俄罗斯乌法市更是陷入了巨大的悲痛中。遇难孩子的亲人纷纷前往德国乌柏林根，希望能进入灾难现场，他们盼望有哪怕那么一线奇迹——自己的孩子生还了。

第一个到达现场的，是维塔利·卡罗耶夫——那个在西班牙工作的建筑师，史维拉娜·卡罗耶夫的丈夫，迪亚娜和康斯坦丁的父亲。

当时乌法市为遇难孩子们立的纪念碑

在进入现场后，卡罗耶夫最先找到的是自己女儿迪亚娜的一根珍珠项链，那是他送给女

卡罗耶夫一家的照片也在墓碑上

儿的礼物。

随后，他发现了自己的女儿——挂在一棵树上，死了。

而迪亚娜的尸体是最完整的，卡罗耶夫随即看到了自己妻子和儿子的尸体，都已经残缺不全，他完全无法面对那一幕。

在卡罗耶夫之后，家属被拒绝见到遇难亲人的尸体——因为大多数尸体都惨不忍睹。

在救援工作结束的同时，追责程序也开始了。

谁应该为这起惨烈的空中相撞事故负责？

8

一开始，大家都认为俄国人应该负这个责。

从当时西方媒体的舆论引导来看，问题应该出在俄国人身上——因为是俄国人在关键时刻选择了下降高度。

连“俄国飞行员可能听不懂地面航管中心人员的英语”这种猜测，都被提了出来。

但随即这个猜测就被否认了：俄国的飞行员全都能听懂英语，且都经受过严格训练，经验丰富。

飞机残骸也被用来研究事故发生的原因

直到两架飞机的黑匣子被全部解读，各种证据叠加在一起，这起事故的真正原因终于浮出水面：

当时 TCAS 的指令与航管

中心值班人员的指令发生了矛盾。

那么问题就来了：当 TCAS 指令与航管中心的地面指令发生矛盾时，飞行员究竟应该听谁的呢？

很遗憾，全世界居然没有统一规定。

按照西方国家飞行员的训练要求，一旦发生矛盾，必须听 TCAS 的指令，但在其他地方并非如此。俄罗斯的飞行训练手册规定，航空管制员指示高于 TCAS 指令——他们更相信人，更习惯遵照航空管制员的指示。

后来也有人指出，如果设身处地地想一下，当时面临巨大压力的飞行员亚历山大所处的环境：

一边是机器发出的冰冷“爬升”指令，一边是尼尔森焦急而明确地让他“下降”的指令，如果换作你，你听谁的？

但问题就在于，这种“人机矛盾”并非第一次出现。

就在一年多前的 2001 年，日本航空 907 号班机和 958 号班机在静冈县烧津市骏河湾上空，以相同高度快速接近。同样是因为地面航空管制员发出了错误的“下降”指令，导致 907 号班机机长无视 TCAS 的“爬升”指令下降，而 958 号班机机长遵照 TCAS 指令也下降了。

结果幸亏 907 号班机机长在千钧一发之际发现情况不对，迅速加大下降高度，而 958 号班机机长迅速拉升，最终 907 号班机堪堪从 958 号班机机腹下方掠过，没有造成事故——两架飞机空中最近垂直距离只有 40 米。

当时两架飞机共载客 677 人，一旦出事，将是人类航空史上最惨烈的相撞事故。饶是如此，当时 907 号班机上还是有 100 名乘客受伤。

当时日本的“空中接近事件”模拟图

但在日本的“空中接近事故”发生，且欧洲又发生了四起类似事件之后，这种航空管制员和 TCAS 的“人机矛盾”依旧没有受到各方面的重视，国际民用航空组织（ICAO）也没有制定出任何相关改进措施。

最终，2002 年 7 月 1 日，惨剧发生。

9

但是，故事还没有结束。

2004 年 2 月 24 日，本文开头的那一幕发生了。

那个被匕首刺死的人，正是当天值班的航空管制员彼得·尼尔森。

当年在事故发生后，他被隔离调查，但没有受到任何惩罚。他最终和家人选择在瑞士苏黎世定居。

而刺死他的那个人，正是失去妻子和两个孩子的维塔利·卡罗耶夫。

卡罗耶夫在行凶之后，于附近的一家宾馆被警察找到，当时他在房间里瑟瑟发抖，表示完全不记得自己干了什么。

而根据他朋友的说法，卡罗耶夫在失去家人之后精神几乎崩溃，他将自己家人的葬礼延后了一年。在 2003 年的周年忌日上，卡罗耶夫向瑞士航空导航服务公司提出想见见尼尔森，和他谈一下。这个要求被瑞士公司拒绝。

在法庭上，卡罗耶夫出示了 2003 年 11 月 11 日瑞士航空导航服务公司提出的一份补偿协议：一共赔偿 16 万瑞士法郎，妻子的份额是 6 万，两个孩子各 5 万，但条件就是卡罗耶夫以后不能再向公司提出任何要求。

卡罗耶夫称，自己被这个要求激怒了。

最终，杀死尼尔森的卡罗耶夫被判处 8 年有期徒刑。

2007 年 9 月，事故发生 5 年之后，瑞士法庭终于给出了“乌柏林根空难”的判罚结果：瑞士航空导航服务公司的三名经理被判“过失杀人罪”，刑期 1 年，缓刑 1 年；当晚负责维修工作的领班，罚款 1.35 万瑞士法郎（合 1.1 万美元）。

也就是在这一年，因为在监狱里表现良好，卡罗耶夫被假释回国。

在卡罗耶夫出狱的时候，据新闻媒体报道，他没有任何后悔之意。

馒头说

有人曾说，尼尔森被刺死，是一件本不应该发生的悲剧。

确实，尼尔森虽然在那一晚的工作上存在一定的责任，但无论如何，不应该被那样杀死。

瑞士航空导航服务公司最终给出的理由，一共是两个：一个是尼尔森发现两机要相撞时，已经太晚了；一个是 BTC2937 班机的机长亚历山大应该听 TCAS 的指令。

这两个理由，说穿了不是理由，只是表象。

一架飞机的机长听到 TCAS 发出预警，说明离这架飞机与另一架飞机相撞只有 40 秒时间了——正常情况下，TCAS 是不应该发出预警的，因为在此之前早就应该有其他的警示。

是什么造成机长必须面对这样的危急时刻？是尼尔森发现太晚了吗？那尼尔森有没有消极怠工呢？

如果说机长被逼入绝境的话，那谁又在那一晚把尼尔森逼入了绝境呢？

在不恰当的时候检修电话线？调整主雷达？约定俗成的“一人值班”制度？早不误点、晚不误点的 AEF1135 航班？

还是早应该引起重视的“人机矛盾”问题？

“乌柏林根空难”并不是世界航空史上最严重的空中相撞事故

（1996 年的"新德里撞机事件"造成 349 人丧生），当时却依旧震撼了全世界：

这不仅仅是因为其中一架班机上都是孩子，还因为这起相撞事故居然发生在号称安全措施最先进、监控最严密、各种程序最完备的欧洲上空。

回过头去看，这起撞机事件背后确实有无数的"巧合"。

但这些"巧合"背后，又有没有无数个"必然"一起推动，最终酿成了一起悲剧呢？

唯一值得庆幸的是，在"乌柏林根空难"发生后，各国航空公司终于统一了标准：今后如果发生类似情况，一律优先执行 TCAS 的指令。

到目前为止，再也没有发生过一次类似事故。

本文主要参考来源：

1. "乌伯林根空难"相关调查报告："Ivestigation Report AX001-1-2/02"（http://www.bfu-web.de）
2. "乌伯林根空难"相关调查报告："Status Report AX001-1-2/02"（http://www.skyguide.ch/）
3. 纪录片《空中浩劫》第二季第六集（美国国家地理频道）
4. 纪录片《重返危机现场》第四季第四集（美国国家地理频道）
5.《乌柏林根空难——责任事故酿成的惨剧》（杨冰，《现代班组》，2017 年 07 期）

“幽灵航班”：太阳神航空 522 号[1]

以前读各种科幻、玄幻小说，会看到“幽灵海盗船”的情节。但“幽灵航班”这种让人毛骨悚然的事，真的不太常见。

1

2005 年 8 月 14 日，上午 10 点 50 分。

希腊军队的总参谋长帕纳约蒂斯 · 齐诺弗蒂斯神色凝重。

根据报告，一架民航客机在 10 点 37 分进入希腊首都雅典的飞行情报区，却始终不和航管中心联络。按计划，这架客机应该在 10 点 45 分降落于雅典，但它始终在雅典上空盘旋，没有任何应答。

难道飞机上出了什么状况？甚至，飞机是不是被恐怖分子劫持了？

此时，2001 年的美国“9 · 11”事件才过去 4 年，如果这架航班在

① 本文图片若非特别注明，均取自纪录片《空中浩劫》相关片段，这些画面都是根据当事人回忆和相关资料重建拍摄。

恐怖分子的劫持下直接撞向拥有 300 万人口的雅典，后果不堪设想。

10 点 55 分，齐诺弗蒂斯参谋长下令：战斗机起飞，进行空中监视。

两架隶属于希腊空军第 111 战斗分队的 F-16 战机随即奉命升空。

11 点 18 分，两架 F-16 战机逼近了正在雅典上空盘旋的那架民航客机。在多次通过无线电呼叫没有应答之后，一架 F-16 战机近距离靠向了客机。

透过舷窗，F-16 的飞行员看到了令人费解的一幕：

在客机的驾驶舱内，副机长似乎在低头昏睡，而机长的位置空无一人。

而在客舱，所有乘客都戴着氧气面罩，靠在椅背上酣睡，似乎都进入了甜蜜的梦乡。

整架飞机上的人，似乎都在睡觉。

而就在此时，飞行员看到了更让人惊悚的一幕：

客机上有一个人影，慢慢从客舱移动到了驾驶舱，坐到了机长的位置。

飞行员试图用手势和他沟通，但对方毫无反应。

客机继续平稳地飞行。

飞行员随即向地面塔台汇报他看到了离奇景象：

这似乎是一架“幽灵航班”。

2

时间倒退 2 个小时。

2005 年 8 月 14 日上午 9 点，塞浦路斯拉纳卡国际机场。

隶属于太阳神航空公司的 522 号航班已经开始登机。

太阳神航空公司是成立于 1998 年的塞浦路斯第一家私人航空

执飞太阳神航空 522 号航班的波音 737 客机

公司，也是一家廉价航空公司，一共拥有三架波音 737 客机。

执飞 522 号航班的这架客机就是三架中的一架，机型是波音 737-300，于 1997 年 12 月首航，是使用不到 8 年的一架新飞机。

按照既定路线，522 号航班将从塞浦路斯起飞，短暂经停雅典，最后飞往捷克的首都布拉格。

时值夏季，正是度假的高峰期，所以 522 号航班上的 115 名乘客大多数都是去度假或刚度假回来的游客。

这架航班上共有 6 名机组人员，其中有 4 名是乘务员。值得一提的是，在这 4 名乘务员中，有一名叫安垂亚·波若德莫的男空乘本来并不执飞这次航班，而是专门调班过来的——他的女友是本次航班的女空乘。

正当空乘在客舱忙碌地进行登机准备和引导乘客入座的时候，驾驶舱内的机长和副机长也开始检查所有仪表设备，准备起飞。

522 号航班的机长汉莫顿 59 岁，来自德国，拥有 16900 小时的飞行经验。他其实并不是太阳神航空公司编制内的员工，而是公司在度假高峰期特聘来帮忙的。副机长是卡拉兰斯博，51 岁，来自塞浦路斯，在太阳神航空公司工作 5 年，拥有 7549 小时的飞行经验。

一切检查无误后，9 点 07 分，522 号航班收到了来自机场塔台的指令：可以起飞。

522 号航班开始在跑道上滑行，加速，腾空而起，冲上云霄。

3

8 月 14 日上午 9 点 20 分，也就是 522 号航班起飞后没多久，飞机驾驶舱忽然响起了警铃声。

当时，汉莫顿机长申请上升到 34000 英尺（大约 10400 米）高空，飞机正在爬升过程中。警铃声响起的时候，副机长觉得是“起飞设定警铃”在响，但真是这样的话就很令人费解：这个警铃通常只会在飞机处于地面时响起，提醒飞行员飞机还不能起飞。

机长和副机长无法找到警铃响起的原因，于是在 9 点 25 分的时候通过无线电联系了塞浦路斯拉纳卡机场的太阳神航空签派中心，试图寻求帮助。

汉莫顿的德国口音英语让地面工作人员听起来非常费劲，但后者好歹基本搞懂了他的意思，于是立刻请来工程师协助。

这个时候，飞机上的主警报灯也亮了起来——一般情况下，这个灯亮起可能代表机上某个系统过热。

与地面工程师费力沟通后，机长认为自己搞明白了第一个警报响起的原因：冷却风扇可能出现了故障。

这并不是一个非常大的问题，可能是飞机的空调系统需要重新启动。

波音 737 客机驾驶舱的主警报灯

然而，就在这个时候，客舱里每个乘客座位上方的氧气面罩却自动脱落了下来。

顿时，乘客一片惊慌。

安垂亚·波若德莫和他的空乘同事们一边要求乘客们都戴上氧气面罩，一边安慰他们：

“不会有什么事的，等飞机平飞

之后我们会搞清楚发生了什么事。”

按照相关规定，空乘在此时也必须绑好安全带坐在座位上，并戴上氧气面罩，等候飞机进入平飞状态。

然而，在此时的驾驶舱，机长和副机长却并不知道客舱的氧气面罩已经自动脱落了。他们仍然在试图解决问题——找到那个空调的控制开关。

而飞机依旧在不断爬升。

地面的工程师此时虽然不知道飞机上发生了什么事，但从机长的反馈来看，问题似乎不是很严重，所以他还是试图一步步指引机长找到问题所在——尽管机长的英语实在难以听懂。

但就在这时，地面工程师发现，无线电里再也得不到机长的回复了。

“太阳神航空 522 号航班，你能看到冷却器的断路器吗？在机长的座位后方。”

一片寂静。

“太阳神航空 522 号航班，能否听到？”

一片寂静。

522 号航班就此和地面塔台失去了联系。

此时，离飞机起飞还不到 30 分钟。

这架航班正平稳地飞行在地中海上空。

但，就是无人应答。

4

时间回到本文开头，2005 年 8 月 14 日中午 12 点。

此时，两架希腊空军的F-16战斗机依旧紧紧跟随522号航班飞行。

这架“幽灵航班”已经在空中飞行近 3 个小时了。

如果按照原定路线，这架航班从塞浦路斯飞抵雅典只需要一个半小时左右——这也就意味着，根据航空汽油的配备规定，这架航班的燃油几乎要耗尽了。

两架 F-16 战斗机已经进入了各自位置：一架继续紧贴 522 号航班飞行，另一架飞到了客机的后方。

那是战斗机的攻击位置。

一旦眼前这架 522 号航班出现即将坠入雅典市中心的迹象，战斗机就需要立刻将它在空中击毁。

而恰恰就在这时，522 号航班忽然左转，开始急速下降，离开了雅典市中心，飞向雅典东北方向的一个山区。

紧贴 522 号航班飞行的那架 F-16 的飞行员，立刻向地面塔台报告，随后跟着客机一起下降。

在下降到离地面只有 2100 米的时候，F-16 的飞行员看到了一个令人意外的景象：

先前在 522 号航班驾驶舱里的那个神秘男子，似乎看见了舷窗外的战斗机，他伸出手，努力做着一些手势。

但是，飞行员无法理解那是什么意思。

双方依旧无法通过无线电联络。

那名神秘男子似乎正在努力操控飞机。

但一切似乎都已显得徒劳：那架庞大的波音 737 耗尽了最后一滴燃油，如同一只大鸟一般，颤颤巍巍地拍向了大地。

一声巨响。

F-16 战斗机飞行员用低沉的声音呼叫：

“呼叫雅典飞行管制中心，太阳神航空 522 号航班已经坠毁。”

载有 115 名乘客和 6 名机组人员的太阳神航空 522 号航班，最终坠毁在了雅典东北部的山区中。

35 辆消防车、8 架灭火飞机和 3 架直升机立刻赶到了事故现场，但救援人员悲伤地发现：

全员遇难，无人幸存。

而之后乘客尸检报告的结论，更让这次空难事故蒙上了一层神秘面纱：

所有的乘客并非死于吸入有毒物质或爆炸，而是死于撞击。

522 号航班坠毁现场，图为客机的尾翼

换句话说，在飞机坠地之前的一刹那，他们其实都还活着。

这究竟是怎么一回事？

5

一场针对“太阳神航空 522 号航班空难”原因的调查，全面展开。

在综合了黑匣子的通话记录之后，调查人员发现了一个值得关注的地方：

在 522 号航班发生坠机事故之前的一年，这架飞机曾在高空发生过“快速减压”故障，当时乘客和空乘感到呼吸困难，客舱里的氧气面罩同样自动脱落。最终，飞机迅速下降到安全高度，险情才解除。

飞机紧急迫降着陆后，工程人员迅速检查了飞机，发现原因是飞机的后舱门没有锁紧，舱门顶端和底部的铰链处有松动。

而维修记录显示，2005 年 8 月 13 日晚间，522 号航班抵达塞浦路斯拉纳卡机场时，机组人员反映在飞行途中听到后舱门有“砰砰”的声音，而且铰链处有结冰现象。

考虑到 8 月 14 日上午还有航班要执飞，工程师立刻登机进行临时维修。

检修的方法，就是工程师在飞机发动机没有启动的情况下，使用飞机的备用动力设备给机舱内增压——就像我们给自行车胎补气那样——然后用气压计检测机舱内部的压力，判断舱门是否有泄漏现象。

结果，并没有发现后舱门有泄漏现象。

在检查的过程中，为了不使用飞机的发动机而使用备用动力设备增压，工程师把负责增压的 P–5 增压板改为了“手动模式”。

问题的关键终于浮出水面：

调查人员得到了从飞机残骸中找出的 P–5 增压板——依旧停留在“手动模式”。

而这个 P–5 增压板，被发现时是完好无损的。

这也就意味着：太阳神航空 522 号航班从起飞到坠毁，P–5 增压板一直处于“手动模式”——维修工程师在完成检修时，忘记将 P–5 增压板从“手动模式”调为“自动模式”。

事故飞机的 P–5 增压板，保持着坠毁前的样子

这说明了什么呢？

4 个月后，事故调查组搭乘希腊奥林匹克航空公司与太阳神航空 522 号航班相同型号的波音 737 飞机，以相同的飞行时间、飞行路线，进行了一次试验。

在起飞后不久，调查组人员要求机长将 P–5 增压板改为“手动模式”——需要人工控制给机舱内部增压。

随着飞机高度的攀升，没多久，驾驶室响起了警铃声。

调查人员发现，这个警铃声和“起飞设定警铃”的声音非常相似，但它其实是在提醒飞行员：机舱内并没有增压。而 P–5 增压板“手动模式”指示灯的绿色闪光，在满屏幕的黄色闪光中“龟缩”在一角，很难被发现。

在飞机爬升到 5000 米高空的时候，主警报灯亮起。

根据飞行手册，主警报灯亮起至少有两个原因：

第一，飞机系统过热。

第二，因为机舱内的压力已经失衡，客舱的氧气面罩自动脱落。

此时，机舱内的调查组人员开始感受到了缺氧的症状：耳膜膨胀，头晕目眩，像是喝了酒一样，思维开始模糊。

这次试验，其实已经比较清晰地还原出太阳神航空 522 号航班失事的原因了。

6

现在，我们可以试图还原一下，当时在 522 号航班上究竟发生了什么。

8 月 14 日上午 9 点 20 分，522 号航班驾驶舱内响起了警铃声。

机长和副机长的判断，是“起飞设定警铃”在响，所以他们感到莫名其妙。

但事实上，是 P-5 增压板依旧处于“手动模式”且没有开启，机舱内开始失压，系统发出了警报。

当飞机爬升到 5000 米高空的时候，主警报灯也开始亮起。机长根据自己的判断，依旧认为是飞机系统过热的问题，但他和副机长都不知道：因为失压而氧气匮乏，此时客舱的氧气面罩已经自动脱落了。

毫无疑问，机长蹩脚的英语确实也给地面的工程师带来了沟通上的障碍，因为后来黑匣子的录音明确显示，工程师曾经问了一句：

“你能不能确定增压板是否设定为自动模式？”

而机长的回答似乎答非所问：

“设备冷却断路器在哪里？”

不过，抛开语言沟通的问题，必须考虑到一点：当时机长和副机长其实已经处于缺氧状态——驾驶舱内的氧气面罩并不会自动脱落，而机长和副机长完全没有意识到他们当时已经缺氧了。

一般来说，大脑细胞缺氧，会让人变得思维模糊，意识不清。缺氧 5 分钟以上，就会造成不可逆的损害。

由于机长询问设备冷却断路器的位置，所以地面工程师回答在机长座位的后方，这也是机长后来不在自己位置上最可能的原因——他去找开关了。

而就在此时，机长和副机长的大脑缺氧已经超过了临界点——他们都晕厥了过去。

于是，诡异的画面出现了：

在客舱内，乘客们惊慌失措地戴上了氧气面罩，而在驾驶舱内，机长和副机长因为缺氧，已经不省人事。

飞机在自动驾驶模式下，爬升到 34000 英尺的高空，开始平飞。

但问题是，客舱内乘客们所倚仗的氧气面罩，只够用 12 分钟——氧气由相关化学设备的化学反应提供，只适用于紧急情况。设计的初衷是：在发生紧急情况时，机长在 12 分钟内足以将飞机降落到适合人类正常呼吸的海拔高度。

在 34000 英尺的高空，12 分钟很快就过去了。

完全不知道究竟出现了什么状况的 115 名乘客和 4 名空乘，吸光了所有的氧气后，因为缺氧，也进入了昏迷状态。

而飞机就在自动驾驶模式下，进入了雅典上空。

由于没有人为操作，飞机无法和地面塔台取得有效沟通，所以无法实现降落，只能在空中自动盘旋。

此时此刻，太阳神航空 522 号航班，已经完全成了一架“幽灵航班”。

且慢，我们是不是还漏了一个关键点？

当时 F-16 战斗机的飞行员透过客机的舷窗，还看到了让人惊异的一幕：

有一名神秘男子从客舱进入了驾驶舱。

他是整个机舱里唯一清醒的人。

他是谁？

7

根据对 522 号航班驾驶舱残骸的 DNA 采样分析，一个出人意料的结果呈现在调查组面前：

那个在飞机坠毁前试图操控飞机的神秘男子，是临时调班的男空乘安垂亚 · 波若德莫。

那么问题来了：

波若德莫为什么会“众人皆醉他独醒”？他进驾驶舱的目的究竟是什么？是为了挽救飞机，还是为了加速飞机撞向地面？

他是不是恐怖分子？

522 号航班黑匣子里的一段声音微弱的录音证明了波若德莫的清白——在最后时刻，他曾经通过无线电先后呼喊过 5 遍同样的单词：

“Mayday！”（国际通用的无线电通话遇难求救信号，源自法语“救我”。）

他是在求救。

那么，波若德莫为何能在大家都陷入昏迷的时候坚持近 3 个小时呢？

波若德莫的履历给出了解释：

他曾是塞浦路斯特种部队的成员，还是水肺潜水的爱好者，而且，他还拥有商用飞行驾驶执照，接受过 260~270 小时的飞行训练。

于是，当时在客舱内发生的一幕也再度被还原：

在经历了一阵惊恐之后，波若德莫意识到身边的乘客和同事已经或正在进入昏迷状态——肯定是驾驶舱发生了什么变故。

在和驾驶舱联系未果之后，他决定解开安全带，离开自己的座位。

虽然他的肺活量可能大于普通人，但如果没有补充的氧气，他也绝不可能挨过 1 个小时。

帮助到他的是两个条件：

第一，波音 737 型客机在意外减压的情况下，有 10% 的氧气供机组人员使用，每隔一排座位都会提供一个多余的氧气面罩；

第二，飞机上有 4 个便携式氧气瓶，每个可使用 1 个小时——根据坠机现场的发现，4 个氧气瓶中有 3 个被使用过。

但波若德莫还面临一个问题：

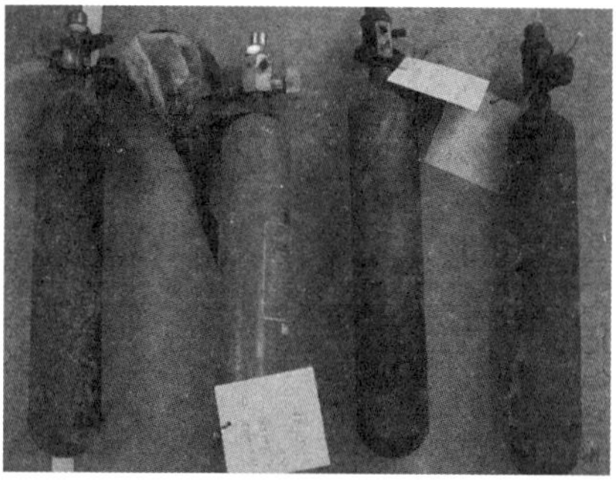

坠机现场发现的 4 个氧气瓶

自从 2001 年的“9 · 11”事件之后，客机的驾驶舱门都设置了密码锁，只能由驾驶员从机舱内部打开，或者由知晓密码的机组人员从外部将门打开。

波若德莫可能在这道密码锁前耗费了一些时间（他可能也知道密码，不然不可能凭空破译）。

这一点，也是调查组后来从黑匣子录音中一些奇怪而微弱的声音推断出来的。在那次模拟飞行中，他们专门找人按了密码锁，证明那就是按键的声音。

根据找到的证据和 F-16 战斗机飞行员的佐证，在 8 月 14 日上午 11 点 48 分 05 秒的时候，波若德莫终于解开了密码锁，进入了驾驶舱。

随后，他做了几件事：

他可能尝试给副机长戴上氧气面罩，让他恢复意识，但是失败了；

他用无线电进行了"Mayday"的呼救，但因为频率设置的问题，地面塔台并没有收到他的呼救信号；

他此时也发现了在旁边飞行的F-16战斗机，试图做出一些手势沟通，还是失败了。

但最糟糕的一件事是：

在波若德莫成功进入驾驶舱的1分45秒之后，客机的左引擎就因为燃料耗尽，熄火了。

这也是当时客机忽然向左急转并下坠的原因。

在那么短的时间里，波若德莫还是成功解除了飞机的"自动驾驶"模式。然而，尽管他拥有商用飞行驾照，但在高空失压缺氧的环境下，在那么仓促的时间里头一次驾驶一架波音737客机在山区进行紧急迫降，显然是不可能完成的任务。

于是，一声巨响。

事故调查显示，一直到飞机坠毁前，波若德莫还在尝试保持机身姿势的水平，以减轻撞击的冲击力。

他到最后一刻，依旧没有放弃努力。

但是，最终还是没能成功。

8

2006年，太阳神航空公司在挣扎了一年之后，歇业了。

2005年这场希腊历史上最大的空难事故，是压垮太阳神航空公司的主要原因。

但与机上那121个鲜活的生命相比，公司的倒闭并没有获得人们更多的同情。

522 号航班坠机现场的小纪念碑

波若德莫和女友的照片

在雅典东北部的 522 号航班坠机现场，有一座小纪念碑，周围一直堆放着一些鲜花和遇难乘客的照片——那是他们的亲属放的。

其中，波若德莫和他女友的照片非常醒目。

波若德莫的父亲——他曾希望儿子回来继承自己的家族企业，但被儿子拒绝了，因为儿子想成为一名机长——在接受采访时这么说：

“从他们第一次说看到有人在客机驾驶舱内，请相信我，我就确定那是我儿子。他不是懦夫……

“我们……永远走不出伤痛。”

馒头说

我曾经写过不少空难事故，但太阳神航空 522 号航班这次事故，让我格外有感触

当然，这次事故很离奇：沉睡的乘客，无人应答，自动飞行……

但最触动我的，是 522 号航班上的那位男空乘：波若德莫

第一个触动我的点，是在这架客机坠毁前的一刹那

事实上，因为缺氧而陷入沉睡的那些乘客是没有意识的，所以从某种意义上说，他们可能并没有体会到死亡的痛苦。整个飞机上只有

波若德莫一个人是清醒的，他在最后时刻依旧没有放弃努力，还在试图拉起飞机。

也正是因此，他是整架飞机上唯一一个清醒面对死亡的人。

那一刻，他在想什么？

第二个触动我的点，是波若德莫努力的整个过程。

应该说，在这个不幸的航班上，能有一个波若德莫这样的人存在，已经是够幸运的了：

他是前特种兵、潜水员，拥有商用飞行驾照，率先意识到驾驶舱出了变故，熟练正确地使用氧气瓶，打开密码锁，最后成功进入驾驶舱，还解除了"自动飞行"模式……

可是，就差那么一点点。

如果这是一部好莱坞电影，前 90% 的情节简直像是编剧为了最后的大高潮而编好的剧本：生死一刻，男主角惊险地控制住飞机，挽救了所有乘客的生命。

然而，波若德莫不是电影中的男主角。

再精彩的电影剧本，也是剧本。

而真正的生活，远远比剧本更真实，也更残酷。

珍惜身边人，珍爱生活。

本文主要参考来源：

1. 纪录片《空中浩劫》第四季第八集（美国国家地理频道）

2.《塞浦路斯班机坠毁 121 人丧生》（BBC 中文网，2005 年 8 月 15 日）

3. "Aircraft Accident Report：Helios Airways Flight HCY522 Boeing 737-31S at Grammatiko, Hellas on 14 August 2005"（希腊空难调查与航空安全委员会调查报告，2006 年 11 月）

安第斯山空难：他们是英雄还是魔鬼?

我曾写过不少空难，但这篇文章讲的是发生在空难之后的故事。这可能是一个让你觉得匪夷所思的故事，也可能是一个让你有所思考的故事。

1

1972年10月13日一早，阿根廷门多萨市。

南多·帕拉多带着自己的母亲和妹妹，和队友们一起有说有笑地走向了停机坪。

他们即将登机，飞往智利首都圣地亚哥。

南多·帕拉多23岁，是乌拉圭老基督徒橄榄球队的一员。作为一支业余橄榄球队，老基督徒队还小有名气，所以他们收到了智利一支橄榄球队的邀请，去智利的首都圣地亚哥打一场友谊赛。

按照计划，球队本来应该在10月12日周六从乌拉圭出发去智利，然后在14日周一返回。为了省钱，球队包租了乌拉圭空军的571号飞机，那是一架仙童FH-227D型双引擎飞机，能承载45~55名乘客。

在出发前一天的晚上，球队队长告诉他的队员们，飞机上还有空的座位，“如果你们谁愿意带家人或朋友一起去，就带吧，反正座位是免费的”。

听到这话，南多立刻就给自己的母亲和妹妹苏珊娜打了电话，邀请她们周末一起去智利好好玩一下。

10 月 12 日一早，载了 45 名乘客的 571 号飞机从乌拉圭首都蒙得维的亚起飞，直飞圣地亚哥。然而飞机在飞越安第斯山脉前却遇到了麻烦——从乌拉圭到智利必须飞越安第斯山脉，恶劣的天气是干扰飞行的最大阻力。

安第斯山脉的雪峰。安第斯山脉从北到南全长 8900 余公里，是世界上最长的山脉，纵贯南美洲西部，有“南美洲脊梁”之称

由于天气预报说有风暴，所以这架飞机只能降落在门多萨。门多萨是离安第斯山脉东边最近的一座阿根廷城市。球队决定在门多萨修整一天，等第二天一早再出发。

第二天早上，兴奋的队员们准时在停机坪集合。登上飞机后，年轻人们有说有笑，有的还在互相打闹，把橄榄球扔来扔去，直到机长提醒他们系好安全带，准备起飞。

机长是乌拉圭空军的一名上校，虽然累计飞行不到 5200 小时，但有 29 次飞越安第斯山脉的经验。

然而机上所有人都不知道的是，仙童 FH-227D 这个型号的飞机一共生产了 78 架，其中 23 架都坠机了，共造成 393 人死亡，1/3 的坠毁飞机涉及意外事故。

如果这些乘客早知道这个型号的飞机有这样的安全事故记录，他们肯定不愿意踏上这趟“死亡之旅”。

2

从门多萨飞往圣地亚哥，照理只需要一个小时。

但因为这两座城市之间隔了安第斯山脉，所以航线对气候以及飞机性能有不低的要求。对于老基督徒橄榄球队所乘坐的仙童 FH-227D 飞机来说，如果要飞直线，飞机可能还没有上升到必要的高度，就会被多变的气流吹得撞向山峰。

所以为保险起见，机长选择先往南飞，绕过安第斯山脉的高海拔山峰群，从一个较低的山谷口穿越安第斯山脉，先抵达智利的另一个城市库里科，再掉头向北飞，最终抵达圣地亚哥。

按照计划，飞机应该在下午 3 点 33 分抵达库里科上空。

但圣地亚哥地面控制中心的工作人员，却在 3 点 24 分收到了 571 号飞机上机长的无线电：

“我们已经飞抵库里科，请求向北转。”

比预计时间整整早了 9 分钟。

难道 571 号飞机加速飞行了？

很遗憾，并不是。

真正的原因是：山脉中大雾笼罩，机长和副机长误以为自己已经飞越了安第斯山脉——事实上，他们当时正处在安第斯山脉的群山环绕中。

但这架飞机，就真的向北转了。

这也就意味着，飞机正向安第斯山脉的深处飞去。

此时，由于山间气流的影响，飞机的机身开始颤抖起来。刚才还有说有笑的橄榄球队队员们，神色慢慢变得严肃，都坐回了自己的位置，迅速系上了安全带。

在驾驶舱，机长和副机长正在试图辨别库里科的方位，但漫天的雪雾和呼啸的狂风让他们失去了方向，他们只能尝试先下降高度，穿过云层。

当飞机终于穿过云层的时候，机长和副机长被眼前的一幕惊呆了：

目力所及，都是一座座白雪皑皑的高山。

飞机已经飞进了安第斯山脉之中。

此时，留给机组人员的时间不多了——四处都是几乎已经紧贴飞机机腹的山峰，稍不留神就会迎头撞上。

机长使尽了腾挪之术，在越过了几个山头后，终于找到了一个可以穿越的山谷，但正当飞机向山谷俯冲的时候，机尾碰到了山体。

“砰！”

整个机尾连同一段后端机体直接被撞飞了出去，失去尾翼的飞机一头向山谷下方栽去。

坠机了。

3

飞机的坠落地点，可以说是不幸中的万幸。

万幸的是，飞机失去尾翼后，正好掉到了一个大滑坡上，足足滑行了大概 1500 米后缓缓停下。因为相对平缓的坡度和厚厚的积雪，飞机并没有起火爆炸。

不幸的是，即便如此，45 名乘客中，依旧有 12 人当场遇难。

幸存的 33 名乘客挣扎着爬出了机舱，立刻被眼前的场景震住了：

身处海拔 3600 米左右的群山环绕之中，空气稀薄，天寒地冻，荒无人烟。

而这群穿着夏装准备去圣地亚哥度一个轻松周末的乌拉圭人，没一个人有在高山生存的经验——乌拉圭平均海拔只有 100 多米，全国最高的山也就 500 多米。

大家的第一反应是奔向飞机驾驶舱。

在已经被撞击得严重变形的驾驶舱里，机长已经当场身亡，而副机长满脸是血，被挤压在扭曲的钢铁中动弹不得。看到有人过来，副机长提出的第一个要求是：

“我太痛苦了，给我一把手枪，让我自杀。”

但其实不用手枪，副机长也活不了多久了。在临死前，他一直反复向大家强调：

“我们已经飞过了库里科……这怎么可能？我们已经飞过了库里科……”

旁边有人找出了一张地图：

如果飞机已经飞过了库里科，那么他们现在应该是在安第斯山脉的西面。

这是他们唯一能掌握的一条“重要线索”。

南多·帕拉多也是幸存者之一，但他一直昏迷。他在坠机时从机舱后面直接飞到了前面，被撞伤了头部，人事不省。但他已经够幸运了，就在飞机下降前，他的队友、最好的朋友潘奇诺·安巴尔提出要和他交换位置，以便能坐在舷窗边观赏安第斯山脉的雪景，南多答应了。

坠机发生后，靠窗坐的潘奇诺当场身亡——如果不交换位置，死的就是南多。

死与生，有时候就在一瞬间。

幸存者们首先要面临的问题，是如何熬过第一个晚上。

太阳在下午 4 点多就下山了。在海拔 3600 米的山区，气温开始迅速降低。所有的幸存者把遇难者的尸体都拖出了机舱外，然后用摔坏的行李和椅子堵住残存机身上的各处破洞，再用雪塞住缝隙处，搭了一个简陋的“机舱避难所”。

他们都带了打火机，生火并不困难，困难的是找到充足的生火材料——在雪山上，没有植被，没有动物，没有可以点燃的东西。

他们烧掉了随身携带的总共 7500 美元纸钞。

夜幕降临，气温迅速下降到了零下 30 摄氏度。幸存者们翻出了行李中所有能御寒的衣服或毛毯，裹在身上，钻到了“机舱避难所”里。大家紧紧地挨在一起，面对面，以便自己呼出的热气能喷到对方的脸上。

当第二天早上太阳升起的时候，幸存者们知道熬过了第一夜。

然后他们发现，有 5 个受伤的同伴在夜里没有撑住，死了。

4

唯一支撑大家坚持下去的信念，是等待搜救队。

幸存者们有一个小型的晶体管收音机，能断断续续收听到外界对飞机失事的反应以及搜救的进展情况，但他们却无法主动跟外界联络。

乌拉圭空军联合智利空军和阿根廷空军，在第一时间就开始了搜救工作。他们划定了各自的搜索范围，开始在安第斯山脉的群山间来回搜索。然而，由于安第斯山脉中雾气缭绕，飞机的机身又是白色，隐藏在白雪中很难被发现，所以搜救队始终没有发现飞机残骸。

时间一天一天过去，幸存者们的生存必需物资开始慢慢减少。

事实上，因为这是一次短途旅行，他们并没有随身携带多少食物。飞机失事后，幸存者们能找到的食物，无非就是一些巧克力、沙丁鱼罐头和酒。在失事后的最初几天里，他们将这些仅存的物资收集起来，严格按照供量分配，每人每天只能吃到一点巧克力、罐头以及喝几小口酒。饮用水倒是不缺，想办法将雪融化，就是取之不竭的水源。

然而，在高山缺氧、强紫外线照射以及食物短缺的情况下，一些重伤员还是撑不住了，其中就包括南多的妹妹苏珊娜——南多的母亲在坠机时就已遇难。

第 7 天晚上，原本就身受重伤的苏珊娜开始进入弥留状态，而已经苏醒过来的南多却无法做任何事——没有药品，没有食物。他用毯子裹着 17 岁的妹妹，紧紧抱着她。苏珊娜此时已无法说话，只能用眼睛望着哥哥。

南多看着妹妹在自己的怀里死去。

最糟糕的消息，是在第 10 天到来的。

这一天，幸存者像往常一样，聚集在一起用晶体管收音机收听外界的消息，然后他们听到了一个足以击碎所有人信心的播报：

鉴于搜寻 10 天后依然没有结果，三国联合搜救队决定停止搜索。

这也就意味着，没有人会来寻找他们了。

冰寒刺骨，空气稀薄，阳光刺眼，没有人烟，没有食物，没有救援，在这 3600 米海拔的群山之中，他们该如何生存下去？

用来储备食物的“储藏间”，已经空了。

他们尝试像小说里写的那样，吃皮带、皮箱，但因为这些东西里都加了化工原料，已经无法入口。

对于严寒、缺氧和紫外线照射，他们还勉强能够再应付一阵，但饥饿是摆在所有幸存者面前一个无法回避的问题——很快，他们就都要被饿死了。

在一个太阳照常升起的早上，南多看着同伴卡里托斯的眼睛，说了一句话：

“我想吃了那个飞行员。”

5

吃人，是这些人从来就没有想过，也不敢去想的一件事。

但是，当人的信念几近崩溃，意志沉入谷底的时候，唯一残存的求生欲望，会让他们做出原先根本连做梦都不敢想的事。

当南多向卡里托斯说了自己的想法后，卡里托斯立刻向另一个同伴阿道夫转述了南多的话，说南多疯了。但阿道夫的回答却让卡里托斯感到惊讶：

“不，他没疯，我其实也这样想很久了。”

吃掉同伴的尸体，这个念头其实早就在很多幸存者的心间酝酿，就看谁先提出来而已。

五六个小时之后，幸存者们取得了一致意见：食用遇难同伴的尸体。

为了活下去，这是唯一的办法。

当然也有一些幸存者依旧无法说服自己，于是同伴就用宗教中的“圣餐”理念来说服他们：

基督用他的体与血，以非流血的方式自献于圣父作为祭物，并且把自己赐给信徒，作为信徒灵魂的“神粮”。

而另一些人则看得更实际：

那一具具尸体，拥有幸存者们急需的脂肪、蛋白质和碳水化合物，与其慢慢腐蚀，不如用来救活着的同伴。

于是，原先被掩埋的同伴尸体又从雪地里被拖了出来。

当把一块块被火烤熟的肉送入嘴中后，幸存者们明显感觉自己的身体状况慢慢变得好转，似乎又被注入了一股新的力量。但这时候，他们每个人的心情都是复杂的：庆幸，愉悦，感恩，愧疚，自责，惭愧……

大家对“先吃飞行员”的原因心知肚明：其他遇难者都是大家熟识的朋友乃至亲人，而飞行员，大家都不认识。

晚上，他们手拉手围成一圈，一起立下了一个需要共同遵守的誓言：

“如果我死了，你们可以食用我的尸体，不要心存顾虑。”

在解决了食物问题——以及吃这些“食物”的心理障碍——之后，

幸存者们当时在“机舱避难所”的一张合影，右侧椅子旁边的东西，应该是一段人体的脊柱

幸存者们的处境似乎一下子好转起来。

入夜，他们蜷缩在机舱残骸中，相互依靠，相互取暖，相互鼓励。

只是他们不知道，这个为他们挡风遮雨的“机舱避难所”，其实一直是一颗“定时炸弹”。

6

雪崩，是在坠机后的第 18 天夜里突然发生的。

在这之前，连续下了三天的雪。第三天的夜里，在“机舱避难所”的山谷上方，忽然传来了“砰”的一声巨响。

一时之间，仿佛千军万马奔腾一般，呼啸而来的雪崩瞬间就掩埋了“机舱避难所”，把所有幸存者结结实实地埋在了雪下面。

大多数幸存者在睡梦中就被埋在了深雪下，他们姿势扭曲，动弹不得，关键是还面临缺氧的危险——75% 死于雪崩的人都是因为缺氧。

先脱身的人开始拼命挖自己被雪埋住的同伴，一个个地扒出来，但他们还是悲伤地发现，又死去了 8 个人。

这 8 个人，入睡之前还是活生生的伙伴。

而这场雪崩从某种意义上也拯救了剩下来的幸存者：

首先，积雪覆盖了“机舱避难所”，使他们躲过了后来几天的暴风雪。

其次，他们少了 8 个要吃饭的人，反而多了 8 具尸体作为“口粮”。

暴风雪停止后，大家把“机舱避难所”扒出雪堆，晒干坐垫，打扫舱内，似乎又恢复了之前的生活。

但大家的情绪更低落了：尸体的肉只能保证他们最低的能量摄取，低温、缺氧，以及看不到生机的未来，时刻在威胁每一个幸存者的生命。

一天晚上，一个叫阿图罗的幸存者向伙伴泽比诺扔了一个东西，被惊醒的泽比诺问："怎么了？"阿图罗说觉得自己就要死了。

一个小时后，阿图罗就死了。

接下来是一个叫图卡提的小伙子，他也说自己就要死了。这个橄榄球队的精壮小伙子，此时已经瘦得只剩皮包骨头，全身体重不会超过 25 公斤。

图卡提没多久也死了，他是带着微笑死的。

在那段时间里，死亡其实成了一种解脱，比它艰难的，是努力活下去。

也正是这次雪崩，让幸存者中的几个人下定了决心：

与其在这里等死，不如走出去试试。

7

12 月 12 日，离坠机过去整整两个月的时候，还活着的 16 名幸存者选出了一支三人探险队。

事实上，幸存者们之前已经尝试过几次"探险"，但都因为恶劣的天气和缺乏装备而失败返回，唯一一次有收获的短途探险，是在南面的山谷里发现了当初被撞飞的飞机尾翼。

那次发现让幸存者们又找到了一些衣物和食物，还发现了一台无线电发报机以及一台照相机。

因为缺乏相关专业人士，他们寄予厚望的无线电发报机最终没能运转，但那台相机却非常重要：他们用它留下了很多珍贵的照片。

现在我们看到的那些照片，都是当初用那台照相机拍下来的

当时幸存者们的想法是：人们如果在50年、100年后发现了他们的尸体，会从相机里知道有人曾经生活在这里。

12月12日，南多、罗伯特和维泽汀三人组成的“探险小组”准备出发。在出发前，剩下的幸存者们给他们送出了最诚挚的祝福。

对于外出寻找求生机会，最坚定的是南多，罗伯特是第一个站出来愿意和南多一起出发的人，而其他的人其实多少有些矛盾：

如果一直待在这里，大家都知道肯定是死路一条，但离开还算温暖的“机舱避难所”去一个未知的地方寻找极其渺茫的求生机会，又是很多人害怕的。

但不管怎样，大家都承认：在冰天雪地里愿意去探索的人，是真正的勇士，他们肩负着所有人的最后一丝生还希望。

至于前进的方向，“探险小组”决定朝太阳落山的方向——西面前进。

理由只有一个：

副机长在临终前曾告诉他们，飞机已经飞过了安第斯山脉，在山脉的西面。

这也就意味着，他们可能只需要翻过一个小山头，就能看见智利那一边翠绿的山谷了。

以他们掌握的专业知识，不可能去质疑副机长的判断，但副机长的判断恰恰是错的：

他们其实是在安第斯山脉的中间。

事实上，如果他们当时选择往东走，只要步行 29 公里，就可以发现一家旅馆。

但在那时候，谁都不是上帝。

探险队员们带着充足的“食物”，背着用飞机绝缘材料制作的睡袋，穿着用座椅坐垫制作的“雪地靴”，出发了。

在临行前，南多关照他的伙伴卡里托斯说：

“我一定会努力回来救你们的，如果我没有回来……你们需要‘用’到我母亲和妹妹，就‘用’吧……”

然后，三个人就头也不回地向西面一步步走去。

南多之所以那么坚决要走出去，有两个理由：

第一，他想回到自己的父亲身边。

第二，他不想等到自己不得不“用”母亲和妹妹的那一天。

黑色的小飞机标志为坠机地点，而幸存者当时以为自己身处圆圈中

8

三个没有任何登山经验的人，在冰天雪地里，开始用最原始的工具翻山越岭。

在一个斜度呈 45 度的山坡上，三个人要足足攀登 600 米，他们每吸五口气，才能勉强挪动一次腿。

爬一步，滑半步。

每当有人想放弃的时候，南多就鼓励伙伴：

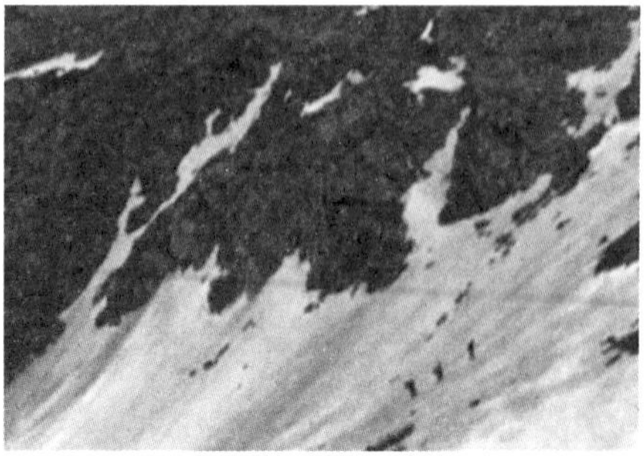
在苍茫的雪山背景下，三个人只是三个小黑点（此为纪录片还原画面）

“只要你还有呼吸，就一定要前进，直到死为止，这样我们就没有遗憾了。”

这三个人，确实是准备死在路上的。

当他们花了整整三天时间攀登上第一座山峰峰顶的时候，全都愣住了：

他们原本以为，在山那一边将看到翠绿的山谷，但是，360 度环绕他们的，却依旧是连绵起伏的群山——他们终于发现自己身处安第斯山脉中这个事实了。

南多当场就瘫倒在了地上：

“我们应该会死在这里了。”

罗伯特握住了南多的手：

“是的，但至少我们是死在一起的。”

眼前的景象确实足以击溃任何一个意志坚定的人，但没多久，南多又站了起来，拍了拍手：

“来吧，我们继续走。”

为了加快速度，三个人做出了一个决定：

体力差的维泽汀先返回“机舱避难所”，把衣物和“食物”都留下，而南多和罗伯特继续前进。

在峰顶，南多看到远处的两座山峰之后，就再也没有山峰了，这也坚定了他的决心：出路，应该就在那里。

两个人互相搀扶，一步一颠地又继续走了 6 天。（2005 年 12 月，一支专业的登山队带齐所有的装备，重新走了南多他们当时走的路线，认为在缺乏专业训练、装备以及必要给养的情况下，当初他们两人的艰苦程度超乎想象。）

到了 12 月 21 日，也就是南多他们出发的第 9 天后，他们终于看到了一个足以让人喜极而泣的场景：

就在前方不远处，融雪消失了，出现了绿色的植被。

这说明，他们即将跨越雪线。

没多久，更多让他们振奋的景象出现了：

一条河流，几丛野草，无数簇野花——两个人立刻就把野草拔了出来，放到嘴里咀嚼。

然后他们看到了一个空罐头。

罗伯特说，这个空罐头可能是从上空飞过的飞机上被丢下来的。南多告诉他，飞机飞行时是不能开窗的。

那也就意味着，他们发现了人类活动的迹象。

再往前走一段路，他们被一条湍急的河流挡住了去路。

这时候，罗伯特使劲拉了拉南多——虽然那时候两人都已经基本没有什么力气了——说：

“看，那里是不是有一个骑马的人？”

南多举目望去，在一条湍急的河流对面，真的有一个骑马的人。

9

那是一幅有点诡异的画面：

南多和罗伯特对着河对岸的骑马人大声喊叫——他们兴奋于终于碰到了人！

而那个骑马人看着河对岸两个像野人一般的人呆住了——他震惊于这个地方居然出现了人！

由于河流湍急，喊话的声音被河水声覆盖，双方没能达成有效沟通，而天色很快暗了下来。

南多和罗伯特在河的这一头度过了一个不眠之夜。第二天早上 5 点多，南多就起来再一次来到河边，他又一次看到了那个骑马的人。

在再次喊话失败后，那个聪明的骑马人用一张纸卷住一支笔，绑在一块石头上隔河扔给了南多。

南多很快就在纸上写下了这样一些话，又扔了回去：

“我是一个乌拉圭人，我们的飞机坠毁了。我们已经行走了 10 天，我有一个朋友在上面，他受伤了。在飞机那儿还有 14 个受伤的人。

“我们必须尽快离开这儿，但是我们不知道该怎么办。我们没有食物，我们都很虚弱。你们什么时候能来把我们接走？

“求求你们，我们走不动了，我们在哪儿？”

那个骑马人接到纸条后读了一遍，吃惊地抬头望向南多，然后又低头读了一遍，随后向他做出了一个“你们等在这里”的手势。

然后，他向南多扔过去一块面包和一块芝士，随即骑马走了。

大约 20 个小时后，骑马人带着四五名骑马的军人再一次返回了河边——南多后来才知道，骑马人赶了 10 个小时的路，最终找到了最近的一家军事哨所，搬来了救兵。

直到那一刻，南多才真正确定：他，还有大家，都得救了。

10

南多和罗伯特在获救的第一时间，就要来了一张地图。

在地图上，他们向搜救队指出了坠机的大概位置，搜救队非常吃惊：

“那里是阿根廷，你们不可能从那里走到这里。”

南多回答：

“我不知道那里是哪里，我们就是来自那里。”（后来人们通过 GPS 定位，测出南多他们当时步行了大概 60 公里，但那不是平地上的

60公里。）

当时从直升机上拍下的画面

两架空军的直升机随即载着南多，在他的指引下来到了坠机地点。

在“机舱避难所”的14个幸存者，先前已经通过收音机听到乌拉圭大使宣布“找到了两个从大山里走出的幸存者”，早已在那里翘首期盼。

当时大家拥抱的画面

当南多走下直升机的时候，所有的人都冲了上去，围住他，拥抱他，哭着，喊着，笑着。

一架载有45名乘客的飞机坠毁在3600米海拔的高山无人区，经过整整72天后，奇迹般地生还了16个人。

这个新闻无疑轰动了全世界。

各国的新闻记者潮水一般地涌向那些幸存者，问他们各种问题，其中最集中的一个问题是：

“你们是怎么活下来的？你们吃什么？”

最初，南多他们不愿意回答这个问题，但事实的真相是无法隐瞒的，最终他们还是说了出来。

这个消息的震撼力并不亚于他们能奇迹归来——虽然之前媒体记

Did 16 In Crash Survive By Eating Dead Friends?

当时某报纸的新闻标题：《16 个空难幸存者是靠吃死去同伴的尸体活下来的吗？》

者们已多少猜到了一些。

西班牙的一家报纸当时用的报道标题就是《食人族归来》。

但更多的媒体，却也开始和读者一起探讨一个话题：

“如果当时换作你，你会怎样做？”

让南多他们欣慰的是，当他们在医院接受治疗时，一名神父专门找到了他们，对他们说：

“你们做了正确的事情。”

不久之后，天主教会也认定，他们当时所做的，并没有错。

这让南多他们最终得到了慰藉：

在生死攸关的时候，他们做出了求生所必须做的选择，但他们并没有变成野蛮人，而是相互扶持，相互鼓励，最终一起走出了安第斯山。

人们把这 16 名幸存者称为“安第斯山奇迹”，而这些幸存者却认为自己只是做了被逼到绝境时，每个人都会做的事：

活着。

馒头说

这一次写的空难故事有一些特别，因为主要在讲空难发生后的事。

但这其实和之前写的那些空难故事是有共同点的。

在突然来临的巨大灾难背后，那些触动乃至震撼我们心灵的人性：匆匆写下遗书拜托妻子照顾好孩子的乘客，愧疚一生却依旧被遇难者家属刺死的航空管制员，试图驾驶飞机但在最后一刻功败垂成的乘务员，以及，最后走出绝境救出同伴的英雄。

我相信，“安第斯山空难”的幸存者们在人生的后半阶段肯定还有故事，比如如何调整自己的心理，如何忘记一些噩梦，以及，如何面对那些遇难者的家属。

但有一点我确信，那就是他们会无比珍惜余下的生命。

每年的12月22日，他们都会聚会——那是他们生还的日子。而他们中的一些人，会不止一次再次回到安第斯群山中的那个地方。

人在遭遇一些绝境的时候，往往只有一个意念：

活下去！

而在绝处逢生之后，他们又会由衷明白一个道理：

活着，真好。

有一次，南多和罗伯特又一次回到了那个地方，这一次他们开着车，沿着当年走出来的那条路前进。

在路上，他们又发现了一个骑马的人。

经过辨认，那个人正是当年他们的“救命恩人”。

他们从后面开车上前，摇下车窗，对那个骑马人开玩笑说：

“你好，先生，我想我们可能迷路了，能告诉我们正确的路该怎么走吗？”

骑马人转头，看到他们，立刻就认出了他们俩。

那一刻，三个人都痛哭失声。

本文主要参考来源：

1.《安第斯山空难求生记》(《新视界》，爱奇艺)

2.“安第斯山空难”的乌拉圭官方网站(http://www.viven.com.uy)

3. *Alive: The Story of the Andes Survivors*(Piers Paul Read，转引自维基百科“乌拉圭空军571号班机空难”词条)

4.《安第斯空难幸存者披露绝境求生内幕》(英国《每日快报》，转引自《楚天都市报》，2006年6月7日)
5.《安第斯山空难幸存者在32年后重获当年丢失物品》(美联社，转引自新华网，2005年2月25日)

身后之名

有人独爱眼前酒，有人考虑身后名。

人生不过百年，有人留英名，有人留恶名，有人留争议。当然，大多数的人都是不会留名的。

罗兰夫人之死

一场法国大革命，有三位著名的女性被推上了断头台。一位是刺客[1]，一位是王后，而这篇文章说的是第三位——一位夫人。

1

1793年11月8日早晨，巴黎，革命广场。

11月的天气已经转冷，但刺骨的寒风并不能阻止从四面八方涌来的巴黎民众。在这段时间，每天聚集到革命广场已经成了他们的一种习惯，因为在这里，每天都会上演一项他们喜闻乐见的“娱乐活动”：

广场中央高高耸立起的断头台，将用一颗颗滚落的人头，为他们带来前所未有的刺激和兴奋。

这天早晨，又一批押送死刑犯的马车驶进了广场，那些从马车上走下来的囚犯，很快就会身首异处，告别人生。

从最后一辆马车上，走下了一个身着白色长裙的优雅女子，一头

① 见《历史的温度4》收录的《一幅名画背后的谋杀案》。

法国巴黎的协和广场，原先被称为“路易十五广场”，在法国大革命期间被称为“革命广场”，又因为安放断头台，被称为“断头台广场”

乌黑浓密的长发垂至腰间。

这幅画面显然与即将上演的鲜血狂欢气氛有些格格不入，一批亢奋的巴黎市民开始对着她大喊：

“上断头台！上断头台！”

那名女子微笑着看着暴躁的人群，温和地回答：

“我的朋友们，我正在去呢，一会儿就到了。”

有一些好奇的围观群众开始打听这名女子的名字，他们得知她叫曼依·雅娜·菲利普。

这是她的本名，她还有一个被载入史册的名字：

罗兰夫人。

2

1754 年 3 月 17 日，雅娜出生于巴黎珠宝街的一个雕刻匠家庭。

她是家中唯一的孩子——她的父母一共生了 8 个孩子，但只有她一个存活了下来。

雅娜的父亲是一名无神论者，但他的主张并不仅限于“上帝根本不存在”，他认为所谓的君主是专制者，人生而平等，不应该有压迫和阶级。

雅娜的母亲却是一名典型的有神论者，她认为一切命运的安排都是上帝的意志，每个人都要有自己的信仰。

尽管父母的观念不同，但有一点是相同的：他们都给了雅娜无限的关爱。

雅娜很小就展现出了聪慧的天赋，4 岁就能够阅读。当别的孩子都喜欢出去玩耍的时候，她却愿意静静地在家里博览群书，尤其喜欢看《希腊罗马名人传》，崇拜普鲁塔克。

随着阅读量的积累和心智的成熟，雅娜其实继承了父母双方的部分性格和观念：内心坚定，外表优雅；既追求平等和自由，又相信道德和圣洁；在理想面前可以虔诚卑微，但也愿意为之粉身碎骨。

雅娜 11 岁的时候，被父母送进了巴黎的一家修道院——在当时的法国，去修道院学习是绝大多数年轻女子的必然经历。

在修道院，雅娜很快从最初对上帝的崇拜和对仪式的震撼中走了出来，只待了一年就离开了。

在那一年里，对雅娜冲击最大的并非在修道院的岁月，而是她为数不多的几次接触上流社会的经历。

她有一次盛装打扮，被祖母带去见一位有贵族头衔的女士，却感受到对方居高临下如同盘问一般的傲慢态度，这让她的自尊心深受打击。之后她又去凡尔赛待了一个星期，近距离观察到了那些涂脂抹粉、坐着镀金马车的贵族是如何花天酒地的。雅娜看到，他们凭着祖上积攒下的名声维持体面和高雅，却连一句完整的句子都无法写出，写信还需要别人代劳。

这些经历让雅娜开始疯狂迷恋起卢梭的作品，开始信奉“天赋人权”。她深刻认识到，自己生活的国家其实正在变得越来越荒谬可笑，这种不公平的社会必须得到改变。

但雅娜很快发现，自己暂时还没有精力去操心国家大事，因为自己所处的这个小家已经陷入了困境：母亲因病离世，父亲随即过上了放荡的纵欲生活，甚至把情妇带到了家里。原本温馨的家庭瞬间支离破碎，雅娜开始考虑寻找一个属于她自己的小家。

此时的雅娜早已变成了一位充满魅力的女士：身形修长，外貌出众，高贵典雅，所以她一直不缺乏追求者，其中不少是腰缠万贯的

罗兰夫人肖像

富商。

但雅娜最看重的却是对方的才识和灵魂，所以她拒绝了很多仰慕者。

最终，一位来自亚眠的绅士成功获得了雅娜的芳心：诚然，他是亚眠制造业的督察，家境殷实，但更重要的是他曾游历过多国，饱览群书，尤其在政治方面有不少独到的观点和见解。

雅娜一度把这位绅士视为自己的导师和挚友，但在他的几次求婚之后，她愿意接纳他成为自己的终身伴侣。

1780 年的冬天，26 岁的雅娜穿着洁白的婚纱走进了婚礼的殿堂。她的丈夫叫罗兰·德拉普拉蒂埃，比雅娜大了 20 岁。

结婚后，按当时的习俗，雅娜的称谓也变了。

大家开始叫她“罗兰夫人”。

3

罗兰夫人很满意婚后的生活。

上午起床，罗兰夫人指挥用人们保存水果、储藏葡萄酒、分类亚麻布，精心维护这个家。在处理完家务事之后，她会进入丈夫的书房，参与到丈夫的各种学术工作中。

罗兰先生的学术威望和政治声望，让家中总是少不了来拜访和讨论的客人，罗兰夫人在下午就会精心化妆，因为他们家几乎每晚都会举行待客的晚宴，她会参与各种讨论。

攻占巴士底狱

此外，他们还有了爱情的结晶：女儿欧朵拉。

如果不是国家政局发生了突变的话，罗兰夫人一家就会这样安逸无忧地生活下去。

1789 年 7 月 14 日，随着象征王权的巴黎巴士底狱被攻陷，一场狂风暴雨终于拉开了序幕——法国大革命开始了。

学识渊博、为人温和以及本身就有一定地位的罗兰先生，很快入席了国民议会，带着妻子从乡下回到了巴黎。而原本就对政治有自己独特观点和热忱的罗兰夫人，也作为丈夫的“影子秘书”开始涉足政坛——她写了一本关于法国新形势和新秩序的小册子，一下子卖出了 6 万册，这在当时是一个很大的数目。

白天，罗兰夫人经常去参加国民议会的会议，聆听各种观点的辩论。到了晚上，她就会在巴黎的住所，以女主人的身份举办沙龙。

参加沙龙的主要是法国信奉自由主义的工商业人士，他们都有一个共同的称号——“吉伦特派”。在沙龙上，大家畅所欲言，各种观点和思想激烈交锋，但又不失风度。而罗兰夫人是沙龙名副其实的主办者和灵魂人物，她优雅高贵，从容得体，同时又观点犀利，发人深思。

“罗兰夫人的沙龙”很快在巴黎声名鹊起，成了当时让所有有识之士以参与为荣的聚会，罗兰夫人也借每晚的沙龙认识了各路英雄豪杰。大家热烈地阐述自己对建立共和国的见解和观点，对法国即将摆脱落后的君主制而感到兴奋。

在那些人中，罗兰夫人特别注意到一名来自乡下的律师，他经常

罗伯斯庇尔

表情呆滞，说话也很啰唆，有时候言辞近乎无礼，但总是愿意坐在角落里静静聆听。罗兰夫人注意到这名乡下律师的内心异常坚定，也欣赏他一旦认准目标愿意不惜一切代价的决心，所以她帮过他一次大忙，托人帮他开脱，使他避免了一次上断头台的灾难。

那个人的名字，叫马克西米连·罗伯斯庇尔——罗兰夫人曾改变了他的命运，在不久的将来，他也会改变她的。

吉伦特派在法国大革命的浪潮中很快走到了舞台的中央，他们决定与“君主立宪派”分道扬镳，只接受法兰西走向共和这一条道路，而罗兰先生作为吉伦特派的代表人物之一，在 1792 年 3 月被任命为法国的内政部长。

在王权被扫到舞台角落的时候，内政部长，在某种程度上已经相当于法国的一把手了。

而那时候其实很多人都清楚，罗兰先生只是站在台前的那位部长，真正能影响他的，是他背后的妻子罗兰夫人——她为丈夫起草各种文书，在沙龙上传播思想，用自己的魅力和才华聚集起所有志同道合的人。

法国国王路易十六已经失去了权力，人们更愿意相信，执掌权柄的其实是一位“红颜宰相”。

而此时的罗兰夫人在政治之外，发现自己陷入了另一个旋涡：她爱上了经常来沙龙的吉伦特派政治家博佐——后者也毫无保留地表示了对罗兰夫人的爱慕。

这场突如其来的爱情让罗兰夫人痛苦不堪，她无法接受自己在爱情上背叛丈夫的事实，所以先向丈夫罗兰先生坦陈了这一切，换来的是意料之中的愤怒。为此，罗兰夫人决定压抑自己的情感，但她能控制肉体，却无法指挥精神——她陷入了一场柏拉图式的恋爱。

但随之而来的政治风向变动，让罗兰夫人无暇顾及自己感情世界的迷惘。

在吉伦特派之外，另一个疯狂而冷酷的派别正在迅速崛起——这个派别原本与吉伦特派有不少相同的政治主张，但如今他们的诉求更彻底：

要推翻所有原先的统治阶层，为此不惜血流成河。

这个派别，就是雅各宾派。

4

在雅各宾派崛起之前，吉伦特派其实是最激进的一个派别。

但是他们对当时法国的形势，确实缺乏一种必要的解决手段和手腕：

在对外方面，面对普鲁士、英国、奥地利这些宣称要捍卫“君权”的国家组成的“反法联盟”，吉伦特派政府疲于应付，战事频频吃紧；在对内方面，面对那些投机倒把的国内商人和飞涨的物价，信奉“自由主义经济”的吉伦特派始终不肯拿出限价政策，搞得民怨沸腾，最终失去了法国普通市民阶层，尤其是工人阶层的支持。

正是在这样的背景下，强调“乱世要用重典”的雅各宾派登上了舞台。他们也反对君主立宪而提倡共和，他们也维护国家主权而反对外来干涉，但他们比吉伦特派要强硬得多，也具有更强的鼓动力和宣传力——无论是动员军队还是动员群众。

雅各宾派主张一切法律必须经过人民批准，但同时又坚信只有建立一个凌驾于人民之上的专制乃至独裁政府，才能保全革命的胜利果实。为此，一切暴力都是合理的——何止暴力，他们认为各种酷刑

这幅画描绘的是发生在1792年的法国“九月屠杀”。当时普鲁士军队兵临巴黎，有传闻说外国军队进入巴黎后就会释放监狱里的政治犯，包括王室成员。马拉当时在媒体上呼吁：“在外国侵略者进入之前，就把监狱里的犯人全部杀掉！”于是，巴黎监狱里无论是政治犯还是刑事犯，大批人没有经过审判就被屠杀，很多犯人甚至被肢解，而大量女囚犯在死前遭遇了各种羞辱和强奸，其中包括王室公主。大约有超过1200人在这场屠杀中丧命

乃至肢解敌人，都是合理的。

而一个具体的体现就是：砍头。

此时的巴黎陷入了空前的血腥和疯狂之中，只要被认为是保王党或君主立宪派，就可以不经审判地直接被杀死——在马路上，在公寓里，在监狱中，在任何地方。雅各宾派的领袖人物之一马拉（没错，就是被人刺死在浴缸里的那个人）在几乎由他一人主编的刊物《人民之友》上呼吁必须要砍下敌人们的头颅，并且给出了一个具体的数字目标：27万颗。

在横扫一切的雅各宾派面前，吉伦特派就像一群小羊羔一样懦弱和无力。罗兰先生这个“内政部长”早就有名无实了，罗兰夫人试图和雅各宾派的领袖丹东、罗伯斯庇尔沟通，但这两人早就断绝了和她的联系——尽管他们不久前还都是沙龙的常客。

在罗兰夫人看来，君主制确实应该一去不复返，但现在这个共和国绝不是她想象的样子，她在给友人的信中写道：

“我们都处在罗伯斯庇尔和马拉的刀口之下，你了解我对革命的热爱，现在我为之感到羞愧。妖魔玷污了革命，革命是丑恶的。”

但此时罗兰夫人已经没有能力再控制局势了：罗兰先生被迫辞去了内政部长的职位，他们一家已经失去了权力的保护，成了滔天巨浪中一叶随时可能倾覆的小舟。

1793年4月，已经成为雅各宾派领袖的罗伯斯庇尔公开指责吉伦

特派是共和国内部的敌人，称他们“背叛了革命”。

哪怕不太关心政治的人都能觉察到：雅各宾派要对吉伦特派动手了。

5 月 31 日，一场并不意外的暴动爆发了，雅各宾派挟着汹涌愤怒的民意，在巴黎全城搜捕吉伦特派的成员，22 名吉伦特派最主要的人物全部被捕。

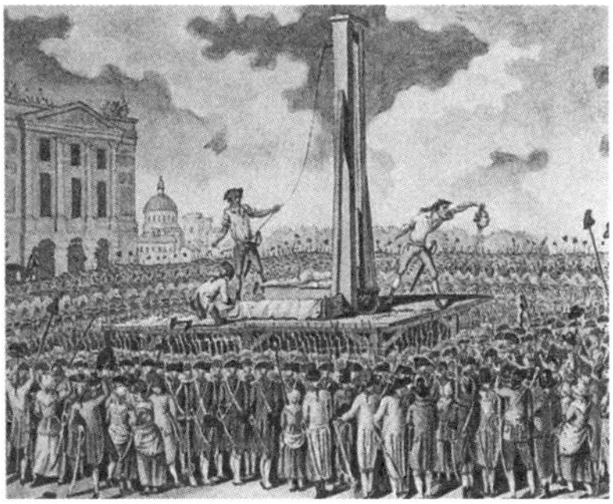

1793 年 1 月 21 日，法国国王路易十六被推上了断头台。尽管判处国王死刑得到了吉伦特派绝大多数人的支持，但罗兰夫人持保留意见，她认为处死国王会让欧洲的君主制国家彻底抱团反对法国共和政府

在最关键的时刻，罗兰夫人安排好了丈夫的逃跑相关事宜，自己却选择留在家里静静等待。

黎明时分，一队武装人员推开了罗兰夫人的房间门，出示了对她的逮捕令。

罗兰夫人镇静地听他们朗读了逮捕令，随后要求给朋友写一封信。带头的军官答应了这个要求，但在她写完之后，他表示必须知道信的内容。

罗兰夫人随后平静地把信撕成碎片并扔进了火炉，在还没醒来的女儿欧朵拉脸颊上亲了一下。

她心里知道，那是给女儿的最后一吻了。

5

罗兰夫人被投进了阿贝义监狱的单人牢房。

她进牢房后的第一件事，是请求得到一张小桌子，外带一张洁白的桌布。她把铺着桌布的小桌放到了窗边，然后请求获得了几本书来阅读，其中一本，就是她童年至爱的普鲁塔克的《希腊罗马名人传》。

按政府规定，监狱每天发给犯人大约20便士的津贴，罗兰夫人把一半留给狱卒作为购买各种家具的费用，另一半留作伙食费。监狱方面同意犯人可以自费购买更可口的食物，但罗兰夫人决心只按10便士的标准吃最基本的粗茶淡饭。

她把省下来的钱用来购买书籍和鲜花，剩余的都分给了监狱里更可怜的囚犯们。

其间，一些雅各宾派的官员曾来监狱探访罗兰夫人，但他们的主要目的是从她嘴里套出她丈夫的行踪，罗兰夫人回答：

“绅士们，我当然知道我丈夫在哪儿，我不屑对你们撒谎。我也知道我自己的力量，我向你们保证，没有任何尘世的力量能够劝服我背叛丈夫。”

在罗兰夫人被关押了4个月之后，有一天，当局忽然告诉她，她被无罪释放了。罗兰夫人一度不敢相信自己的耳朵。她坐着四轮马车急忙回到自己之前居住的地方，想去看望女儿，但她刚把手放到家门的把手上准备开门，就又一次被捕了——当局只是认为上一次的逮捕不符合法律程序，这一次想更名正言顺一些。

罗兰夫人这次被关进了条件更差的监狱，并且几经辗转，条件越来越差，最后一所关押她的监狱阴冷潮湿，没有窗户，甚至没有床，是好心的狱友从牢门缝隙中塞了个床垫给她。没有被子，罗兰夫人在床垫上度过了瑟瑟发抖的一夜又一夜。

有一次，罗兰夫人在修道院的一名好友来看望她。那名挚友提出，自己是一个寡妇，在世上没有什么牵挂，愿意和她互换，代她去上断头台，罗兰夫人含泪拒绝了她的好意。

罗兰夫人在狱中曾经有一次写信给罗伯斯庇尔，在信中，她明确地指出自己并不是在祈求他的怜悯，而是想提醒他：如此煽动民众的力量，最终肯定会反噬自己。

意料之中，罗伯斯庇尔没有任何回应。

罗兰夫人被审问过好几次，但她的态度如同她那份著名的辩护词写的一样，始终坚定。

她表示自己只是一名妻子，而不是阴谋者的同谋。但即便如此，她也怀念吉伦特派，因为他们都是共和国自由的忠诚支持者，他们希望的是保存宪法而不是破坏它。如果有人不讲法律而宣判，那么她希望成为党派狂暴情绪的最后一名献祭者。

在这个时候，罗兰夫人对生还已经不抱任何希望了。

她清楚地知道，在此之前，雅各宾派已经把那 22 个吉伦特派的主要成员——罗兰夫人的挚友们——统统推上了断头台。在行刑的前夜，这批人彻夜饮酒狂欢，甚至互相抚摸对方的头颅开玩笑。在去行刑场的路上，他们高唱着《马赛曲》。

她也清楚地知道，雅各宾派是不可能放过自己的。

她的淡定和坚强，足以促使他们把她推上断头台。

6

1793 年 11 月 8 日，阴沉的早晨。

罗兰夫人的最后一刻到了。

在走出牢房门之前，罗兰夫人认真梳妆打扮，换上了一袭洁白的长裙。她微笑着和牢房里伤心哭泣的其他囚犯告别，平静地登上了最后一辆马车。

在抵达断头台之前，罗兰夫人请求押送她的军官给她一张纸和一支笔，她还想写下几句话，但是这个要求被拒绝了。

位于革命广场的断头台再一次响起了血腥的铡刀起落声，犯人一个个从马车上被拉下来，送上高台，铡刀落下，人头一个接一个地掉进篮子里——每一颗人头落地，都会引起围观群众震天的喝彩和欢呼。

法国大革命时期的革命广场

在等待被送上断头台的队伍中，罗兰夫人发现身后一位叫拉马什的老人面对鲜血淋淋的场面已经双腿发抖，脸色发白。

罗兰夫人对押送的军官提出了一个要求：

“我想请你帮一个忙，不是为我自己，让我身后这位老人先上断头台吧。”

然后她转身对那位老人说：

“你先于我上断头台吧，看到我流血会让你遭受两次死亡的痛苦。”

一开始军官拒绝了，但最终他还是同意了这个请求。

铡刀落下，头颅落地，无头的尸体被抛在了一边，断头台已经空出了位置。

罗兰夫人知道轮到自己了。

她表情平静，略微提了提裙子，步履轻快地登上了断头台。

站在高高的断头台上，罗兰夫人环顾四周，意味深长地扫视了台下翘首期盼的巴黎民众，然后转向了不远处那座用陶土建成的巨大自由雕像。

她朝着那座巨大雕像深深鞠了一躬，然后说出了那句流传至今的话：

“自由啊！多少罪恶假汝之名以行！”

说完，她把自己的头放到了支架上。

寒光闪过，头颅落地。

7

罗兰夫人死了，但故事还有尾声。

罗兰夫人的一个女仆和一个男仆，都先后找到了雅各宾派的革命法庭，请求被送上那个让女主人殒命的断头台。

革命法庭对这样的请求大吃一惊，觉得匪夷所思，直接宣布女仆发疯了，驱逐她离开。但是，他们满足了男仆的请求。

在罗兰夫人死后的第四天，一群农民在荒郊野外的一棵树下发现了一具老人的尸体，老人是用自己拐杖中的细剑插入胸膛的，他是罗兰先生——在听到罗兰夫人的死讯之后，他离开了隐匿之处和朋友，无目的地漫步荒野，最后自杀。

在罗兰先生外套的胸襟部分，别针别着他的临终遗言：

“无论您是谁，若发现遗骸，请尊重它，因为它是一个有德行的人的遗骸。在听到我妻子的死讯后，我无法在这个为罪恶所玷污的世上再活一天。”

半年后，人们在波尔多地区的深山里又发现了一具尸体。

这具尸体已经被野狗撕咬得几乎面目全非。经过判断，这是当初罗兰夫人爱慕的那位绅士博佐的尸体。

也是自杀。

馒头说

我曾看到过一份数据：在法国大革命中，从1793年到1794年的一年时间，大概有17000人被推上断头台，那架断头台最快的砍头纪录是在38分钟里砍下21颗头颅。

在那些被砍头的人中，既有王公贵族，也有普通市民，既有昔日权贵，也有曾经的革命者、爱国者。如今已改名为“协和广场”的

“断头台广场”，据说当初只要天下雨，广场上流的水就是鲜红色的。

在那些死去的人中，罗兰夫人无疑是令人唏嘘的一位，因为她和很多人一样，曾经为心目中的那份理想努力奋斗，但最终却发现事态走向了与她的想象迥异的那一面。

而令人唏嘘的，其实又何止她一个？

就拿雅各宾派来说吧。

雅各宾派的领袖之一丹东，曾经也狂热地呼吁要对敌人绝不手软，要“乱世用重典”。当他意识到革命已经向恐怖统治转移的时候，曾试图勒住那匹狂奔的野马，但是已经来不及了。曾经号召和率领法国民众英勇抵抗外国侵略者的他，最终被指控为“卖国贼”，被罗伯斯庇尔推上了断头台。

那么继续选择激进呢？雅各宾派中的左翼领导人埃贝尔，在政局初步稳定下来的时候，要求继续发动新的起义，要进行更激进的革命，随后也被罗伯斯庇尔送上了断头台。

至于雅各宾派的另一领袖马拉，倒是躲过了上断头台的命运，是在浴缸里被吉伦特派的女刺客科黛刺死的。他一度被葬入“先贤祠”，与卢梭、伏尔泰等人比肩，但仅仅一年后，随着雅各宾派的倒台，他的棺木很快就被移了出来。那幅《马拉之死》曾被挂在国民公会墙上最显眼的位置，但很快也被拿了下来，打入冷宫。

最后来看罗伯斯庇尔。

在马拉死后，罗伯斯庇尔宣布，所有的审判判刑一律为死刑，审判取消预审和辩护人，法官判决无需证据，只要“感觉”犯人该死就行。

1794 年 7 月 27 日，离罗兰夫人写信提醒罗伯斯庇尔当心被“反噬”还不到一年，罗伯斯庇尔就被他曾经呼来喝去的国民公会宣布为“暴君”和“不受法律保护”。仓皇逃走的他被一个国民卫队的少年一枪击碎下颌，失去了辩解的能力，第二天就被推上了断头台。

当罗伯斯庇尔人头落地的时候，台下围观的法国民众依旧发出了喝彩和欢呼，而且长时间热烈鼓掌——他们中的不少人，曾为处死路易十六鼓掌，曾为处死罗兰夫人鼓掌，曾为处死丹东鼓掌，现在也为处死罗伯斯庇尔鼓掌。

对罗兰夫人，对罗伯斯庇尔，对吉伦特派，对雅各宾派，乃至对整个法国大革命，长时间来一直有各种观点和看法，每个人从中看到什么、感悟到什么，可能不尽相同。

但我想，可能有一点，大家都是认同的：

我们总应该从人类历史的教训中学到些什么。

如果，我们能够学到的话。

搁笔。

本文主要参考来源：

1.《法兰西第一女杰——罗兰夫人传》（John S. C. Abbott 著，郭继兰译，广西师范大学出版社，2012 年）

2.《法国大革命中的红颜宰相》（郭继兰，《文史天地》，2013 年 04 期）

3.《放言惊世法兰西》（郭华榕，东方出版社，2018 年）

4.《罗兰夫人没得到自由》（《中国青年报》，2010 年 11 月 17 日）

5.《罗兰夫人的沙龙》（张欣欣，山东大学硕士论文，2012 年）

6.《罗兰夫人的女权主义思想》（陈琳琳，西华师范大学硕士论文，2017 年）

“第六天魔王”之死

熟悉日本历史的人都知道，在中国明朝时期，日本进入了“战国时代”。在这个类似于中国三国时期的时代，将星云集，尔虞我诈，波澜壮阔。

而有一个人的名字，是无论如何也避不开的，那就是“第六天魔王”——织田信长。

1

用现在的眼光看，小时候的织田信长，是一个标准的“熊孩子”。

1534 年 6 月 23 日，织田信长出生在尾张国（现日本爱知县西部名古屋市）。说他“含着金汤匙出生”，可能有点夸张。他是嫡长子，父亲织田信秀只是尾张国的一个小大名（相当于一个诸侯）。

喜爱中国兵法的武田信玄把中国的“战国时代”之名直接套用到了日本的这个时期。日本在“战国时代”分裂成了 66 个“国”，但所谓的“国”，很多都很小，有的小国未必比中国的一个县大多少。尾张当时在日本的战国版图中，势力就很小。

织田信长从小就显露出鲜明性格，明确了自己的厌恶和爱好。他厌恶的有：读书，学礼仪，规规矩矩听话。他喜欢的有：爬树掏鸟窝，下河摸鱼，街头打架……所以，在很小的时候，他就获得了人生第一个绰号——“尾张的傻瓜”（他的父亲织田信秀的绰号是“尾张之虎”）。

这样一个“熊孩子”，其实是颇被讲究阶层和礼节的日本武士圈讨厌的，就连织田信长的亲生母亲土田夫人都不喜欢他，而更喜欢懂礼貌守规矩的二儿子织田信行。

但是，父亲织田信秀却很赏识自己这个顽皮长子，虽然表面上总是训斥他，但暗地里还是很宠爱他的，在织田信长 6 岁时，就让他当了古野城的城主。

织田信长有两点特别引起了父亲的注意：第一，他是织田家最早注意到从西洋传入的火枪威力的人之一；第二，他胆子特别大，有时候只带几个人就敢去敌对势力那里放火，然后安全回来。

1551 年，才 41 岁的织田信秀因为过度沉迷酒色而去世，17 岁的织田信长理所当然地继承了父亲的位置。这个“尾张的傻瓜”在继位后迅速展现出惊人的铁腕和军事天赋，两次平定了弟弟织田信行的反叛，降伏了织田家对他不服的家臣，通过一系列远交近攻，成为整个尾张的实际统治者。

当然，并不是所有人都一直把织田信长当傻瓜看。

在织田信长 19 岁那年，他去见了自己的岳父——在日本战国时代有“蝮蛇”之称的美浓国大名斋藤道三。斋藤道三在和织田信长聊过之后，由衷地发出感叹：“我的子孙，估计以后只有为他牵马的命啊！”

2

真正让织田信长踏上“制霸”之路的，是著名的“桶狭间合战”。

到了 1560 年，26 岁的织田信长已经基本统一了尾张。但在整个日本战国版图之中，尾张只是很小的一个存在，周围全是觊觎它的强大势力，比如东海道实力强劲的大名——今川义元。

彼时的今川义元，实力强大，且与织田家的争端一直就没断过。

1560 年，今川义元下定决心“上洛”，而他第一个要铲除的“挡路虎”，就是尾张的织田家。

“上洛”的本意是“上京”，就是前往京城的意思。“洛”其实指的是中国的洛阳，中国周朝以后常定都此地。日语中的“上洛”，主要是谓前往京都，而京都的别称就是洛阳（Rakuyo）。在日本战国时代，大名带兵攻入京都的行动被称为“上洛”，如同中国春秋时期的“问鼎中原”，有展示自己武力和地位的意图。

1560 年的春天，今川义元完成了对今川家的总动员，集结了超过 25000 人的军队准备征讨织田家。而与之对应的是，织田家倾其所有，大概集结了 4000 人的部队。

强弱悬殊。对今川义元而言，才 26 岁的织田信长只是挡在他“上洛”路上的一颗小石头；而对织田信长而言，这关系到自己整个家族和领地的生死存亡。

1560 年 5 月 18 日，今川义元的大军完全侵入尾张境内，织田家的各个据点不断沦陷，已经到了生死攸关的危急关头。

织田信长的肖像

这天晚上，织田信长在主城清州城召开家老（大名家臣中的佼佼者）会议。会上大家各抒己见，织田信长却一言不发，直到会议结束，他说了一句话就转身离去：“夜深了，大家都回去休息吧。”

当时没有人知道，织田信长已经想好了一个极度冒险的计划，而这个“尾张的傻瓜”精明得很——他知道要让一个计划最大限度地保密，不仅要骗敌人，还要骗过自己人。

5 月 19 日黎明，织田信长舞起了他最喜欢的“敦盛”（日本传统戏剧的一种），高唱一首歌，开头是：

“人间五十年，与天相比，不过渺小一物。看世事，梦幻似水。任人生一度，入灭随即当前。”

然后，他吃了一碗热泡饭，穿上甲胄，带着 200 多人的嫡系部队骑马上阵——他要去突袭今川义元的本阵（大本营）。

一路上，织田信长受到无数家老的劝阻，告诫他这样做实在太危险，但他一路说服众人，告诉他们“这是天赐良机”。看到自己的主公亲自上阵突击，跟随的兵将也越来越多，最后织田信长的“突击队”达到了近 2000 人。

5 月 19 日正午，今川义元的 5000 人本阵驻扎在了一座几十米高的小丘陵上，这座丘陵就叫“桶狭间”。

而已经探得今川义元本阵位置的织田信长下令全军突击，并指明：“一个首级都不要拿，只要杀掉今川义元！”（当时官兵要凭敌人首级领战功）

彼时，一场大暴雨滂沱而下，今川义元军根本就没发现织田军的动向。

于是，日本战国史上最著名的一场以弱胜强的逆转战就这样发生了：织田信长一马当先，率军直接强行突入今川义元的本阵，根本没有防备的今川义元完全没想到还有这种打仗的方式，在乱军之中被斩下首级。

织田军拎着今川义元的脑袋高喊：“今川义元死了！”整个今川义元的大军瞬间崩盘。

桶狭间合战让今川家族的势力迅速衰落，同时也让织田信长一战成名，实力大增。

日本战国时代群雄纷争的局面至此来到了一个拐点——一个野心

勃勃且强有力的枭雄正式登上了舞台。

3

从 1560 年到 1580 年，是织田信长迅速崛起乃至称霸日本的 20 年。

在这 20 年里，织田信长充分展示了自己的谋略、冷酷、手腕和心机，取美浓，灭朝仓，诛浅井，胜武田，一路高歌猛进。惊慌失措的其他大名先后三次组织起“信长包围网”，希望能联手剿灭当初那个“尾张的傻瓜”，但每一次都被织田信长打得丢盔弃甲。

早在 1565 年，织田信长就提出了著名的“天下布武”口号，宣誓要用武力统一全日本。而且，他还将自己的主城改成了“岐阜”——取自中国周文王以岐山为根据地统一天下之典故。

1582 年，织田信长已经占据了半个日本，其中畿内、东山道、北路道等都是日本最富庶和人口最稠密的地区。

事实上，以当时的形势看，织田信长不仅仅在军事上有压倒性优势，他的各项为政举措也是奔着统一天下去的。

织田信长在自己掌权的境内，废除苛捐杂税保障民生，施行“兵农分离”加强军备（设立职业常备军，大大增强了织田军的战斗力），鼓励自由贸易，奖励技术革新，促进南蛮贸易（“南蛮”指当时到日本来的葡萄牙人和西班牙人，织田信长积极引进和改造大炮等火器），设立“检地制度”保障后勤补给顺带削弱大名势力……

织田信长的“天下布武”印章

不过，因为自己的冷酷和嗜杀，织田信长也背了很多恶名，尤其是在对宗教的态度上。

事实上，织田信长对宗教还是比较宽容的，他自己就是法华宗的弟子，他也允许基督教传教。但是，日本当时的一向宗（佛教净土宗的一个分支，起源于日本）势力极大，并且拥有自己的武装部队，屡屡和织田家的军队作对，阻挡了他统一日本的步伐。1571 年，已经和石山本愿寺（佛教净土宗的另一门派）开战了十年的织田信长，率大军血洗了一向宗的大本营，同时也是佛教圣地的比睿山，逢人便杀，并且将山上无数珍贵佛教文物、建筑和经书付之一炬。

这件事震惊了全日本，织田信长从此多了一个绰号：“第六天魔王”（有点西方的地狱之王撒旦的意思）。时至今日，不少日本游戏还是喜欢将织田信长设置为大魔王的角色。

然而，无论那些人如何诅咒“第六天魔王”，织田信长还是按照自己的计划，一步步向统一全日本的目标迈进，已经没有什么势力能够阻挡他的步伐了。

当时的织田信长麾下有六大军团，已经能轻松集结起 10 万大军。在诸多军团里，他最欣赏也最信任的，是两个军团。一个是羽柴秀吉（后来的丰臣秀吉）率领的山阳道军团，另一个是明智光秀率领的山阴道军团。

尤其是对明智光秀，织田信长有谜一般的信任。

4

明智光秀是织田信长费尽心思挖来的人才。

明智光秀比织田信长大 6 岁，原来是斋藤家的家臣，在斋藤家内乱之后，几经辗转，投到了足利义昭门下。足利义昭请织田信长帮助其恢复幕府将军的地位，而织田信长看中了能力出众的明智光秀，硬是从足利义昭那里把明智光秀讨了过来。

投入织田信长麾下后，文武双全的明智光秀确实充分展现了自己的才干，帮助织田信长东征西讨，立下汗马功劳。而织田信长对他的欣赏和信任也与日俱增，不仅给他独霸一方的军队，而且封给了他 29 万石的领地。

“石高制”是日本战国时期不按土地面积而按法定标准收获量来衡量领地势力的一个标准。“石”是容积单位，1 石 =10 斗 =100 升 =1000 合，现代日本的 1 石相当于 180.39 升，折合大米约 150 千克。

一般来说，1 万石的大名在一年内所能调用的士兵大约为 200 人，这也能衡量一个大名的实力。

然而，君臣二人表面和谐，其实存在巨大的差异。

明智光秀是虔诚的佛教徒，而织田信长不仅允许基督教传教，而且一把火烧了日本佛教圣地比睿山。

明智光秀是支持日本统一的，但他的信仰是由幕府来统治全日本，而织田信长却不断把幕府将军边缘化，“挟天子以令诸侯”，自己成为日本统治者的野心已经路人皆知。

明智光秀讲究诚信，但织田信长在多次战争中尔虞我诈，背信弃义，而且对自己麾下的重臣也随意放逐，肆意呵斥，光秀自己也被信长当面呵斥甚至羞辱过。

当然，这些都是后人的一些揣摩和推测，因为直到今天，大家依旧无法想明白，明智光秀为什么要在 1582 年 6 月 21 日做出那件惊天动地、匪夷所思的大事。

那是一件彻底改变日本历史进程的大事。

日本流传的织田信长痛打明智光秀的图

5

1582 年，是织田信长势力达到鼎盛的一年。

那一年的上半年，织田信长派出自己最信任的将领之一羽柴秀吉，率兵攻打备中国的毛利辉元。善于用兵的羽柴秀吉将备中国重镇高松城团团围住，但久攻不下，而毛利辉元又亲率 5 万大军来援，羽柴秀吉于是去信请主公织田信长派出援军。

因为打毛利辉元是一场重要的大决战，所以织田信长派出了明智光秀，让他率领一支 1 万多人的精兵支援羽柴秀吉。而织田信长自己带儿子织田信忠和几百名侍从先去京都觐见天皇，随即率大军亲自来支援。

来到京都后的织田信长，下榻在了本能寺。儿子织田信忠下榻在不远处的妙觉寺。

而与此同时，明智光秀率领的 13000 人大军却没有向高松城进发，而是掉了个头，又回到了自己的驻地——京都附近的龟山城。

随后，明智光秀宣称织田信长要检阅部队，下令大军向京都进发。6 月 21 日深夜，明智光秀的大军秘密抵达京都，将本能寺包围得水泄不通。

很多明智光秀手下的士兵都不知道自己要去攻打谁，甚至以为明智光秀是受了织田信长的秘密指令，要去剿灭之前也在京都的盟友德川家康（可见织田信长手下对主公的翻手为云覆手为雨早已习惯了）。

京都本能寺现在也成了日本战国迷的一个旅游打卡地

然而，明智光秀却对士兵发出了日本战国史上一句著名的命令：

“敌在本能寺！”

当时下榻在本能寺的织田信长听到手下人来禀报被叛军包围，第一反应居然是以为自己的儿子织田信忠来弑父夺权了——可见他对明智光秀根本就没有一丝一毫的防备。（明智光秀在日本历史上颇为神秘，关于他出身的记载几乎没有。有日本史学家怀疑，在丰臣秀吉时代，官方做史已经把明智光秀的真实事迹抹除干净，只有统治阶级希望的故事出现。）

等到弄清楚状况，织田信长知道最危急的关头已经来临，于是披挂上阵，率领手下200多名贴身侍卫开始拼死抵抗。

但包围本能寺的明智光秀军超过1万人，双方实力实在太悬殊。随着时间的推移，织田信长手下的贴身侍卫全都战死，他自己也受了伤，退进了内室。

在内室，织田信长选择了切腹自杀，随后内室燃起了熊熊大火。

这一年，织田信长才49岁。

在一旁妙觉寺得到消息的儿子织田信忠，当即率领1500人前来救援，却始终无法突破明智光秀的阻击线，只能退入附近的二条御所，随后也被明智光秀军团团包围。

织田信长切腹自杀后，尸体离奇失踪，这也成为当时的一大谜团

织田信忠在指挥手下奋战到最后一刻之后，同样选择切腹自尽。短短几个小时之内，织田信长父子双双殒命。

日本战国时代，一夜变天。

6

时至今日,"本能寺之变"依旧是一个千古之谜。

明智光秀为什么要杀织田信长?尽管后世许多历史学家和学者给出了多种解释,包括"被羞辱说""性格不合说""保卫幕府说""害怕自保说"等等,但没有一种能完美解释明智光秀的动机。

而明智光秀在杀了织田信长之后的一系列行为,也让人疑窦丛生。按道理,明智光秀弑杀织田信长,应该早已准备好一系列后手要取而代之,但他之后的不少行动都缺少章法,且有点失魂落魄。(他一直执意要找到织田信长的尸体,但苦寻不着。)这导致原本在前线厮杀的羽柴秀吉立刻与毛利辉元议和,然后以不可思议的速度急行军,赶回来为主公报仇。

游戏中的羽柴(丰臣)秀吉形象。明智光秀自杀后的尸体也未被人找到,所以有多个版本传明智光秀其实没死,之后隐匿一生。由此也有一个版本的"本能寺之变"原因流传:杀死织田信长的主谋是羽柴秀吉(不然无法解释他一听到死讯就能如此快地回师),明智光秀是和羽柴秀吉合谋的(有一说是被胁迫的),之后双方决裂并决战

仅仅在 12 天之后,羽柴秀吉就集聚了 4 万人马,与明智光秀的 16000 人大军进行了"山崎会战"——这也是一场决定日本战国史走向的决战,又称"天王山会战"。

在这场战役中,寡不敌众的明智光秀一败涂地,在撤退途中被几个落难的农民武士用竹枪捅伤,最终切腹自尽。

然而,不管"本能寺之变"留下了多少未解之谜,它对日本战国史乃至整个日本史的改变却是公认的。

最有能力统一日本的织田信长一死,原先被打压的各个大名又开始露

出了野心。

一代枭雄羽柴秀吉最终在乱战中脱颖而出，统一日本，改名丰臣秀吉，随后野心膨胀，试图染指朝鲜乃至中国。

然而丰臣家仅历经一代，经大阪冬夏两战，被德川家康取而代之，日本的“江户时代”大幕开启……

馒头说

以前玩游戏《三国志》系列和《信长的野望》系列时，发现一个有意思的现象：尽管前后相差一千多年，但曹操和织田信长两人的头像几乎是一模一样的。

左曹操，右织田（游戏形象）

我觉得这倒未必是游戏制作公司“光荣”偷懒，而是这两个人确实有相似之处：不算平民出身又非生于豪门，胸怀野心做事常出人意料，心狠手辣宁我负天下人，以弱胜强奠定一代基业，然后，都有一个统一全国的残念……

不过，从胸襟乃至情商来看，曹操应该胜织田信长一筹，在这一点上，织田信长可能更像项羽。

日本《朝日新闻》曾经做过一次读者调查，评选“日本一千年的政治人物”，织田信长位列前三名（其余两个是坂本龙马和德川家康）。织田信长为何会被日本人如此铭记？我觉得抛开他的优点和缺点不说，他留给历史的是一种壮志未酬的“悲壮”，在有限时间内最大限度地实现灿烂与辉煌，其实和日本人喜欢的樱花是有共通之处的。

还记得织田信长在让他一战成名的“桶狭间合战”前吟唱的那首

歌吗？其实，在“本能寺之变”那一夜，面对熊熊火光，49岁的织田信长在切腹前再次吟唱了那首歌：

“人间五十年，与天相比，不过渺小一物。看世事，梦幻似水。任人生一度，入灭随即当前。”

人的一生，何其长又何其短？

要成就一番事业，何其易又何其难？

“滚滚长江东逝水，浪花淘尽英雄。”

这恐怕就是历史的魅力吧。

本文主要参考来源：

1.《日本史上第一悬案本能寺之变始末》（冯玮，百度百家，2019年4月30日）

2.《织田信长：杀死了日本人心中的神佛》（姜建强，《东方早报》，2012年5月13日）

3.《织田信长》（山冈庄八著，杨世英译，重庆出版社，2007年）

4.《〈本能寺之变〉》（明智宪三郎、郑寅珑、信誉，《国家人文历史》，2009年05期）

5.《论织田信长与日本中世纪末期的统一》[童云扬，《武汉大学学报》（哲学社会科学版），1987年02期]

6.《“敵は本能寺にあり”与“明智の三日天下”》（高宝兴，《日语知识》，2004年05期）

真实白求恩：从浪子到楷模

他的名字说出来，我们都知道。

还有那几句话："一个高尚的人，一个纯粹的人，一个有道德的人，一个脱离了低级趣味的人，一个有益于人民的人。"

但是，他首先是一个人。是人，就有故事。

1

1939年11月11日，在河北唐县黄口村的一间屋子里，一个外国人挣扎着写下了一封信。

这封信的开头是这样的：

"亲爱的聂司令员：

"我今天感觉身体非常不好，也许我要和你们永别了！"

……

这是一封遗书。

信中的"聂司令员"，是当时晋察冀抗日根据地的司令员聂荣臻。

而写信的，是个加拿大人。

这个加拿大人，此前还一直默默无闻，但在他去世之后，他的名字很快在中国家喻户晓。

没错，他就是亨利·诺尔曼·白求恩。

2

应该说，白求恩家族的血脉里流淌着冒险的基因。

白求恩的高祖父约翰·白求恩是苏格兰人，作为家族族长的他漂洋过海从苏格兰来到加拿大的蒙特利尔，建立了当地第一家苏格兰长老会；白求恩的曾祖父安格斯·白求恩更富有冒险精神，曾做过横跨美国和加拿大不毛之地的皮毛生意；白求恩的爷爷诺尔曼·白求恩是家族中第一个医生；及至白求恩的父亲马尔科姆·白求恩，终于开始安定生活，当了安大略省一个小镇上的普通牧师。

但是，到了白求恩这一代，白求恩家族的冒险血液似乎又回涌了。

白求恩从小多才多艺，在音乐和美术方面都表现出了过人的天赋，但他最感兴趣的还是生物——这个兴趣之后慢慢就转化为了对医学的爱好。白求恩在8岁时就不让别人叫自己的名字“亨利”，而改叫和爷爷一样的“诺尔曼”。据说他还将爷爷的医生铭牌挂在自己的卧室门口，表明自己将来要成为一名医生的决心。

读博士时期的白求恩

1909年，19岁的白求恩报考了多伦多大学的胸外科专业，正式决定走和自己爷爷一样的道路。但他循规蹈矩的人生，却也是在他开始读大学的时候戛然而止的。

1911 年，不愿意埋头读书的白求恩忽然决定暂停学业，去了加拿大北部的边疆地区，和大量没有任何文化的伐木工住在一起，教授他们基本的英语听说读写技能。1914 年，第一次世界大战爆发，白求恩再一次中断了学业应征入伍，加入了加拿大第二战地医疗团，去前线参加人道救援工作。在比利时的战场上，白求恩腿部受伤，严重到只能被迫离开前线。

惨烈的一战对白求恩产生了重要影响。可能是因为近距离感到了血腥和生命的无常，白求恩似乎失去了自己追求的人生目标，开始放浪形骸，成了一名浪子——酒精和女人成了他的两大爱好。

1916 年，终于从多伦多大学医学院毕业的白求恩加入加拿大皇家海军做了军医，之后又被录取为英国皇家外科医学会会员。但在这段时期，白求恩最大的收获是认识了自己的妻子弗朗西斯·坎贝尔·彭妮。

白求恩的毕业照

两人的恋爱如同电影般浪漫而热烈，但迅速结婚后，两人没多久又选择了离婚。一般认为的理由是白求恩当时得了肺结核，因为怕传染给妻子，所以坚决要求离婚。但除了这个原因，还因为当时白求恩烟酒无度，并且在生活上依旧放浪，所以妻子到最后也失去了耐心。（两人离婚后又复婚过一次，但妻子最终还是无法忍受又提出了离婚。）

不过，染上肺结核的经历，促成了白求恩人生的第一次转变。

3

可以说，如果没有那次得肺结核的经历，白求恩不会成为一个名医。

当时，刚刚经历离婚且有病在身的白求恩到美国纽约州的一家疗养院疗养。在那里，他和同屋的其他三名病友（其中两名也是医生）终日闲聊和画画以打发时间。有一次，白求恩无意中读到了一本叫《肺结核外科疗法》的书，作者约翰·亚历山大详细介绍了当时刚刚出现的“人工气胸疗法”治疗肺结核。白求恩看完后立刻找到了疗养院的医生，不顾医生以“技术还不成熟”为由的劝阻，坚持要求进行人工气胸治疗，他说：“我喜欢尝试危险！”

1926 年，白求恩在得肺结核期间画的壁画《死亡天使》

两个月后，经过人工气胸治疗的白求恩，奇迹般地痊愈了。而这一次治疗的过程也让他深深地意识到：医学世界还有很多值得探索的地方。

于是，有一股子钻研劲头的白求恩开始拜名师，潜心学习医术。在短短几年时间里，白求恩进步神速，在国际知名的专业学术刊物上发表了 14 篇论文，并且发明了包括“白求恩肋骨剪”在内的一大批医疗器械。白求恩迅速从一名普通的胸外科医生成长为顶级专家。到了 40 岁的时候，白求恩已经是北美胸外科领域的著名专家，并且连续两届被选为美洲胸外科医生协会的五人执委之一。

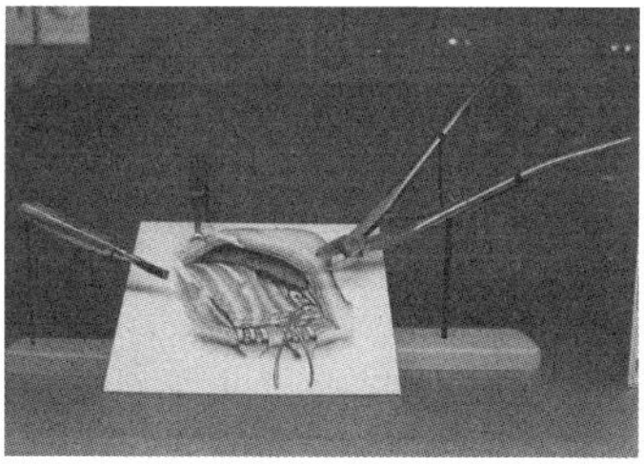

白求恩发明的著名的“白求恩肋骨剪”。1931 年夏，白求恩和美国费城皮林父子公司签署了特许专利协议，后者负责全权制造和销售由白求恩发明并以“白求恩器械”命名的外科手术器械——这类器械共有 22 种之多，在当时处于极为领先的地位

白求恩自画像

但是，名誉、地位和金钱接踵而来之后，白求恩却发现自己越来越苦闷。

苦闷的原因，就在于他行医越多，就越感受到贫富差距带来的巨大医疗待遇不平等：在当时经济大萧条的背景下，很多穷人根本治不起病。白求恩曾痛苦地记录道：“富人有富人肺结核，穷人有穷人肺结核。富人复原而穷人死亡。”

白求恩从来不是一个空谈主义者。他随即跑到了蒙特利尔的失业者协会，宣布开始免费为穷人治病，并表示要“放弃名医所拥有的一切”，呼吁建立全民免费医疗制度。

1935 年，白求恩获得了去苏联列宁格勒（现俄罗斯圣彼得堡）参加国际生理学大会的机会。和当时很多倾向左翼的人士一样，白求恩对苏联在大萧条时期经济仍能保持昂扬向上的势态表示羡慕，但给白求恩留下更深刻印象的，是当时苏联宣扬的“全民免费医疗”制度。

事实上，白求恩在苏联参会期间只是走马观花地了解了苏联制度，不可能全面洞察各项政策的优劣和真正的实施程度，但他还是把“苏联医保体系”当作自己个人理想的最高境界大加赞扬，哪怕他也承认：“在苏联，你不能畅所欲言。”

白求恩采取了实际行动——从苏联回国两周后，他就加入了共产党。

当时加拿大共产党在加拿大属于非法组织，白求恩的魄力可见一斑，因为他是发自内心希望能够让穷人享受一切应该享受的待遇。

不久之后，白求恩遇到了一件大事：西班牙内战爆发了。

4

可以说，在西班牙的经历促成了白求恩人生的第二次转变。

西班牙内战爆发后没多久，当时 46 岁的白求恩就宣布放弃自己在加拿大的一切，立好了遗嘱（把身后财产都留给了离婚的妻子），带着自己的全套医疗器械和设备赶赴西班牙马德里。当时他的信念和全世界千千万万自发奔赴西班牙支援共和政府的左翼人士一样：

“如果不趁还能制止时制止法西斯主义，世界将被变成一个屠宰场。”

当时的马德里已陷入战火，一片狼藉。白求恩凭借自己专业的医术，很快就找到了用武之地，并且堪称创造了一项革新。

当时主流的输血方法，是献血者与受血者之间以导管直接进行血液传输，这样会带来一个问题——如果受血者急需输血，但血型匹配的输血者却不在附近，那该怎么办？

白求恩想出了解决办法。

他尝试用一个在卡车内改装的冰箱储存新鲜血液，并在马德里市内号召市民积极献血，然后将新鲜血液保存在冰箱内，再运送到前线为伤员输血。这种方法极大缓解了前线伤员不能及时得到输血的状况，所以从马德里近郊扩大到了巴塞罗那、瓦伦西亚等大城市。

白求恩和他的输血车

而这，就是有记载的世界上第一个流动血站。

白求恩在马德里做出了很好的成绩，受到了很多人的尊敬。但与此同时，也有很多人越来越讨厌他——他又开始酗酒，酒后有暴力行为且沉迷女色。

1937 年初，在马德里的加拿大输血队总部，白求恩认识了美丽的瑞典记者卡莎，两人迅速坠入爱河，日夜缠绵。但很快就有人告发说卡莎是佛朗哥叛军派来的间谍（后来证明是误会），而白求恩也因此受到牵连。再加上之前就有不少人对白求恩的言行和作风不满，最终，白求恩被强行要求离开西班牙。

1936 年，白求恩在马德里北部的山区里

在西班牙的遭遇给白求恩打击颇大，他后来还试图重返西班牙，但没有成功。在加拿大，他的共产党员身份给他带来了很大麻烦，他甚至找不到工作，生活困苦。

但即便在最潦倒的日子里，白求恩的信仰也始终没有改变，他始终认为自己应该为穷人、为革命者付出一切。

他又等来了一次机会。

1937 年 7 月 30 日，在美国洛杉矶的一次医生聚会上，白求恩认识了一个中国人，他就是当时在世界各地宣传中国抗日的教育家陶行知。

从陶行知那里，白求恩知道中国正在遭受日本的侵略，他顿时找到了自己新的人生方向。

他立刻就对陶行知说：

“我愿意到中国去，我想和你们一起战斗！”

5

白求恩人生的第三次转变，从踏上中国国土的那一刻就开始了。

1938 年 3 月，白求恩受加拿大共产党和美国共产党派遣，率领一个由加拿大人和美国人组成的医疗队来到中国。

当时白求恩有两个选择：一个是去共产党的抗日根据地进行医疗援助，各方面条件都很差，也很危险；另一个是去国民党部队所在的汉口进行医疗援助，各方面的条件都会好很多。

白求恩毫不犹豫地就选择了共产党的抗日根据地。

在和八路军接上头之后，共产党方面考虑到白求恩的年龄，以及专家难得和战场危险，曾一度想让白求恩留在延安或五台山的八路军总部，还有人提出让他担任领导的保健医生。但白求恩得知这个消息后暴跳如雷，甚至从窑洞中把椅子扔了出来——他坚决要求去最前线，去最需要他的地方。

白求恩在晋察冀军区的照片（由当时的摄影科科长沙飞拍摄，下同）

他喊道：

“你们不要拿我当一件古董，要拿我当一挺机枪使用！”

最终，白求恩如愿以偿——作为晋察冀军区的卫生顾问，前往抗日一线。

必须承认，刚刚踏上中国土地的时候，白求恩不是没有做过让中国同行费解的事：他依旧无法改变自己酗酒和沉迷女色的脾性，甚至曾大醉之后被人在娼寮中发现。但随着时间的推移，白求恩的各种不良行为都消失了，他变得非常严于律己。与此同时，哪怕最挑剔的人，也会对白求恩的敬业精神和不畏艰险的态度衷心竖起大拇指。

当时，中国共产党的领导人还想给他介绍一个中国妻子，白求恩拒绝了，他说：“我来这里是为了中国人民的反法西斯斗争。另外，我和中国妻子语言不通、习惯不同，在一起也不会幸福。”

白求恩和八路军医疗队

白求恩一到八路军的根据地，就被恶劣的医疗条件震惊了。他做的第一件事就是规范手术流程和消毒程序，这大大降低了感染造成的伤员死亡率。白求恩要求将每一件器具都严格消毒，用乡村的大柴锅烧开水将手术器具煮沸，纱布、棉花等则放入蒸笼中蒸制消毒。

一开始，白求恩还试图在晋察冀抗日根据地建立一所正规的医院和一套完善的医疗体制，但日军的破坏让他很快知道这是不可能的事。他没有气馁，而是因地制宜，发明了一套可人背马驮、适合游击战环境的流动外科医疗设备。

在缺乏医疗器械的不利条件下，他充分利用中国普通铁匠和木匠打造“土器械”：手术刀是铁匠铺子打造的，或者将从杂货铺买来的裁缝刀打磨锋利；止血钳是用小竹片制成的，或者是铁匠铺子制造的；

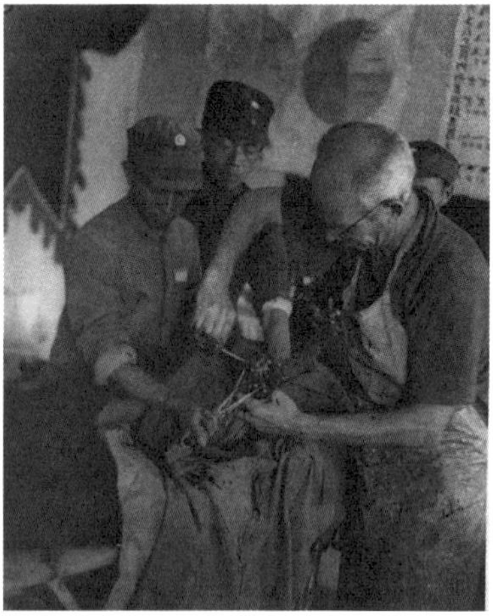

白求恩在手术中

镊子是将竹片放入火中烤弯制成的；手术锯是用更不讲究的木工锯代替。就是用这些“土器械”，白求恩曾经在 69 个小时里一口气动了 115 台外科手术，堪称创造了当时的世界纪录。

作为一个在国际上也堪称著名的胸外科专家，白求恩在中国没有任何架子，坚决要求和普通的八路军战士同吃同住，患难与共。当时的晋察冀抗日根据地司令员聂荣臻曾计划给白求恩每月 100 元的津贴（当时毛泽东和朱德的菜金是每月 5 元），而白求恩坚决拒绝，把这笔钱留给了伤员。

白求恩的脾气还是那样暴躁，但每次发脾气都有原因：医护人员上夜班时擅离职守，在手术室抽烟，不肯给伤者洗脚，医疗器械的消毒和摆放不符合规定，等等。有一次，一名护理人员觉得伤者的伤口很脏，用笤帚蘸水处理伤口，白求恩看到后暴怒，走上去对着那名护理人员就是一脚。有一名医生对伤员伤口的处理不合规，白求恩大骂让他“滚蛋”。不过事后他又找到那名医生道歉：“对不起，我是法西斯，我不该骂人。”

但是，白求恩从来不对病人发脾气，把受伤的战士都称为“我的孩子”。遇到伤员缺血，他会撩起袖子主动献血（他让八路军中的很多人第一次见识到了输血）。

从 1938 年到 1939 年的一年内，白求恩率领的 18 人医疗队顶着日军的炮火，坚持为八路军的伤员动各种手术，甚至当伤员分散到老百姓家中时，他们也会冒着危险去老百姓家里为他们动手术。在条件困难的环境里，白求恩发明了大量“土器械”和“土装置”，包括用马驮着的“流动手术台”——里面装着可以做 100 次手术、换 500 次药、配制 500 个处方所用的全部医疗器械和药品。这些东西都被八路军冠以特别的名字：“卢沟桥药驮子”和“白求恩换药篮”。

白求恩的“小鬼”何自新给他煮了一枚深得其意的嫩鸡蛋，白求恩奖励了他一本书，并摄影留念

战士们把白求恩当作了

白求恩和大家一起制作医疗器械

自己的守护神，相信他能保障他们的生命安全。以至于当时八路军还有一个宣传口号：

“进攻，白求恩大夫和我们在一起！”

按照白求恩的想法，他将在这里一直服务下去，直到亲眼见证中国人将日本侵略者赶出去。

但是，他最终却没能如愿。

6

1939 年 10 月，白求恩准备回国一次，为中国的抗战医疗多筹一些款。

白求恩在 8 月给加拿大友人的一封信中写道：

“我真的想念咖啡、三分熟的烤牛排、苹果派和冰激凌。想想都是绝佳的美味啊！还有书籍——还有人写书吗？还有人听音乐吗？你们还常常跳舞、喝啤酒、看画展吗？躺在铺着白床单的软乎乎的床上是什么感觉？姑娘们还渴望被人爱吗？”

白求恩的山地冬装照。八路军把缴获的日军飞行员的冬装给了白求恩

但由于日军加大了扫荡力度，八路军晋察冀根据地的伤员开始大量增多，白求恩决定推迟计划，先尽量救治更多的伤员。

“如果晋察冀沦陷的话，那我回国还有什么意义呢？等目前的战斗结束以后再启程吧。”

1939 年 10 月 28 日，日军

“扫荡”到了涞源县孙家庄。

当八路军的哨兵来催促大家撤离的时候，白求恩正在做一台手术。手术台上躺着一个叫朱德士的战士，大腿粉碎性骨折。

“赶紧走！鬼子马上要冲进来了！”哨兵在一旁催促。

但白求恩却像什么都没听见一样，对躺在手术台上的朱德士轻轻说了句：“放心，我的孩子，任何人都没有权利放弃你！”

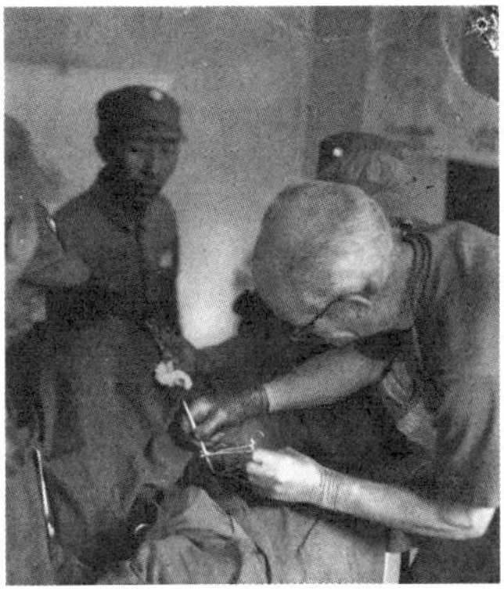

手术中的白求恩。由于八路军当时条件困难，白求恩长期营养不良，已经十分消瘦，抵抗力大大下降，左耳也已经失聪

由于时间紧迫，白求恩只能徒手伸进战士的伤口中去取碎骨，却不慎被碎骨刺破了手指。他将手指放到消毒液中浸了一会儿，坚持给朱德士缝完最后一针才同意撤离。

日军在白求恩等人撤离10分钟后就冲进了村子。

白求恩幸免于难，但他的手指却感染发炎了，且炎症一天天加重。

旁边人叫白求恩休息，但他坚决不肯。11月1日，又一名叫吴明的八路军伤员被送了进来，他患有丹毒合并蜂窝组织炎（都是细菌性感染，两者在临床表现上有重叠），白求恩原本就已感染的手指被二次感染。

这一次的感染是致命的。

白求恩不久后就开始发烧，旁边人要他先撤回后方，但他依旧不同意。白求恩还是跟着医疗队到了前线，在手指疼痛的折磨中又连续做了13台手术，并写下了治疗疟疾的讲课提纲。

11月7日，白求恩的病情开始迅速恶化，左肘关节下发生转移性脓疡。随后，他被强迫向后方转移。

但是，时间已经晚了。而八路军根据地恶劣的医疗环境，也不可能让白求恩得到有效的治疗。

7

11 月 11 日，白求恩知道自己的最后时刻到了。

他挣扎着写下了自己的遗书：

亲爱的聂司令员：

今天我感觉身体非常不好，也许我要和你们永别了！请你给加拿大共产党总书记蒂姆·布克写一封信，地址是加拿大多伦多城威灵顿街十号。同时，抄送国际援华委员会和加拿大民主联盟会。告诉他们，我在这里十分快乐，我唯一的希望就是能够多做贡献。

也要写信给美国共产党总书记白劳德，并寄上一把缴获的战刀。这些信可以用中文写成，寄到那边去翻译。随信把我的照片、日记、文件寄过去，由蒂姆·布克处置。所有这些东西都装在一个箱子里，用林赛先生送给我的那 18 美金作寄费。这个箱子必须很坚固，用皮带捆住锁好，外加三条绳子。将我永世不变的友爱送给蒂姆·布克以及所有我的加拿大和美国的同志们。

请求国际援华委员会给我的离婚妻子坎贝尔夫人拨一笔生活款子，分期给也可以。我对她应负的责任很重，决不能因为没钱而把她遗弃了。还要告诉她，我是十分内疚的，并且曾经是快乐的。

两张行军床、两双英国皮鞋，你和聂夫人留用吧。

马靴、马裤，请转交吕司令。

贺将军，也要给他一些纪念品。

两个箱子，给叶部长；18 种器械，给游副部长；15 种器械，给杜医生；卫生学校的江校长，让他任意挑选两种物品作纪念。

打字机和绷带给郎同志。

手表和蚊帐给潘同志。

一箱子食品和文学书籍送给董同志，算我对他和他的夫人、孩子们的新年礼物。

给我的小鬼和马夫每人一床毯子，另送小鬼一双日本皮鞋。

照相机给沙飞。

贮水池等给摄影队。

医学书籍和小闹钟给卫生学校。

每年要买250磅奎宁和300磅铁剂，用来治疗疟疾患者和贫血病患者。千万不要再到保定、天津一带去购买药品，那边的价钱要比沪、港贵两倍。

最近两年，是我平生最愉快、最有意义的日子。在这里，我还有很多话要对同志们说，可我不能再写下去了。让我把千百倍的谢忱送给你和千百万亲爱的同志们。

白求恩

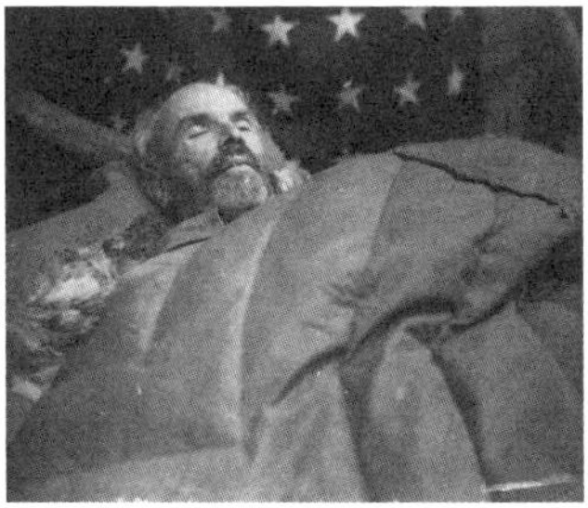

白求恩遗容

1939年11月12日凌晨5点，白求恩在河北省唐县黄石口村逝世，终年49岁。

他的人生脚步，最终停留在了中国。

馒头说

虽然我不是背诵“老三篇”的那一代人，但我从小就知道白求恩不过，白求恩在我的记忆里，始终是一个面目模糊不清的存在：

知道他舍己为人，知道他不求回报，知道他高尚纯粹，但始终觉得他离我很遥远。

就是那种高高在上，只能远观瞻仰的形象。

直到长大后，我渐渐了解到白求恩的另一面：酗酒，放荡，不易合作，脾气暴躁……奇怪的是，这些丝毫没有损害我对白求恩的印象，我反而觉得他的面目渐渐清晰了起来，他的各种事迹似乎从教科书中走了出来，苍白的文字被还原成一个个有血有肉的画面，开始深深印入记忆。

2011 年 5 月 29 日，加拿大的斯图尔特夫妇发布了新书：《不死鸟：诺尔曼·白求恩的一生》（*Phoenix：The Life of Norman Bethune*）。谈到这本书，斯图尔特夫妇说：

“我们既不是要创造一个英雄，也不是要毁灭一个英雄，我们只是把他当作一个最有魅力的人去讲述他的故事。”

确实，白求恩自始至终都是一个缺点和优点并存的人：他脾气暴躁、缺乏耐心，却创造了世界上第一个流动血站；他曾经放荡无度，但始终在心中保存着一份坚定的信仰；他崇尚暴力革命，但自己却从未开过一枪，且一直在救死扶伤。

白求恩无疑是个英雄，这不仅仅是对中国人民而言，对加拿大，乃至对全世界而言，他都配得上这个称号。

而英雄也是人。是人，就有优点，也会有缺点。

以人性为前提的英雄，其实更能让人铭记。

本文主要参考来源：

1.《不死鸟：诺尔曼·白求恩的一生》（罗德里克·斯图尔特、莎朗·斯图尔特著，柳青译，中国青年出版社，2013 年）

2.《诺尔曼·白求恩：当人们重新认识他》（“陶短房”，财新网博客，2012 年 10 月 08 日）

3.《还原真实的白求恩：曾经放荡不羁的冒险家》（网易军事，2015年11月11日）
4.《告诉你一个你不知道的白求恩》（王思达，《河北日报》，2014年10月29日）
5.《十大国际友人网选结果揭晓》（新华社，2009年10月17日）
6.《白求恩：共产时代的传奇英雄，改变中国的加拿大医生》（黄文仪，https://storystudio.tw/article/gushi/bethune，2016年6月27日）
7.《让钢铁将军泪流满面的白求恩遗嘱全文》（云峰，《党史纵横》，2007年10期）
8.《白求恩遗嘱真伪辩》[齐丽，《党史博采》（理论），2010年03期]
9.《白求恩在中国的655天都做了些什么？》（闵捷、梁赛玉，新华网，2015年12月9日）
10.《我认识了真实的白求恩——对待特定历史人物应当做客观全面评价》（薛文山，薛王耘的新浪博客，2014年8月12日）

“隐形”国士，勿忘汤飞凡

我们称呼一些伟大的人，往往会用“国之瑰宝”，或者“国士”。但是他们中有一些人，并不是所有人都知道。

1

1897 年 7 月 23 日，汤飞凡出生于湖南醴陵。

汤家的家境并不宽裕。汤飞凡的父亲汤麓泉原本是一名乡绅，但因为家道中落，只能去私塾教书，换一些微薄的收入养家。

汤飞凡出生的时候，正值中国甲午惨败后，举国求变，所以家里人本来也没有指望他继续走迂腐的科举之路，最终让他去学了“新学”——1912 年，15 岁的汤飞凡考入了湖南公立中等工业学校，学习金工科。

如果不是在两年后的暑假里遇到一个人，那么汤飞凡很可能就会在工科这条路上一走到底了。

1914 年的暑假，汤飞凡去江西萍乡煤矿观摩学习，遇见了一个“奇怪”的人——他和他的助手拎了个手提箱，里面装了个奇怪的仪器，说要给工人们检查一种肉眼看不见的虫子。

汤飞凡饶有兴趣地看着那人用那个叫“显微镜”的神奇仪器，在切片上找出了钩形虫的卵。很快，他在“怪人”的鼓励和指导下，学会了自己独立制作切片，并且在显微镜下看到了奇妙的微生物世界。

颜福庆，生于上海，先后毕业于上海圣约翰大学、耶鲁大学，博士，中国近代著名医学教育家、公共卫生学家。他先后创办湘雅医学专门学校（现中南大学湘雅医学院）、国立第四中山大学医学院（现复旦大学上海医学院）、上海中山医院等医学教育和医疗机构，为我国医学教育事业做出了卓越的贡献。他也是中华医学会创始人之一

这个“怪人”叫颜福庆，是从美国耶鲁大学留学归来的博士，他当时有一个重要的任务：创办湘雅医学专门学校。因为很喜欢汤飞凡，所以颜福庆就把这个消息告诉了他，希望他届时能去报考。

本来就对工科不太感兴趣的汤飞凡，对治病救人、改变中国的兴趣明显要大很多，于是很快就说服了家里人，终止工科的学习，去报考湘雅医学专门学校。

但到了考试的时候，汤飞凡却傻眼了：作为和美国雅礼协会合办的学校，湘雅的入学考试是要考英语的——汤飞凡连26个英文字母都不认得。

情急之下，汤飞凡找到了主考官、美国的医学博士胡美，提了一个请求：

“是否可以让我暂免英语考试，如果我能考取，届时让我补考？”

汤飞凡的诚意打动了胡美，再加上有颜福庆的举荐，于是他成功通过了考试。

当年湘雅医学专门学校的校门。这所学校对学生采用“末位淘汰制”，在 1921 年拥有 13 名专任教师，除一名药剂师外，其余全部是医学博士，其中外籍教师有 8 人。所有教师都是全职，没有一个人自己开业，这在当时国内的医学院校中也是少见的

入校后，汤飞凡遵守诺言，买来一本《韦氏英语词典》，每天都废寝忘食地翻读和背诵，直到把这本词典活活地全部翻“散架”。但也正是因此，汤飞凡已经能毫无障碍地听懂外籍老师的课，而他的两篇长篇毕业论文，最终都是用全英语写成的。

1921 年，24 岁的汤飞凡经过 7 年学习，以优异的成绩成为湘雅医学专门学校第一批 10 名毕业生之一，获得了“医学博士”学位（美国人认为这所学校的教学水平和美国的大学水平相当，所以授予“博士”学位）。

毕业后，有不少人都劝汤飞凡开业行医，从此可保衣食无忧，甚至有不少富商愿意投资他，但汤飞凡都拒绝了。因为他在校学习期间，对显微镜下的微生物学产生了浓厚的兴趣，他认为这是一个解决人类疾病的根本之法：

“当一个医生，一辈子能治好多少病人？如果发明一种预防方法，可以使亿万人不得病！”

此时的汤飞凡，已经决定走上微生物学的求索之路。

2

1925 年，28 岁的汤飞凡踏上了留美之路。

在此之前，他考进了北京协和医学院病理学系下设的细菌学科，

在美籍德国人田百禄教授的指导下，潜心研修了三年细菌学。

在赴美之前，汤飞凡解决了一件人生大事：结婚。

他的新婚妻子叫何琏，比他小 9 岁。

在汤飞凡的老家，汤家和何家是世交。何家有个人虽然只比汤飞凡大 10 岁，但很喜欢他的刻苦钻研劲儿，所以在他小时候一直教他算术和科学。等到汤飞凡长大，这个人就把自己的女儿何琏许配给了他。

汤飞凡的岳父，当时是一个旅长，名字叫何键。（何键后任湖南省主席、国民政府内务部长、国民党二级陆军上将，曾在蒋介石发动反革命政变后屠杀过大量共产党人，其中包括毛泽东的妻子杨开慧。）

婚后两个月，汤飞凡飞赴美国，进入哈佛大学细菌学系学习，师从著名的细菌学家和免疫学家汉斯·津瑟（Hans Zinsser）。在学习后不久，汤飞凡就发现了一个更具有挑战性的探索目标：病毒。

自从 1898 年人类第一次认识到自然界可能存在比细菌更微小的一种生命形式后，关于“病毒”的研究立刻就成了热门课题。但是，在电子显微镜问世之前，没有人知道“病毒”究竟长什么样，所以汤飞凡接触到“病毒”的时候，这门学科还处在一个“拓荒发展期”。

富有钻研精神的汤飞凡在病毒研究方面进步神速，他撰写的《疱疹病毒和脑炎问题》《对超滤的研究》等论文先后发表在美国的《实验医学杂志》《细菌学杂志》《免疫学杂志》等期刊上，他成了美国微生物学界一颗冉冉升起的明星。

汤飞凡

1928 年，汤飞凡顺利完成了在哈佛的学业，他的恩师津瑟教授非常希望他能留在美国继续做研究工作。事实上，美国方面给汤飞凡开出的优厚待遇，以及能够提供的卓越学术环境和开阔视野，对汤飞凡确实有非常大的吸引力。

但这个时候，汤飞凡收到了一封来信。

这封信是他的恩师颜福庆从中国寄来的。颜福庆当时是国立中央大学医学院的院长，他写信给自己昔日的弟子，想邀请他回国帮自己的忙。

一边是优厚的待遇和优越的生活条件，一边是近乎一穷二白的祖国以及缺乏各种必要支持的微生物研究，汤飞凡却几乎没有犹豫就做出了自己的选择：

“中国的科学事业很落后，我希望能尽绵薄之力。”

1929 年的春天，汤飞凡舍弃了在美国拥有的一切，飞回了国内，就任国立中央大学医学院细菌学副教授，主持整个细菌学系的工作。

虽然颜福庆在信中已经坦承“教研水平很困难”，但整个所谓的“细菌学系”的一穷二白程度，还是出乎了汤飞凡的意料：就连实验用的显微镜，也需要他把自己的捐献出来。

但就是利用这些简陋的设备，汤飞凡牵头开始了中国细菌学科的搭建工作。1932 年，已经升任教授的汤飞凡兼任英国人开的上海雷氏德研究所细菌学系主任，利用那里完备的设备，他开始对沙眼、流行性腮腺炎、脑膜炎、流感、牛胸膜炎、致病性大肠杆菌等开展研究，发表了极具价值的论文 20 多篇，引起业内瞩目。

在那个时候，德国的科赫和法国的巴斯德是被全世界微生物学界尊敬的偶像，日本的细菌学家北里柴三郎因为在血清学方面的研究贡献被称为“东方的科赫”。而汤飞凡给自己立下的目标是：要成为“东方的巴斯德”。

其实再给汤飞凡几年时间，他是有可能达成这一目标的。

如果不是那场战争全面爆发的话。

3

1937 年 7 月 7 日，日军发动“卢沟桥事变”，开始全面侵华。

其实从 1931 年起，汤飞凡就一直对日本的侵略者充满愤怒。1935 年，汤飞凡曾去英国进行一个短期的项目合作。在一个参观场合，几名日本人想要和汤飞凡握手，他断然拒绝：

“你们日本正在侵略中国，很遗憾，我不能和你们握手，请转告你们的国家，停止对我们国家的侵略！”

1937 年 8 月 13 日，惨烈的淞沪会战爆发，汤飞凡和妻子住在上海的租界内，暂时安全。但他已经没有心思坐下来搞研究了，他对妻子说：

“研究，研究，研究！研究出再好的东西，做了亡国奴，又有什么用?！”

于是，他带着妻子一起参加了前线医疗救护队。在战况胶着的那些天，汤飞凡工作的救护站好几次都差点被日军的炮火击中，但身高一米六的他却笑着安慰旁人：

“其实我干这个最合适，因为我目标小，炮火打不中我。”

汤飞凡或许能挽救一个个士兵的生命，却无法改变战局：上海沦陷，南京沦陷，东南半壁，岌岌可危。1938 年，汤飞凡得到了英国一家研究所的邀请：每月 600 大洋的报酬，去做微生物研究工作。

以当时的物价，600 大洋的诱惑绝对不小，而能借此脱离战火纷飞的环境，也是很多人梦寐以求的。

但也正是在这个时候，汤飞凡又收到了恩师颜福庆的一封信——当时颜福庆已被任命为国民政府卫生署署长。恩师来信的目的，是希望他能去重建几近瘫痪的中央防疫处。

和 10 年前类似的“二选一”，又摆到了汤飞凡的面前，而他又一次毫不犹豫地做出了选择：带着夫人直奔长沙，出任中央防疫处处长。

汤飞凡初到防疫处的时候，很多人都不服他，认为他是“走后门”来做处长的：卫生署署长颜福庆是他的老师，内政部长何键是他的老丈人。但汤飞凡很快就以自己的专业学识和作风让所有人肃然起敬，之后更是让人感动。

1938 年 6 月，中央防疫处因战时需要从长沙迁往昆明，但防疫处当时已经完全“断粮”，在昆明也没落脚之处。关键时刻，汤飞凡把自己的积蓄捐了出来，并且请岳父何键拜托云南省主席龙云划出一块地，然后再去银行奔走贷款。

偏居昆明，从无到有，到了 1940 年的春天，原本已经快散架的中央防疫处，在汤飞凡的牵头下重新恢复“元气”：不仅有了办公室和员工宿舍，还有了检定所、动物室、育苗室、菌苗室、血清室以及器材仓库等。

当时位于昆明的中央防疫处实验楼

为什么一定要在战时竭尽全力恢复防疫处的工作？

汤飞凡知道，自己和团队是肩负着使命的。

4

1942 年前后，青霉素的大批量生产已经成为可能。

美国人迅速认识到了这种神奇抗生素在战场上的作用，随即由军方牵头，开始大批量生产青霉素，在战场上挽救了成千上万盟军官兵的生命。

而在当时的中国抗战战场上，青霉素却一剂难求——英美军方严格控制青霉素生产的各个环节，将其列为军事机密。

在当时的中国，一根金条，只能买到一盒青霉素。

怎么办？汤飞凡领衔的中央防疫处决定自己研制。面对简陋的设施，很多人都认为汤飞凡是在说笑话，但他态度坚定：

“哪怕只有万分之一的希望，我们也要尽全力而为之！”

这场自力更生的研发，是从1941年冬天开始的。汤飞凡首先带领团队去寻找能够生产青霉素的菌株。他们找遍了各种容易发霉的东西：旧衣服、水果、古钱……最终在一双放置很久的皮鞋上发现了一团绿霉，进而分离出了一株可以产生青霉素的菌株——这是当时国内第一次分离出青霉素。（从1929年英国人弗莱明第一次发表关于青霉素研究的论文开始，人类对青霉素的探索持续了十几年。弗莱明发现青霉素的故事，可参看《历史的温度5》收录的《他不是药神，但他的发现改变了世界》。）

在解决了菌株问题之后，汤飞凡又找到了自己的朋友、英国著名的生物化学家李约瑟。在邀请他来参观了昆明的防疫处之后，汤飞凡请他找英国红十字会斡旋，最终筹到了188万元的经费。

李约瑟在参观汤飞凡的实验室后相当吃惊——那是一个连自来水都没有的青霉素生产车间。汤飞凡他们乘坐一条破船去湖里面取水回来过滤，用一台又旧又漏的锅炉给实验器皿消毒和制造蒸馏水。

就在这样的条件下，1944年9月，汤飞凡的团队独立研制出了中国第一批青霉素粗制品。第一批只有5瓶，其中2瓶分别被送到英国牛津大学和美国威斯康星大学鉴定——检测报告表明完全没有问题。

此后，中国研制的青霉素开始大批量生产，不仅有力支援了抗日战场，甚至还有部分供应给了欧美的盟军。值得一提的是，当时有不少富人通过各种门路找到汤飞凡，有人甚至愿意用金条购买青霉素，但这些请托都被汤飞凡拒绝，他规定所有的青霉素只能供给真正有需要的军民，收费为1元一支。

汤飞凡在试验中

不仅仅是青霉素。在汤飞凡的带领下，中央防疫处成了当时中国唯一的免疫学研究基地，成批的狂犬病疫苗、斑疹伤寒疫苗、牛痘疫苗被制造出来，送往全国各地，挽救了无数人的生命。

1942 年在滇缅战场上作战的英军，点名要用的就是汤飞凡团队研发的牛痘疫苗。而 1945 年美军部队里发生大面积恙虫病传染，也是汤飞凡派得力助手去控制住的，美军还给他的助手颁发了“战时功绩荣誉勋章”。

抗战胜利后，汤飞凡的团队从昆明迁回北平，但原本的中央防疫处已经被日军毁坏。汤飞凡再度四处奔走呼吁，最终在 1947 年元旦又重新建成了 1 万平方米的新防疫处，并建立了中国第一个抗生素研究室以及第一个实验动物饲养场。

但是，刚刚建好没多久的防疫处，再一次面临毁灭的危险——1948 年，国民党兵败如山倒，命令传来：摧毁中央防疫处，避免其落入共产党之手。

关键时刻，汤飞凡挺身而出：拒不执行！

这时，人生的第三次重大选择也摆在了汤飞凡面前：

防疫处是走不了的，那么你自己，走还是不走？

5

如果说汤飞凡做前两次抉择都毫不犹豫的话，那么面对第三次选择的时候，他是踌躇的。

当时摆在他面前的有三条路：

第一条，跟蒋介石去台湾；

第二条，接受美国哈佛大学导师的邀请，带全家去美国，在大学任教；

第三条，留下来，参与新中国的建设。

汤飞凡对于第一条毫无兴趣，很快就否决了。但第二条对他而言，是有诱惑力的：倒不是因为美国良好的生活条件，而是那里能提供给他国内所不能提供的学术科研环境。

所以他出于各方面考虑，答应了美国导师的邀请，买好了机票，收拾好了全部行李，准备在1949年4月6日凌晨5点携全家先去香港，然后飞赴美国。

但就在4月5日的深夜，汤飞凡夫妇却望着放在桌子上的机票睡不着。沉思良久之后，汤飞凡最终做出了决定：

“离开自己的国家去寄人篱下，我的精神不愉快！”

了解丈夫心思的何琏随即接口：“那我们不走好啦！”

汤飞凡与家人

选择留下的汤飞凡，立刻带领团队，挑起了整个新中国的防疫和疫苗研发重担。

1949年10月，张家口暴发鼠疫，在鼠疫减毒活疫苗只能从苏联进口的情况下，汤飞凡带领一个团队突击研发，在两个月的时间里赶制出900多万毫升的减毒活疫苗，有效遏制了鼠疫的蔓延。

1951年，在汤飞凡的建议下，中国首次成立了“中央人民政府卫生部生物制品检定所”。他作为所长，主持制定了新中国第一部《生物制品制造检定规程》，创立了中国第一套生物制品质量管理统一体制。

基于他发现的“乙醚杀灭杂菌”方法，中国生产出了大批优质的牛痘疫苗，每天产量超过10万支——世界卫生组织在1979年宣布全世界天花病毒灭绝，而中国早在 1961 年就消灭了天花病毒。

他利用 1947 年从美国获得的黄热病毒减毒株 17D，研制出了黄热病减毒灭活疫苗，一下子就缓解了中国海港检疫人员无法接种黄热病疫苗的问题。在他的主持下，中国的白喉类毒素、卡介苗、百日咳菌苗、丙种球蛋白等制剂的质量和产量都大幅度提升。

从 1949 年到 1954 年的短短 5 年时间里，中国的各种烈性病均得到了有效控制。

而这一切的背后，都是汤飞凡领衔的中国抗疫防疫团队在默默努力。

此时的汤飞凡，已经被有些人称为“中国疫苗之父”。

但还有一个更大的成就，在等待着他。

6

汤飞凡其实很早就开始了对沙眼的研究。

沙眼是一种慢性传染性结膜角膜炎，因会导致睑结膜表面形成粗糙不平的外观，看上去像沙粒，故得名。沙眼严重的话，会引起双目失明。在 20 世纪早期，沙眼是一种全球流行病，全世界大约有 25% 的人患有沙眼，中国的沙眼发病率高达 55%，在农村地区高达 80%，有“十眼九沙”之说。

关于沙眼的成因，以前一直有争议：德国的科赫认为是细菌导致的，而另外一批人认为是病毒导致的。1928 年，日本著名的微生物学家野口英世宣布在沙眼标本里分离出了“颗粒杆菌”，从而证明“沙眼的病原是细菌”，引起业界轰动。

但一直对沙眼有研究的汤飞凡不太相信这个结论，于是他就找了 11 名志愿者，连同自己在内，把野口英世分离出的所谓“颗粒杆菌”滴到了自己的眼睛里，结果证明并不会导致沙眼，从而推翻了野口英世的结论，致使日本的教科书只能将这段内容撤下。

那么究竟是什么引发了沙眼？在被战火中断了20年的研究之后，汤飞凡带领他的团队在新中国成立后再次开始了探索。

在经历了无数次的失败之后，1957年，汤飞凡和他的团队用一种全新的实验方法，第一次成功分离出了沙眼病原体——这是全世界第一株沙眼病原体。

汤飞凡随即将研究成果发表在了《中华医学杂志》的英文版上，引起了国内外的轰动。但质疑也随之而来：你怎么证明这种病原体能引起沙眼？

确实，汤飞凡知道自己也面临和野口英世一样的问题：如果无法用实验证明，那么自己的成果也是错误的。

怎么证明？那只有做人体实验。但沙眼是有可能导致失明的，所以汤飞凡面对诸多请愿书，不顾众人的阻止，让助手把这种病原体滴入了自己的眼睛——他认为：

“如果科学研究需要用人做实验，科学研究人员就要首先从自己做起。”

在滴入病原体后，汤飞凡的一只眼睛几天后就红肿起来，形成了典型沙眼。但为了实验结果的准确性，汤飞凡坚持不用药，带着这只红肿发炎的眼睛坚持工作了40天，完整记录了沙眼的病程。

在此之后，包括美国、英国、以色列在内的十几个国家实验室都宣布确认了汤飞凡的研究成果。汤飞凡把自己分离出的这株病原体称为“TE8”，但国际上更愿意称之为“汤氏病毒”——证明它是汤飞凡的研究成果。

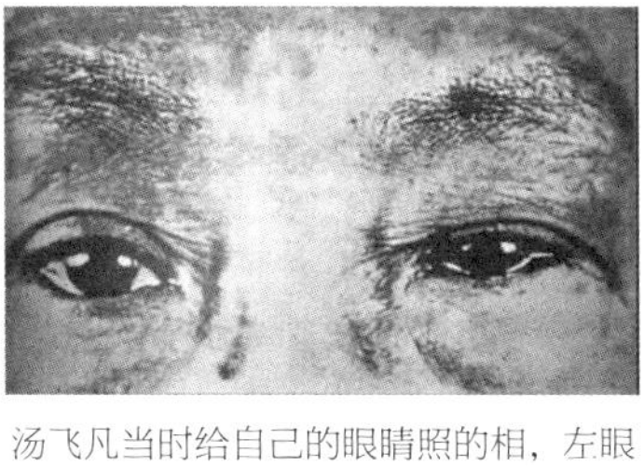
汤飞凡当时给自己的眼睛照的相，左眼明显红肿（镜像）

沙眼病原体分离出来后，全世界对沙眼的研究一下子就被推向了高潮，沙眼病原体最终被确认为介于细菌和病毒之间的一种微生物，于是整个微生物的分类正式增加了一个类目——衣原体。

汤飞凡的研究成果，使得沙眼的预防和治疗有了科学依据，新的治疗药物很快问世。全世界的沙眼患者迅速减少。在不到两年的时间里，中国的沙眼发病率下降到了不到6%，至今已几乎绝迹。

1957年，汤飞凡当选为中国科学院学部委员。

那一年，他60岁，以他的精力和斗志，还可以做更多的研究和贡献。

没有人预料到，悲剧会突然来临。

7

1958年，一场声势浩大的“拔白旗、插红旗”运动在全国展开。

这场运动持续时间不长，但来势凶猛，各个领域的领军人物，如华罗庚、冯友兰、陈寅恪等人都被卷入，而作为国内微生物学界的翘楚，汤飞凡也无法幸免。

在汤飞凡的单位，对他的批判会每天都开，持续了一个月。他的实验室被捣毁，实验数据被破坏，而他的“罪状”主要有两条：

第一，他的岳父是已经飞去台湾的国民党要员何键，他很有可能是台湾派来的“特务”；

第二，他很有可能把衣原体的秘密卖给国外，是“国际间谍”。

在这一个月里，汤飞凡只要肯低头认个错，可能日子就会好过不少。但以他的性格，只允许以科学研究为目的向自己的眼睛里滴东西，而看不惯任何“上眼药”，所以他坚持不肯认错。

1958年9月30日清晨，61岁的汤飞凡选择了用一种最刚烈的方式来对抗对他人格的羞辱——自缢身亡。

1958年11月，“拔白旗、插红旗”运动迅速偃旗息鼓。

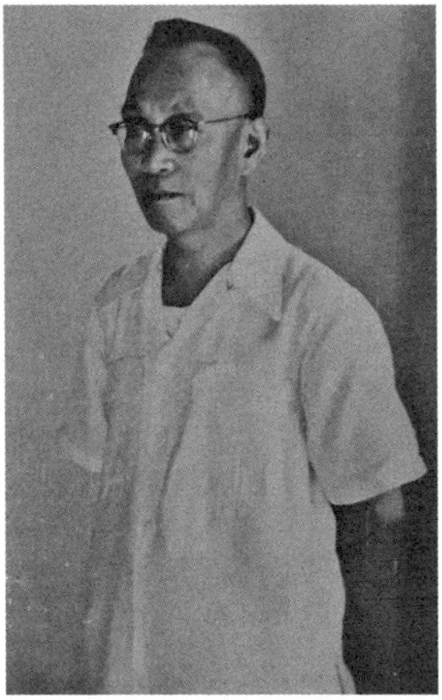

汤飞凡

1962年，中共中央对在“拔白旗、插红旗”运动中受到批判的人进行平反，其中党员干部平反21万余人，约占受批判、处分的党员干部总数的98%。另外，全部平反或部分平反了受批判、处分的群众22.9万多人。

1976年6月，卫生部为汤飞凡举行追悼会，为汤飞凡恢复名誉，予以他极高评价。

1979年，卫生部为汤飞凡彻底平反昭雪。

1980年，国际眼科防治组织给中国眼科学会发来邀请函，希望邀请汤飞凡博士参加在旧金山举行的国际眼科学大会，并希望向诺贝尔奖委员会推荐他。

但斯人已逝，有关沙眼衣原体的论文也没有汤飞凡的名字。后来发给他的沙眼金质奖章上刻了另一个人的名字，还排在他之前。之后经过汤飞凡家人的多番交涉和争取，相关组织决定重发一枚金质奖章，背面只刻了汤飞凡一个人的名字。

1992年，中国为汤飞凡专门发行了纪念邮票。

这位曾经的中国“隐形守护者”，终于开始慢慢被人知道了。

汤飞凡获得的沙眼金质奖章

汤飞凡纪念邮票

馒头说

还记得被汤飞凡推翻结论的野口英世吗?

虽然在沙眼病原体这件事上他出现了失误，但作为一位微生物学家，野口英世在日本享有崇高的声誉，有根据他身世专门出版的励志漫画《野口英世物语》，著名的日本作家渡边淳一还历时 8 年，为他写了传记《遥远的落日》，轰动全日本。

如今，野口英世的头像被印在了日本 1000 元的纸币上，而他在纽约的墓地也成了很多日本游客必去的缅怀圣地。

相比之下，在中国，知道汤飞凡的人比以前多了，但肯定还不够多。

由于特殊的历史原因，不仅仅是汤飞凡，一大批中国的精英曾遭受不公正的待遇，有的甚至还付出了生命。如今，他们的名誉都已经恢复，事迹也渐渐被人知晓，但这些事留下的经验教训，依旧需要我们一代代人铭记。

忽然想起郭德纲说过的一段话，挺有意思:

“比如，我和火箭专家说，你那火箭不行，燃料不好，得烧柴，我认为得烧柴，最好是烧煤，煤还得是精选煤，水洗煤不行。如果那科学家拿正眼看我一眼，那他就输了。”

虽然有些人处在我们不熟悉的专业领域，但我们老百姓是需要铭记他们的。而有些事情，我们并不精通擅长，不妨就多看少说。

愿真正的英雄永远不会被人忘记。愿真正的专家永远会被善待。

最后，致敬在这场疫情中，所有的“隐形守护者”。

本文主要参考来源:

1.《纪念我的外公汤飞凡》(董陵，中南大学湘雅三医院官方网站，2014 年 10 月 17 日)

2.《中国第一代病毒学家汤飞凡》(梅兴无,《炎黄春秋》, 2020 年 09 期)
3.《抗日战争时期中央防疫处的青霉素试制工作》(徐丁丁,《中国科技史杂志》, 2013 年 03 期)
4.《汤飞凡丨中国医者荣耀：世界“衣原体之父”》(中南大学湘雅医院官方微博, 2017 年 9 月 16 日)
5.《“科学公仆”汤飞凡》(邱佩芳,《档案春秋》, 2007 年 03 期)
6.《中国邮票上唯一的微生物学家——汤飞凡》(青宁生,《微生物学报》, 2006 年 06 期)
7.《不该被遗忘的“国士”》(林天宏,《晚报文萃》, 2016 年 03 期)
8.《汤飞凡：细菌学的拓荒者》(孙硕,《科学中国人》, 2019 年 05 期)

袁枚：人生一大幸事，就是用自己喜欢的方式过一生

如果袁枚要印张名片，估计要三折页：

著名诗人，著名散文家，文学批评家；

乾嘉三大家之一，性灵三大家之一，清代骈文八大家之一；

著名进士，原 ×× 县等多县县委书记兼县长；

著名 KOL（关键意见领袖）、大 V，著名美食博主，著名旅游博主；

随园地产董事长，随园饮食文化管理有限公司董事长；

……

正因为有那么多的头衔，所以，他才值得写一写。

1

1716 年 3 月 25 日，袁枚生于浙江钱塘（今杭州），从小就拥有一个名号：神童。

袁枚祖上也有人做过高官，曾祖父袁茂英做到省部级干部（布政

使），但往下就官运不济，从祖父到叔父、父亲等，都只能靠在各地做人家的幕僚养家了。

袁枚的家境不算富裕，但好歹也是书香门第，所以他 6 岁就被家人安排，跟着老先生史玉瓒学习《论语》和《大学》。

袁枚到底有多“神”呢？我们不看过程，只看结果就行：1728 年，也就是 12 岁那年，他就考中了秀才。

曾国藩少有才名，考中秀才的时候是 22 岁；李鸿章天资聪慧，也是 17 岁才中的秀才。对了，教袁枚读书的老师史玉瓒，终于也在 1728 年考中了秀才——一个是年少成名，一个是老来得志，总之是师生变同门。

袁枚不仅天赋聪慧，而且似乎很小就脑后有一根“反骨”。14 岁的时候，他就对世人称颂的“二十四孝”中的“郭巨埋儿”嗤之以鼻，写了一篇《郭巨论》，公然发问：

“不能养，何生儿？既生儿，何杀儿？”

杭州敷文书院的著名学者杨绳武后来看到袁枚这篇《郭巨论》和《高祖论》，对他赞不绝口：

“文如项羽用兵，所过无不残灭。汝未弱冠，英勇乃尔。”

郭巨埋儿图。说的是汉代有个叫郭巨的人，因为无钱奉养老母，就挖个坑准备把自己的孩子埋了，以减轻负担

2

1736 年，袁枚 20 岁，已多了一个头衔：学霸。

不过既然是学霸，纵使行文如项羽，在那个年代，他也只能乖乖顺着一条道路往前走：科举考试。

此时的袁枚，学业已成，满腹经纶。考举之途，万事俱备，只差伯乐。

为此，他专门借盘缠去了一次广西，探望他的叔父袁鸿。这位叔父虽然只是广西巡抚金鉷的幕僚，但袁枚从小到大的学习经费都是他资助的。面对跋山涉水两个月过来的袁枚，叔父袁鸿却责怪侄子不该来找他。但怪归怪，叔父还是把袁枚推荐给了巡抚金鉷。

金鉷一开始没觉得袁枚有什么了不起，正好乡民送来一面南方少数民族敲击的铜鼓，就让他当场写一篇文章。袁枚二话不说，一篇《铜鼓赋》骈文信手拈来，既描述了铜鼓的各种特征，又巧妙植入了对金鉷政绩的夸赞。

金鉷一看，惊为天人，大加赞赏，后将此文收入《广西通志》，并排在首位。

自此，袁枚就入了金鉷的幕府，跟在他身边学习。一段时间后，金鉷对他的才学更是赞不绝口。

当然，金鉷也知道，袁枚是有大志向的，不适合久留身边。1737年，金鉷给21岁的袁枚备足盘缠，保荐他进京参加“博学鸿词科”的考试（皇帝为网罗天下有才华的人特设的一次考试）。按道理，像金鉷这样的省部级干部可以举荐多人，但他只举荐了袁枚一人，且用词极为隆重：

“奇才应运，卓识冠时……国家应运生才，必为大成之器。”

以一个巡抚的身份举荐那么一个默默无名的秀才，前所罕见。袁枚作为年龄最小的考生参加了那场博学鸿词科的考试，却名落孙山，没有考上。

袁枚没有气馁，因为考博学鸿词科毕竟有点“撞大运”的味道，全凭皇帝和少数几个人的喜好录取。袁枚看中的是正儿八经的科考。

为此，袁枚开始苦攻八股文。

袁枚其实非常讨厌八股文，但为了科举考试，他开始硬着头皮从《论语》、《中庸》和《大学》这些典籍中给自己出“模拟题目”，前后写了40篇左右的八股文。

原本就是“天才+学霸”，现在还拼命刷题，谁挡得住？

1738年秋天，22岁的袁枚考中了举人。半年之后，他一鼓作气，势如破竹，又考取了进士，而且是二甲第五名——算上前面的状元、榜眼和探花，他在那一年的中国最高等级考试中名列第八。

这是一个什么概念？又要把李鸿章和曾国藩拉出来做比较了：李鸿章和曾国藩都属于中进士很早的人，但李鸿章到24岁才中的二甲第十三名，而曾国藩到27岁中的还是三甲的“同进士”。

此时的袁枚，自己也免不了得意起来，写诗云：

“杏花一色春如海，他日凌霄那几枝？”

那年秋天，袁枚衣锦还乡，与王氏完婚。“洞房花烛夜，金榜题名时”，人生两大喜事，袁枚一年占尽，而且风华正茂，前途无量。

然而，他自己不可能知道，这其实是他人生仕途的顶峰了。

3

“学而优则仕”，“学霸”袁枚金榜题名，等待他的自然是第三个头衔：官员。

但是做官这条路，袁枚走得非常不顺。

首先，他在“中央党校”里就把事情给搞砸了。

按照惯例，23岁的袁枚被选为了翰林院的庶吉士——这个职位不是人人都能做的，而是从二甲的进士中择优选取，选中后可以给皇帝讲解书籍、起草诏书。谁都知道，常在皇帝面前晃，以后更容易被授高官，所以这是个颇有前途的职位。

不过，这一次却是袁枚自己没有抓住这个机会——他不愿意学满文。

按照清朝的规定，庶吉士必须修满文，但袁枚却非常抵触，称满文为“蝌蚪文”，学了没用处。再加上袁枚颇有些自恃才华，不太看得起别人，所以和同僚的关系也处得有点僵。外加他喜欢吃喝玩乐，在京城结交了一帮酒肉朋友，饭馆酒局乃至青楼场子不断，风评也不好。

三年之后，庶吉士学期已满，要举行“散馆”考试，也就是毕业分配考试。

这一次，袁枚一败涂地：满文不及格，这是硬伤；风评不合格，这是软肋。结果袁枚就得到了作为庶吉士最糟的结局：外放做官，不在京城留用。

考核不合格，外放自然也不可能做大官。袁枚后来一路被外放到沭阳、江宁、上元、溧水这些地方，担任的官职是同一个档次：七品县令。

堂堂二甲第五名的进士，外放做了七品县令，如果没有什么意外机会，比如有人保荐或被皇帝想起，仕途基本也就这样了。不过袁枚倒也随遇而安，在地方上做得还颇有滋有味，无论是经济还是法治，他都做得不错，老百姓也都很认他，对他颇为拥戴。

袁枚在溧水县当知县的时候，父亲袁滨去看他，多了个心眼，先是“微服私访”，到处向溧水的老百姓打听他们的知县大人如何，结果听到大家交口称赞，这才放心进了县衙门去找他的儿子。

不过，袁枚虽然能从县令这个岗位上得到不小的乐趣，却无法忍受随之而来的一些痛苦：前倨后恭、逢场作戏的官场文化。比如，当时的江宁将军岱林布有个手下敲诈勒索，袁枚一方面为民伸张正义，对他进行了杖责，但另一方面又不得不赶紧写信去向岱林布道歉赔罪。

袁枚倒也不是不肯阿谀奉承，他甚至还颇擅长此道。但他自己也看不起自己这种行为，写过一首诗感叹：

“书衔笔惯字难小，学跪膝忙时有声。”

他还对因迎来送往而起早贪黑非常反感：

“今之昧宵昏而犯霜露者，不过台参耳，迎送耳，为大官作奴耳。”

1747 年发生的一件事，对袁枚触动非常大。

那一年，袁枚 31 岁了，如果要在仕途上再“追求进步”一下，也是时候了。一直赏识他的两江总督尹继善推举他做高邮刺史[1]——相当于把原本是处级干部的袁枚提拔为厅局级干部。

一般来说，两江总督举荐的人选，不太会被驳回，但是对袁枚的推荐却被吏部驳回了——没有理由。有人猜测是因为袁枚的风评一直不太好，即老百姓认为他是个好官，但他自己行为不太检点，一直吃喝玩乐，还经常口无遮拦，不该说的话乱说，不符合朝廷需要的正面干部形象。而袁枚认为那些满嘴仁义道德的人其实背地里做的事情都很龌龊，都是假道学。

尹继善，清朝大臣，东阁大学士兼兵部尚书尹泰之子，雍正元年进士，官历编修，云南、川陕、两江总督，文华殿大学士兼翰林院掌院学士。他对袁枚一直非常赏识，可以说是袁枚的恩师

通过这件事，袁枚隐隐觉得，可能乾隆皇帝个人对他有什么意见——两江总督推荐的人选，吏部不会不给面子，除非皇帝说这个人不行。

第二年，袁枚就借口身体染病，回家休息了。

三年之后，袁枚复出去陕西做官，而他的上司、陕甘总督黄廷桂，恰恰是袁枚在做江宁知县时奚落过的人。当年黄廷桂任两江总督，袁枚给他上万言书，说他“公之度，可以得小人，不可以得君子；公之威，可以治边防，不可以治中土；公之察事，明于远而暗于近”——有看到这篇文章的人说：袁枚这哪儿是上书？这是在训儿子啊！

有这样一段恩怨在，袁枚能当好这个官？恰巧在这年秋天，袁枚的父亲去世，袁枚借丁忧之机回乡服丧，在这个岗位也就待了两个月左右。

三年服丧期满，已经大彻大悟的袁枚向朝廷上奏，请求朝廷恩准

① 清朝时，“刺史”为知州的雅称，袁枚曾专门作《谢荐擢高邮刺史启》。

他辞官在家侍养老母，随后获批。

这一年，袁枚 38 岁，从 23 岁中二甲进士第五名开始，他一共做了六七年的知县。

38 岁的年纪，应该还算是仕途的壮年时期，但袁枚却终于想通了：

以自己的性格和为人处事方式，一方面留在官场是徒增痛苦，另一方面，也很容易被卷入政治斗争，最终很可能会吃大亏。

所以他选择和自己和解，两手一甩：

我不装了，我摊牌了呀，我要做我自己喜欢的事情去了。

4

袁枚离开“体制”后，首先做了一个“房产开发商”。

当然，他信奉“房住不炒”，因为他只开发一套房产，且是为自己准备的——34 岁在江宁做知县的时候，他花 300 两银子在城郊小仓山北麓买下了一座荒废的庄园。

这座园子其实大有来头：最早为江宁织造曹寅所建，后曹家被抄，继任的江宁织造隋赫德接手，取名“隋园”，后隋家又被抄，庭院荒废，最终为袁枚所购得，改一字，取名“随园”。

没错，这座随园，就是曹寅的孙子曹雪芹写的《红楼梦》里“大观园”的原型，袁枚自己也很得意，曾经写过：

“雪芹撰《红楼梦》一部，备记风月繁华之盛。中有所谓大观园者，即余之随园也。”

别看这座随园只要 300 两银子就能买到，其实就像欧洲的那些古堡一样，买起来便宜，维护起来贵。袁枚拿到这个园子的时候，它已是荒芜得连刘姥姥都认不出来了，所以他接下来要做的只有一件事：倾尽积蓄，把这个园子改建好。

袁枚后来自己回忆：

“随园一片荒地，买价甚廉；我平地开池沼，起楼台，一造三改，所费无算，与我贫贱起家光景相似。奇峰怪石，重价购来，绿竹万竿，亲手栽植。又颇能识古，器用则檀梨文梓，雕漆鸽金；玩物则晋帖唐碑，商彝夏鼎；图书则青田黄冻，名手雕镌；端砚则蕉叶青花，兼多古款。为大江南北富贵人家所未有也。”

可以想象，改建随园要花去袁枚多少钱，所以他一度也囊中羞涩。当初他结束告病，去陕西做官，其实是主动请求复职的，但绝不是因为“官瘾”复发，而是失去俸禄后又把积蓄都投在了随园，实在是没钱了，想再去问国家领点工资，只是最后也没领到多少。

曾经也有人怀疑，“无官不贪”，袁枚为官六七载，虽然是七品知县这种小官，但是不是也贪污了大笔钱财？袁枚是不是个贪官，史料并没有明确记载，但他公开过自己的积蓄：3600 两银子。

清朝的知县年俸禄大概是 45 两银子，外加每年还有“养廉银”——一般是俸禄的 10~100 倍。这么算起来，袁枚六七年收入积蓄 3600 两其实也是挺正常的一件事。

但是 3600 两白银，是撑不住重建随园这个浩大工程的。

“节流”是肯定节不住了，那就只能“开源”。

早已身无官职的袁枚，怎么承担得了随园那么大的开销？

5

应该说，无官一身轻的袁枚，确实放飞了自我。

第一，他变身为地主，用传统的思维方式先稳住基本盘：以地生钱——收租。

袁枚把随园东面和西面的田地做好划分，分包给十三户人家认领种植，他负责收租收粮，以地养地。

第二，他又变身游乐场主，用现在的互联网思维扩大经营规模——前端免费，后端收费。

袁枚将随园的围墙尽数拆去，在大门口贴了一副对联（出自唐代诗人杜荀鹤的《题衡阳隐士山居》）：

“放鹤去寻三岛客，任人来看四时花。”

他欢迎各地游客免费入园参观。游客入园，在饱览景色之余，总要饮茶喝酒吃饭，这就在袁枚这里产生了消费。而袁枚之前已经将一些土地租给了农户，种菜种果，养鸡养鸭，实现了自产自销，大大降低了成本，提高了利润：

“树上有果，地上有蔬，池中有鱼。鸡凫之豢养，尤为得法。美酿之储藏，可称名贵。形形色色，比购诸市上而更佳。”

如此集吃喝玩乐为一体的随园，自然名声大噪。每逢佳节，随园里人头攒动，文人墨客，竞相前来，据说园内亭台楼阁的门槛每年都要换一次。

袁枚的族孙袁起根据年少时回忆画的《随园图》，原图现藏于南京博物院

第三，除了不动产产生利润外，袁枚也没忘了自己的老本行：写手。

袁枚的孙子袁祖志曾在他的《随园琐记》中写过一句话：

“（袁枚）五十年中，卖文为活，竟有一篇墓志赠银万金者。以故可以扩充园圃……”

袁枚文笔了得，也不端着，但凡有人来求神道碑、墓志铭、墓表、行状行略，只要别让他写得太肉麻，他来者不拒，每次润笔费少则几两银子，多的一篇墓志铭收千两白银。

第四，袁枚还是个“教育家”，他在那个时候就开始出版“教辅”了。

还记得袁枚当年为了考科举，闷头给自己出模拟题目写八股文吗？他讨厌八股文，但不妨碍他拿八股文来赚钱：他把当年自己的那些习作和写八股文的心得汇编成册，出版了类似《高考语文作文得高分的30个技巧》或《公务员考试中申论的15个得分点》这样的“教辅书”。

一时之间，洛阳纸贵，全天下的考生每年都拜读学习袁枚编印的“科举考试辅导教材”，这些书往往一出版就被抢购一空。

第五，袁枚还做“班主任”：直接开门收徒。

收徒自然收学费，这也成了袁枚的一大收入来源。但袁枚当时引起争议的，是他公开收女弟子，一收还收很多。

收女弟子在当时被看作伤风败俗的事情，但袁枚认为，很多女性的文学素养和诗歌创作水平其实都是超过男性的，在这一点上男女应该平等。袁枚一共收了20多名女弟子，还为她们刊印诗集。在袁枚的支持下，席佩兰、金兑、严蕊珠、金逸等一大批女弟子都有诗作留世。

清《随园湖楼请业图》局部。袁枚的女弟子席佩兰曾有名句：“绿衣捧砚催题卷，红袖添香伴读书。”

袁枚之所以能成为这样一个一专多能的“KOL”，关键还是有才华。

作为一个有才华的人，袁枚是想留下点正儿八经的东西的。

6

乾隆五十五年（1790），《随园诗话》刊印出版。

《随园诗话》书影

这是在《小仓山房诗文集》之外，袁枚希望留世的另一部重要著作。

《小仓山房诗文集》集纳的是袁枚自己写的诗歌散文，而《随园诗话》则是袁枚品评诗歌、诗人以及各种修辞手法的一本诗歌理论文集。

相对于《小仓山房诗文集》，《随园诗话》被后人议论得更多一些，因为在这本书里，袁枚正式归纳和总结了自己对诗歌创作的观点：性灵说。

所谓“性灵”，即从心灵出发。

“性灵”之说并非袁枚首创，却在他手里发扬光大：

诗人创作诗歌的动力和动机，就应该是发自内心的真情；诗歌表现的内容，也应该是发自内心的真情；欣赏诗歌，更应该出自内心的真情。

尽管“性灵说”到后来也有走极端的问题，但在当时礼教禁锢、作诗必须引经据典的时代，袁枚这个主张确实让人眼前一亮，也带动了当时诗歌创作面貌一新。

当然，“真性情”如袁枚，也借《随园诗话》的编撰，攒了一笔随园维护费。

因为《随园诗话》是一本品评诗歌的书，所以难免要收录不少诗歌作为例子，有前朝的，也有今朝的。一些达官贵人就找上门来，请袁枚“把关”自己的诗作，以求能入选，流芳千古。

袁枚对这一点其实颇为头疼，因为这些送上门来的诗歌，大多是平庸之作，有的甚至不忍卒读，但有些人是旧交，有些人是大官，又实在推辞不得，怎么办？那就收点钱吧，不要白不要。

所以，有些实在推脱不了的诗歌，只要不是品相太难看，袁枚也会收入《随园诗话》品评一番，前提是交一些“费用”。反正“诗话”就是袁枚自己主观的评论，就相当于他自己搞了个排行榜，有些公认的候选作品当然要入榜，但也留了一些“活络”，让他有了腾挪的空间。

对此，袁枚自己也承认：

“有替人求入选者，或十金或三五金不等。”

对于资助他刊印《随园诗话》的湖广总督毕沅，袁枚自然也大加赞扬，甚至对毕沅母亲的诗作也有颇高评价。这就被一些人看不起，斥他“直是富贵人家作犬马耳”，和袁枚同时代的才子郑板桥更是骂他为“斯文走狗”。

但是，袁枚虽然在《随园诗话》里夹带了一些私货，但他对这本书的总体把关还是严格的，毕竟他知道这是一部要留给后世的作品。所以《随园诗话》一经出版，立刻因袁枚独到而深刻的见解赢得诸多赞赏，并且流传于世。

至于郑板桥，有一次听到误传的袁枚去世的消息，还失声痛哭，“但觉天昏地暗，云日黯淡”。后来两人相见，一见如故，袁枚还写诗相赠，调侃此事——对于袁枚的才学，郑板桥还是佩服的。

有了名，有了财，有了地，有了书，袁枚的人生应该说是圆满了。

但袁枚说“不”，因为他还有一个爱好，一直需要满足。

7

袁枚爱美食，是一个著名的“吃货”。

袁枚讲究吃，倒不是求贵，而是讲究做得好吃，并且要色香味俱全。有一次他去一高官家赴宴，席间主人为客人们每人上了一大碗燕窝，足足有四两，但清汤寡水，味道着实一般。看着其他宾客争相夸赞，袁枚颇不以为然：贵却不好吃，有什么用？要炫耀的话，那在碗里放100颗夜明珠好了。

袁枚推崇的，是将普通寻常的食材做出至味。为此，他赴宴的时候只要吃到好吃的，就一定要讨得制作方法，或者让自己的厨子登门拜访，学到烹制方法。

有一次，袁枚到一个朋友家吃饭，朋友知道袁枚好吃，就系上围裙，亲自给他做了一盘特色豆腐。袁枚一尝之后果然惊艳，立刻向朋友请教制作方法。朋友说：“你向我作三个揖，我就教你。”袁枚立刻离座，恭恭敬敬地向朋友作了三个大揖，学会了做豆腐的方法，回家一试，果然味道很好。

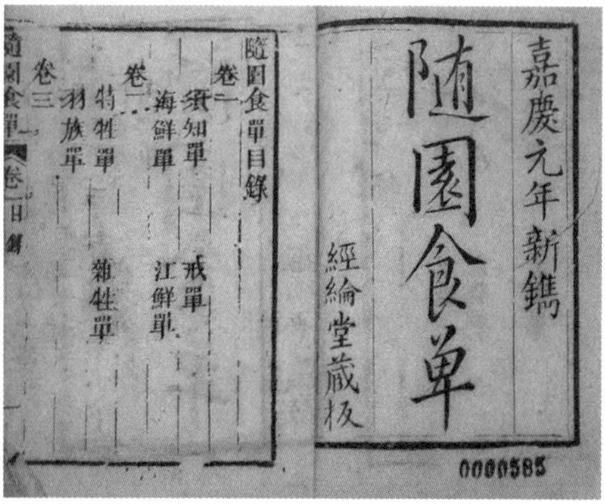

《随园食单》书影

中国历史上，给厨师立传的事几乎没有发生过，但有个叫王小余的厨子就得到了这样的待遇，因为他是袁枚的主厨。王小余的厨艺相当精湛，又讲究食材选择，能按袁枚从四处搜罗来的食谱把食物烹调得色香味俱佳，深得袁枚信赖。王小余去世后，袁枚非常悲痛，称“余每食必为之泣”，所以就给他写了一篇传，题名《厨者王小余传》。

1792 年，就在出版《随园诗话》后的两年，袁枚又出版了他的另一本心血之作：《随园食单》。

《随园食单》凝聚了袁枚作为一个“吃货”的毕生经验和心得，记录了中国大江南北 326 种菜肴糕点的烹制方法，分为“须知单”“戒单”“海鲜单”“江鲜单”“羽族单”“点心单”等十四个部分，可谓面面俱到，尽心尽力。其中，“须知单”中列出了袁枚总结的 20 个烹饪操作要求，“戒单”中列出了 14 个注意事项，堪称袁枚作为“吃货”的肺腑之言。

比如："切葱之刀不可以切笋，捣椒之臼不可以捣粉。闻菜有抹布气者，由其布之不洁也；闻菜有砧板气者，由其板之不净也。"

又比如："屡开锅盖则多沫而少香，火熄再烧则走油而味失。"

这些中国厨艺烹饪的原则，至今大家仍在遵守。

《随园食单》中记载的很多烹饪方法，至今仍在沿用，比如广东名菜"烤乳猪"的做法，就是由《随园食单》记载的方法沿袭而来：

"先炙里面肉，使油膏走入皮内，则皮松脆而味不走。若先炙皮，则肉上之油尽落火上，皮既焦硬，味亦不佳。"

袁枚的这部《随园食单》堪称清朝的"舌尖上的中国"，而他出版这本书的时候，也早已达到了随性生活的境界。

有两个故事，颇能说明袁枚当时的生活状态。

成名后的袁枚除了爱吃，还喜欢游历名山大川。有一次他去天台山玩，在钱塘江边一时找不到渡船，看到有一艘官船停泊，就派人去报上姓名，想借船一渡。

结果船上那位新上任的官员一听袁枚的大名，立刻亲自跑来拜见——当初他科考的时候，正是读了袁枚出版的"教辅"才考上的进士。为了"报师恩"，他立刻把船让给了袁枚。

袁枚后来又想去仙都峰玩，到了处州（今浙江丽水），晚上住进一家客栈。店主一听是袁枚，叫来了七八个朋友，全是袁枚的忠实读者，他们立刻请袁枚到自己家中居住，好酒好菜招待，然后一起陪着袁枚游览了仙都峰。

应该说，袁枚已经得到了他人生想要得到的一切。

所以他连生死都看淡了。

8

袁枚年轻时找相士算过一卦，说他只能活到 76 岁。

袁枚本来是不信这个的，但那个相士还算出他 63 岁会得一子，结果他 63 岁的时候果然得了一个儿子，这就不得不让他认真考虑起 76 岁这个问题了。

到了 76 岁那年，袁枚果然开始经常拉肚子、胃不舒服（应该和他作为一个“吃货”也有关系）。眼看身形日渐消瘦，袁枚觉得自己大限将至，索性给自己写了一首挽诗，诗的题目居然有 23 个字：《腹疾久而不愈，作歌自挽，邀好我者同作焉，不拘体，不限韵》。

左为清代叶衍兰《袁枚着色像》，右为清代罗聘《袁枚像》（日本京都国立博物馆藏）

自己给自己写挽诗还不算，袁枚还要他的朋友们都开始给他写挽诗。朋友哪儿好意思给活人写挽诗，基本没有理他，结果他又写了四首，取名为《诸公挽章不至，口号四首催之》。

袁枚把生死看淡，倒是挨过了 76 岁这道关口，他的人生终点最终停留在了 82 岁。

死因，据说还是“腹疾”。

在临终之前，袁枚留下了自己的遗言，无关“性灵”，无关“美食”，只是这样一句话：

“千秋万世，必有知我者。”

馒头说

袁枚临终前的那个遗愿实现了吗？

显然实现了，不然现在我们怎么会在这里聊他呢？

但有时候我自己也在想：袁枚之所以能千秋万世为后人所记得，靠的是什么呢？

靠天资聪慧，年少得志？肯定不是，古往今来，小时了了而大未必佳的“方仲永”多如牛毛，多少人片言只语都留不下来。

靠位极人臣，权倾天下？肯定也不是。小小七品县令，已经当得袁枚汗流浃背、捉襟见肘，最后还打了退堂鼓。即便继续当县令，袁枚也不是刚正不阿、明镜高悬的那一款，不可能像海瑞那样名垂千古。

靠他朱轮华毂，富可敌国？还不是。随园虽然产业可观，但也是他一个子一个子攒出来、赚出来的，并非一笔挥就，得来全不费功夫。且历史上那么多比袁枚有钱得多的富豪，如今谁还知晓？

那靠他是饕餮老客、美食大家？依旧不是。单以“美食家”能让后人如此研究和铭记的，从来没有过，且《随园食单》也只是细分领域的一本读物，不至于彪炳千秋。

那究竟靠什么？

个人以为，首先靠的还是袁枚自己的文才和作品。

袁枚确实是有才的，从诗到文，单看那句“苔花如米小，也学牡丹开”，就可知他的功底。至于《随园诗话》，从诗歌理论到诗歌美学，是清代影响最大的一部诗话，自然配得上流传到现在。

这些好比是一棵树的主干，有了主干，再配上枝丫和绿叶，树才能显得繁茂：少年得志却仕途不顺，官场不顺就离开体制，坐拥豪园又生财有术，文传天下且弟子无数，纵情山水还饱尝美味……

这些如同传奇一般的经历，发生在同一个人的身上，自然就让人津津乐道了。

当然，在诸多因素中，相信很多人最羡慕或最向往的是袁枚做到了一点：

进退自如，挥洒随意，完全过上了自己想过的人生。

这一点，即便放到开放得多、选择多得多的现今社会，也是很多人可望而不可即的。

但是，我们也不得不看到，即便潇洒如袁枚，也是无法管到身后事的。

袁枚去世后不到三十年，随园就已经开始颓败。之后太平天国攻进南京，将随园内的珍宝洗劫一空，将整个园林开垦为农田，后来，随园的地面建筑都荡然无存了。

耗尽袁枚大半生心血的随园，几十年内就烟消云散了。

不过也正是因此，更是显出袁枚"过好自己一生"的难得——尽管我相信他也希望随园能够"千秋万世"。

选择自己想要的生活方向，然后集中精力去努力经营好它，不要去想太多前前后后的事，快乐是自己的。

人生一世，不过百年，总有很多不如意的地方。

有时候，不如想想袁枚。

我们未必能做到他那样，但体会一下他的心态，可能也会更豁达一些吧。

本文主要参考来源：

1.《清史稿·列传二百七十二·袁枚》（赵尔巽，1927 年）

2.《袁枚真是大贪官吗？》（蔡辉，《北京晚报》，2018 年 5 月 2 日）

3.《其人与笔两风流——袁枚与〈随园食单〉》（朱小平，《群言》，2020 年 06 期）

4.《袁枚的随园人生》（吴紫嫣，《同舟共进》，2021 年 06 期）

5.《〈随园诗话〉论学问与创作》[陈玉兰、郭少辰，《浙江师范大学学报》（社会科学版），2019 年 06 期]

6.《袁枚：性灵人生》（阎志坚，辽宁人民出版社，2015 年）

7.《随园诗话》（袁枚，浙江古籍出版社，2016 年）

8.《随园食单》（袁枚，三秦出版社，2017 年）

附录　读者评论

中国最后一个皇太后

意二三：慈禧对隆裕的要求，让我想到现代相当一部分父母对孩子的要求：既希望你听话顺从，又希望你能独当一面。先把孩子教傻了、压顺了，再来嫌弃孩子不够强悍独立。

张高级：叶赫那拉·桂祥有女三人，长女静荣嫁镇国公载泽，次女静芬为大清皇后，幼女静芳嫁顺承郡王讷勒赫。她们不过是生在豪门世家的闺阁女子，为利益所驱，被推到历史沧桑的风口浪尖上，受人摆布，成为戏台上的傀儡，孤独、恐惧、寂寞深处，又有何人说？

亨利·卢斯：曾经“美国最有权力的七个人之一”

MR. DENGSH：《时代》周刊的成功，还在于他们的职业素养，具体表现在周刊文字表达很有古典的诗意。举个例子，两个政客见面，《时代》周刊劈头来上一句：“锋利的舌头吐出了柔软的语言，于是善意自然呈现。”某个州搞政策辩论，它会来上一句“有人希望冷，有人希望热，有人希望这件事已经在水里煮了 9 天”，然后再具体报道这件事。甚至是一般讣告，它也先来上一句“死亡在所难免，于昨天正式降临”，然后再说某某人死了。

李小龙：戏刚开场，斯人已逝

方周王：他身上的文化标签，所象征的巅峰以及他的哲学，我认为到现在都没有一个华人能超越。我没生在看李小龙的时代，但依然觉得很遗憾，也许上帝也想学习中国功夫吧。

侯林：我 2015—2017 年在东非，经常遇见当地黑人问“Can you show me Chinese kung fu？”或者“Do you know Bruce Lee？”。李小龙带来的中国功夫至今还深刻影响着他们，他们可能不认识中国的领导人，但是他们认识李小龙、李连杰、成龙、甄子丹。

朱建华：一个同样被“期待”压垮的天才

赵天赐 T. Z：有时，大众的残忍是因为他们得到的信息太少。对于他们来说，这些运动员是“横空出世”的，因为他们并没有看到这些运动员之前走的一步步。当大众看到这些运动员的时候，已经是他们取得了傲人成绩的高光时刻。因此，很多人会神化这些运动员，理所当然地觉得天才就应该随随便便成功……在这个过程中，所有欢呼、吹捧的媒体也是有一定责任的，就像朱建华说的：“把我们写得太好了。”

周彤：小时候，以为历史是陈年往事。现在开始明白，历史总在不断上演。

黄金荣：大佬的末日迷途

JOKER：看了馒头大师最后的“馒头说”，我真的深有感触。阅读一定要带着脑子，对人或事也必然需要全面看待。虽说每个人的观点、眼光不同，但是这些历史人物身上矛盾的特性并不是你不看便能被掩盖的。

林恒：想当年，十里洋场大上海可谓鱼龙混杂。黄金荣、杜月笙和张啸林能混得风生水起，时也，命也吧。

简单生活：有些人物具有很多复杂的侧面，既不用完全否定，也不能掩恶洗白，还原历史真相即可，当然也考验观者自酌的能力。

天才与疯子之间，隔着一道“美丽心灵”

我不在当菜狗了：微观经济学的神！虽然博弈论很让人头大，但是老师讲这段的时候我仍非常震惊：天才与疯子只有一线之差。

moon：十几年前看过电影《美丽心灵》，自己本身对数学很感兴趣，所以很理解纳什那种对数学、逻辑的投入。天才和疯子就是一类人，虽然一个天上一个地下，但是质变就会引起突变。

欣然：所以，最有力量的，依然是爱。

“幼天王”之死

闲人：施以凌迟更多的原因不是仇恨，而是用最惨烈的手段恫吓和警示其他任何敢于谋反的人，只是不幸落在了这个15岁的孩子身上。

Lzj：“但他是否知道，他的父亲洪秀全又是为何走上起义之路的呢？”说得真好，读后确实深感唏嘘。幼天王想考取秀才表忠心，和他的父亲不满清廷统治揭竿而起形成了鲜明对比，两代人的悲哀啊。

Numb：在时代的大潮里，一个人很渺小，很渺小，不要说决定自己的命运，能做个简简单单的人都是一种奢望。

“刺马”：轰动晚清的第一奇案

烟小火：以前看到悬案，吃到“瓜”，都不免猜测一番真相，跟着在网上讨论讨论。越长大越发现，真相难觅，不如还是做一名安静的看客……这世上“瓜”太多了，感觉到“瓜”会影响自己心情的时候，就少听少看。

👀：因利益而起的刺杀案，必然也会因利益（或势力）达到均衡而结束，《投名状》的版本基本就是官方默认给社会的结果罢了。所以关于这件事的结论，还是很赞同作者最后的观点，八九不离十。

“杨乃武与小白菜案”：晚清官场的一场“蝴蝶效应”

杨嘉轩：以小见大，王朝的覆灭有时并不是因为一些惊天动地的大事，而是从内部一点一点开始崩塌的。

恰奇奇：所以就更理解为何现在我国判案坚守“证据链”原则，只有物证环环相扣，再结合相关人等的口供才算完整的证据链，才有可能办成“铁案”，因为人受影响的概率实在是太大了。

卡兔：掩盖错误才是最大的错误。

1900 年，逃离紫禁城

楊.ZHI：千万不能“原本应该是我们理直气壮抄棍子，最后却变成了莫名其妙递刀子”。现在面临百年未有之大变局，更应该从历史中学习。谢谢本文的警示。

♡半夏 烟雨💤：还是那句话，爱国本来是好事，但无论发生什么事，一定要保持高度的冷静！尤其是在国际大事上，理智爱国和盲目“爱国”是不一样的！总有些打着“爱国”幌子，实则做出了“碍国”事情的人，把事情搞得更加一团糟。

那一年，长沙烈火焚城

vivianshe 佘佘：长沙城啊，被烧得只剩下天心阁这一段城墙！唯一庆幸的是，一江之隔的千年学府岳麓书院还在！湖南人的倔强还在！

harke：“文夕大火”是指发生在 1938 年 11 月 12 日夜的那场大火。“夕”指的是晚上，“文”是什么意思？这是韵目代日，是中国历史上的一种电报记日方法，即以金代编修的《平水韵》的韵目代替日期。要学写诗词，就得先学韵书，因此以前的读书人几乎人人会背韵目。这个“文”指的就是 12 日。同理，“马日事变”发生在 21 日，“艳电”发布于 29 日，“灰日暴动”发生在 10 日。

1946 年，上海滩大选美

Bill2000：投票那部分我觉得很熟悉，仔细一想，不就是今天的直播刷礼物吗？

囡囡：特别赞同大师对女性选择权的解释。我们没想过要怎样，只是想自己做决定，并且当我们做出选择时，别人不要拿那些传统的观点来说三道四（当然都是在法律允许范围内的选择）。

“功德林”的那些战犯

歌：看到炒面粉那段，眼眶有点湿。

浮世百景：想起童年读过的《乡愁》。海峡两岸都承认只有一个中国。在跨过立场、隔阂甚至鲜血后，我们仍然拥有共同的名字——中国人。不能忘记，忘记就是数典忘祖。

东京审判：当年判那些战犯死刑，究竟有多难?

雷-阿伦：学法人是奔着对梅汝璈法官的崇敬之心点进来的，他出席审判时穿的法袍现珍藏于北京的中国国家博物馆，在“复兴之路”专题展览第三部分第三单元“全民族抗战的中流砥柱”的《南京受降》巨幅油画旁边！

Sa☀Chow：流着泪看完了这篇文章，心情特别复杂。不管两国发展如何，勿忘国耻、铭记历史是我们每个中国人必须牢记的！那可是30万同胞的英魂，是那个年代最最普通的你我他！

前后：以前不喜欢近代史，感觉太屈辱，不忍直视。后来发现在历史上留下痕迹的很多人，他们大多不是为了荣华富贵、流芳百世，真的只是为了让国家变得好一点。这种信念其实完全违背人的天性。谁人不怕死，每个人的天性都是趋吉避凶，而他们只是为了一个信念，如此坚定地走向当时看来只有微光的未来。所幸的是，前方的确有光明。

开国第一刀：枪毙刘青山、张子善

CIWENLONG：这是教科书式的“屠龙的勇者变成恶龙”的故事。

小范❀：如果把贪腐当作管理系统运作中的事故，可以参考航空界关于安全飞行的海恩法则：每一起严重事故的背后，必然有29次轻微事故、300起未遂先兆以及1000起事故隐患。该法则强调两点：一是事故的发生是量积累的结果；二是再好的技术、再完美的规章，在实际操作层面也无法取代人自身的素质和责任心。

秃鹰：反腐败的关键是对权力的监督，真正的贪腐是特权的无约束。在任何情况下都要以法律衡量犯罪的大小，国家的法律是最高权威！

基辛格的那次“秘密访华”

Frank:)：衷心希望两国人民能珍惜和维护当年先辈跨越鸿沟建立起的沟通和信任，既不会愧对先辈，也能够共同发展。

Bill：国与国之间，没有永远的朋友，只有永远的利益。对于每个国家来说，包括中国，都是利字当头、利字优先。当然，“利”可从多种角度去看，去理解。

雪片莲：合则两利，然利丰必居其一，若取利，则必掩面；斗则两伤，然伤重必居其一，若避伤，则须养晦。

那些少年班的“神童”

文🌱：年少时想当英雄，现在想当一个普通人。有房、有车、有和睦的家庭，空闲时充电旅游，为人有趣不单调，二三知己，时常小聚。普通也不再普通。

Joyer：他们没有活成别人希望的那样而已，能活成自己希望的样子就是最大的成功。

baoqi：如果少年班的最终目的不是培养大师，其实这个问题就变成了因材施教的问题。针对不同特质的孩子设计教学，尽可能地释放孩子的潜能，让他们成为“对社会有用的人”。这样推而广之，不仅是少年班，哪一个孩子不值得接受个性化、有针对性的教育呢？

禹作敏：一个“能人”的翻车

宁静致远：我 2004—2014 年在大邱庄工作过，关于禹作敏的传说也听了不少。禹作敏的倒台或者说失败，与当时借着国家的大趋势发展起来的企业家管理经验不足有很大关系。很多企业家把大趋势当成了自己的才能，情绪和私欲过度膨胀，为企业的垮塌和失败埋下了伏笔。

Abismimi：关权力的笼子也是要有锁的，关键是钥匙要在人民的手里。

韦芳菲：权力这东西真的好神奇。清醒的人利用它，让自己和周围的人生活得更好。拎不清的人在拥有了权力之后就会慢慢地自我膨胀，继而毁灭。感觉这个人前期或许清醒，但一旦拥有了权力和地位，再加上他那有限的知识积累，最终成了拎不清、毁了自己后半生的人！

这个男人，曾经燃烧一代人的小宇宙

D-Boy：小时候一度以为真的有小宇宙，总幻想着能燃烧它……

龙龙 w：每次青铜圣斗士们面对比自己强大得多的敌人都全力以赴，最后遇强则强，艰难取胜。现在看来，每一个正在奋斗、工作的人都是“青铜圣斗士”，每天被现实“吊打”却也不会放弃。因为我们身后有自己的“雅典娜”，就是我们的家人。

他画的不是篮球，而是一代人的热血和青春

董玉堂：看第一遍的时候大爱樱木，觉得他敢爱敢恨。再看的时候，觉得仙道很帅，帅气且靠谱。再后来，觉得最帅的是三井寿，迷途归返，仍是少年。最后开始注意那些先前被我忽略的角色，觉得水户洋平真是一个让人觉得温暖的朋友。漫画并没有改变，但是我每看一遍都有新的关注点。他们的青春就此定格，我们却在老去。

胡果：又泪目了……那时候还不知道什么是集体荣誉感，什么是凝聚力，就是看到一群人为着同一个目标一起努力，不断成长升级，觉得好温暖，好有力量。我想我的价值观有一半是在那时建立起来的。

这部火爆全国的动画片，为什么只拍了五集？

橙子：《大闹天宫》《哪吒闹海》《天书奇谭》《九色鹿》……上海美术电影制片厂真是不输吉卜力工作室的存在。

金针菇凉：我觉得在我们惋惜着一位位时代伟人、老艺术家离开我们的时

候，他们也羡慕着我们还有这大好的年华。所以有什么理由不努力向上地好好生活呢？戴老，森林公民向你致敬！

当初的“人间大炮”，你还记得如何发射吗？

Re-dream：圆谷在1975年遭遇的滑铁卢是《雷欧奥特曼》，之后在1980年拍了《爱迪奥特曼》。昭和奥特曼就此沉寂，直到16年后才重启。那时候时间已经来到了平成时代，所以1996年的《迪迦奥特曼》便是日本平成奥特曼的第一部。

孙基锴：克塞前来买菜，格德米斯坚决不卖。“时间——停止——”，随便拿菜。“时间——运行吧——”，黄瓜五毛，蘑菇两块。

曾经有一个聊天工具，叫MSN

夜小慕：那个年代我想学意大利语，ICQ上有个意大利网友，后来通过MSN联系。他是一个很可爱的叔叔，会跑去楼下中餐馆问用什么书学意大利语好，然后立马买了寄来。2002年世界杯，他还寄来国旗让我帮忙加油，尽管我收到时已是“惨案”[①]发生那天，但这段记忆非常美好。现在完全联系不上他了，好可惜。去年去莱切还特意去了印象里他后来开彩票小店的地方，也没有找到人，特别失落。（作者：那就是古典互联网的纯真美好年代。）

归去来：身为70后的我，用过MSN、Skype、旺旺、微博、QQ、微信……还曾经是半夜偷过菜、抢过车位、在QQ空间给花藤浇过水的人……这几天看着中老年人给周杰伦打榜，感叹一下逝去的青春啊！

永不返航的“古斯特洛夫号”

cathy：读文过程中的复杂感情，在看到这句话时被抚平了：谁发动战

① 指2002年世界杯八分之一决赛，韩国队在对战意大利队时，多次肘击、脚铲、推搡意大利队队员，导致意大利队队员不同程度地受伤，裁判没有判罚韩国队，最终韩国队以2∶1战胜意大利队。这场比赛被球迷们称为足球历史上“最黑暗”的一场比赛。——编者注

争，谁就应该为此负责。

蹓大强：看到很多获得成人救生衣的儿童因为头比身体重，落水后呈倒立姿势溺毙的那段话，真的好难过！和平是个永恒却难以完全企及的愿望！看了大师的今日推送才知道原来还有比“泰坦尼克号”更惨的海难……老生常谈，珍惜生命，愿世间和平，孩子们无难……

1948 年，无法抵达终点的江亚轮

lake：人性的丑陋在灾难面前暴露无遗，好在还有正直善良之人的坚持，让人看到一些温情。

老牛：那日，家父正从舟山返沪，遇江亚轮倾覆，遂投入抢救，同时取出相机拍照……特别说及一运橘子船抛整箩筐橘子救人、砍断已经满载难民的旁船缆绳……回沪不久，正为自己拍下此船遇难照片而庆幸时，闻此次爆炸乃人祸所致，吓得连忙毁胶卷。惜，惜，惜。

“库尔斯克号”悲歌

咻咻咻：小的时候曾经进入潜艇参观，也羡慕过官兵可以自由驰骋在无垠深洋……后来看了《追击赤色十月》《U-571》等影片，了解到“库尔斯克号”的悲剧，才深刻了解到他们的巨大风险……逝者安息。

宋涛：黑暗中的绝望等待是最恐怖的，因为你不知道接下来会发生什么，死亡以各种形式逼近你。在那个时刻，23 名牺牲者内心经历了多么残酷的挣扎，我们不得而知，但是希望所有人都不会有这样的经历。

特内里费空难：人类史上最惨痛的一场空难

桃青熊：没想到最严重的空难是在地面发生的。每一个细小环节一点点累积，居然能形成这样一只可怕的怪兽。想起不知道在哪里看过的一句话：人们不停地制造错误，最后制造出一个怪兽，再将它叫作命运。

海大：给大家稍微普及一下基础知识：12 号跑道和 30 号跑道不是两条跑道，而是同一条跑道。为什么写成 12/30？这是根据跑道的航向标识的。航海

和航空上把东南西北按顺时针分成 360 度，北为 0 度（360 度），12 号为 120 度，30 号为 300 度。这样是为了让飞行员在降落时清楚知晓飞机的磁航向是多少。

两架飞机相撞，概率究竟有多大？

张不烦人：在纪录片《空中浩劫》中看到过这起空难，片子里调查员最喜欢说的一句话就是，空难绝不是一个原因造成的。但我觉得一个更血淋淋的事实是，现在的飞行安全是无数人命堆出来的。更离谱的是，有很多灾难是完全可以避免的。纪录片里最让我印象深刻的镜头是空难调查员把自己详尽的调查结果和改进方式清楚地写出来给了飞机制造方，但这个致命的原因却被忽视。

王子豪：2007 年 11 月 8 日，瑞士联邦最高法院做出提前释放卡罗耶夫的判决。获释后的卡罗耶夫登上了回家的航班，后来被俄罗斯联邦北奥塞梯-阿兰共和国任命为建设部副部长。

“幽灵航班”：太阳神航空 522 号

行到日出自然明：在电影中，主角总会在最后力挽狂澜。可现实生活中，希望并不会绝对转化为生还的机会。但是我们决不能因此否定希望的价值。

老妖：民航的每一项检查、每一个规定，都是用人命换来的。不论从业者还是旅客，面对航空器时，请敬畏规则。

Yanyan：独自清醒的悲壮。一个人的时候，有勇气力挽狂澜真的不容易。结局是悲伤的，却依然是一段有正能量的历史。

安第斯山空难：他们是英雄还是魔鬼？

杨老先生：这是一个关于死亡和绝望、生存和希望的故事。死亡不停地袭来，绝望无尽地笼罩着他们。为了保住自己渺小的生命，他们只能放下道德，屈服于饥饿与天威。可贵的是，他们依然保持着勇敢、互助、自律等美德，希望从来没有从他们心中消失，于是幸存者们生存了下来。人是胜不了天的，但人救得了自己。

Chris 同学：我认为最重要的是幸存者并没有为了生存而自相残杀，保持了人性的光辉，大约这就是天主教会认定他们没有做错的缘故吧。

罗兰夫人之死

老猫汤姆：后人哀之而不鉴之，亦使后人而复哀后人也。

典典：法国大革命是阶级矛盾的一次大爆发。这场革命没有参照物，只有无数未付之于实践的理论。它就像一次又一次的大爆炸一样，猛烈而不知形状。人民对于封建专制与贵族的不满或者说怨恨，使革命必然诉诸暴力。有人认为路易十六的死反映的是暴行、残忍，我认为这是进步、反抗。法国贵族与国王的死被无数次转载记录，而那些被贵族、教士、国王用封建特权和法律剥削与杀害的人民，又有谁来为他们伸张正义？

“第六天魔王”之死

姜磊：日本天正十年六月二日，即公历 1582 年 6 月 21 日，酷爱围棋的织田信长邀请日海和尚和鹿盐利玄在本能寺对弈。两位顶尖高手拼死一搏，下出围棋史上的第一次三劫循环，无胜负。没想到，当天晚上发生本能寺兵变，织田信长、明智光秀、丰臣秀吉也下出日本战争史上的“三劫”……从此，三劫循环被视为不祥之兆。丰臣秀吉赢得天下后，为日海设立名人棋所，日海改名本因坊算砂，成为本因坊开山鼻祖。而鹿盐利玄则成立林家，成为日本围棋四大家族之一。现代围棋史上，赵治勋下出过三劫循环，李世石和古力在“三星杯”小组赛上也下出过三劫循环，2005 年神童罗洗河拒绝三劫循环，弃子大胜崔哲瀚，最终在决赛上再赢李昌镐夺得“三星杯”冠军。

真实白求恩：从浪子到楷模

mmt：不论白大夫私德如何，他放弃“烤牛排”而投身艰苦卓绝的中国抗战的国际主义精神，值得我们一直纪念他！

吴小右：我从小就知道白求恩，可更多是把他当作一个符号去铭记、去崇敬。看完文章后，第一次为了他的死亡而悲伤流泪，他是一个真正的英雄。

“隐形”国士，勿忘汤飞凡

双重人格 X：以前语文书上的“单元导读”有这样一句话：无论何时，无论何地，在人类的至暗时刻，总会有人拆下自己的肋骨当作人们前行的火把，用自己的身体作为人们前行的道路。愿那些“隐形守护者”被善良以待。一切都是最好的安排，一切都会好起来的！

小玲子：在祖国强大的背后，有太多太多这样伟大的“隐形人”的无私奉献。真诚希望“隐形人”不再隐形，变成大家的偶像和榜样。

袁枚：人生一大幸事，就是用自己喜欢的方式过一生

178：我不装了，我摊牌了呀，我要做我自己喜欢的事情去了。——好可爱的人。

荷：太喜欢这个率性自然的老头了，既然无法在庙堂之上一展抱负，就在随性自然之中找出人生真谛，太舒服了！